新潮文庫

螺旋の手術室

知念実希人著

新潮社版

10773

目次

螺《ら》旋《せん》の手術室

第一章　手術室の悪夢

1

ヒステリックなアラーム音が響きわたる。

なんでこんなことに⁉　マスクの下で奥歯を軋《きし》ませながら、冴木《さえき》裕也《ゆうや》は今にも崩れ落ちそうな心の均衡を必死で保とうとしていた。

「出血三一〇〇！」「追加の輸血、もう少しかかるとのことです！」

「さっさと血ガスとって！」「ルート14Gであと二つキープしろ！」

あちこちから上がる悲鳴じみた怒号が、毛羽立った神経を逆なでしていく。

燃え上がるように体が熱い。定員を超える人数が動き回るこの部屋の室温が上がっているのか、それとも、焦燥に駆られた精神が体を発熱させているのだろうか。

純正会《じゅんせいかい》医科大学附属病院、手術部第六手術室。慣れ親しんでいるはずの場所にいるというのに、銃弾が飛び交う戦場に迷い込んだような心地がしていた。

額の汗が雫《しずく》となってこぼれ落ち、無影灯の光を反射させながら吸い込まれて行く。開創器によって大きく開かれた術野、波打つほどに血液があふれかえった腹腔《ふくくう》へと。

「術野が見えねえよ！　しっかり吸引しねえか！」

手術台の対面から、執刀医である海老沢《えびさわ》教授のドスのきいた声が飛ぶ。裕也のとなりで吸引管を持っていた研修医がびくりと体を震わせた。

八つ当たりするなよ。裕也はマスクの下で、小さく舌打ちをする。

たしかにこれほど術野に血液が溜《た》まっているのは、血液の吸引が不十分なせいだ。しかしそれもしかたがなかった。ローテートで外科に回ってきている初期研修医はまだ医者になって数ヶ月、手術の経験などほとんどない。これほど切羽詰まった手術に対応するなど、どだい無理なのだ。

「かせ！」

研修医の手から吸引管を奪い取ると、裕也はその先端を肝臓の裏深くにあるモリソン窩《か》へと突っ込んだ。鼻を啜《すす》るような音をたてながら、血液がプラスチックの吸引管に吸い込まれていく。

「裕也、吸引はおめえの仕事じゃねえだろ！　さっさと出血点を見つけねえか！」

今度は俺が標的かよ。裕也は研修医に「ここで固定してろ」と言って吸引管を渡すと、滅菌手袋で包まれた手を腹腔内に突っ込んだ。

吸引により、腹腔に溜まっていた血液の水位が見る見る下がっていく。裕也は左手に持った腸ベラで肝臓と小腸を上方によけた。血に濡《ぬ》れた後腹膜があらわとなる。

どこだ？　どこから血が出ている？　両眼を見開いて、裕也は舐《な》めるように視線を術野に這《は》わせる。どこかの動脈から噴水のように血液が迸《ほとばし》っているはずだ。

「研修医、吸引管どけろ……」腹の底に響く声で海老沢がつぶやく。

研修医は弾かれたように吸引管を持つ手を引っ込めた。

世界から音が消え去る。極限まで研ぎ澄まされた集中力が、耳障《みみざわ》りなアラーム音や怒号を排除し、すべての意識を視覚へと集めていった。

熟れた桃のような後腹膜の色が次第に濃度を増していき、赤黒い膜がその表面に薄く張る。無意識に舌打ちが弾けた。動脈じゃない、静脈からの出血だ。海老沢の「畜生！」という怒声が空気を震わせた。

静脈からの出血は動脈からのように勢いよく噴き出ることはないが、その分、出血点を探すのが難しい。えてして止血が遅れて大量出血となり易《やす》かった。

「しっかり腸管どけてろ」

海老沢は腸管をかき分けると、手にした電気メスで次々と焼却止血をほどこしていく。

しかし焼け石に水だった。腹腔に広がる血の池の水位は確実に上がっていく。

裕也は脇《わき》にある器具台と術野の間で視線を何度か往復させると、器具台の上の滅菌ガーゼを鷲《わし》づかみにし、肝臓の奥に押し込み始めた。

「何してやがる！」海老沢が血走った目で睨《にら》んできた。

「圧迫止血します！」

静脈からの出血なら圧迫によってかなりの止血効果を得られる。まずは数十分圧迫して確実に出血量を減らし、その後まだ出血している場所があれば、あらためて焼き固めればいい。執刀医としてできるだけ早く完全に止血をしたいのか、海老沢の顔にマスク越しでも見てとれる逡巡《しゅんじゅん》が浮かぶ。

数秒間宙空に視線をさまよわせたあと、「くそっ！」と一声叫ぶと、海老沢は電気メスを器具台の上に放り、ガーゼに手を伸ばした。裕也と海老沢は先を争うようにガーゼを腹の中へと押し込んでいく。腹腔を白い布が埋めていった。裕也は両手をガーゼの山の上に置くと、体重をかけていく。次の瞬間、「濃厚赤血球八ユニット届きました！」という看護師の声が部屋に響いた。

触れれば切れそうなほどに張り詰めていた手術室の空気がかすかに弛緩《しかん》した。あくまで応急処置ではあるが、これで態勢を整える時間を稼ぐことができる。肺の底に溜まっていた空気を吐き出すと、一瞬膝《ひざ》の力が抜けた。慌《あわ》てて足に力を込めてはじめて、自らがかつてないほどの緊張に冒されていたことに気づく。

二年間の初期研修を終え、外科医局に入局して四年、これまでに入った手術は四桁《けた》に達する。その中には今日のような、予想だにしない状況に陥った手術もあった。しかし今日ほどの焦燥を味わったことはなかった。

こんなに違うものなのか……。裕也は麻酔科医が控える患者の頭側に視線を送る。

この手術の麻酔責任者である清水雅美《しみずまさみ》准《じゅん》教授が、数人の麻酔科医に指示を飛ばしていた。いつもどおり化粧っ気のない顔が紅潮している。

普段は眠そうな顔で、淡々と麻酔管理をしている麻酔科准教授が、目を血走らせてせわしなく動き回っている姿が、いかに危険な状態だったかを如実《にょじつ》に物語っていた。

麻酔器のモニターに映る心電図に視線を移し、裕也は息をのんだ。心筋の再分極を表わすT波がこれまで見たことがないほど巨大になっていた。明らかに高カリウム血症を起こしている。輸血の際に破壊された赤血球の内部から、大量のカリウムが放出されたのだろう。これ以上血中カリウム濃度が上がれば、いつ心室細動、つまりは心停止を起こしてもおかしくない。

危ないところだった。安堵《あんど》の息を吐く裕也の視界に、緑色の滅菌シートの陰に隠れていた患者の顔が飛び込んできた。胸骨の裏で心臓がトクンと跳ね、喜怒哀楽どれともつかない感情で胸腔が満たされていく。

親父《おやじ》……。口から挿管チューブが突き出て、両目を保護シートで覆《おお》われた変わり果てた姿だが、それは紛れもなく父、冴木真也《しんや》だった。

なんでこんなことになった？ 十数分前からその疑問が頭の中を満たし続けていた。

腹腔鏡下胆嚢《たんのう》摘出術。腹に三ヶ所小さな穴を開け、小型カメラと手術器具を差し込んで行う、本来なら三十分程度で終わる簡単な手術だ。だからこそ自分は手術の助手に立候補し、教授もそれを認めた。にもかかわらず、今はリットル単位の出血をおこし、開腹を余儀なくされている。

途中まで手術は順調だった。しかし、胆嚢を周囲の組織から剝離《はくり》する段階にさしかかったところで、カメラの画像を映していたディスプレイ全体が真っ赤に染まった。慌てて開腹すると、腹腔内は大量の血液で満たされていた。

太い動脈を傷つけた。外科医としてのこれまでの経験が、裕也にそう判断させた。しかし予想に反し、出血は静脈からのものだった。

なにが起こったのか、いまだにはっきりしない。それでもとりあえず危機的状況を脱することはできた。あと二、三十分このまま圧迫止血を続ければ、その間に清水をはじめとする麻酔科医たちが患者の、父の全身状態を安定させてくれる。それを待ってガーゼを外し、勢いをなくした出血を電気メスで焼き固めていけばいい。

裕也はマスクの下で細く息を吐いた。早鐘のようだった心臓の鼓動が速度を落としていく。ふと自分に注がれる粘着質な視線に気づき、裕也は顔を上げた。

「しかし、なんでこんなに出血したんだろうな」

手の清潔を保つために腕組みをしながら、海老沢はごきごきと首を回す。

「もしかして、腹腔鏡の先がどこか太い血管切っちゃったのかね……」

マスクの下で裕也の奥歯がきしむ。海老沢は暗にこう言っているのだ、「お前がミスをしたんだろう」と。

開腹までの間、裕也の役目は腹腔鏡カメラの操作だけだった。よほど乱暴に操作をしない限り、カメラが血管を切り裂くことなどない。腹腔鏡下手術用のメスなどの鋭利な器具を使用していた海老沢が出血させたに違いない。

口腔内までせり上がってきた反論の言葉を、裕也は必死に呑《の》み込んだ。ここでどちらがミスをしたのか議論しても、水掛け論になるのは目に見えていた。

「……すいません」

「もしかして……手が震えたりしたのか？」

「いえ、そんなことはありません」

このタヌキ親父が。裕也は内心で悪態をつく。これだけ出血しているなら、その原因となる傷をつけた者は手ごたえで気づくはずだ。腹腔鏡を持っていた自分の手に一度も衝撃を感じなかった以上、海老沢がミスをしたに決まっている。

「開腹したからもう大丈夫だけど、次からは気をつけろよ。親父の腹にこれだけの勲章つけたんだからな。まあ手が震えたのも、ある意味親父のせいかもしれねえけどな」

説教を垂れると、海老沢は器械出しの看護師の方を向き、雑談を始める。

親父のせい？ 息子だから、俺がミスをしたとでも言うのか？

海老沢の言葉が脳に染《し》み入ってくるにつれ、脳髄が沸騰《ふっとう》していく。

「あの……先生……」

躊躇《ためら》いがちな声がかけられた。裕也は研修医を横目で睨む。

「……なんだよ？」

「いえ……これって、大丈夫なんですか？」

研修医は震える指で裕也の手元をさした。つられて裕也は視線を落とす。

氷の手が心臓を鷲づかみにした。

純白だったガーゼが燃えるような紅色に染まっていた。大量の血液を吸い取って。

「え、海老沢先生！」喘《あえ》ぐように裕也は叫ぶ。

「ん？ なんだよ？」

海老沢が面倒そうにこちら側を向く。その腫《は》れぼったい目が大きく見開かれた。

「ガーゼどけろ！」

襲いかかるかのように手術台に駆け寄ると、海老沢は腹腔からガーゼを乱暴に掻《か》き出し始める。裕也も一瞬遅れてそれに倣《なら》った。大量の血液を蓄えたガーゼはリノリウム製の床に落ちると、重い音をたてながら血しぶきを撒《ま》き散らした。

「ぐっ⁉」裕也と海老沢の喉《のど》から同時にうめき声が漏れる。

ガーゼが吸収しきれなかった血液が、腹の中に池を作っていた。その水位は目に見て分かるほどの速度で上昇している。出血の勢いが明らかに増していた。

「きゅ、吸引しろ」

外科医として四十年近いキャリアを持つ海老沢の声が裏返っていることが、この状況がいかに異常なものであるかを示していた。圧迫すれば出血は抑えられる。それは『太陽は東から昇る』と同じほどの普遍の真理だったはずだ。しかし今この場では、太陽が西から昇っている。脳髄をかき混ぜられているかのような混乱が裕也を襲う。

研修医が慌てて吸引管を血の海の中に差し込んだ。めまいをおぼえつつも、裕也は必死に手を動かす。ぬるぬると滑る腸管を掻き分け、視野を確保しようと試みる。そのとき、麻酔器がけたたましいアラーム音を響かせた。

「ちょっと、カリが高すぎる！　心停止起こすよ。もっとカルチコール打って！」

焦燥に満ちた清水の声が部屋にこだました。裕也は唇を強く噛み、この場から逃げ出したいという衝動を押さえ込む。

「裕也」

不意に背後から声がかけられた。反射的に振り返ると、そこには医局長と講師、二人のベテラン外科医が、手袋をはめ滅菌ガウンを着込んだ臨戦態勢で立っていた。

「代わろう。手を下ろせ。研修医もだ」

医局長が低い声で言う。研修医は露骨に安堵の息を吐くと、素早く自分の位置を空けた。しかし、裕也は動けなかった。

手を下ろす、すなわち手術から退場する。この手術を人生の区切りと位置づけていた裕也にとって、それは容易に受け入れられることではなかった。金縛りにあったかのように、その場に立ち尽くす。

「邪魔だ！　さっさと場所を空けろ」

講師が怒声を上げるが、それでも動くことができなかった。

「裕也」医局長がこの戦場には不釣り合いな柔らかい声をかけてくる。

「はい」

「こういう時は手を代えた方が良い。あとは俺たちに任せろ」

「……はい」

金縛りがとける。裕也がふらふらと手術台のそばから離れると、医局長がすれ違うようにそこに立ち、手袋に包まれた手を腹腔に差し込んでいく。

手術台に背を向けた裕也は、滅菌ガウンの襟口に手を掛け、乱暴に力を込めた。ばりばりと音をたてながらガウンが剝《は》ぎ取られていく。体にこもっていた熱気が拡散していくと同時に、心の温度も下がっていった。

手術室の隅に移動して部屋の中心に視線を向ける。三人のベテラン外科医たちが顔を紅潮させながら手を動かし、清水を中心とした麻酔科医たちが時に怒号を上げながらせわしなく動き回っている。裕也にはその光景が、テレビ画面越しに見ているかのように現実感なく見えた。

この場所からは口にチューブを差し込まれた父親の顔がよく見える。その顔はこれまで見たことがないほどに蒼白《そうはく》で、全く生気が感じられなかった。

このままだと、親父が……死ぬ？　その事実をはっきりと意識した瞬間、急に酸素が薄くなったような気がした。

父を嫌悪《けんお》、いや、憎悪していた。父が自分の目の前から消え去ることを何度も願ってきた。内心で父の死を願ったことさえもあった。しかし、こんな状況を望んではいなかった。どうせこの手術が終われば、父との縁を切れるはずだった。それなのに……。

なにか……なにかしなくては。裕也はふらふらと手術台の頭側へと向かう。

「カルチコールもう一アンプル打って！　ＧＩ療法の準備もして。ああもう、血ガスの結果まだこないわけ」

素早く指示を飛ばしている清水に近付くと、裕也はおずおずと口を開いた。

「……あの、清水先生」

「ん、なに？　今、手が離せないんだけど」

清水は裕也に一瞥《いちべつ》もくれることなく、早口でまくし立てる。

「いえ、なにか手伝えることがないかと……」

「これ」清水は無造作に左手を差し出す。その手には血液の入った一本のスピッツが握られていた。

「あの……これは？」

「クロスマッチ用の血液。輸血が多すぎて、さっき取った分が足りなくなったんだって。これを輸血部に至急で運んで！　至急！　大至急でね！」

清水がスピッツを押しつけてくる。裕也はそれを握りしめると二、三歩後ずさりをした。もはやこの戦場に居場所はない。そのことをまざまざと思い知らされた。出口に向かうと、フットスイッチに足を入れる。重い鉄製の自動扉が動きはじめた瞬間、室内の空気が激しく、そしていびつに震えた。

「ああ、やばい！」清水の悲鳴じみた声が上がる。

反射的に振り返った瞬間、時間が止まった気がした。

モニターの心電図の波形が、不規則にダンスを踊っていた。

心室細動。心臓が細かく痙攣《けいれん》し血液を送り出せなくなった状態。それは紛れもない心停止の一形態だった。

「エピクイックを一アンプル打って！　ＤＣを準備！　三六〇でチャージ！」

清水は手術台によじ登るようにして心臓マッサージを開始する。看護師が清水に電気除細動器のパドルを手渡した。滅菌シートが剥ぎ取られ、あらわになった胸に二つのパドルが置かれた。

「離れて！」

清水の声と同時に、腹部で処置を続けていた三人の外科医が手術台から離れる。

親父……。

ドンッという重い音とともに、手術台の上で父親の体が海老のように跳ねた。

激しいめまいに襲われ、裕也は壁に手をついてなんとか体を支える。螺旋《らせん》階段を転げ落ちていくような感覚をおぼえつつ、裕也はただ手術台を眺め続けた。

2

視界に黒いカーテンが落ちてくる。

脳貧血だ。冴木真奈美《まなみ》はすぐに自分の身に起こっていることに気づく。思春期のころはたびたびこの低血圧による意識喪失を起こしていた。

真奈美はテーブルに突っ伏した。そのまま意識を失っても椅子《いす》から転げ落ちないように。そして、間違っても下腹部を打ちつけたりしないように。

一瞬、宙に浮き上がるような不快感をおぼえたが、すぐに重力が戻ってくる。意識は何とかつなぎ止めた、しかし脳細胞の機能はまだ回復してはいなかった。

「大丈夫ですか？」

正面から心配げな声がかかる。視線を持ち上げると、血で汚れた手術着の上に白衣を羽織った海老沢という名の教授が、テーブル越しに顔を覗《のぞ》き込んできていた。なにを他人事《ひとごと》みたいに。激しい怒りが血圧を上げる。おかげで霞《かすみ》がかかっていた意識がはっきりとした。真奈美はテーブルに両手をつき、身を乗り出す。

「どういうことなんです？　父はどうなったんです？」

「……ＩＣＵで処置中です。かなり厳しい状態です」

海老沢は叱《しか》られた子供のように、露骨に視線を外した。

「なんで……一時間以内で終わる安全な手術だって……」

それ以上は舌が強張《こわば》ってうまく言葉を紡《つむ》ぐことが出来なかった。

「……残念です」

心のこもっていないお決まりの言葉が逆鱗《げきりん》に触れる。さらに海老沢に罵声《ばせい》を浴びせようとした瞬間、真奈美の手に固く乾燥した、しかし温かいものが触れた。真奈美は隣に顔を向け、震える声を絞り出す。

「お母さん……」

母の冴木優子《ゆうこ》が、濃い隈《くま》で縁取られた目で真奈美を見ながら、手を重ねてきていた。

白い入院着を着込んだ母の肌は一目で分かるほど乾燥し、ところどころ黒ずんで見えた。頬骨の目立つ顔は血色悪く蒼白で、眼窩《がんか》は落ちくぼんでいる。いまはウィッグをつけているが、その下の頭には抗癌《こうがん》剤の副作用でほとんど髪が残っていなかった。

以前は年齢《とし》よりも若く見えていた母だったが、今は老婆《ろうば》に見えることさえある。半年におよぶ卵巣《らんそう》癌との戦いが、母の姿を大きく変えていた。しかし、母の温かい視線は以前のままだった。やすりで擦《こす》られたような心の傷口が、優しく覆われていく。

「あんまり興奮しちゃだめでしょ。お腹《なか》にさわったらどうするの？」

母の言葉を聞いて、真奈美は両手を下腹部に持っていく。手のひらがほんのりと温かくなった気がした。子宮に宿る小さな生命《いのち》に触れて。

「あの。もしかして、お子さんが……」

つぶやいた海老沢は、優子の刺すような視線を浴びて口をつぐんだ。

「なんで、こんなことになったんですか？」

娘が落ち着くのを待っていたかのように、優子が海老沢に質問をぶつける。その言葉に真奈美に向けたような柔らかさはなかった。

今は療養のため退職しているが、半年ほど前に卵巣癌が見つかるまで、優子はこの病院の内科医だった。海老沢も真奈美に説明するようにはごまかしがきかないと思ったのか、全身に緊張感を漂わせる。

「腹腔鏡が血管を傷つけたようで。特別な手術だったので、彼も緊張したんでしょう」

「彼？　彼って？」

真奈美は詰問《きつもん》する。その男が致命的なミスを犯したのだろうか？

「……冴木裕也先生です。彼が第一助手として腹腔鏡を持っていたんですが、なにしろ身内の手術なので、普通の手術のようにはいかなかったようで……」

真奈美は目を大きく見開いた。兄さんが手術に入った？　そのせいで父さんが？

優子に視線を送る。優子も真奈美と同様に、落ちくぼんだ目を見開いて絶句していた。

必死に責任から逃れようとしているのか、海老沢はまくしたてはじめる。

「いや、しかたがないのかもしれません。緊張だけではなく、もしかしたら裕也先生の手が震えたのは父親の……」

「海老沢先生！」

優子が発した壁が震えるほどの怒声が、海老沢の舌の動きを止めた。病人とは思えないその声量に、真奈美も身をこわばらせる。優子がここまで激高したところを、真奈美はいまだかつて目にしたことがなかった。

「裕也が助手をしたんですか？」

一転して優子は静かな声で言った。静かで、それでいて重い声で。

「あ、え、……いや」海老沢は分厚い唇をわなわなと震わせるだけだった。

「家族の手術には入らせない。外科の常識じゃないんですか？」

「いや、簡単な手術だったので……。本人の強い希望もありましたし……」

海老沢は口の中で釈明を転がす。その言葉は、真奈美の怒りに再び油を注いだ。

「こんなことになったのに、簡単な手術だったって言うの！」

「それは……」

「海老沢先生……」優子は怒りで震える真奈美の背中に手を置く。「先生は裕也がミスをして、主人がこのようなことになったとおっしゃりたいわけですか？」

「いえ、決してそういう意味では……」

「手術の全責任は執刀医にある、違いますか？」

もはや海老沢は言葉を発さなかった。熊《くま》のような巨体が一回り小さくなったように見える。鉛のような重い沈黙が、六畳ほどの部屋に充満する。

「……海老沢先生」

優子が沈黙を破った。それまでの詰問とはうって変わって柔らかい声で。海老沢はのそのそと顔を上げる。

「今は医局を辞めましたが、私もこの純正医大の卒業生です。母校を訴えたりはしません。もしそのようなことを心配されているなら、どうぞご安心下さい」

海老沢の顔面の筋肉が複雑に蠕動《ぜんどう》する。真奈美はその動きの意味をすぐに理解した。この男は思わずにやけそうになった表情筋を必死に固めようとしているのだ。

目の前の男が保身しか考えていないことに、真奈美はもはや怒りを感じることもできなかった。ただ耐えがたい脱力感が全身をむしばんでいく。

真奈美は再び両手を下腹部に持っていく。その手に横から母の手が重ねられた。骨張った小さな手。胸に痛みが走る。しかしそれ以上に、安堵が胸に満ちていく。

「……真奈美」

慈愛に満ちた呼びかけに、真奈美は顔を上げた。柔和な笑みが浮かべる優子の右目から涙の雫があふれ、頬を伝っていく。

「お父さんに……会いに行きましょう」

真奈美は返事をしようと口を開く。喉の奥から咳《せ》き込むような嗚咽《おえつ》があふれ出た。衝撃と憤怒《ふんぬ》でおおい隠されていた哀《かな》しみが、堰《せき》を切って噴き出してくる。どれだけ唇に力を込めようとしても、声を押し殺すことができなかった。

優子の両手が真奈美の頭を包み込む。母親の入院着を涙と鼻水でよごしながら、真奈美は自分が父親のためにこれほど泣けることに驚いていた。真奈美の脳裏に父の、冴木真也の姿が浮かぶ。厳しい父だった。笑顔を見た記憶はほとんどない。

幼少のころから、ことあるごとに「医者になれ」と言われ続けた。真奈美が医学部へと進まないことを伝えたときなど、父は烈火のごとく怒《いか》った。

地方国立大学の法学部に進学し、実家を離れてからというもの、父と接触をもつことは完全になくなった。それは就職のために東京に戻ってきてからも変わらなかった。その状態が続いていたら、父のためにこれほどの涙を流すことはできなかっただろう。いやそれ以前に、今日こうして病院に来ることもなかったに違いない。しかし二ヶ月前に状況は変わった。真奈美が想像だにしなかったほど劇的に。

二ヶ月前、真奈美は数年ぶりに実家に向かった。二年ほど前から交際をしている相手を連れて。その日は多忙な父が家にいて、そのうえで卵巣癌の化学療法を終えた優子が退院している数少ない日だった。

避けていた実家に向かったのは、二つのことを報告するためだった。一つは恋人と結婚すること、そしてもう一つは、自分の子宮に新しい生命が宿っているということ。

真奈美は父に叱責《しっせき》されることを予想していた。それで良かった。父の気の済むまで罵声を浴び、それを最後に親子の縁を切るつもりだった。

半ば挑発するように結婚と妊娠を告げた真奈美は、父の顔が硬直していくのを痛快な気持ちで眺めた。あとは罵詈《ばり》雑言《ぞうごん》を聞き流し、そして絶縁を宣言するだけだと思っていた。

しかし、父の口から発せられた言葉は、想像だにしないものだった。

「……おめでとう、真奈美」

一瞬、真奈美はなにを言われたのか理解できなかった。呆然《ぼうぜん》とする真奈美の目前で、父は唐突に、恋人の前に土下座するように頭を下げた。

「どうか……娘をよろしくお願いいたします。どうぞ幸せにしてやって下さい」

恋人が慌てて「そんな……。顔を上げて下さい」と言っても、真也は動かなかった。

数十秒後、優子にうながされて顔を上げた真也の目が赤く充血しているのを見て、真奈美はなぜか父親の姿がかすんで見えはじめた。

それから、優子が恋人と色々話をしている間、真也はたえずうつむき、言葉を発しなかった。おそらくは不機嫌だからではなく、嗚咽をかみ殺すために。

帰りぎわ、玄関まで優子とともに見送りに来た真也は躊躇いがちにつぶやいた。

「……時間があったら、また来い」

その言葉を聞いた瞬間、真奈美は二十五年間つみ重なってきた父に対するわだかまりが、解けて流れていくのを感じた。母が亡《な》くなったら自分には『家族』がいなくなる。優子の病気を知ってから真奈美はずっとそう思っていた。しかしその日以来、真也とも本当の家族になれるかもしれないという予感を、ひそかに胸に抱いていた。そう、時間はかかるだろうが、いつかは。

それなのに……。優子の胸に抱かれながら、真奈美は体内にとどめきれない感情を涙に溶かして流し続ける。

感情の荒波がようやく凪《な》いできた。真奈美はポケットからハンカチをとりだし、顔を濡らす涙を拭《ふ》くと、勢いよく鼻をかんだ。

「大丈夫?」優子が顔を覗き込んでくる。

「……うん」真奈美は鼻をすすりながら首を縦に振った。

優子はもう一度真奈美の背中を撫でると、背骨を真《ま》っ直《す》ぐに伸ばす。つられるように、居心地悪そうに黙っていた海老沢も姿勢を正した。

「主人に会います。海老沢先生、ICUに連れて行っていただけますか?」

海老沢はパイプ椅子の上で巨体を小さくすると、気まずそうに頷《うなず》いた。

3

どれほど時間が経《た》ったのだろう?

ICUの隅でたたずみながら、裕也は壁に取り付けられた時計に視線を送る。時計は午前十一時二十分を指している。ここに入室したのはたしか十一時頃だった。

まだ二十分しか経っていないのか。そのことに裕也は驚く。すでに数時間はここで立ち尽くしている気がする。

手術室で心停止を起こしてから三十分ほどして、真也の体は手術室からこのＩＣＵへと移された。ＩＣＵで死亡した場合、その死は術後の死亡とされる。ＩＣＵへの移送、それは術中死というもっとも忌《い》むべき結果を避けるためだけの自慰的な行為だった。

「おい裕也。なんだよあれ？」

背後からかけられた声に、裕也はのろのろと首を動かす。すぐ背後に皺《しわ》の寄った白衣を着た長身の男、循環器内科医の諏訪野良太《すわのりょうた》が背中を曲げて立っていた。

「……なんでもない」

学生時代、同じ班で学び、そして部活の柔道部でもともに汗を流した親友に投げやりな言葉を吐き捨てると、裕也は唇を噛む。

「『なんでもない』ってことないだろ。ほら清水センセー、この世の終わりみたいな顔してるじゃん。それに周りで青い顔をしているのって、お前の医局のドクターたちだろ?」

「ああ……」

「なんかオペで事故ったのか？」

「……ああ」

「術中死かよ。そりゃさすがにやばいな……」諏訪野は眉間《みけん》にしわを寄せた。

「まだ……死んでない」

「いや、ありゃもうステってるよ。麻酔科だって、もう本気で心マしていないじゃん」

ステルベン。ドイツ語で『死亡』を意味するその隠語が諏訪野の口からこぼれた瞬間、胸の中にどす黒い感情が湧《わ》き上がった。

諏訪野の言うとおり、麻酔科医たちの心臓マッサージを施す手の動きは緩慢で、力がこもってはいない。それもそのはずだ。心停止から一時間近い時間が経っている。蘇生《そせい》のゴールデンタイムはとうに過ぎていた。すでに脳細胞は死亡し、二度と復活することはないだろう。ただ、術中死のような予期せぬ死の場合、患者の家族が来る前に蘇生処置をやめるわけにはいかない。家族の許可を得てはじめて死亡を宣告できるのだ。

かりそめの蘇生処置が続くベッドを取り囲んでいる医師たちが、時々ちらちらと自分に視線を投げかけてくることに裕也は気づいていた。

彼らもこの息が詰まるような茶番劇を一刻も早く終わらせたいのだろう。そして、それができるのは、今このICUでは、患者の息子である裕也以外にいなかった。

裕也は顔を伏せる。たしかに自分が一言「もういいです」と口にすれば、この無意味な儀式を終わらせることはできる。しかし、その権利が自分にはない。

もしベッドに横たわっているのが母なら、胸を張って「無駄な処置で母の体を傷つけないでくれ」と言えただろう。しかし裕也には、ベッドの上に横たわっている男を『家族』と呼んで良いのか分からなかった。

「まだ……ファミリーが来ていないんだ。今、教授が説明している」

裕也は諏訪野に言う。口の中に耐えがたいほどの苦みが広がった。

「ああ、なるほど、執刀医がムンテラ中ってわけか。そりゃあ止められないな」

独り言のようにつぶやくと、諏訪野は寝癖が残る頭をこりこりと掻いた。

「それにしても、お前の医局のドクター集まり過ぎじゃないか？」

「手術は全部延期になったからな」

「はあ？　そこまで大事《おおごと》になってるのかよ？　一体何の手術だったんだ？　第一外科じゃ心臓ってことはないから、大血管か肺ってところ……」

「ラパコレ……」

「へ？」諏訪野はぱちぱちとまばたきを繰り返す。

「だからラパコレ、腹腔鏡《ふくくうきょうか》下胆嚢摘出術だよ」投げやりに裕也は吐き捨てた。

「おい、まじかよ。ラパコレでステったのかよ。清水センセーも青くなるわけだわ」

うるさい。胸に湧き上がったいら立ちが、全身を蝕《むしば》んでいく。

「……それに、患者が准教授だ」

「はあ？」諏訪野は呆けた声を上げると、振り返って患者の名前が記されているホワイトボードに視線を向けた。諏訪野の顔が急速に強張っていく。

「冴木……真也って」

「そうだよ、親父だよ。あそこでステってるのは、俺の親父なんだよ」

履いているサンダルの先に視線を落としたまま、裕也は平板な声で言う。諏訪野の頬が引きつった。

「わ、悪い……。まさか、親父さんだとは思わなくて」

諏訪野は居心地悪そうに宙空に視線をさまよわせると、じりじりと後ずさっていく。

「えっと……邪魔したな」

逃げるように遠ざかっていく諏訪野の後ろ姿を、裕也は冷めた目で見送った。その時、ＩＣＵ内の空気がざわりと震えた。スタッフたちの視線が入り口へと注がれる。裕也は緩慢な動きでその視線の先を見た。

「あ……」喉から声が漏れる。

海老沢が二人の女性をともなってＩＣＵに入ってきていた。どこか弛緩していた部屋の空気が張り詰める。

母さん、それに……真奈美。二人に駆け寄るべきか、それとも医療スタッフとして一歩引いて見ているべきなのか判断がつかず、裕也は動くことができなかった。

部屋の隅にいる裕也を見つけた優子が、小さく手招きをしてきた。裕也はおずおずと母と妹へと近づいていく。

「裕也。……大丈夫よ」優子が手を伸ばし頬を撫でてきた。

子供の頃の記憶より、はるかに小さく、そしてかさついた母の手。不意に鼻の奥に刺すような痛みを感じる。そのとき、裕也は自分に浴びせかけられる鋭い視線に気づいた。真奈美が、数年間顔を合わせることのなかった妹が、裕也を睨みつけていた。

「行きましょう」

その場を取りつくろうかのような優子の言葉で、真奈美は裕也から視線を外す。

優子を先頭に三人は、左右に分かれた医療スタッフたちの中を粛々と進んでいった。

「お久しぶりです、清水先生」

ベッドの前までやって来た優子は、どこか居心地悪そうに心臓マッサージを続ける清水に語りかける。

「……優子先生」

「ありがとうございました」

優子は深々と頭を下げた。それがなにを意味するか、医師同士では言葉に出すまでもなかった。清水はもうしわけ程度に真也の胸を押していた手を止める。自分の心臓も動きを止めたかのような圧迫感を裕也は感じた。

ベッドの脇にいた看護師が、清水に聴診器とペンライトを渡す。清水はためらいがちに心拍、呼吸、そして対光反射の消失を確認していった。

「午前十一時三十二分、……ご臨終です」

ペンライトを術着のポケットにしまった清水は、裕也たちに向けて深々と頭を下げた。ベッドを取り囲んでいた医療スタッフたちもこうべを垂れていく。

「お世話になりました」優子は震える声で、しかしはっきりと言った。

厳粛な時間。誰もが口をつぐみ、ＩＣＵ内にはモニターが発する電子音だけが響く。十数秒後、医療スタッフたちがゆっくりと頭を上げていく。そのタイミングを見計らったかのように、後方で控えていた海老沢が近づいてきた。

「あの、このたびは……、それで、病理解剖の方は……？」

大学病院などの大病院で患者が死亡した場合、病理解剖を希望するかたずねることになっている。その主な目的は、解剖により疾患、治療経過などを詳しく解明し、今後の医療に役立てることであるが、その他の目的で行われる場合もごく稀《まれ》にあった。例えば、医療過誤が疑われるような場合。

解剖は死亡原因をこれ以上ないほどに明るみに引き出す。そしてそれは医療過誤の証拠になることもあった。

解剖するべきだ。その言葉が裕也の口をつきかけた。あの手術はどこか異常だった。あの手術室でなにが起きていたのか、どうしても知りたかった。

しかし、そばにいる母と妹の存在が、咽頭《いんとう》までせり上がった言葉を飲み込ませた。真奈美は医療とは関係ない世界に生きている。父親を解剖されるということは受け入れがたいものだろう。それにいかに医師だといっても、母も三十年間つれ添った夫の体を切り刻まれることを容易に認められるとは思えない。そこまで考えた裕也は、肉親が解剖されることを平然と受け入れている自分に吐き気を覚えるほどの嫌悪を感じた。

空気が硬直していく。優子が解剖を望むことの意味を、医療スタッフの誰もが理解していた。

「……解剖は結構です。海老沢先生にはとてもお世話になりましたから」

感情を消し去ったような声で言うと、優子は海老沢に向かって頭を下げ、もう一度「解剖は結構です」と繰り返した。

「……分かりました」

重々しくうなずいた海老沢の表情が、瞬間、安堵でゆるんだのを裕也は見逃さなかった。一礼してベッドから離れた海老沢と入れ替わるように、看護師が近付いてくる。

「これから身の回りを綺麗《きれい》にさせていただき、その後、ご家族によるお別れのお時間を持っていただきます。それまで控え室でお待ちいただいてよろしいでしょうか？」

その流れるような口調は、看護師がそのセリフを日常的に口にしていることを示していた。ついさっきまで居心地悪そうにベッドを取り囲んでいたスタッフが動きだし、おのおの仕事をはじめる。いつの間にか事態は『手術による死亡』という異常な状況から、『患者の死』という日常へと急速に変化していた。

　手術による死は通常の死亡ではない。法律的には『異状死』に当てはまる。これから所轄《しょかつ》の警察署へ連絡をいれ、警官たちが実況見分に入ることだろう。しかし、それもおそらく形だけのものになる。遺族が納得している限り、警察も医療現場という極めて特殊で専門性の高い世界においそれと手を出そうとはしない。解剖を希望しなかった時点で、冴木真也の死は日常業務の中に組み込まれてしまった。

　せわしなくスタッフたちが動くベッドの周囲から、三人の家族は離れていく。

　優子と真奈美がお互いを支え合うようにしながら出口に向かうのを見て、裕也は躊躇《ちゅうちょ》する。このまま医療スタッフとしてＩＣＵに残るべきか、それとも母と妹のそばに寄り添うべきなのか。そんな裕也の困惑を読みとったかのように、優子が足を止め振り返った。それにならうように真奈美も首だけ振り向く。

「裕也」優子が柔らかい声で言う。

「あ……」裕也の口から、返事とも唸《うな》り声ともつかない音が零《こぼ》れた。

「あなたは残って、自分の仕事をしなさい」

「……分かった」

　優子は悲しげな笑顔を浮かべると、再び出口へと向かう。真奈美もすぐにそれに続く。振り返る直前に真奈美が、数年ぶりに顔を合わせた妹が自分に浴びせた、氷のように冷たい視線が、裕也の胸に暗い影を落としていった。

4

耳ざわりな電子音が右の腰から鳴り響く。裕也は食べかけのサンドイッチをくわえたまま、白衣のポケットからポケットベルを取り出した。世間ではほとんど絶滅したこの小さな電子機器も、病院内ではシーラカンスのごとくしぶとく生き残っている。液晶画面に表示された数字を見て、裕也は眉《まゆ》をひそめる。病棟からの連絡だと思ったが、画面に表示されていたのは病棟の内線番号ではなく見覚えのない数字だった。

裕也は口の中にあるサンドイッチを飲み込むと、内線電話の受話器を取り上げ、液晶に表示されている数字をダイヤルする。

「はい、佐藤」回線が繋《つな》がった瞬間、聞き慣れた低音の声が受話器から聞こえてきた。医局長の佐藤。

「あ、医局長ですか？　裕也ですけど、今コールしましたか？」

「ああ、俺が呼んだんだ。時間あるか？」

「ええ、まあ……」

午後に手術の予定は入っていない。

「それじゃあ、俺の部屋に来てくれ」

「医局長室にですか？　分かりました。二、三分で行きます」

「ああ。待っている」その言葉を残して回線は切れた。

受話器を戻しながら裕也は首を捻《ひね》る。いつも冷静沈着で、陰で『マシーン』の異名をつけられている医局長にしては、なぜか声に含まれる感情の濃度が高かった気がした。

あまり待たせるわけにもいかない。裕也はサンドイッチの残りを口の中に押し込む。立ち上がって椅子の背に掛けていた白衣を手にとった裕也の視界に、卓上カレンダーが飛び込んできた。

「……まだ二週間か」

冴木真也が、父が命を落としてから、二週間が経っていた。わずか二週間。しかし、人の生死が交錯する大学病院では、それは事件を風化させるのに十分な時間だった。この病院の誰もが、あの事件がはるか昔に起こったことのようにふるまっている。そしてそれは裕也でさえも例外ではなかった。

あの時、解剖などしていなくて本当によかった。今ごろになって、裕也は母の決断に感謝していた。もし解剖して、医療過誤の証拠が見つかりでもしていたなら、いくらこの『死』にあふれた現場で働いているといっても、これほどまでに日常に戻れていなかっただろう。たとえそれが、かりそめの日常だとしても。

裕也は無意識に自分の胸を右手で触れる。一瞬、そこに空洞がある気がした。真也が、父が亡くなってからというもの、胸の中身をくり抜かれてしまったかのような虚無感が胸骨の下にただよっている。しかし、裕也はそのことから目をそらしていた。まるで何事もなかったかのように装《よそお》っていた。少なくとも表面上では、裕也よりも他の医局員の方が真也の死にショックを受けているように見えるほど。

裕也には信じられないことだが、医局で真也はなかなかに慕われていた。市中病院での二年間の初期研修を終え、純正医大第一外科に入局した時、裕也の耳に入ってきた真也に対する評価は、『後輩思いで面倒見の良い、頼れる准教授』というものだった。その評価を初めて聞いた時、裕也は父と同姓同名の准教授がいるのだと思ったほどに、その評価は裕也の知る父とはかけ離れたものだった。裕也の知る『冴木真也』という男は、自分の子供にさえほとんど言葉をかけることもなければ、笑顔を見せることもない人間だった。

石ころでも見るかのような視線を自分たち兄妹《きょうだい》に浴びせかけ、近づこうともしない。それにもかかわらず、なにかにつけては『医者になれ』と人生に干渉してくる男。どれだけ外面《そとづら》がよかったんだ。父の評判を聞くたびに、胸にやり場のない怒りがこみ上げていた。

裕也は軽く頭《かぶり》を振ると、医局を出て一フロア上の階にある医局長室に向かった。廊下のつきあたりでエレベーターを待ちながら、この二週間の出来事を思い起こす。

真也の死から一週間は、目の回るような忙しさだった。通夜《つや》、葬式の準備や遺産の処理など、様々な手続きを行う必要があったが、病身の優子と身重の真奈美にそれらを任せるわけにもいかず、忌引きで休暇を貰《もら》った裕也は毎日手続きにかけ回ることとなった。

優子に代わって裕也が喪主を務めた通夜、そして葬儀には、第一外科の医局員を中心に、大学の関係者が数多く弔問に訪れた。ありがたいことに、若い医局員たちが手伝いをしてくれたおかげで、なんとか問題なく葬儀を執り行うことができた。

親戚《しんせき》付き合いをほとんどしていなかったため、親族席に座ったのは裕也と真奈美だけだった。通夜そして葬儀の間、真奈美は無言を貫き、裕也と言葉を交わすことはおろか、まともに視線を合わせることすらなかった。隣に座る真奈美から感じる無言の圧力に、裕也からも事務的なことしか話すことができず、葬儀が終わるといつの間にか真奈美は姿を消していた。

裕也は暗い気持ちになる。もともと兄妹仲が悪かったわけではない。裕也が大学に入るまでは、かなり仲のよい兄妹だった。しかし、今ではこの体たらくだ。

仕方がない。真奈美から見れば、裏切ったのは俺なんだからな。裕也はため息をつく。

エレベーターで上階にあがり、医局長室へと向かう。足は重かった。医局長がなんの話をしようとしているかは、ある程度予想がついていた。普通の話をするなら医局、病棟、オペルーム、どこでも機会はある。わざわざ自分の部屋にまで呼ぶということは、その話が他人に聞かれたくない内容だからに違いない。そんな話で裕也に思い当たることは一つしかなかった。

『医局長室』の表札がかかった扉の前で立ち止まると、裕也は一度大きく息を吐いてからノックをする。

「入ってくれ」すぐに中から聞き慣れた声が聞こえた。

「失礼します」

裕也は室内へと入る。中にはデスクと椅子、そして本棚だけが置かれた質素な六畳ほどの空間が広がっていた。

「忙しいのに呼び出して悪かったな」医局長の佐藤はデスクの書類から視線だけ上げる。

「いえ……」

「家の方はもう大丈夫なのか？」

「はい。その節はお世話になりました」

「そうか、……仕事の方はどうだ？」

「特に問題はありませんけど……」裕也は眉根を寄せて佐藤を見る。なにかを言い出すタイミングをはかっているかのようだ。裕也が想像していた話は、これほど慎重になるようなものではなかった。悪い予感が胸の中で膨らんでいく。

「そうか、まあまだ冴木先生が亡くなってから二週間だし、あまり無理せず……」

「……先生、それで話というのは？」

佐藤が再び世間話を始めようとしたところで、裕也はその言葉をさえぎる。これ以上、無意味な話につきあって不安をかきたてられたくなかった。

佐藤は顔全体にしわを寄せて数秒黙りこむと、力なく首を振った。

「……マスコミに漏れた」

「はい？」意味が分からず、裕也は呆《ほう》けた声を上げる。

「この前の手術の件だ。それがマスコミに漏れた。朝から医局に取材の問い合わせが殺到している。海老沢教授の家には直接記者が押しかける始末だ」

「え？　え？　ちょっと待って下さい。なんの話なんですか？　取材？　一体何を取材するっていうんです？」裕也はデスクの上に手を置き、身を乗り出す。

「言っただろう。冴木准教授の手術の件だ。マスコミがあの手術について話を聞かせろと押しかけてきているんだ」

「なにを聞かせろっていうんですか？」

「あの手術が医療過誤だったんじゃないかと言うんだ。だからあいつらは、手術中に何があったのか、根掘り葉掘り質問しようとしている」

「は？　いったいなんでそんなことに？　もう葬式も終わっているんですよ。第一、うちの家族は誰一人騒いでいないじゃないですか」

裕也は混乱する頭を振る。マスコミが突然、医療過誤を疑う時は、まず例外なく遺族が不満の声を上げている。しかし今回の事故で遺族、つまり自分たちは、訴訟どころか病院にクレームすらもいれていない。そんな状況でなぜマスコミが？

そのとき、裕也は脳の表面を虫が這《は》うような不快な感覚をおぼえた。

遺族が騒いでいない。本当にそうなのだろうか？

裕也の脳裏には、葬儀の間ずっとうつむき唇を嚙《か》んでいた真奈美の姿が浮かんでいた。

まさか真奈美が……？

「詳しいことは分からない。ただ、マスコミに手術の件をリークした奴《やつ》がいる。しかもかなり悪意のこもったリークだ。マスコミは完全に教授を『人殺し』として糾弾しようとしている」

佐藤は苦々しげに舌打ちをする。

「人殺しなんて。あれは事故だったんです。説明すればマスコミだって分かって……」

「本当に分かってくれると思うか？」

「え？」

「奴らは別に正しい情報が欲しいわけじゃない。世間の目を引くようなネタを欲しがっているだけだ。教授の執刀で准教授が死亡した。しかも術式は極めて簡単なもので、教授はその手術の第一人者だった……」

「だからって……」

「しかも冴木准教授は、二ヶ月後に行われる予定だった海老沢教授の定年退職にともなう教授選の本命の一人だった。そして、知っているとは思うが、海老沢教授は冴木先生以外の候補を推していた……」

「待って下さい。教授選が今回の手術になんの関係があるって言うんですか？」

「関係なんてない。けれどマスコミはそう思ってはくれない。奴らはいろいろな事実を強引につなぎ合わせて、面白可笑《おか》しくストーリーを組み上げようとしているんだ」

「そんな馬鹿《ばか》な……」

佐藤のセリフが何を意味しているかに気付き、裕也は絶句する。自分が教授選で推す候補を勝たせたいがために、わざと海老沢が手術中にミスをしたというのか？

たしかに典型的な『古い外科医』である海老沢は、癖のある性格をしていた。一概に人格者とは言いがたいだろう。患者とトラブルになることもしばしばあった。しかしそれも、海老沢の医療に対する妥協なき姿勢によるものだった。

どんなに進行した癌患者にも、その余命を含めてすべてを告知し、少しでも可能性があれば積極的に手術を行う。その海老沢の治療方針は、本人への告知を望まない家族とたびたび衝突を起こしたが、海老沢はそれこそ患者に対しもっとも利益になるという信念のもと、絶対に例外を作ることはなかった。

裕也は人としてはともかく、医療者としては海老沢を尊敬していた。あれだけ医療に、手術に対しこだわりを持っている男が、執刀中にわざとミスを犯すなどあり得ない。

「たしかに馬鹿馬鹿しい話だ。けれどマスコミは、教授を誹謗《ひぼう》中傷するネタをひたすら探し回っている。教授はあの性格だ。良く思っていない奴らも多い。下手をすれば、大々的なネガティブキャンペーンが張られるかもしれない」

「そんな……」

「いいか、もしお前にマスコミが接触してきても、なにも喋《しゃべ》るな。俺に回せ。マスコミの対応は全部俺が引き受ける」

「俺が被害者……死んだ患者の息子だからですか」

思わず『被害者』という言葉を使ってしまい、裕也は鼻の付け根にしわを寄せる。

「それだけじゃない。お前は手術の第一助手だった。教授の次に狙《ねら》われやすい立場だ」

「いや、執刀医ならまだしも、いくらなんでも誰が助手をやったかまで……」

疑わしげにつぶやく裕也に、佐藤は厳しい眼差《まなざ》しを向ける。

「甘く考えるな。お前が思っている以上に奴らは情報を持っているぞ。手術の状況を驚くほど詳しく知っていた。第一助手どころか、関わった麻酔科医やナースの名前まで一部知られている」

「どうやってそんなことまで⁉」

「たぶん、情報は内部から漏れた」佐藤の顔に刻まれたしわがさらに深くなる。

「内部って……」

「この病院の誰かがマスコミに情報を流している。しかも悪意を持ってな」

「まさか……」

裕也は呆然とつぶやく。同じ職場のスタッフの中に、この病院を、自分たちを窮地におとしいれようとしている者がいる。そんなことは信じたくはなかった。

暗澹《あんたん》たる気持ちになると同時に、マスコミに訴えたのが真奈美だという可能性が低くなったことに、裕也はかすかに安堵《あんど》する。

「今日中に医局全体に対応を通達するが、お前にだけは先に伝えておいた」

「……分かりました。とりあえずマスコミが接触してきたら、黙って先生に回します」

「そうしてくれ」

佐藤は重々しくうなずくと、視線をデスクの書類へと戻す。

「失礼します」裕也は軽く会釈《えしゃく》をして部屋を出ようとする。

「ああ、忘れていた。ちょっと待て」ノブに手を掛けた裕也を医局長が呼び止める。

佐藤は机の引き出しを開けると、中から一枚の封筒を取り出した。裕也の表情が複雑に歪《ゆが》む。封筒の表面には大きく、『退職願』の文字が記されていた。

「たしか、結果がどうなろうが教授選の結果が決まったら、医局を辞めたいということだったな。けれど、状況は変わった」

「……はい」

「もう次に就職する病院は決めているのか？」

「……いえ、誘ってくれている病院はありますけど、まだ具体的な話はしていません」

真也の手術を終え、自らの人生に一区切りをつけてから動き出すつもりだった。

「それで、どうするつもりだ？」

裕也は唇を固く結ぶ。どうすべきなのか、自分でも分からなかった。佐藤は小さく息を吐くと、辞表を引き出しへと戻す。

「まだ、教授にはこの話はしていない。それどころじゃないからな。お前もまだ気持ちの整理がついていないだろ。よく考えてから結論を出せ。それまで俺が預かっておく」

「ありがとうございます」

深々と頭を下げると、裕也は医局長室をあとにした。廊下をゆっくり歩きながら、たった今、佐藤から伝えられたことを考える。一瞬、三六〇ジュールの電撃で跳ね上がる父の体が脳裏にフラッシュバックし、軽い頭痛をおぼえた。

あの日、たしかになにかがおかしかった。なにか通常では起こらないこと、起こってはならないことが起きていた。もしそこに、誰かの意思が働いていたとしたら……。

エレベーターホールに着いた裕也は、廊下の一番奥にある部屋に視線を向ける。医局長室の質素な作りの扉とは対照的に、黒く光沢を放つその扉は重厚な雰囲気をかもし出していて、一目で高級なものと見てとれる。扉の脇《わき》にはこれも高級そうな表札に『教授室』と記されていた。

海老沢が真也を次期教授にしたくないという噂《うわさ》は知っていた。教授選の情報をシャットアウトしようとしていた裕也の耳に入ってきた程なのだから、よほど露骨に排除しようとしていたのだろう。その海老沢が執刀した手術で真也は命を落とした……。

「……まさかな」

かすれ声のつぶやきが、廊下の空気に溶けていった。

5

「大丈夫?」扉の向こう側から、岡崎浩一《おかざきこういち》が不安げな声をかけてきた。

便器に顔を近づけながら真奈美は「うん……」と弱々しく返事をする。こんな口調では浩一の心配をあおると分かっていても、声に力を込めることはできなかった。

この数日間つわりがひどく、一日数時間もトイレの個室にこもって過ごしている。そんな真奈美を心配して、浩一は今日の仕事を休み、身の回りの世話をしてくれていた。

いかに妊婦だとはいえ、浩一にそんなことをさせていることが後ろめたかった。

大学を卒業し、就職した法律事務所で知り合った浩一。弁護士夫婦の一人息子である彼と恋人となって、すでに二年の歳月が経っている。交際して一年ほどしたころからお互いに将来を意識しはじめてはいたが、まだ具体的な話が出ていたわけではなかった。しかし、三ヶ月ほど前の真奈美の妊娠で状況は大きく変化した。

それまで交際の件は二人だけの秘密にしていたが、それ以上黙っているわけにもいかず、二人はお互いの両親に妊娠と結婚することを報告した。

真奈美の両親は予想に反してその報告を喜んでくれたが、浩一の両親は対照的に、まるで不治の病を告知されたかのような態度で報告を聞いた。とくに浩一の母親である登《と》喜子《きこ》は、その報告の間ずっと、殺気に満ちた視線を真奈美に浴びせかけてきた。

浩一によると、真奈美が浩一の実家から気まずい思いで帰ったあと、義母となる女性は「堕《お》ろさせて、手切れ金を摑《つか》ませて別れろ」とさえ言ったらしい。

浩一の両親の態度が軟化したのは、両家が挨拶《あいさつ》を交わしてからだった。

真奈美の父親である真也が医大の教授候補であるということを聞いて、浩一の母親はそれまでかたくなに反対していた結婚をしぶしぶながらも認めはじめた。

両家の挨拶を境に、義母の自分に対する評価が『大切な息子をたぶらかしたあばずれ女』から『医大教授候補の娘』という、息子の嫁としての許容範囲に入ったことを真奈美は感じ取っていた。

最大のストレスがなくなったことで、それまで苦しめられていたつわりも、いくらか軽くなっていた。二週間前までは。

つわりが再び悪化した原因は明らかだった。父の死だ。葬式の途中でさえも、何度も席を外してトイレに駆け込まなくてはならなかった。父が逝《い》き、そして母に残された時間も少ない。もうすぐ自分は『家族』を失ってしまう。

真奈美は便器から顔を上げ、葬式の間、隣にいた裕也の横顔を思い出す。数年ぶりに会った兄を真奈美はどうしても『家族』とは思えなかった。

物心ついたころからずっと兄のことを『同志』だと思ってきた。父に対して共闘する同志。しかし真奈美が中学生の時、その思いはあっさりと裏切られた。それ以来、真奈美は裕也を避け続けている。

ほんのわずかな間だけでも、父と『家族』になれたように、いつかは裕也とも和解できるのだろうか？　真奈美は胃液の苦みが残る口をゆすぎながら考える。答えは出なかった。トイレの個室内にある洗面台に水を吐き出した真奈美は扉を開ける。

「もう平気？」外にいた浩一が心配そうに訊《たず》ねてくる。

「うん。少し気分は良くなった」

まだ鳩尾《みぞおち》辺りに嘔気《おうき》がわだかまっていたが、なんとか笑顔をつくることができた。浩一は小さく安堵の息を吐く。

かすかに少年の面影を残す三歳年上の婚約者のやさしげな顔を見て、沈んでいた心がわずかに軽くなった。母親に頭が上がらず、頼りないところもある婚約者だが、愛情は十二分に感じる。

真奈美はそっと両手を下腹部に持っていった。私はもうすぐ両親を失う。けれど、そのかわりに彼と新しい『家族』をつくれる。彼と、私たちの子供とともに。

二人がリビングに向かおうとすると、ピンポーンと軽い電子音が部屋の中に響いた。

「郵便かな?」真奈美は玄関を見る。

「真奈美はソファーで休んでなよ。僕が出るからさ」

「うん。じゃあお願い」真奈美は一人リビングへと向かう。

リビングのローテーブルには、ウェディング雑誌が置いてあった。表紙には純白のウエディングドレスを着た花嫁が、満面の笑みを浮かべている。

もうすぐこの衣装を着ることができる。都内のホテルで盛大に行う結婚式は二ヶ月後にせまっていた。浩一の両親はもっと時間を掛けて準備するように言ってきたが、真奈美は日付けに関してだけは譲らなかった。可能ならもっと早くしたかったぐらいだ。母の体をむしばむ癌《がん》細胞がいつまで待ってくれるか、誰にも分からないのだ。

どうしても母に花嫁姿を見せたい。ずっと自分を支えてくれた、一番大切な人にウェディングドレスを着た姿を見てもらいたかった。父が想像もしなかった事故で死んでからは、さらにその思いは強くなっている。

雑誌の花嫁姿に見とれていた真奈美は、なかなか浩一が戻って来ないことに気がついた。耳を澄ますと、玄関の方から言い争うような声が聞こえてくる。

「どうしたの？」

真奈美は廊下を覗《のぞ》き込む。玄関で浩一が見知らぬ若い男と話していた。その男の手には、大きなカメラが握られている。

「部屋に戻ってて！」

真奈美に気づいた浩一がいつになく強い口調で言う。しかし真奈美がその言葉に従う前に、男が満面に笑みを浮かべ大声を上げた。

「冴木真奈美さんですね！」

「は、はい」真奈美は思わず返事をしてしまう。

「あなたのお父さんの件でお話をうかがいたいんです。ほんの一、二分でかまわないですから取材させて下さい」

「父の……？」

「あなたのお父さんが亡《な》くなったのは、執刀医の医療ミスだったっていう情報があるんです。いや、下手をしたら医療ミスどころの騒ぎじゃないかもしれない！　場合によっては殺人の可能性だってある！」

一瞬、なにを言われたのか分からず、真奈美は口を半開きにする。

「彼女は妊娠中なんだ。帰ってくれ！」

浩一が必死に男を押し出そうとする。しかし、男がひるむことはなかった。

「お父さんの手術は死ぬような手術じゃない。しかも、執刀医はその手術の名手だったんですよ。それなのにお父さんは亡くなった。実はお父さんは二ヶ月後の教授選の有力な候補で、そして、海老沢教授はお父さん以外の候補を応援していたんです。これはちょっと怪しくないですか？　もしかしたら執刀医の教授はわざと……」

「いい加減にしろ。警察を呼ぶぞ！」

浩一の声が真奈美にははるか遠くに聞こえた。

父さんが死んだのは事故じゃない？　あの教授がわざと？　まさかそんな……。

視界の上方から黒いカーテンが下りてくる。危険を悟った時にはもう遅かった。視界がぐるりと回転し、平衡感覚が消えうせる。

おなかだけは！　母親としての本能で腹を両手でかばう。

右のこめかみに激しい衝撃が走り、真奈美の意識は闇《やみ》の中に溶けていった。

6

ボールペンの先が紙の表面を滑っていく。カルテに『異常なし』を表す『ｎｐ』の文字を書きながら、裕也はあくびをかみ殺した。

昨晩は徹夜で救急当直を行った。そのせいで眠気が全身を冒している。昼食をとれば、さらに強い睡魔が襲ってくるだろう。その前に最低限の仕事を終わらせなければ。

幸いと言うべきか、午後にオペに入る予定はなかった。食後に少し仮眠をとるぐらいの余裕はあるだろう。この一週間、第一外科の手術数は極端に減っている。

裕也はカルテを棚に戻すと、大きく伸びをする。

正午過ぎ。普段は看護師と医師たちで混み合っているナースステーションも、この時間は閑散としている。医師たちは昼食に医局や食堂に行っているし、看護師は患者への配膳《はいぜん》などで病棟を走り回っている。

白衣のポケットから電子音が響く。取り出したポケットベルの液晶画面には医局秘書の番号が表示されていた。裕也は内線電話の受話器を手にとる。

「はい、裕也ですけど」

回線が繋がった瞬間に裕也は言う。医局では『冴木先生』は父の真也のことを意味していた。裕也は入局以来ずっと『裕也先生』と呼ばれ、いつの間にか自分でも『冴木』ではなく『裕也』と名乗るようになっていた。

「あ、裕也先生ですか。また雑誌の記者から電話が入っていますけど」

「医局長に回して下さい」

医局秘書の報告に、裕也は苛立《いらだ》ちながら答える。一週間ほど前、週刊誌の一誌が『純正医大で医療ミス⁉　准教授が犠牲に！　黒い教授選に渦巻く闇⁉』という扇情的な文字を誌面に躍らせた。それからというもの、連日のように取材の依頼が舞い込んでくる。連絡はすべて医局長に回しているが、わずらわしいことこの上ない。

本来、マスコミの一番のターゲットとなるべきは、『殺人者』と名指しされた海老沢だろう。しかし、その海老沢はいまやマスコミの手の届かない場所へと避難している。あのタヌキじじい、いつまでそこにいるつもりだよ？　裕也は恨めしげな視線を天井に向けた。第一外科の病棟であるこの新館二十五階の一フロア上こそ、海老沢の『避難場所』だった。雑誌で糾弾された直後、海老沢は『肺炎の疑い』という怪しい病名で二十六階病棟へと入院した。

附属病院新館の最上階である二十六階は、純正医大の誇る特別病棟だ。十五畳以上の広さがある高級ホテルのスイートルームのような十四室の特別個室で構成されている。二十六階に行くには、二十五階とのみつながる専用のエレベーターを使い、さらに病院関係者だけが持つネームプレートをカードリーダーにかざして、強化ガラス製の自動扉を開く必要があった。

　当然、個室料金もかなりの高額であるため、入院患者は大企業の重役や政府高官、外国の要人、果てはヤクザの幹部など、一般人とはかけ離れた面々だ。ただし純正医大の教授、准教授やその家族が入院する場合は、かなり格安の値段で二十六階に入院できることになっていた。父の真也はこの前の手術の際、「慣れた場所の方が落ち着く」と二十五階の病室に入院していたが、それは少数の例外だった。

　純正医大附属病院という自分の城の中、しかも最高のセキュリティを誇る二十六階。海老沢がマスコミから逃れるのにこれ以上の場所はない。一方で主任教授が雲隠れした第一外科は、機能不全に陥った。新規の手術を抑制し、もともと予定していた手術だけを行うように教授会の決定が下されたため、この数日は手術数が普段の六割程度にまで落ち込んでいる。

　裕也は天井から視線を戻すと、深いため息をつく。いつまでこんな状況が続くのだろう？　医局長は、「どうせすぐに世間の興味は薄れるのだから、それまで黙って待てばよい」と医局員に伝えているが、この終わりの見えない悶々《もんもん》とした状況でただ待つことは、なかなかにつらかった。とくに事件の中心にいる裕也にとっては。

「あの、すいません」

不意に頭上から声が降ってきて、裕也は顔を上げる。中年男と若い男の二人連れが、廊下からナースステーションをのぞきこんでいた。

中年の男は、皺《しわ》の寄ったワイシャツに、一目で安物と分かるネクタイを締めていた。少々薄くなっている髪は天然パーマなのか、鳥の巣のようにごちゃごちゃとして見える。夏だというのになぜか腕には茶色いコートが掛かっている。

「あ、お見舞いの方ですか？　えっと、ナースが出払っていまして……」

「お気遣い感謝します。けど、私たちはあなたに用があるんですよ。冴木裕也先生」

男は妙に慇懃《いんぎん》な口調で裕也の名を呼んだ。警戒心が裕也の眉根を寄せる。

「記者ですか？」

「いえいえ、記者なんかじゃありません。申し遅れました。こういう者です」

のんびりとした口調で言うと、男は裕也の前に黒っぽい手帳のようなものをかざす。そこには男の顔写真が貼《は》られ、その下に『巡査部長　桜井公康《さくらいきみやす》』の文字が記されていた。

「……警察？」

「はい、警視庁捜査一課の桜井と申します。後ろは板橋署の真喜志《まきし》君です。よろしくお願いいたします」

真喜志と呼ばれた体格の良い若い男は、背中を真《ま》っ直《す》ぐに伸ばすと、深々と頭を下げた。桜井とは対照的に着ているスーツには皺一つ見えないが、どうにもスーツに着られている雰囲気をかもし出している。年齢は自分と同じくらいだろうか？

「警視庁？　なんで警視庁の刑事さんが私に？」

裕也の問いに桜井と名乗った刑事は、どこか芝居がかったしぐさであたりを見回すと、廊下から身を乗り出して囁《ささや》いた。

「ここではちょっと……。どこか静かに話せるところはないですか？」


「ああ、こういう部屋があるんですか。これは便利だ」

部屋に入った桜井は、もの珍しそうに室内を見渡す。『病状説明室』というなんの捻りもない名がつけられている四畳半ほどの簡素な部屋。テーブルと数脚のパイプ椅子《いす》、そして画像フィルムを裏から照らして見るためのシャーカッセンだけが置かれている。

「座って下さい。で、刑事さんがなんのご用でしょう？」

パイプ椅子を刑事たちに勧めながら、裕也は自分も腰掛ける。

「冴木准教授、先生のお父様の事件についておたずねしたいんですよ」

「よっこいしょ」と椅子に尻《しり》をおろした桜井は、なんの前置きもなく言った。桜井の視線が、真っ直ぐに裕也を射貫《いぬ》く。その口元には愛想笑いが浮かんでいるが、細められたその目は、心の奥底まで見透かしてきそうだった。

「なんで警視庁の刑事さんがあの手術の話を？　あの時はたしか、愛宕《あたご》署から警官がやってきて捜査したじゃないですか」

医師によって診断されていた疾患による病死以外は、基本的に『異状死』として警察に届けることが医師法で定められている。真也の死も最寄りの警察署に通報され、数人の警官が派遣されてきた。

警官たちは面倒そうに手術室の写真を撮ったり、スタッフに形だけの質問をすると、すぐに「特に問題なさそうですね」と拍子抜けするほどあっさりと引き上げていった。

「ああ、べつに手術の件が問題になっているわけではありません。ただ私たちが調べているほかの事件に、もしかしたら少し関係があるかもしれないんですよ」

「ほかの事件？」

「ええ、ほかの事件……」桜井はもったいをつけるかのように間を置く。「殺人事件ですよ。連続殺人事件」

「さつじん……？」

頭の中で、その四文字の言葉が『殺人』と変換されるまで数秒の時間を要した。

「板橋区、北区、足立区でこの四ヶ月ほど続いている事件です。老若男女《ろうにゃくなんにょ》問わず、深夜に被害者が殴り殺されていて、すでに八人が犠牲になっています」

その事件は知っていた。この数ヶ月、連日ワイドショーや新聞を賑《にぎ》わせている事件だ。

「いったい、なんの話なんですか？」

浮かんだ疑問がそのまま口をつく。桜井はスーツの懐《ふところ》から小さなメモ帳をとりだし、パラパラめくりながらしゃべりだした。

「私たちが注目しているのは、六月の初めに板橋の団地で起こった事件です。被害者は馬《ま》淵《ぶち》公平《こうへい》。近所に住む五十代の医師。四人目の被害者です。ご存じありませんか？」

「いえ、そりゃあ、医者が一人殺されているのは聞いていますけど、詳しくは……」

「そうですか、てっきりご存じだと思ったんですけど。……詳しくね」

「そのドクターがなんだって言うんです？」

「この大学の第一外科の次期教授候補ですよ。いや、『だった』と言うべきですね」

「は？」

「ですから、その殺された医者は、あなたの医局の教授選候補者だったんです」

被害者が教授選の候補者？　裕也は目をしばたたかせる。

「ご存じなかったのですか？」桜井はねっとりとした視線を浴びせかけてきた。

「……いや、選挙に興味がなかったもので。それに、教授選の候補者なんて、投票権のある教授たちに知らされるだけですから」

「教授選の候補の一人は、あなたのお父様でしょう？　それでも興味がなかったと？」

何も反論できなかった。いくら反論したところで、相手が理解してくれるとは思えない。父が出ていたからこそ、俺は教授選に興味がなかった、いや興味を持たないよう目をそらし続けていたのだ。

黙っている裕也の前で、桜井は頭を掻《か》く。白いふけがテーブルの上に舞った。

「まあ、私たちには病院の内部事情とかよく分かりませんがね」

「結局なにが言いたいんですか？　教授選の候補者が殺されたっていっても、連続殺人犯に殺されたんですよね。父の手術とはなんの関係もないじゃないですか」

「ええ、たしかに。ですから捜査本部も、お父様の手術の件は気にしていなかった。いえ、正直言うと知りもしませんでした。けれど、ちょっと状況が変わってきた」

「週刊誌ですか？　警察がくだらない週刊誌の報道で捜査方針を変えるんですか？」

「そう言われると返す言葉がないんですが……。ただ先生、ちょっとおうかがいしたいんですが、手術中に患者が死ぬということは、頻繁にあることなんですか？」

裕也は言葉に詰まる。全身管理の技術が進んだ現代では、術中死はごくまれにしか生じない。しかもその大部分は心臓や大血管、進行した悪性腫瘍《しゅよう》などの大手術だ。容易な手術である胆嚢《たんのう》摘出術で死亡するなど、これまで聞いたことがなかった。

「……いえ、頻繁には起こりません」

「聞くところによると、お父様の手術は簡単な種類のものだったということですが？」

「……はい、そうです」

「そんな簡単な手術で事故が起きた。そして被害者は教授選の候補者だった。もう一人の教授選候補者の殺人事件を調べている私たちが興味を持つのも、しかたがないと思いませんか？」

「そちらが調べているのは連続殺人事件なんでしょう？　そんなの偶然に決まっているじゃないですか！」

「そう興奮しないで。もちろん分かっています。あくまで念のためですよ。上司に『調べてこい』と言われると、私たち下《した》っ端《ぱ》は捜査しないわけにはいかないんです」

桜井はまた鳥の巣のような髪を掻く。その姿を見て、裕也はようやくこの小汚い刑事が誰に似ているのか気がついた。コロンボだ。萎《しお》れ具合といい、妙に慇懃な態度といい、それでいて相手の心の奥底まで見透かすような視線といい、あの有名ドラマに出てくる殺人課刑事にそっくりだ。

「先生。手術中、なにかおかしなことがありませんでしたか？」

桜井は含みのある口調でたずねてくる。

「おかしなこと？」

「そうです、普通の手術ではあり得ないようなこと。心当たりはありませんかねぇ」

「なんで私に聞くんですか？　執刀医の海老沢教授に聞けばいいじゃないですか」

「私たちもそうしたかったのですが、海老沢先生は面会謝絶らしいので……」

あのジジイ。裕也は無意識に天井に視線を向ける。上階にいる海老沢が面会謝絶になるほど病状が悪いわけがない。マスコミだけでなく、警察の尋問までこっちに押しつけてくるとは。

「それで、どうですか先生？　手術中、なにか不自然な点はありませんでしたか？」

桜井はテーブルごしに身を乗り出してくる。

腹腔《ふくくう》全体を覆《おお》うようにじわじわと染《し》み出してくる出血。脳裏にフラッシュバックした光景に裕也は唇をかむ。

「特に……なにもありませんでした。たしかに大量に出血しましたけど、腹腔鏡手術ならあり得ないことじゃないです。異常な走行の血管を、視野の外で切断してしまったんだと思います。……残念な結果になりましたが、私たち遺族は納得しています。……医療に絶対なんてことはあり得ないですから」

裕也は感情を押し殺しながら、平板な口調で言う。

桜井は無言で視線を注いでくる。その圧力に裕也は息苦しさを感じた。桜井が唇のはしを軽く上げる。

「……しかし先生、不思議なこともあるものですね。三人しかいなかった教授選の候補者、そのうち二人が短期間のうちに普通でない死を遂げた」

桜井はそこで一拍おくと、独り言のようにつぶやく。

「果たしてこれは偶然なんでしょうか？」

「……偶然じゃないっていうんですか」

「さあ、どうなんでしょうね。それが分からないので、こうして調べているんです。あ、すいません。お忙しいのにこんなに時間を取ってしまいまして。そろそろお暇《いとま》させていただきます。なにか思い出したことがありましたら、ぜひご連絡ください」

桜井は椅子から尻を浮かすと、懐から取り出した名刺を渡してきた。出口へと向かった桜井は、ドアのノブに手をかけたところで動きを止め、振り返った。

「あ、そうだ。先生、最後にもう一つだけいいですか」

「なんですか？」

「『狐憑《きつねつ》き』という言葉に聞き覚えはないですか？」

「きつねつき？　それってキツネがのりうつるとか、そういうことですか」

「ええ、まあ……多分」

「あの、ちょっと話がつかめないんですけど……」

「正直、私たちもよく分からないんですよ。馬淵公平さんが殺されたと思われる時間帯、そのあたりで男同士の言い争う声を複数の人が聞いているんですが、その時、『狐憑き！』って叫び声が上ったたっていうんです。まったくわけが分からない」

桜井は肩をすくめる。

「目撃者がいるってことですか？」

「いえ、現場は背の高い垣根で囲まれている小さな駐輪場でして、残念ながら目撃者はいません。ですからその声に関しても、本当に事件に関係あるか定かじゃない。でも、気になりません？『狐憑き』ですよ。普段使うような言葉じゃない」

「はあ……。心当たりはないですけど」

戸惑いながら裕也が答えると、桜井は「ですよね」と相好《そうごう》を崩し、頭頂部が見えるほどに一礼してから部屋をあとにした。

「……なんだったんだよ、まったく」

閉まった扉に視線を注ぐ裕也は、ねっとりとまとわりつくような疲労感をおぼえた。

「……狐憑き」

口の中でかび臭いその言葉を転がした瞬間、なぜか背筋に冷たい震えが走った。

指先をくるくるとボールペンが回る。カルテを開いてはいるが、どうにもペンが進まない。数十分前に二人の刑事と話してからというもの、どうしてもあのコロンボもどきの言葉が頭から離れなかった。

「あれ？ 先生がこんな時間まで病棟にいるなんて珍しいね」

背後からの声に、裕也は首だけ回して振り返る。顔見知りの若い看護師が裕也を見下ろしていた。

「ちょっと邪魔が入ってね。もうすぐ退散するよ」

「退散する前に山田さんの注射箋《せん》が切れるから、続き書いといてもらえない？」

「もうすぐ研修医が来るから、そいつにやらせて。昨日当直で眠ってないんだ」

「研修医にばっかり仕事押しつけてたら、かわいそうじゃない」

「雑用も勉強なんだよ。どうせ俺が最後に確認しなきゃいけないんだから、それくらいの楽はしても良いだろ。今週は新婚旅行とかで休み取っている医局員が二人もいて、当直が二回まわってきたんだよ」

「はいはい。けどお互いさまでしょ。先生ももうすぐ結婚するんだから」

「は？　なに？」裕也は眉《まゆ》をひそめる。

「またまた、ごまかしちゃって。結構いい家のお嬢さんをゲットしたんでしょ。ナースの間で話題になってるよ」

「いや……なんの話だよ。結婚どころか、彼女だっていないのに……」

「あれ、本当に知らないの？　とぼけてるんじゃないの？」

「いや、マジでなんの話だかさっぱり……。一体どこからそんな話が出てきたんだよ」

「えっとね、たしか三、四ヶ月ぐらい前だったかな。なんか、先生のことやたらと調べ回っている若い男がいたんだよね」

「そう。病棟とか、外科外来のあたりでナースに話しかけてきて、裕也先生がどんな人かとか、悪い噂がないかとか、根掘り葉掘り聞いてくるの。私も一回捕まっちゃった」

看護師はその時のことを思い出しているのか、視線を上げる。

「ちょっと気味悪かったな。なんか目つきわるくて、目の下にやたら大きいほくろがあってさ。もらった名刺には『ジャーナリスト』とか書いてあったけど、ジャーナリストっていうにはちょっと挙動不審だったような……。あ、ちゃんと私は『いい先生ですよ、ちょっと根暗だけど』って答えておいたよ」

「根暗で悪かったな。なんなんだよそいつ、怪しいな」

「そう、だから今度見かけたら警備員に連絡しようかとか話し合っていたんだけど、そのうちに姿見なくなっちゃった」

「で、なんでそれが俺の結婚なんていう話になるんだよ？」

「だからさ、先生がどこかの令嬢と結婚することになって、相手の家が探偵雇って身辺調査させてるのかなって」

「いくらなんでも話が飛びすぎだろ」

「そんなことないよ。だってそいつ、冴木准教授のこともきいてきたんだよ。いよいよそれっぽいじゃない。花婿《はなむこ》候補だけじゃなく、その家柄まで調べてるなんて」

「親父《おやじ》の……」

父親のいかつい顔が脳裏をよぎる。胸に重みを感じ、裕也は歯を食いしばる。

「あ……ごめん」失言に気付いた看護師は、両手で口を覆った。

「いや、気にしないでいいよ」

裕也は笑顔をつくろうとするが、表情筋が引きつり上手《うま》くいかなかった。

「あ、えーっと、……それじゃあ私、点滴の交換しないといけないから」

その場で回れ右して離れていく看護師を見送りながら、裕也は眉間《みけん》のしわを深くする。

俺と親父のことを調べている男がいた？　身辺調査されるような心当たりはなかった。いったい誰が……？

裕也は頭《かぶり》を振って、からまった思考を振り払う。どんなに考えても答えなど出そうにない。気持ちは悪いが、三ヶ月以上も前の話ならもはや気にする必要はないだろう。

再びカルテを書こうかとペン先を紙に当てたところで、天井のスピーカーから木琴の軽やかな音が聞こえてきた。裕也は特に気にすることもなく、カルテにペンを走らせる。しかし、普段なら木琴音に続くはずのウグイス嬢の声が聞こえてこない。裕也は手を止めて、天井のスピーカーを見上げる。

木琴の音が再び空気を震わせた。全身に緊張が走る。裕也はペンをポケットにしまうと、椅子から腰を浮かし、全神経を放送に集中させる。

二回続けての木琴音、それはこの病院で特別な意味を持っていた。

焦《あせ》りをにじませたウグイス嬢の声が、スピーカーから流れ出す。

「スタットコール。スタットコール。新館二十六階病棟。繰り返す。新館二十六階……」

放送が終わらないうちに、裕也は床を蹴《け》って駆けだしていた。

スタットコール。院内で患者が急変し、緊急に医師が必要になった場合に発せられる緊急招集。病院内のSOS。

俺が一番乗りかもしれない。廊下を駆けながら裕也はちらりと背後に視線を送る。自分以外の医師の姿は見えなかった。

VIP用の特別病棟である二十六階病棟へ行くには、この二十五階の奥にある専用エレベーターを使う以外に方法がない。裕也はすぐにエレベーターホールに到着する。

特別エレベーターに滑り込み、二十六階へと到着した裕也は、脇にあるカードリーダーに胸のネームプレートをかざす。自動ドアがゆっくりと左右に開いていった。

「あっちです！」

正面のナースステーション内にいる看護師が裕也の姿を見つけ、右側を指さした。指の先に視線を走らせると、廊下の一番奥の病室の前に数人の看護師が集まっていた。裕也は白衣の裾《すそ》をはためかせながら走る。

病室へと駆けつけた裕也は、群がるナースを掻き分けるように部屋の中に入った。普通の個室に比べて明らかに広く豪奢《ごうしゃ》な部屋の中心に置かれたベッドで、若い医師が体格の良い男性の胸に両手を置き、必死に心臓マッサージをしていた。

裕也はベッドに近づく。心臓マッサージをしている医師は顔を上げた。その顔に見覚えがあった。たしか真也の手術で第二助手を務めていた研修医だ。

つくづく運のない男だな。研修医にかすかに同情しつつ、裕也は状況の把握に努める。

「状況は？」

「あ、アレストしています」

研修医がかすれた声で答える。的外れな回答に舌打ちが弾《はじ》けた。当たり前だ。アレスト、心停止をしていないなら心臓マッサージなどするはずがない。

「それは見たら分かる。波形は？」

「えっ、波形って？」

研修医は心臓マッサージを続けたまま、助けを求めるように視線を左右に泳がせた。

中年の看護師が横から答える。再び裕也の口の中で舌打ちが弾けた。

「エイシスです！」

エイシストール。心静止。

心室細動、無脈性心室頻拍、無脈性電気活動、そして心静止。四種類ある心停止の中でも、完全に心臓の電気活動がなくなっている心静止は最も予後の厳しい状態だった。

「エピネフリンは？」

「最初に一アンプル。一分前に二回目を一アンプル打ちました」

「アトロピンは？」

「まだ打っていません」中年看護師は的確に答えていく。

「アトロピンを二アンプル。時間は計っているよな？　静注《じょうちゅう》してから三分後にもう二アンプル打つ。最後にエピを打ってからどれくらい経《た》っている？」

「一分四十五秒です」ストップウォッチを持った若いナースが声を張り上げる。

「エピ打ってから三分になったら教えろ。もう一アンプル追加する。それと同時に一回心マ止めて波形を確認するぞ。DCカウンター、チャージしておいて」

裕也は素早く指示を飛ばしてその場を掌握していく。

「挿管の準備！　チューブは八フレ」

患者の頭側に回ると、裕也はナースからマスクの付いたアンビューバッグを受け取る。左手でマスクごと患者の顎骨《あごぼね》を摑み、引き上げて気道を確保した。

「チューブと喉頭鏡《こうとうきょう》準備できました！」

看護師の一人が喉頭鏡と麻酔ゼリーを塗ったチューブを手にして隣に立つ。

「挿管する。心マはそのまま続行。時間が来たらエピは指示無しで打ってくれ」

裕也はアンビューバッグをわきに置くと、患者を開口させようと右手を患者の口へと伸ばす。次の瞬間、手が動きを止めた。

半開きになった裕也の口から、「は？」と呆《ほう》けた声が漏れだす。

マスクを外して露《あら》わになった患者の顔。それは見知ったものだった。

「え？　きょ、教……」舌が空回りする。

「そうなんです！　海老沢教授なんです！」

心臓マッサージを続けている研修医が声を上げた。

目の前に横たわる男、それは紛れもなく、マスコミの追及から逃げるためにこの病棟に避難していた主任教授だった。

『これは偶然なんでしょうか？』

数十分前に聞いた中年刑事のセリフが頭蓋《ずがい》内にこだまする。

何が起こっているんだ？　まわりの景色が飴《あめ》細工のようにぐにゃりと曲がる。

「先生、挿管は？」

「あ、ああ……」混乱の極地へと追いやられた裕也は、まともに返事すらできなかった。

指揮を執っていた者が突然ふぬけになった。それまでスムーズに流れていた救命活動がみるみる停滞していく。

廊下から騒々しい足音が響いてくる。振り向くと、数人の医師が部屋に雪崩《なだ》れ込んできていた。スタットコールを聞いて駆けつけてきた医師たち。その中には、親友の循環器内科医、諏訪野良太の姿も見えた。

裕也はふらふらとベッドから離れる。看護師が現在の状況を叫ぶように報告する。中年の医師が数秒前まで裕也が陣取っていた位置に立ち挿管を始める。

怒号が響く病室の中、裕也は木偶《でく》人形のようにただ立ち尽くしていた。

部屋に満ちるざわめきが、はるか遠くから聞こえてくるような気がした。

十五分。それが蘇生《そせい》術開始から心拍再開までの時間だった。

わずか十五分、しかしそれは、酸素の供給が絶たれた脳細胞にとっては永遠にも等しい時間だ。大量の酸素と糖分を消費する脳は、人体の中でもっとも低酸素に弱い。数分の酸欠で脳細胞は障害を受け、次々に死滅していく。

海老沢が心停止してから発見されるまで、どれくらいの時間があったのか分からないが、少なくとも脳に致命的なダメージを負っていることは間違いなかった。

良くて植物状態、おそらくは脳死。蘇生に関わった医師の誰もがそのことを知っていた。

ＩＣＵの隅にたたずみながら、裕也は海老沢の横たわるベッドを遠目に眺める。

心拍が再開した海老沢は、すぐにこのＩＣＵへと搬送され、人工呼吸器に接続された。

医局長の佐藤をはじめとした第一外科の面々が、陰鬱《いんうつ》な顔で海老沢のベッドを取り囲んでいる。その全員の顔に、疲労と困惑が色濃く浮かんでいた。

准《じゅん》教授が手術中の事故により命を落とし、それが何者かによりマスコミにリークされた。そして、そんな騒ぎの中、主任教授の容態が急変し、命を落としかけている。

あまりにも異常な出来事の連鎖に、医局員の誰もが混乱していた。

ベッドの脇《わき》では、佐藤が海老沢の家族に状況を説明していた。海老沢の妻らしき女性が俯《うつむ》いて涙を流している。裕也はICUの出口に向かって歩きだす。

これ以上この場所にいてもしかたがない。背中で海老沢の家族のすすり泣く声を聞きながら、裕也はICUをあとにしてロッカールームへと向かった。頭の中では壊れたラジカセのように、あのコロンボもどきの刑事の『偶然なんでしょうか？』という言葉が繰り返されている。裕也は痛みを感じるほど強く頭を搔いた。

「偶然に決まっているだろ。じゃなきゃ……なんだっていうんだ」

自らに言い聞かせようとするが、頭の中でもう一人の自分が「こんな偶然があるわけないだろ」と反論する。

ロッカールームに入りながら白衣のボタンを外す。血管に水銀が流れているかのように体が重かった。ロッカーを開けると、雪崩《なだれ》を起こしたかのように緑色の手術着が足元にこぼれてきた。洗濯に出すのがめんどうで、ロッカーの中に強引につめ込んでいた手術着があふれ出したらしい。自分のずぼらな性格に嫌気がさす。裕也は両手で抱えるように術着を持ち上げた。一着の術着のポケットから何か細長い物がこぼれ落ち、床の上で跳ねる。

なんでこんな物が？　足元に転がる物体を眺めながら、裕也は記憶を探っていく。ゆっくりと脳の底から記憶が蘇《よみがえ》ってくる。それがいつポケットに入り込んだのか気づいた裕也の手から、手術着の山が落下した。身をかがめた裕也はきょろきょろと神経質に周囲を見渡すと、床の上の物体を拾いあげた。

床に散乱している術着の山を放置したまま、裕也は早足で部屋の出口へと向かう。やるべきことが出来た。まだ帰るわけにはいかない。

体中を冒していた疲労感は、いつの間にか消え去っていた。

7

看護師が開けてくれた自動ドアを通って病棟に足を踏み入れた真奈美は、素早く廊下とナースステーションに視線を走らせる。兄の姿が病棟にないことを確認して、真奈美は肺の奥に溜《た》まった息を吐き出した。

母が入院して以来、体調が良ければ毎日のように見舞いに来ていたが、その度に裕也と顔を合わせないように細心の注意を払っていた。中学時代からほとんど口をきかなくなった兄に対する怒りは、今も胸の奥底で燻《くすぶ》っている。だからこそ、通夜《つや》、告別式で裕也が何度も話しかけてこようとしている気配を感じつつも、無視を決めこんでいた。

よくよく考えれば、兄との確執の原因はもはや解決しているのだから、それほど頑《かたく》なな態度をとるべきではないのかもしれない。しかし、理性ではそう分かっていても、いまだに感情が裕也を許せずにいた。

子供じみた意地をはっている自分に嫌気がさし、廊下を歩きながら真奈美はこめかみを押さえる。数日前、失神して倒れた際に打った右肩に重い痛みが走った。目的の病室の前に来ると、扉に耳をつけるようにして室内の音を聞いて、裕也が中にいないか確認する。心配をよそに、室内から会話が聞こえてくることはなかった。

姿勢をもどして扉を見つめる。約二週間ぶりの見舞いだった。本当ならもっと頻繁に来たかったのだが、父の葬式から体調を崩しぎみだった真奈美を気づかった母が電話で、見舞いより体を休めろと言ったのだ。

真奈美はためらいがちに扉をノックする。

「どうぞー」

明るい声が聞こえてきた。自分が子供のころから変わらない柔らかい声。扉の外から母の声を聞くたび、病室に入らずに帰ってしまいたいという衝動に襲われる。そうすれば、母がまだ健康でいるかのような優しい錯覚を抱えていられる。

唇を嚙《か》んで馬鹿《ばか》げた考えを消し去ると、真奈美はやけに重く感じる横開きの扉を開き室内に入った。

「いらっしゃい」

広い病室の中心に置かれたベッドの上から、優子がほほえみかけてくる。二週間ぶりの母のやせ細った顔、そして温かな笑顔。哀《かな》しみと安心感が同時に胸に湧《わ》きあがった。

「体調はどう？　つわりは少しは落ち着いた？」

「うん。まだつらい時もあるけど、今日はかなり楽」

真奈美はベッドの脇にある椅子に腰掛ける。

「そう、よかった。私があなたを産んだときもつわりがひどくてね、ずっとおなかの中のあなたに文句言っていたのよ」

「それじゃあ、私のつわりがひどいのは母さんのせいなのかな。遺伝ってすごいね」

「……ごめんね。つらい思いさせちゃって」

「え、冗談だよ、冗談。そんな本気にしないでよ」

軽口を交わしあっていた母が急に目を伏せたのに驚き、真奈美はあわてて両手を胸の前で振る。優子が手を伸ばし、真奈美の頭を柔らかく撫《な》でてきた。子供の頃の記憶がよみがえり、真奈美は目を閉じる。

「あら……」不審げな声とともに優子の手が止まる。「ここ、どうかしたの？」

優子の指先が右のこめかみに触れた。軽い痛みが皮膚の上に走る。真奈美は痛みと後悔で顔をしかめる。雑誌記者が家を訪れた日、貧血で倒れたときに負った内出血のあとは、まだ完全には消えていなかった。ファンデーションを塗ったので見つからないと思っていたが、完全には隠しきれていなかったようだ。

「この前、また貧血が……。ちょっと転んじゃって」

優子はまぶたが少しむくんでいる目を見開いた。

「大丈夫？　おなかは打たなかった？　怪我《けが》はないの？」

「大丈夫。おなかは全然打たなかったし、そんなに勢いよく倒れたわけじゃないから」

「本当に気をつけてね。妊娠中は貧血にもなりやすいんだから」

「……うん」

胸をなで下ろす優子に、真奈美はあいまいな返事をする。娘の態度になにかを感じ取ったのか、優子は真奈美の顔をのぞきこんできた。

「……なにかあったのね」

図星を突かれ一瞬ごまかそうとして顔を上げた真奈美は、母の視線に射抜かれる。

「変な噂《うわさ》を聞いて……。お父さんが死んだの、あの教授の医療ミスだって」

「……誰がそんなこと言ったの？」

「雑誌の記者。なんか私に取材したいって家に押しかけてきて……。私が貧血で気を失ったあと、浩一さんが追い払ったんだけど。それに……」

そこまで言ったところで、真奈美はあわてて口をつぐんだ。週刊誌の一つが、父の死を大々的に取り上げていた。真奈美がためらいながらも目を通したその内容は、海老沢が故意に真也の手術でミスをしたのだと暗に、しかし露骨に示唆《しさ》するものだった。さすがにそれを母に言うわけにはいかない。

口元の筋肉に力をこめている真奈美に、優子は弱々しい微笑を向ける。

「……雑誌を読んだね」

「な、なんで」再び図星を突かれ、真奈美は目を剝《む》く。

「私だって院内を散歩するぐらいの元気はあるのよ。一階にはコンビニもあるから買い物もする。もちろん暇つぶしの雑誌もね」

「なら……、それならお母さんも知ってるんでしょ。あの教授がお父さんを教授にしたくなかったって。だから、それだからわざと……」

それ以上は言葉が喉《のど》につかえ、続けられなかった。真奈美は自分のひざに視線を落とす。

「……真奈美」

静かな、それでいて重量のある声がかけられる。真奈美はびくりと体を震わせた。

「海老沢先生は亡《な》くなったの」

「……え？」言葉の意味を理解できず、真奈美は間の抜けた声を上げる。

「四日ほど前に急に心肺停止になったのよ。たぶん、心筋梗塞《こうそく》だって。一度は蘇生したんだけど、昨日息を引き取られたの」

「でも……」

混乱したまま真奈美は言葉をつむごうとする。死んだからと言って、海老沢がわざと手術でミスをした可能性が消えるわけではない。しかし、その前に優子が口を開いた。

「真奈美、海老沢先生は医者だったのよ」

「医者？」

「そう、ちょっと変わった先生だったけど、あの教授は根っからの外科医だった。海老沢先生にとって手術は生きがいだったの。そんな先生が真也さんを後任の教授にしたくないからって、手術でわざとミスなんかするわけがないでしょ」

「医者だから絶対に人を殺さないって言うの？」

思わず強い口調になってしまい、真奈美は片手で口を覆う。

「ううん、そういうわけじゃない。けど、私たちは仕事にプライドは持っている。外科医の海老沢先生なら自分の手術に。だから人を殺そうとしたって、手術にわざと失敗して殺そうとなんてしないはず。それをしたら、もう『医師』ではなくなるから」

真奈美はもう反論しなかった。ただ、それは話に納得できたからではなく、どんなに想像を働かせたとしても、医師でない自分にその感覚が分かるわけがないというあきらめからだった。

家族で自分だけが医療者ではないという孤独感が真奈美をさいなむ。父に逆らい医療から遠ざかったことを後悔したことはない。けれど……。

以前はこんな孤独感を味わうことはなかった。なぜなら自分には仲間がいたから。父に抗《あらが》う仲間が。頭の中に浮かんだ男の顔に、真奈美はかすかにいらだちを覚える。

「きっと海老沢先生は、ストレスが引き金になって亡くなったんでしょうね。これでマスコミも少しは反省して、静かになってくれれば良いんだけど」

独白のような優子のセリフに、真奈美は小さくうなずいた。たしかに取材申し込みの電話が数日前から突然こなくなっていた。海老沢が命を落としたことにマスコミも少しは責任を感じたのだろうか。それともたんに、批判すべき対象がいなくなって、これ以上追及してもうま味がないと判断しただけなのだろうか。

「そうそう、そう言えばプリンをもらったの。真奈美も食べない？」

重い空気を振り払うかのように、ベッドから下りた優子は備えつけの冷蔵庫を開ける。中にはよくテレビで取り上げられている有名店のプリンが十数個並べられていた。

「だれが持ってきたの、そのプリン？」

「裕也よ」

その名を聞いて、真奈美は奥歯を嚙みしめる。

「一時間ぐらい前に持ってきてくれたの。口当たりのいいものなら食べやすいだろうって。けっこう有名なプリンらしいわよ」

「……ありがと」

優子が差し出してきたプリンを受け取った真奈美は、引きつった笑顔を浮かべる。

「……まだ裕也とは顔を合わせたくないの？」

優子はほほえんでいるような、それでいて困っているような表情を浮かべる。真奈美はその声が聞こえていないふりをきめこみ、プリンのふたを開けた。

「あなたたちがどんな約束をしていたのか、なんとなく知っているけど、裕也はあなたを裏切ったわけじゃないのよ。あの子も色々考えた上での選択だったのよ」

分かっている。もう子供ではないんだ、そんなことは分かっている。しかしだからといって、すぐに兄を許せるほど大人になったわけでもない。

「今すぐにじゃなくて良いけど、できればお母さん、あなたたちに仲直りしてほしいな」

かるいため息まじりの母の声を聞きながら、真奈美はスプーンですくったプリンを口に運ぶ。濃厚なカラメルがやけに苦く感じた。

8

ロードレーサーの刃のように細い車輪がアスファルトの上を滑っていく。

夏の早朝、湿度の低い爽《さわ》やかな風が首筋から温度を奪って駆け抜けていった。汐留《しおどめ》にそびえ立つビル群を横目に、平日より明らかに人通りの少ない新橋を裕也は抜けていく。サドルから腰を浮かし、体重を掛けてペダルを踏み込んだ。大腿《だいたい》四頭筋に心地よい負荷がかかり、車体はさらに加速する。

新橋駅を抜けてから五分ほどで、目的の場所へと到着する。

人形町にある自宅のマンションから、神谷町《かみやちょう》駅の近くにある純正会医科大学附属病院まで、ロードレーサーで三十分弱。自宅マンションの駐車場には三年前に買った愛車のBMW Z3があるが、雨が降らないかぎり運動不足解消に自転車通勤をしていた。

病院の駐輪場に到着し、ロードレーサーをチェーンで固定すると、数回深呼吸をして酸素を全身に行きわたらせる。普段ならここから病棟、外来、医局、手術部など、病院の機能の大半が集中している新館へと向かう。しかし今日は勤務に来たわけではなかった。裕也は身をひるがえし、新館に背を向けて歩き始める。

数台のタクシーが客待ちをしている車道を横断したところで、裕也は顔を上げた。

正面にレンガ造りの年季の入った建物が鎮座していた。純正会医科大学本館。東京大空襲でも焼け落ちることのなかった築百年を超えるその建造物は、現代建築技術を駆使して作られた二十六階建ての新館に勝るとも劣らない存在感をかもし出している。

裕也は警備員が座る受付を素通りして、本館へと入る。やけに幅の広い階段を上がり、こもった熱気に辟易《へきえき》しつつ二階の廊下を進むと、目的の部屋に着いた。

扉の横に掛けられている表札には『法医学教室　沢井武《さわいたけし》　准教授』とある。古びた木製の扉をノックした裕也は、無造作に扉を開いた。同時に、様々な薬品の匂《にお》いがブレンドされた空気が吹き出してきた。裕也は顔をしかめつつ、室内を見回す。

この部屋の主《あるじ》が椅子《いす》に尻《しり》を乗せ、雑誌や書類が山積みになっている机に両足を置いて目を閉じていた。その両耳は巨大なヘッドホンで覆われ、骨に皮膚が貼《は》り付いているかのような痩《や》せた体が小刻みにリズムを刻んでいる。

裕也は男の背後に移動すると、ヘッドホンをむしり取る。骨張った肩がびくりと震えた。痩せた男、沢井武は素早く振り返った。

「なんだ、冴木君じゃないか」背後に立つのが裕也だと気づき、沢井は安堵《あんど》の息を吐く。

「ノックぐらいしてよね。びっくりするじゃないか」

「ちゃんとした。返事がないから入ってきたんだ」

「あ、そうなの？　ごめんごめん」

頭を掻きながら謝るこの沢井は大学時代からの友人だった。出席番号が並んでいたので、医学生の六年間、同じ班で苦労を共にしてきた仲だ。沢井が臨床ではなく研究、中でも最も医学生に人気のない分野の一つである法医学の道に進んだあとも、定期的に連絡を取っていた。

「それで、どうしたのこんな時間に？」

「どうしたって、お前が昨日、連絡してきたんだろ。検査結果が出たから来いって」

裕也の言葉に、沢井は数瞬虚空《こくう》を見つめたあと、両手を合わせた。

「ああ、検査結果ね。思い出した思い出した。いや、こんな朝に来ると思わなかったからさ。仕事は良いの？　臨床は忙しいんでしょ」

「今日は日曜だ。休みだよ」裕也はあきれ顔で言う。

「そっか。なんか毎日ここにいるから、曜日の感覚とかなくなっててさ」

沢井は書類と雑誌が積み重なっている机の上を探りだす。

本来なら日曜といえど、完全な休みになることはほとんどなかった。普段ならこの時間、病棟をざっと回診しているはずだ。しかし現在、教授、准教授という医局の要《かなめ》を失った第一外科は機能不全を起こし、新規の手術をまったく行っていない。当然病棟もがらがらで、日曜に完全な休みを取ってもなんの支障もなくなっている。

「ああ、あったあった」沢井が紙の山の中から一枚の紙をとりだす。

裕也の全身の汗腺《かんせん》からじっとりと汗が染み出してくる。ロードレーサーから降りたときとは違う冷たい汗が。痛みを感じるほどに心臓の鼓動が加速していく。

「えっと、二つの検体から毒物が検出されないか調べて欲しいってことだったよね」

「……ああ、そうだ」カラカラに口の中が渇き、声がひび割れる。

十日ほど前、海老沢の容態が急変した日の夜、裕也は血液で満たされた二本のスピッツを持って沢井を訪ねた。あの日、ロッカーに入っていた術着からこぼれ落ちた物、それは血液の入ったスピッツだった。

血漿《けっしょう》と血餅《けっぺい》に完全に分離され、濁ったその中身を見ながら、裕也はそれがいつ紛れ込んだ物か記憶をさぐった。その答えが出た瞬間、裕也は目を見開いた。真也の手術の最中に清水からスピッツを押しつけられた瞬間の光景が、脳裏に蘇っていた。

床のスピッツを拾い、足早にロッカールームをあとにした裕也はICUへと向かい、海老沢の動脈ラインから採血を行った。真也と海老沢、二人の血液を手に入れた裕也はその足で沢井の部屋をおとずれ、息を切らせたまま血液の鑑定を頼み込んでいた。

あのコロンボまがいの刑事の言うように、真也の死になにか裏があり、そして海老沢の急変もそれに関係しているとすると、二人の血液からなにか証拠が出るはずだ。

「けど、『検体1』の方、どうやって保管していたの？　一応無菌は保たれていたから、腐敗はしていなかったけど、けっこう常温で放っておいたんじゃない？　かなり検体の質が悪くて、検査するの大変だったよ。血液全部使ってやっと検査できたくらい」

沢井は用紙を見たまま恨みがましく言う。『検体1』は真也の血液だった。ロッカーの中で三週間放置されていたのだ。質が悪くなって当然だ。

「悪かったな。ちょっと適当に保管していたもんで……」

「まあいいけどね。そういえばさ、この前は冴木君すごい剣幕だったから聞かなかったけど、なんでこんな検査したわけ？　この検体、誰のなの？」

当然と言えば当然の質問に、裕也は言葉をつまらせる。まさか自分の父と所属医局の教授が毒を盛られたかもしれないなどと言えるわけもなかった。

「……あー、原因不明の意識消失で救急搬送されて来た患者だよ。若いのにおかしな急変繰り返したりしてな。そんな症例がこの数週間で続いたんだよ。なんか……変な薬でもはやってるんじゃないかって思ってな」

苦しい説明だったが、沢井は「ふーん」と聞き流す。

「それより、結果はどうなんだよ？」

裕也は沢井をせかす。一刻も早く結果が知りたかった。

「出なかったよ」沢井は紙をひらひらと振る。

「え？」

「だから、何も出なかった。睡眠薬、麻薬、重金属、アルコール、有機リン系、シアン化物、硫化物、そのほか諸々《もろもろ》、結構色々調べたけどさ、両方の検体とも致命的になる毒物は見つからなかったよ。まあ、『検体1』の方には睡眠薬と麻酔薬が検出されたけど、体に大きな影響を及ぼすほどじゃなかったね。あとは蘇生に使う薬物くらいかな。まあこれは検出されて当然だしね」

真也は全身麻酔を受け、手術前には前投薬として睡眠薬を内服している。それらが検出されるのはごく自然なことだった。

「……そうか」

声が震える。安堵する一方で失望している自分に気づき、裕也は愕然《がくぜん》とする。

殺人であって欲しいと望んでいたのか？　そうすれば手術で親父を助けられなかった罪悪感を消せるから？　それとも親父の代わりに恨みをぶつける相手を見つけられるから？　思考が空回りし続ける。

もうやめよう。裕也は自分の胸の奥深くに蠢《うごめ》くものから目をそむける。これで良かったんだ。親父が死んだのは誰のせいでもない、不幸な事故だった。それでいい。

海老沢が大きな血管を切ったことにより、冴木真也は手術中に亡くなった。そして、そのことに罪悪感を感じ、さらにマスコミに追及され続けた海老沢の老体は、強いストレスに耐えきれず急変してしまった。そう考えればなんの不自然もない。

馬淵とかいう他の教授選候補者が殺されたことは、今回の病院内で起こった件とはなんの関係もない。きっと自分はあの刑事の言葉に翻弄され、頭の中で馬鹿げたストーリーを作り上げてしまっていただけなのだ。

大きく息を吐いた裕也は、手のひらが汗でじっとりと濡《ぬ》れていることに気がつき、ジーンズで拭《ふ》く。

「ありがとうな、沢井。助かったよ。今度飲みに行こうぜ。お礼におごるからよ」

下戸《げこ》の沢井が飲み屋などに決して行かないことを知りながら、裕也は礼を言った。

「うん、そうだね。いつか行こうね」沢井も嫌な顔をすることなく答える。

いつの間にか、胸にはびこっていた混沌《こんとん》とした感情は消え去っていた。たしかにまだ父に対するわだかまりが消えたわけではない。しかし、それはこれから長い時間をかけて消化していけばいい。

部屋を出ようとする裕也に、思い出したように沢井が声をかけてくる。

「そう言えばさ、その『検体1』の方、多分脳梗塞を起こしていたんだよね？」

「え、あ、いや……そうだったかな。あとで確認してみるよ。なんでそう思うんだ」

ノブに手を掛けたまま裕也は振り返る。沢井は机の上からもう一枚紙を抜き取ると、それを振りながら口を開く。

「だってさ、その検体からｔ－ＰＡが結構大量に検出されてるよ。臨床のことよく分からないけど、あれってたしか脳血栓とか溶かす薬でしょ。その他にもアスピリンとかへパリン、シロスタゾール……。注射薬、内服薬問わず、とにかく抗血栓薬、血液サラサラ系の薬がてんこ盛りだったよ。脳梗塞と心筋梗塞でも一緒に起こしたのかねぇ」

背骨に氷水を注ぎ込まれたかのような心地がした。ノブを掴《つか》む指先から生じた震えが、腕、体幹、そして顔面へと這《は》い上がってくる。

「抗血栓……」荒く乱れる息の合間を縫って、裕也は声をしぼり出す。「そんな状態で……出血なんかしたら……」

「この患者、出血したの？　そりゃあ大変だったね、全然止血できなかったでしょ」

興味が無くなったのか、沢井は医学雑誌を手に取り、ぱらぱらとめくりはじめた。

視界が白く染まっていく。足から力が抜け、裕也は崩れ落ちるように脇にあった本棚にもたれかかった。気を抜くとそのまま失神してしまいそうだった。

「あれ？　冴木君、大丈夫？　なんか顔が真っ青なんだけど」

沢井の声にうなずくことさえ、裕也にはできなかった。

第二章 血塗られた教授選

1

ＪＲ新橋駅のガード下。帰宅の途につくサラリーマンたちの流れに乗りながら、裕也は目的の場所へと向かう。頭上の線路を電車が通過するたびに、轟音《ごうおん》が内臓を震わせる。十数メートル先に、昔ながらの赤提灯《あかちょうちん》を吊《つる》している焼き鳥屋が、むせ返るほどの煙を歩道に吐き出していた。裕也は人の流れから抜け出し、その焼き鳥屋へと足を向ける。

「よう、裕也。こっちこっち」

赤いのれんをくぐって煙草《たばこ》臭い店内に入ると、陽気な声が裕也を呼んだ。店の奥の二人掛けの席で、親友の循環器内科医である諏訪野良太が、のれんと同じくらい赤い顔をさらしていた。裕也は店内を進むと、諏訪野の対面に腰かける。

「遅かったから、先にちょっと始めてたよ」

諏訪野は上機嫌に、ほとんどビールの残っていないジョッキを掲げる。

「ちょっとって、顔真っ赤だぞ。何杯飲んでんだよ？」

「まだ二杯だけだよ。お姉さん、生二つね」

諏訪野はピースサインをつくった手を勢いよく挙げる。

「けれど、裕也と二人で飲むなんて久しぶりだね。研修以来かな？」

「そんなになるっけか？」

「五年生までは毎週飲んでたのにね」

裕也と諏訪野は、法医学教室に進んだ沢井とともに学生時代、三人班で実習を回った。しかも諏訪野とは、柔道部でともに汗を流した仲でもある。細身で身長の高い諏訪野は一見弱々しく見えるが、その長い足で跳ね上げる内股《うちまた》で、裕也はいくどとなく畳にたたきつけられたものだった。

「お待たせしました」

テーブルに泡がこぼれそうなほどビールが注がれたジョッキが置かれる。

「それじゃあ、久しぶりの乾杯といくか」

諏訪野は心から幸せそうにジョッキを掲げた。

苦笑しながらも裕也は乾杯をし、ジョッキを口に持っていくと、氷のように冷やされたビールを喉《のど》の奥へ放り込む。痛みにも似た刺激が喉を滑り落ち、火照《ほて》った体を冷やしていった。

「お、いい飲みっぷり。さすがは外科医」

そう言う諏訪野は、すでにジョッキの半分以上を胃におさめていた。

「お前は内科医らしからぬ飲みっぷりだな」

「まあ内科医っていっても、循環器だからね。外科みたいなもんだよ」

「心カテとかほとんど手術だからな」もう一口ビールを喉に流しこむと、裕也は身を乗りだして諏訪野に言う。「それで……頼んでいたことは調べられたか？」

「誰にもの言ってるの？　病院のことで俺に調べられないことなんてあるわけないじゃん。兼科依頼で毎日病院中歩き回っているんだぜ」

「それじゃあ、さっそく教えてくれよ」

「もうかよ。アルコールで旧交を温めるのが先じゃない？」

「それは後で、その辺の電子レンジでも使ってゆっくり温めてやるからよ。とりあえず、お前がつぶれる前に聞いとかないとな」

「はいはい。まったく友達がいのないやつだな」

諏訪野はわきに置いてある鞄《かばん》から分厚い手帳を取り出し、めくっていく。

「再来月に予定されていた第一外科の教授選の候補について、でよかったんだよな？」

「ああ……」

「教授選っていっても、もうめちゃくちゃになっているけどな。まあ……なんだ。お前の親父《おやじ》さんがああなって。その上、教授まで死んじまったから」

諏訪野は咳払《せきばら》いをして言葉を濁す。

「それでも構わないさ。元々はどうなってたんだ？」

諏訪野に気をつかわせないように、裕也はできるだけ軽い調子で言う。

「えっと、とりあえず最初の予定では、候補は三人だった。学内からは知ってのとおり冴木真也、親父さんだな。一外はけっこう学内から教授がでているし、親父さんは医局員の評判も良かったみたいだから、次期教授の本命の一人だったみたいだね」

裕也は曖昧《あいまい》に頷《うなず》く。自分の子供には異常なほど厳しく当たっていたあの父が医局員には評判が良かったと言われても、いまだに信じられなかった。

諏訪野は横目で裕也の反応をうかがいながら言葉を続ける。

「次が馬淵公平っていう男だ。おまえが刑事に言われた、板橋で殺されたっていう奴《やつ》だな。六月一日。自宅近くの団地の駐輪場で殺されてる。大きな石で頭を何度も殴られていて、死因は脳挫傷《のうざしょう》と硬膜下血腫《こうまくかけっしゅ》らしいね。いやあ、犯人はなかなかの怪力だな」

「それで犯人は……」

「最後まで言わせろよ。通報があったのは次の日の朝。けれど、死体は午前零時過ぎから目撃されていたんだってよ。ただ、暗くて酔っぱらいかホームレスが眠っているように見えたらしくて、誰も近づこうとは思わなかったみたい。六月じゃ、外で寝ていても凍死する心配がないからね。というわけで、朝早く通勤しようとしていた会社員が、死体を発見して通報したってわけだ。驚いただろうね、爽《さわ》やかな一日の始まりにグロいもの見てさ」

諏訪野はビールを一口含み、口を湿らせた。

「警察は現場を見て、何ヶ月か前から周りの区で起こっている例の連続殺人の手口にそっくりだって気がついたんだ。それで、すぐに一連の連続殺人として捜査が始まったんだって。けれど警察にとって運が悪いことに、その日の未明に激しい通り雨が降っていて、犯人に繋《つな》がるような証拠は全部洗い流されていた。そんなわけで、その哀れなドクターは連続殺人の四人目の犠牲者となり、犯人はいまだに捕まっていませんとさ」

諏訪野はおどけて締めくくると、大仰に肩をすくめた。

「よくそこまで調べられたな。さすがは病院一の情報通」裕也は心の底から感心する。

「なに言ってるんだよ。こんなの院内で聞いたってわかるわけないじゃん。ネットだよ。ネットで調べたの。これくらいの情報、五分あれば調べられるよ」

諏訪野はカバンからｉＰａｄを取り出すと、通り魔連続殺人事件の記事を次々と画面に映しだしていく。

「……時代は変わったよな」

「どこのおっさんだよ、おまえは。若いんだから、時代の波について来いよ。仕事以外にも興味を持たないと、人間の腹を切り裂く以外のことできなくなっちゃうぞ」

「人を切り裂きジャックみたいに言うなよ。それで、その殺された馬淵ってドクターはどんな奴だったのか分かったのか？」

「当たり前じゃん、ここからが俺の腕の見せ所だろ。お前も俺と知り合いだったことに感謝しろよ。俺じゃなきゃな、これ以上の……」

「分かった分かった。感謝してるよ。だからここを奢《おご》るんだろ。早く教えてくれ」

口上を途中でさえぎられた諏訪野は、不満げにアルコールで赤く染まった頬を膨らませると、手帳に視線を落とす。

「えっとな、光零《こうれい》医大の消化器外科客員教授だってよ」

「光零？　光零医大からうちの教授になろうっていうのかよ？」

裕也の眉間《みけん》にしわが寄る。光零医科大学は栃木の新興私立医大だ。同じ私立医大とはいえ、創立百年以上を誇る私立の雄、純正会医科大学と比べ、大学としての格は明らかに落ちる。

「ああ、所属の医局は光零だけど、昔はうちの第一外科、つまりお前の医局にいたらしいよ。十年ぐらい前に、一外の准《じゅん》教授だった男が光零の教授になった時に、一緒について行ったんだってさ。それで一昨年《おととし》、その教授が引退した時に後継者として光零の教授選にでたらしいんだけど、みごと落選。主任教授にはなれず、客員教授なんていう窓際《まどぎわ》に追いやられたんだって」

「卒業生だってことは分かったけどよ、光霽の教授選に落ちるような奴が、なんでうちの教授選に出られるんだよ」

諏訪野の説明を聞いていると、どう考えてもその馬淵という男が、純正医大第一外科の教授にふさわしいとは思えなかった。

「そこに、おまえんとこの教授が一枚嚙《か》んでいたんだよ」

「海老沢教授が？」

「ああ、かなり強引にねじ込んだらしいよ。しかも裏でその馬淵っていうのが有利になるように、けっこう派手に動いていたんだって」

「なんで教授が？　純正から教授を出したいなら……」

「そう、お前の親父さんを推せばいいはずだよな。けど、海老沢は親父さんじゃなくて、その馬淵ってやつを教授にしたかった」

含みのあるその口調に、裕也は諏訪野がなにを言いたいのか察する。

「……部活か？」

「大正解、海老沢教授と馬淵って奴は、二人ともラグビー部のＯＢだ」

諏訪野は指を鳴らした。裕也は重いため息を吐く。以前よりは改善されたが、いまだに医学部では、学生時代の部活のつながりが医師になっても強く残ることがある。特に団体競技でその傾向は顕著だった。

「海老沢教授としては、部活の後輩を教授にすることで、退任後も医局に影響力を残したかったんだろうな。それに、馬淵って奴の専門は肝胆膵《かんたんすい》だ。それに対して……」

「親父の専門は食道……上部消化管だな」

「そう、海老沢教授は一外の『売り』を肝胆膵だって思っていたみたいだからな。将来的には、肝移植までやるつもりだったらしいぞ。そうなると、次期教授はどうしても自分と同じ肝胆膵の専門家から選びたかった」

「そんなこと考えていたのかよ、あのタヌキ親父。もうそんな時代じゃないだろ」

裕也はビールをあおる。自分が退任した後まで医局に影響を残したい？　いったいいつまで権力にしがみつくつもりだったんだ？　老兵はおとなしく消え去るべきだ。

「時代は平成だけど、教授連中の頭の中はまだ昭和だってことだよ。たしかにくだらない。けど、海老沢教授の努力もあって、それなりに票は集まっていたみたいだぞ」

「マジかよ……」

「教授連中のなかに、けっこうラグビー部のＯＢいるからな。それに、二外とかは今、上部消化管に力を入れているだろ。そんな中、一外の教授が食道専門の冴木先生になるのは防ぎたい」

「おいおい、自分の大学の教授決めるのに、そんな理由で投票するのか」

「教授選なんてしょせんそんなもんさ。見えないところでは、もっと汚いこともやってるかもしれないよ。昔なんて実弾飛び交うのが当たり前だったたって言うしな」

「実弾って現金か？　買収するのかよ？　そんなこと許されるのか？」

「よく分からないけど、学内の選挙だからな。票を金で買っても法的には問題ないんだろ。まあモラルの問題だよね」

「って言うことは、その馬淵っていう奴がうちの次期教授になりそうだったのか？」

「いや、そうでもないみたいだね。態度保留している教授連中も多かったから、大勢が判明していたわけじゃないけど、やっぱり他の二人の候補の方が有利だったみたいだぞ。いくら海老沢先生が推していたっていっても、本人の実力がな……。大した論文も書いてなかったみたいだし、さすがに光零の教授選に負けた奴がうちの教授になるってどうなのよ？　って思われていたみたい」

「まともな教授もいて安心したよ。……しかし頼んどいてなんだけど、お前、よくそこまで調べたな。どうやってそんな情報まで手に入れてるんだ？」

「よく覚えておきなよ。病院の裏の話を聞きたければ、ナースたちに聞くのが一番なの。若手ナースから師長クラスまで、女はみんな噂《うわさ》が大好きだからな。各病棟と外来に一人か二人、仲の良いナースがいれば、病院の情報なんてなんでも手に入るよ。ちなみに教授選の情報は、各科の教授たちが外来ナースにこぼしていた話を集めてみました」

「そんなにナースたちのネットワークに入っていけるのは、お前ぐらいのもんだよ。お前さ、なんで医者やってんだよ？　芸能記者とかの方が向いてたんじゃないのか？」

諏訪野の嫌味のない陽性の性格、そしてどこの病棟に呼ばれても喜々として飛んでいくフットワークの良さがあってこその芸当だろう。

「ホントにそうだよね。どこで道を間違ったのかな？」

裕也の皮肉に、諏訪野は腕を組み真剣に考え込む。

「それより、その馬淵っていう奴と、うちの親父以外に、あともう一人教授候補がいたんだろ。そいつは誰なんだよ？」

「あ、最後の一人？　それはまあ、いつもどおりだよ。川奈淳《かわなじゅん》、四十七歳。帝都大腹部外科の准教授」

「帝都か……」裕也は枝豆を一つ口に放りこむ。

日本の最高学府、帝都大。その医学部は日本医学界の頂点に君臨し、日本中の各大学に卒業生を教授として送りこんでいた。新興大学によっては、教授の大部分が帝都大の出身者で占められていることすらある。純正医大も教授の三割は帝都大出身者だったはずだ。

「そう、帝都。こいつはかなり優秀みたいだね。四十四歳で帝都の准教授になってる。

論文も海外の雑誌にバンバン載せてるみたい」

「てことは、そいつが教授選の本命ってことか？」

「そのあたりは微妙でね。この帝都の准教授と、冴木の親父さん、二人がかなり僅差《きんさ》で争っていたみたい。やっぱりうちの卒業生としては、帝都より純正出身者を教授にしたいだろうし」

諏訪野はジョッキに残ったビールを口に流し込むと、店員におかわりを頼んだ。

教授。医局の最高権力者。その地位はそこまで魅力的なものだろうか？　裕也にはその価値が理解できなかった。しかし、その地位に近づいた者は、目の色を変えて必死にそれをつかみ取ろうとしている。

裕也は父の顔を思い浮かべる。おそらく父も教授という頂きに、強い思い入れを持っていたのだろう。真也が以前から胆石を指摘されていた胆嚢《たんのう》の摘出手術に踏み切ったのも、『教授選の最中に胆嚢炎を起こすわけにはいかない』という理由だったらしい。そしてその手術で、真也に大量の抗血栓薬を投与し、失血死に追いこんだ者がいる。

一体誰が親父を殺したんだ？　手術前日にとった採血では、検査データに異常が無かったことが確認されている。なら手術前日の採血後から、手術が始まるまでの間に投与されたはず。

裕也は昨日、父が入院していた二十五階の病室から、手術が行われた手術室まで歩いてみて、どこで抗血栓薬が投与されたのかを考えてみた。

まず最初に考えられたのは病室だった。手術前日の夜、患者には不安を取り去り、よく眠れるように、前投薬として睡眠薬が処方される。もし夜間に病室に忍び込んでも、睡眠薬で深く眠っていた父はその侵入に気づかなかったかもしれない。

病室から出て手術室に行く間にもチャンスはあったはずだ。病室から手術室には担当の看護師が車椅子《くるまいす》で連れて行くことになっている。すでにその時点で点滴ラインはとってあるので、うまくすきを突けば点滴ラインの側管から薬物を注入することも可能だ。

そして最後は手術部。手術部の入り口で担当看護師から担当の麻酔科医に患者は引き渡される。そこから手術の終了まで、患者の全身管理は麻酔科が全責任を担《にな》うことになる。特に手術中は、麻酔科医は様々な薬物を投与して全身状態を安定させる。その中に紛れて抗血栓薬を投与することも十分に可能だと思えた。

最終的に達した結論は、二十五階病棟に関係する医療関係者、真也の手術に関わった麻酔科医はもとより、白衣を着て変装でもしようものなら、外部の者にさえ犯行は可能だったかもしれないというものだった。

もし入院していたのが二十六階の特別病室だったら、もう少し容疑者が絞れたのに。そう思わずにはいられなかった。病棟に入るのにネームプレートが必要な二十六階だったら、病院関係者以外の者の犯行は難しかっただろう。裕也はアルコール臭いため息を吐《つ》く。

いつ、どこで、だれに、そしてなぜ、父は抗血栓薬を投与され、失血死に追いやられたのか。答えは霧の中で、いまだその輪郭さえもつかめていなかった。

「おーい」

「え？　ああ」物思いにふけっていた裕也は、諏訪野の声で現実に引き戻される。

「どうしたんだよ、急に怖い顔して黙り込んで」

「いや、べつに……」

呟《つぶや》きながら裕也は、心からうまそうにビールを飲む諏訪野に視線を向ける。

「なあ、諏訪野。お前、教授とかなりたいか？」

「なんだよ急に？」

「いいからさ、お前は将来医局に残って、教授めざそうとか思ってるのか？」

「そうだなぁ……」諏訪野は芝居じみた仕草で腕を組むと、顔を三十度ほど横に傾けた。

「正直言って、『死んでもなりたくない』ってとこかな。冴木は？」

「俺はお前ほどじゃない。『土下座されてもなりたくない』程度だな」

「なりたくないことには変わりないってことね。まあさ、何十年も息のつまりそうな医局に閉じ込められて、安い給料でこき使われる。しかも日本中に飛ばされて、わけの分からない学会発表に悩まされて、やっと手に入れられるのがあんなめんどうな事務仕事いっぱいのお山の大将なんて、意味がわかんないよ。俺たちだけじゃなくて、若いドクターの大半がそう思っているんじゃないか？」

「だろうな……」

二〇〇四年から始まった初期研修必修化により、研修医は全国的に行われるマッチングというシステムによって、自らが希望する初期研修病院に割り振られるようになった。それにより引き起こされたのが、急速な『医局離れ』だった。

大学病院から市中病院に大量の研修医が流出し、そのまま市中病院に居着くようになったため、それまで圧倒的なマンパワーを背景に、医師を派遣することで市中病院を支配していた医局がその力を失っていった。いまや医局に滅私奉公し、助手、講師、准教授、そして教授へと駆け上がるという人生プランは、若い医者にとって魅力的な将来像ではなくなりつつある。

「けれどさ、逆のこともいえると思うんだよね」諏訪野は人さし指を立てた。

「逆のこと？」

「教授選に出るような奴らっていうのは、医局っていう監獄に何十年もいたわけじゃん。その何十年の時間がむくわれる唯一《ゆいいつ》の方法が、『教授』になることなんだよ。その執念ってさ、俺達に想像つくようなレベルじゃないと思うんだ。なんて言うかもうさ、『妄執』ってやつにまで昇華しているんだよ。恐ろしいことにね」

「……そうなのかもな」裕也は皿の上の串《くし》に手を伸ばす。

「まあ、だからってさ。いくらなんでも人を殺す奴はいないよな。お前に会いに来た刑事って、ちょっとドラマの見過ぎなんじゃないか？　第一、馬淵って奴は連続殺人事件で、冴木の親父さんは手術中の事故だよ。同じ教授選に立候補していたっていうだけで関連を疑うなんて、ちょっと常識外れだよね。あ、お姉さん、生追加。二つね」

暗くなった雰囲気を振り払うかのように、諏訪野は声を張り上げる。

「だよな」裕也は無理やり笑顔を作った。

「そうそう、だからさ、お前からその刑事の話を聞いて、教授選の候補者のこと調べて欲しいって言われた時は、ちょっと迷ったんだよね。なんかさ、その刑事のせいでお前が親父さんの事件のことを変な感じで疑って、引きずったりしたら嫌だなってさ」

「ちょっと気になっただけだよ。殺人事件と術中死が関係あるわけないだろ」

裕也は自分でもおかしくなるほど棒読みのセリフを吐く。しかし酒が入っているためか、諏訪野は特に違和感をおぼえなかったようだった。

真也の血液から抗血栓薬が大量に検出されたことを、裕也は諏訪野にも、そして警察にも伝えていなかった。沢井が検査で血液を全部使ってしまったことや、そもそもあの血液が真也のものであった証拠がないこともその理由だったが、それ以上に裕也はあの手術の日、父に何があったのか、どうしても自分の手で暴きたかった。その欲求がなぜ自分の胸に湧《わ》き続けるのか分からないままに。

「まあ、今日はとりあえず飲め。値段とか気にしなくていいから、じゃんじゃん飲んで食えよ」

　店員が裕也の前に置いたジョッキに、諏訪野は自分のジョッキをぶつける。テーブルの上に泡が飛び散った。

「値段は気にしなくていいって、俺がおごるんだぞ」

「だから気にしなくていいって言っているんだろ。ワリカンだったらセーブするように言うよ」

　顔をさらに赤くした諏訪野はケラケラと笑う。つられて裕也も笑顔になった。作り笑いでない本当の笑顔に。

「それでさ、話変わるけど、今年外科の病棟に入った新人ナースのレベル、結構高いと思わない？　俺さ……」

　本当に完全に話題を変えてきた諏訪野に苦笑しながら、裕也も話を合わせていく。顔を茹《ゆ》で蛸《だこ》のように真っ赤にしながら女の話をしている諏訪野を前にしていると、医学生時代に戻った気がした。

　二時間ほどの間、裕也と諏訪野は仕事の愚痴や学生時代のこと、そして男同士ならではの猥談《わいだん》など、中身のない会話を杯を重ねながら楽しんだ。

テーブルの上に置かれている酒がビールから日本酒に変わるころには、諏訪野は完全にできあがり、軟体動物のごとくうにうに複雑に動きながらテーブルにつっ伏しはじめた。

「なあ、冴木さぁ。お前さぁ。なぁんで第一外科に入ったんだよ?」

アルコール臭い息を吐きながら、呂律《ろれつ》があやしくなった諏訪野がたずねてくる。酒好きな男だが、ざるというほど強いわけではない。テーブルに上半身を預けたまま上目づかいに裕也を見てくる目は、明らかに焦点を失っていた。

「なんでって、……そりゃまあ、手術が好きだったからだよ」

「いやいやいやいや、なんで外科に進んだか、じゃなくてさ、なんで一外に入局したのかって聞いているのよ。よりによってさぁ、親父さんが准教授やっている一外にさ」

巻き舌でしゃべる諏訪野の言葉に、裕也は一瞬黙りこむ。そんな裕也を見上げながら、諏訪野は言葉を継いでいく。

「外科の医局なら二外でもさぁ、三外でもよかったじゃん。他の大学の医局に入ってもいいいし。外科なら市中病院でもいい研修を受けられる病院があるだろ? な? けれど、お前はわざわざ親父さんのいる一外に入った。なんで?」

「……さあな」裕也はごまかすように冷酒の入った猪口《ちょこ》をあおる。鼻腔《びこう》に日本酒の芳《ほう》醇《じゅん》な香りがつき抜けた。

「お前さぁ、なんでか知らないけど、親父さんを嫌っていたんだろ？」

「ああ、……嫌いだったよ」裕也は諏訪野の視線を避けるように顔を伏せる。

いつごろからだろう、父親を疎《うと》ましく思いはじめたのは？　物心ついたときには父親を嫌っていた気がする。裕也は視線をテーブルの上に置いたまま、遠い記憶を反芻《はんすう》する。

裕也の記憶にある父は、常に自分たち兄妹《きょうだい》を避けていた。自分たちと目をあわそうともせず、近づくと顔をしかめる父親。そしてたまに口を開いたと思ったら『将来医者になれ』『勉強をしろ』。そんな父をいつしか自分も避けるようになり、同じ家に住んでいるにもかかわらず、まるで顔も知らない他人のようにふるまうようになっていた。

もし母の優子が、父を補って余りある愛情を注いでくれていなければ、自分たち兄妹はまともな人格には成長しなかっただろう。まだ裕也が中学生の頃、裕也と妹の真奈美は誓い合った。自分たちは決して父の望み通りの人生を歩まないことを。

真奈美はその信念を貫いた。地方の国立大学に入学し、医学部ではなく法学部へと進んだ。そして自分だけの力で就職を決め、今は新しい家庭を築こうとしている。

一方で自分は妹との約束を守らなかった。父の希望通りに医学の道へと進んでしまった。それ以来、妹との関係は惨憺《さんたん》たるものとなっている。

もちろん父の言葉に素直に従ったつもりはなかった。自分なりの考えがあった。しかし真奈美からすれば、裏切りには違いなかっただろう。そして結果だけを見れば、たしかに自分の人生は常に冴木真也という男に支配されていたのだ。

裕也は唇をかむ。父が死んでからというもの、胸の中心に穴が開いたかのような喪失感が常に付きまとっていた。あんな父親、いなくなって清々した。何度も自分にそう言い聞かせようとしても、その喪失感は消えるどころか、日に日に強くなっていく。

諏訪野が微笑《ほほえ》む。今にも椅子からずり落ちそうな諏訪野の体勢は完全に泥酔《でいすい》者のものだが、その目だけはやけに知的な輝きを保っていた。

「けれどさ、お前、口じゃあ『親父が嫌い、親父が憎い』って言っているけどさあ、そのわりには、ずっと親父さんの後を追っているじゃない。親父さんと同じ純正に入学して、親父さんと同じ柔道部に入って、親父さんと同じ第一外科に進んでるじゃん。普通は、嫌っている人間からは離れていくもんだよ」

裕也は無言で猪口を見つめ続ける。諏訪野も返事を期待していなかったようで、淡々と言葉を繋げていく。

「そういえばさ、親父さんがOB合同稽古《けいこ》とかに来るとき、お前なんだかんだ言って参加していたよな。親父さんと目も合わさなかったけどさ。いや、けど親父さん、けっこう強かったよな。特にあの片羽《かたは》絞《じ》め。俺、一度落とされかけたもん。そういえば、お前もけっこう片羽絞めが得意だったよな。親父さんに対抗して練習したの？」

諏訪野が顔をのぞきこんでくる。裕也は口を固く結んだ。

「お前さ、たしかに親父さんのこと嫌っていたんだろうけどさ。それ以上に……本当は親父さんに認めてもらいたかったんじゃないかな？」

裕也は無言のまま、猪口の中で揺れている酒を口の中に流しこんだ。

手の温度でぬるくなった日本酒が、べとつきを残しながら喉の奥に流れていった。

2

目の奥が痛む。真喜志はまぶたを落として鼻のつけ根を揉《も》む。数時間も続けてモニターを見ていた眼球は、そろそろ限界を訴えはじめていた。

「うーん、これといって新しい発見はないねえ……」

椅子に前後逆に座った桜井が、背もたれにあごを乗せながらつぶやいた。

「はい、そうですね」

真喜志は気のない返事をする。本来なら警視庁捜査一課殺人班の刑事である桜井に対してはもっと緊張して接するべきなのだろう。しかし、コンビを組んで捜査をするうち、桜井ののらりくらりとした雰囲気に当てられてしまい、最初のころのような緊張感をたもてずにいた。

「どうしよっか？　今日はこのあたりにして、捜査会議までちょっと休憩にする？」

「はあ……」

真喜志は曖昧に返事をしながら、モニター画面を横目で見る。画面には自動ドアを斜め上方から撮影した画像が映し出されていた。看護師が自動ドアのわきにある小さな機械にネームプレートをかざしてドアを開けている。

それは純正医大第一外科の教授である海老沢という男が心肺停止状態におちいった日の、純正医大附属病院新館二十六階病棟のエレベーターホールを映した映像だった。この日、海老沢はいったんは蘇生《そせい》したものの、その三日後に死亡している。

海老沢の容態の急変は純正医大から所轄《しょかつ》警察署である愛宕《あたご》署に連絡された。入院中の急変に通報の義務などないのだが、世間的に話題になっている事件の当事者が命を落としかけたのだ、そのまま通報しなければあとでどんな噂を立てられるか分かったものではないと考えたのだろう。その対応はある意味当然のことだった。

愛宕署から連絡を受けた真喜志と桜井は色めきたった。純正医大第一外科教授選の関係者があまりにも死に過ぎている。もしかしたら、何者かが海老沢の口を封じようとしたのではないか？　そう考えた二人は純正医大に捜査協力を要請し、二十六階エレベーターホールに備えつけられていた防犯カメラの当日の映像を提出してもらった。

海老沢が入院していた特別病棟には、二十五階とだけ繋がる特別エレベーターを使って、専用のエントランスから入るしかない。もし怪しい人物が病棟を訪れていたら、間違いなくこの映像に映っているはずだった。

この四日間、二人は繰り返しこの映像を見続けていた。しかし二人の期待に反して、映像から怪しい者を見つけることはできていない。海老沢の容態が急変した時刻は午後一時過ぎ、その日、急変の前に病棟に見舞いに訪れていた者はわずか四人だけだった。その四人とも面会帳に名前と連絡先が記されていて、すでに本人に会いに行っている。その誰もが二十六階に入院していた海老沢以外の患者の関係者で、海老沢とも純正医大第一外科ともなんの関係もない人物であることを確認していた。

それならば、誰かが医療者にまぎれて白衣で変装して病棟に潜り込んだのではないかとも思ったが、二十六階病棟の看護師長に顔の確認を頼んだところ、全員が二十六階のスタッフ、または二十六階に患者を持つ医師であることが確認された。そもそも二十六階に入るためには、中から開錠してもらうか、純正医大のスタッフだけに支給されているネームプレートを使用しなければならない。

「やっぱり、偶然だったんですかね。海老沢があのタイミングで死んだのは」

真喜志は重く痛むこめかみを人差し指で押さえる。これだけ騒ぎになっていることもあり、海老沢は司法解剖こそ行われなかったが、家族の承諾のもとに行政解剖が行われた。おそらく家族も、いかにストレスがかかっていたとはいえ、それまで健康だった海老沢が突然、心肺停止となったことに違和感をおぼえていたのだろう。

きっと行政解剖で何らかの犯罪の証拠がでる。真喜志はそう思っていた。しかし結果は期待を裏切るものだった。海老沢の死に何ら不審な点は見つからない。死因ははっきりしないものの、心筋虚血により致死性不整脈が引き起こされた可能性が高い。海老沢の解剖を担当した啓陵《けいりょう》大学法医学教室の教授はそう結論を下していた。

「うーん、ちょっと重なり過ぎじゃないかな」

あごを背もたれの上に置いている桜井がぼそりとつぶやく。

「はい？」

「だから、偶然だよ、偶然。その偶然ってやつが重なりすぎている気がするんだよね」

桜井は指揮でもするかのように指を空中でふらふらと振った。

「重なりすぎ……ですか？」

「そうだよ。教授候補が殴り殺され、もう一人が手術で死んだ。そして、今度は手術を担当した教授が急死した。二つまで重なることはあっても、偶然は三つも重ならないよ。もし重なったように見えたら、それは偶然じゃなく誰かの意思がはたらいているんだ」

言われてみればその通りかもしれない。普段はくたびれた中年サラリーマンにしか見えない先輩刑事だが、なかなか説得力があることを言う。

「『三つ重なる偶然はない、それは必然だ』っていう格言もあるんだよ」

「はじめて聞きました。誰の格言ですか？」

「桜井公康」

「は？」

「だから僕の格言だよ。これからの刑事人生で覚えておいて損はないよ」

中年刑事は下手くそなウインクをしてくる。真喜志の疲労感がさらに増した。

「……はあ。でも、現に二十六階に怪しい奴は誰も侵入していませんよ」

「本当にそうかい？」

「え？」

「怪しい奴ならいるじゃないか、いっぱいさ」

「いっぱい？　どこにですか？」真喜志は思わず声が大きくなる。

「ほらそこにも」桜井が画面を指さす。

ディスプレイには、医師が自動ドアを通って病棟に入るシーンが映っていた。真喜志の喉から「あ……」と声がもれる。

「たしかに純正医大の職員以外は二十六階に入れないんだろうけど、逆を言えば純正の職員ならフリーパスってことでしょ。准教授の手術の情報だって、内部からのリークくさいし、なんだか病院内でできな臭いことが起こっているんじゃないかな」

桜井は血色の悪い唇をぺろりとなめた。

「医療関係者なら、証拠を残さずに殺す方法とか知っていそうだよね」

3

口の中をひりつく苦みが冒していく。

便器に顔を近づけ胃の中身を吐き出そうとするが、今朝起きてから水以外何もとっていない口からは、少量の粘着質な黄色い液体がこぼれ落ちるだけだった。

顔を上げた真奈美は、自分の吐いた息の生臭さに顔をしかめる。すぐに口をゆすぎたいが、全身を蝕《むしば》む倦怠感のせいで、洗面台まで動く気力すら出てこなかった。

数日前、優子の見舞いをした日は体調がよかったのだが、それも一時的なものにすぎなかった。見舞いの翌日からはまた、激しい嘔気《おうき》が真奈美を責め立てはじめた。

一昨日に行った妊婦健診の際、担当の産婦人科医は「そろそろつわりも楽になってきますよ」と言っていたが、この胸腔の中身が腐敗したような嘔気がそう簡単におさまるとは、どうしても思えなかった。

上手《うま》くいかない。父が死んだあの日から、なにもかもが上手くいかない。世界の歯車が狂ってしまった気がする。真奈美はトイレの壁にもたれかかると、目を細め、蛍光灯の不自然に漂白された光を眺めた。

「けど、……もともと上手くいっていたことなんてあったっけ？」

胃液でひりつく唇の隙間《すきま》からもれた独白が、虚《むな》しくせまい個室に響いた。

高校時代、父から距離をとるため文系に進み、地方国立大学の法学部へ進学した。

大学に入学した時には、将来は司法試験を受け、弁護士になるつもりだった。しかし大学で法律の勉強をはじめてすぐ、真奈美は自分がそれほど司法に興味がないことに気づいた。二年生になるころ、弁護士になることをあきらめると同時に、自分が法学部を目指した理由が法律を学びたいからではなく、ただ父に逆らいたかったからだけなのだと自覚せざるをえなかった。

在学中に将来の目標を弁護士から司法書士へと変更した真奈美は、卒業して浩一の両親が経営する弁護士事務所につとめながら、司法書士試験にチャレンジしはじめた。一年目、二年目は不合格だったが、手ごたえは確実に良くなってきていて、次こそは合格できるはずと思っていた。しかし、そこで予定外の妊娠が発覚した。

浩一と結婚できること、そして子供を授かったことはたしかに嬉《うれ》しい。いつかは浩一と家族になれればと考えてはいた。しかし、それはこのタイミングではなかった。

真奈美はふたたび胃液くさい息を吐く。いつから人生の歯車は狂ってしまったのだろう？　時期は分からなかったが、その原因だけははっきりと分かった。父だ。父に反抗することを人生の目的にしていたから、私の人生はこんなに歪《いびつ》になった。

真奈美はぼんやりと父のことを思い出す。頭に浮かぶのはあの日、浩一を連れて実家を訪れた日の父の姿だった。『娘を幸せにして下さい』と畳に額がつくほどに頭を下げた父。あの姿を思い出してしまうと、もう父のことを恨む気持ちにはなれなかった。蛍光灯の光が淡く滲《にじ》んだ。真奈美はごしごしと手の甲で両目を擦《こす》ると、両手を下腹部に持っていった。両手のひらに感じるぬくもり、これだけが穴のあいた胸の隙間を優しく埋めてくれる。たしかに望んだタイミングでの妊娠ではなかったが、自分の体の中でゆっくりと成長する命への愛情は日に日に大きくなっていた。

この子こそ新しい生きがいになってくれるはず。私はこの子のために生きていく。

ピンポーンというインターホンの音がトイレまで響いてきた。真奈美は眉間にしわをよせる。いったい誰だろう？　郵便か、それともいまだに自分のインタビューを欲している記者だろうか？　どちらにしても胃袋がダンスを踊っているような今、対応したくはなかった。真奈美は居留守をきめこむ。

十数秒すると、今度は続けざまに数回インターホンが鳴らされた。

「うるさいな。いないんだってば」

トイレの床に座ったまま、苛立《いらだ》ちながら真奈美はつぶやく。十回ほど鳴ってようやくインターホンの音がやむ。

やっとあきらめたか。真奈美がかるく安堵《あんど》の息をもらした瞬間、扉を直接たたく重い音が鼓膜を揺らす。真奈美は慌《あわ》てて立ち上がった。郵便局員や記者がこんなことをするはずがない。こんなことをするとしたら……。

小走りに玄関に向かった真奈美は、勢いよく玄関扉を開く。そこには予想通りの人物、間もなく義母になる女性が険しい表情で立っていた。

「……お義母《かあ》さん」

真奈美がそう呼んだ瞬間、婚約者の母親、岡崎登喜子は露骨に表情をゆがめた。

私だってあなたを『母』だなんて呼びたくないわよ。真奈美は湧き上がった感情が表情に出ないように、顔に力を込める。登喜子は無言のまま真奈美を押しのけるように室内に入ってきた。

「あの……なんのご用でしょう？」

登喜子の背中に真奈美は弱々しく声をかける。無言のままリビングに入った登喜子は爬虫類《はちゆうるい》を彷彿《ほうふつ》させる冷たい視線を浴びせかけてきながら、ルイ・ヴィトンの鞄に手を突っ込む。中から取り出した一冊の週刊誌を、登喜子はダイニングテーブルの上に無造作に放った。真奈美は息を呑《の》む。

「これ、あなたのお父様のことよね？」

登喜子は雑誌の表紙に躍る『純正医大で医療ミス⁉　准教授が犠牲に！　黒い教授選に渦巻く闇《やみ》⁉』と記されたフォントの大きな文字を指さした。

「……はい」

　真奈美が弱々しくうなずくと、登喜子はわざとらしく大きなため息をついた。

「困るのよ、こういうの。こんな騒ぎになって、どうしてくれるわけ？」

　登喜子の声がヒステリックに跳ね上がった。

「そんな、父は被害者なんですよ」

　あまりにも理不尽な言われように、真奈美は思わず反論をしてしまう。

「うるさい！」

　威圧の込められた登喜子の一喝が、真奈美の体を震わせる。

「被害者だろうがなんだろうが、もうすぐ親戚《しんせき》になる家が、こんな低俗な週刊誌のネタにされるようじゃ困るのよ」

　理不尽だ。あまりにも理不尽だ。狂おしいほどの怒りが真奈美の身を焼いていく。登喜子はゆっくりと舐《な》めるように視線を真奈美の下腹部へと移動させた。

「今は五ヶ月よね……」

「……はい、そうです」

　登喜子の口調に不吉なものを感じながら、真奈美はためらいがちに頷《うなず》いた。登喜子の薄い唇が酷薄な笑みを形作る。

「まだ、堕《お》ろせるわね」

「……なっ⁉」

「法的にはまだ大丈夫のはずよ。ちゃんと調べておいたんだから。私はあなたなんかと違ってプロの法律家なんだから安心して」

「なにを……なにを言っているんですか！」

怒り、恐怖、恥辱、絶望、様々な感情が胸の中で踊り狂う。

「うるさいわねえ。臭いから口を近づけないでくれる」

登喜子は虫でも追い払うように手を振る。真奈美はとっさに自分の右手首を左手で摑《つか》んだ。そうしないと、無意識に登喜子の頰を張ってしまいそうだった。爪《つめ》が腕の皮膚に食い込む。鋭い痛みに歯を食いしばりながら、真奈美は少しでも胸の中の嵐《あらし》が弱まるのを待つ。今ここで手を上げれば登喜子の思うつぼだ。鬼の首でも取ったかのように喜び勇んで、暴力をふるわれたと息子に報告するだろう。いや、それどころか傷害事件として刑事告訴すらしかねない。

登喜子は数十秒、隠しきれない期待のこもったまなざしで真奈美を見ていたが、真奈美が殴りかかってこないのがわかると小さく舌打ちをする。

「いくら欲しいの？」

「え？」

「だから、いくら渡せば浩一と、うちの家と縁を切ってくれるの？　もし、今後の仕事の世話がして欲しいなら、それもしてあげる。十分に給料もらいながら、司法書士試験の勉強ができる職場を斡旋《あっせん》してあげられるわよ。……私たちならね」

一変して登喜子は柔らかい微笑みを浮かべながら話しかけてくる。しかしその眼差《まなざ》しだけは、相変わらず爬虫類のように温度が感じられないものだった。

「そのかわりに、この子を……堕ろせっていうわけですか？」

『堕ろす』という単語を発した瞬間、子宮が、その中で育っている我が子が震えたような気がした。

「別に堕ろす堕ろさないはあなたの自由。ただ産んだとしても、その子はうちの家とはなんの関係もない」

登喜子の言葉が刃物となって真奈美の胸を貫いていく。

「お父様が亡《な》くなって、お母様のご病気もおもわしくないんでしょう？　一人で子供を育てるのは大変よ。それよりも一度全部リセットして、キャリアを積み直したら？」

登喜子の囁《ささや》きが心を揺さぶる。もともと結婚して家庭に入ることを望んだわけではなかった。司法書士の資格をとって仕事を続け、将来的には独立することを望んでいた。

登喜子の申し出を受ければ、自分が妊娠前に望んでいたものがすべて手に入る。真奈美は視線を下腹部へと落とす。

「浩一さんは……このことを知っているんですか？」

「浩一にはまだ話してないけど、あの子はちゃんと理解してくれるの」

一点のくもりもなく言いきった登喜子の口調は、『息子は自分に逆らえない』という盤石《ばんじゃく》の自信に裏打ちされていた。そして浩一が、たとえ一時的には反発しても、登喜子の言葉に従うであろうことは、真奈美にも容易に想像がついてしまった。

うつむいた真奈美は、血がにじむほど強く唇を嚙む。

「少し……考えさせて下さい」

「ええどうぞ。でもあまり時間はないわよ。堕ろすなら早いほうが良いですからね。あなたの体のためにも」

登喜子は余裕たっぷりに「お邪魔さま」の言葉を残し玄関へと向かう。その後ろ姿を焦点の定まらない目で追いながら、真奈美はふたたび両手を下腹部に当てた。子宮の上に置いた手のひらから、さっきまでのようなぬくもりを感じることはなかった。

4

エレベーターの扉が開くと、分厚い絨毯《じゅうたん》が敷きつめられたフロアが広がっていた。裕也は素早く左右に視線を送り、目的の場所を探す。すぐにそれは見つかった。

正面にある巨大な扉のわきにテーブルが置かれていて、そこでスーツ姿の女性二人が受付をしている。受付の前には年齢も性別も服装もばらばらな数人が列を作っていた。

「あ、冴木先生！　お待ちしていました」

受付近くにいた、MRと呼ばれる製薬会社の営業マンが声をかけてくる。

「すみません。少し遅れました」

「いえいえ、こんな遠方まで来ていただいて恐縮です。どうぞこちらまで」MRは腰を低くしながら裕也を受付まで案内する。「それではこちらにお名前お願いします」

裕也は記帳しながら、会場の入り口に立てかけられた、『第12回　術後腸閉塞《ちょうへいそく》予防研究会』と記された看板に視線を走らせる。製薬会社がひらく医師向けの講演会。著名なドクターの講演で医師を集め、その場で自社の新製品の宣伝もしようというものだ。

それほど積極的にこの手の講演会に参加するタイプではなかった。医局の先輩が講演している場合、義理で参加するぐらいだ。しかし今日、横浜駅前のホテルで行われているこの講演会だけは、裕也はどうしても出席しなくてはならなかった。

「もう始まってますか？」

裕也は腕時計に視線を落とす。開演予定時刻の午後七時を五分ほど過ぎていた。仕事を早めに切り上げてきたが、やや遠方なだけに時間ぎりぎりになってしまっていた。

「いえ、今は開会の挨拶《あいさつ》をしているところです」

MRにうながされ、裕也は豪奢《ごうしゃ》な扉を開けて薄暗い会場に入った。二百人は軽く収容できるホテルの大広間に並べられた椅子《いす》は、八割方埋まっていた。

腰を低くして小走りで会場の前方まで走ると、前から五列目の空いている席に腰を下ろした。バッグの中から手帳をとりだし、白い布で覆《おお》われたテーブルの上に置く。かなり講演台に近い席だが、その方が都合がよかった。

テーブルの上に置かれたペットボトルの緑茶を口に含み、一息つく。司会者席でマイクを握って講演会の趣旨を説明していた壮年の医師が、講演者の紹介を始めた。

「それでは本日の講演者をご紹介させていただきます。川奈淳先生です」

最前列に座っていた男が立ち上がる。会場からぱらぱらと拍手が響いた。裕也は目を細め、講演台へと向かう男を凝視する。川奈淳。帝都大腹部外科准《じゅん》教授。そして純正医大第一外科の教授選候補で唯一生き残っている男。

諏訪野から教授選の内情を聞いた翌日、裕也はネットで川奈の講演会がないかを調べた。有名大学の教授や准教授は、頻繁に講演会の依頼をされる。帝都大の准教授ともなれば、月に一回ぐらい講演会を開いていてもおかしくはなかった。そして予想通り、今日講演会があることを知り、裕也は医局に出入りしていたMRに参加を申し込んだ。

教授選の候補三人のうち二人が殺された。それにより一番利益を得たのは誰か？　小学生にだってわかる簡単な引き算だ。残った一人に決まっている。

裕也はもう一口緑茶を含み、緊張で乾燥しはじめた口腔内をうるおす。

ライバル候補が命を落としたことで、次期純正医大第一外科教授の座をほぼ手に入れたであろう男。この男は父の殺害になにか関係があるのだろうか？

川奈はゆっくりと講演台へと向かう。司会者が型どおりに川奈の経歴を述べ始めた。

「それでは私の方から川奈淳先生の経歴について説明させて頂きます。先生は帝都大学医学部ご出身で、学生時代は剣道部を主将としてひっぱり、東医体で団体優勝を勝ち取っておられます。卒業後一九九〇年、帝都大学旧第二外科、現在の腹部外科医局に入局され、初期研修を受けられました。その後一九九二年、第二外科の大学院に入学、一九九五年に学位を取得され、一九九六年より二年間アメリカのハーバード大学附属マサチューセッツ総合病院に留学されました。一九九八年帰国後、帝都大学旧第二外科助手に就任、その後二〇〇一年講師、二〇〇九年より帝都大学腹部外科准教授として教鞭《きょうべん》をとっておられます。それでは川奈先生お願いいたします」

紹介を受け、講演台に上がった川奈は優雅に会釈《えしゃく》する。

「ただいまご紹介にあずかりました、帝都大の川奈です。ていねいなご紹介、まことにありがとうございました」

裕也は目を凝らして川奈を観察する。四十七歳ということだったが、細身の長身を質の良さそうなスーツに包んだその姿は、四十前後でも通用しそうなほど若々しい。

「多くの先生方にお集まり頂き感謝しております。本日は術後のイレウスに対する……」

部屋の明かりがさらに落とされ、正面に掲げられた巨大なスクリーンにスライドが映し出される。しかし裕也はスライドに視線を向けることなく、講演台の上に立つ川奈に視線を注ぎ続けた。

グラスに入ったウーロン茶をちびちび舐めながら、裕也は十数メートル先に立つ川奈を見る。数人の医師やMRが川奈を取り囲み談笑をしていた。

講演会のあとに立食形式で開かれる懇親会。その会場で、裕也はただひたすらに川奈に話しかけるチャンスをうかがっていた。

懇親会が始まってからすでに一時間近くが経過していた。一時間半ほどだった講演と合計すると二時間半、時刻は午後十時に近くなっている。多くの参加者はすでに帰宅の途について、この広い会場に残っているのは、すでに十数人しかいなかった。

講演者である川奈はこの一時間、かわるがわる質問やあいさつに訪れる医師たちに囲まれていたが、それもそろそろ途切れるはずだ。

壮年の医師が川奈から離れていく。ようやく、この懇親会にはいってはじめて川奈が一人になった。この機会を逃すわけにはいかない。

「川奈先生」裕也は川奈の背後に近づき声を掛けた。

振り返った川奈は裕也を見て、数回まばたきをする。まったく面識のない男に話しかけられ、やや戸惑っている川奈に向かって、裕也はうやうやしく頭を下げた。

「本日は貴重なお話ありがとうございました。私、純正大学第一外科の者です」

「ああ、純正の……」川奈はつぶやくと、端整な顔に愛想笑いを浮かべる。

「先生が私たちの医局の教授候補になっていらっしゃると聞きまして、ぜひご挨拶をと思って参りました。先生が教授になったあかつきには、ご指導お願いいたします」

裕也は頭を上げると、川奈に口をはさむ隙をあたえずポケットの中から自らの名刺をとりだし、川奈の目の前に差し出す。

「申し遅れましたが、私は冴木裕也と申します。じつは私の父、冴木真也も今回の教授選に立候補していたのですが、先日亡くなってしまいました。ただ先生が教授に就任されるなら、きっと父も納得したと思います」

裕也は息を止めて川奈を観察する。もし川奈が真也の殺害に関わっているとしたら、目の前に突然現れた男が冴木真也の息子だと知って動揺するはずだ。動揺した川奈をさらに追及することで、なにか尻尾《しっぽ》をつかめるかもしれない。

しかし、川奈の反応は、裕也が期待していたようなものではなかった。

「ああ、そうなんですか。候補の先生が亡くなられていたんですか。それは知りませんでした。ご愁傷様です。ただ、もうしわけないですけど、純正の教授に関してはちょっとご期待には添えそうにないんですよ」

片手で名刺を受け取りながらこめかみを掻《か》く川奈からは、動揺はみじんも感じられなかった。裕也には川奈が本当に真也の死を知らなかったように見えた。

「期待に添えないとおっしゃいますと？」

内心の失望を必死に隠しながら、裕也は早口でたずねる。

「純正医大教授選の立候補に関しては、二、三ヶ月前、内々に取り下げているんです」

「え？」

「歴史ある純正医大の教授という、とても素晴らしいお話だったのですが、一身上の都合で辞退させていただきました」

川奈の純正に対する露骨な世辞を聞きながら、裕也は混乱する頭を必死に整理しようとする。もし川奈の言うことが本当だとしたら、真也が命を落とすはるか前に、この男は教授選から降りていることになる。

「聞いたところによると、最近、教授にも御不幸があったようですね。先日、純正さんから再立候補の打診がありました。ただこのように医局が混乱している時期は、私のような外部のものより内部事情に詳しい方が指揮をとったほうが良いと思い、重ねて辞退させていただきました」

「そう……なんですか。それはとても残念です」

裕也はなんとかその言葉を絞り出すことしかできなかった。

「私も残念です。それではこれで」

心のこもっていない社交辞令を返すと、川奈は近づいてきた顔見知りらしき他の医者と喋《しゃべ》りながら離れていった。取り残された裕也は呆然《ぼうぜん》とその背中を見送る。

「ああ……」裕也は呻《うめ》くと、唇を嚙《か》んだ。

よくよく考えれば当然のことだった。自分の思慮の浅さに対する羞恥心《しゅうちしん》で頭を抱えたくなる。帝都大という日本最高学府の准教授である川奈にとって、純正医大の教授の椅子は、なんとしても手に入れたいというほどのものではないのだ。帝都大は全国の医学部に教授を送り込んでいる。たとえ今回、純正の教授になれなかったとしても、すぐに川奈にはそれに勝るとも劣らないオファーが舞いこんでくるだろう。

四十代の若さで帝都の准教授になった川奈が本当に欲しいもの、それは唯一『帝都大腹部外科主任教授』の椅子だ。純正の教授になったとしても、いつかはそれを足がかりとして帝都の教授選にうって出ようとしたはずだ。

今回の教授選でどんな手を使ってでも教授の地位を摑みたかった者がいたとしたら、それは光零医大で閑職に追い込まれ、最後のチャンスにかけていた馬淵と、三十年も第一外科に尽くしてきた父、冴木真也。命を落とした二人の方だ。裕也は手に持っていたグラスを机の上に置くと、会場の出口に向かい重い足取りで歩きはじめた。

父の死の真相を追う手がかりは、早くも尽きてしまった。もう事件の真相が明らかになることはないのだろう。すでに遺体が火葬されている今、父に大量の抗血栓薬が投与されていたことを証明することはもはや不可能だ。そのことを警察に伝えたとしても、なんの証拠もない状態で信じてもらえるとは思えなかった。

真実が闇の中に落ちていく。

「はっ……、なに素人《しろうと》が調子乗って探偵ごっこやってんだよ」

口からこぼれた自虐《じぎゃく》的なつぶやきが、部屋の喧噪《けんそう》の中に溶けていく。背中で楽しげな歓談の声を聞きながら、裕也は一人会場を後にした。

夏だというのに夜風は冷たく感じた。

人形町駅を出た裕也は、徒歩で十分ほどの自宅マンションまで、ふらふらとした足取りで歩いていた。雲の上でも歩いているかのように足元がおぼつかない。川奈と会うことでなにか進展があるはずだと期待していた。しかし現実は、自分がいかに思い上がっていたかを思い知っただけだった。

父の血液に大量の抗血栓薬が含まれていたことを知った瞬間は、一瞬視界が真っ白に染まり、その後なにも考えられなくなった。しかし、時間をかけて脳にその事実が染《し》み込んでいくにつれ、高揚感をおぼえていた。

警察も父の死は事故だと思い込んでいる。この前、尋ねてきた刑事が思わせぶりなことを言いはしたが、それだって大した根拠もなく言っているにすぎなかった。自分だけが父が殺されたことを知っている。自分の手で父を殺した犯人を見つける、それこそが自分の使命だとさえ感じていた。

なにを舞い上がっていたんだ。顔が恥辱で紅潮していく。

父が消えたことによって行き場を失い、胸の中で暴れ始めたコンプレックス。それを紛らわすために、探偵きどりで事件に首をつっこんでいた。高揚感が消えた今、そのことが痛いほどに自覚できた。

ふと顔を上げると、いつの間にか自宅マンションのすぐ近くまで来ていた。横浜で行われた講演会、懇親会に午後十時過ぎまで参加し、さらに駅からここまで緩慢な足取りで歩いてきたので、もうすぐ日付がかわるような時刻だ。オフィス街の真ん中にあるこのマンション周辺は、ほとんど人通りもなく閑散としていた。愛車のZ3が駐車されている薄暗いマンション住人用の駐車場を抜け、エントランスに入ると、裕也は重い足を引きずりながらエレベーターに乗る。

部屋がある八階でエレベーターを降り、省エネのため照明が落とされている薄暗い外廊下を進んでいた裕也は、自分の部屋の前に座り込んでいる人影に気づき足を止めた。

一瞬、父の命を奪った犯人が刺客をさし向けたのではないかという想像が頭をかすめ、緊張が走る。しかし目を凝らすと、玄関前にひざを抱えて座るそのシルエットは華奢《きやしや》で、おそらくは若い女のものだった。どう見てもヒットマンには見えない。女のわきにはスーツケースが置かれていた。

自虐的な笑みが浮かぶ。親父《おやじ》を殺したのが誰だろうが、こんな素人探偵きどりの道化の口を封じる必要なんてないよな。

目を凝らしながら裕也は廊下を進む。多忙な勤務、そして頻繁な転勤のせいで、一年以上恋人はいない。帰宅を待ってくれるような女性に心当たりはなかったし、かといって部屋の前で待ち伏せされるほどの恨みをかったおぼえもない。

うずくまっていた人物が、裕也の気配に気づいたのか、ゆるゆると顔を上げた。裕也の全身に震えが走る。一瞬幻を見ているのではないかとさえ疑う。

まだ殺人者からの刺客の方が裕也にとっては現実味があった。そこにいたのは、この世でもっとも自分に近づくことを嫌っているはずの人物だった。

「……真奈美？」裕也の唇からかすれた声がこぼれ出す。

「……兄さん」

真奈美は、十年以上の間、兄を避け続けていた妹は、捨てられた子犬のような目で裕也を見上げた。

5

なんで私はこんな所にいるのだろう？　裕也が淹《い》れてくれた熱い紅茶をすすりながら、真奈美は自分に問いかける。

食道から胃へと熱い紅茶が滑り落ちていく。みぞおちがほんのりと温かくなる。固く凍りついた心がわずかに溶けていく気がした。

真奈美をソファーに座らせて紅茶を渡した裕也は、今はせわしなく散らかった部屋を片付けていた。真奈美は天井辺りに視線を漂わせながら思考を巡らせる。

登喜子が去ってからすぐに、発作的に荷物をまとめ部屋を飛び出した。婚約者、いや、すでに婚約者と呼んで良いのか分からなくなった浩一とは、顔を合わせられなかった。

行き場所を探して街をさまよった。誰かと一緒にいたかった。打ちのめされた精神は一人でいることに耐えられなかった。しかし大学時代を地方で過ごした真奈美には、東京に気軽に身を寄せることができるような友人は少ない。そして、その数少ない友人も多くは浩一と知り合いで、そこに身を寄せれば浩一へと連絡がいくのは確実だった。

母の所へ行くことも考えたが、病床に伏せっている母に余計な心配をかけることはできなかった。そんな時に頭に浮かんだのが兄の住むこのマンションだった。

思いついてすぐに真奈美はふらふらと、以前、母になかば無理やりスマートフォンに住所を登録させられた、裕也の住むこのマンションへと向かっていった。

なぜ何年も、葬式の間でさえほとんど口をきかなかった裕也のもとへ来ようと思ったのだろう？　何度も自問を繰り返すが、その答えが浮かんでくることはなかった。

もしかしたら先日、優子と交わした会話が影響しているのかもしれない。兄と仲直りすることを母が望んだからこそ、その希望を表面的にでもかなえるために、ここに来たのかもしれない。真奈美は紅茶をすすりながら、無理矢理自分を納得させる。

「それで、どうかしたのか？」

ようやく片付けを終えた裕也が、ソファーの端に腰掛けてきた。

「どうかしないと、兄妹《きょうだい》の家に来ちゃいけないの？」

裕也に視線を送らないまま、真奈美はトゲのある言葉を返す。自分から押しかけておいてこの態度はないと軽い自己嫌悪《けんお》を感じるが、それでも兄を目の前にするといら立ちが胸の奥から湧《わ》きあがってしまう。

「いや、別にそんなことないけどな。えっと……もう遅いし、よかったら泊まっていくか？　小さくていいなら部屋余っているから」

裕也は機嫌をうかがうかのように、おずおずとたずねてきた。真奈美はかすかにあごをひいてうなずく。脳裏に婚約者の姿が一瞬ちらついた。真奈美はかたわらに置いたスマートフォンの入ったバッグに一瞥《いちべつ》を送る。家を出てから電源はオフにしてある。一応、『お母さんの体調が悪いみたいなので病院に行きます　今日は帰りません』と最低限の書き置きは残しておいた。婚約者に嘘《うそ》をついたことと、病身の母をだしに使ったことに対する罪悪感が胸を締めつける。しかしいま浩一に会えば、さらにつらい思いをしなくてはならないことは目に見えていた。真奈美は下腹部に右手をおく。

堕ろすか、堕ろさないか……。そんなこと考えたくはなかった。

部屋の中に重苦しい沈黙がおちる。裕也が何度か声をかけてこようとしては思いとどまっていることが、真奈美をさらにいら立たせる。こんな濁った空気を吸っていると、せっかく一時的に治まっているつわりがぶり返してきそうだ。

しかたない。こっちから話しかけてやるか。真奈美は大きくため息を吐《つ》いた。

「ねえ、なんで兄さんは医者に……父さんと同じになったわけ？」

話題を探しつつ開いた口からは、思わず兄への詰問《きつもん》がこぼれだした。十年以上の間ずっと胸に抱いていた疑問。なぜ兄は裏切ったのか。その問いを、真奈美は意識した以上の鋭さをもって裕也へと投げつけてしまった。

「……悪かったよ」裕也はうつむくと、蚊の鳴くような声で謝罪をする。

「別に謝らなくてもいいよ。何年も経《た》っているんだし、もう気にしていないから。けれど、理由だけは教えてよ」

もう気にしていない、そのつもりだった。しかし、真奈美は自分の声が強張《こわば》っていることに気がついていた。すでに二十五歳。いい大人なのだ。いつまでも過去のできごとに縛られているわけにはいかない。しかしそれにもかかわらず、真奈美はこうして兄と顔を合わせると、胸骨の奥にもやもやとしたわだかまりを感じずにいられなかった。

真奈美は唇を固く結ぶ裕也の顔を、無言で眺める。

ずっと、五歳年長の兄は医学部以外の学部に入学し、自分の進むべき道を切り開いてくれると思っていた。しかし真奈美の予想に反し、よりにもよって裕也は父の母校に入学し、医師への道を歩きはじめた。兄は自分との暗黙の協定を破り、父の軍門にくだったのだ。真奈美にとってそれは裏切りにほかならなかった。

裕也の大学入学以来、真奈美は兄と距離を置くようになった。その気配を敏感に感じ取ったのか、裕也も自分から真奈美に接触しなくなった。

真奈美にはいまだにわからなかった。なぜあの時、裕也は純正会医科大学を選んだのか。しかもそのあと、裕也は父と同じ第一外科にまで進んでいる。これではまるで、父の後を追っているかのようではないか。

よくよく考えると、大学に入る前から真奈美は裕也にかすかな違和感をおぼえていた気がする。最初は高校に入学した裕也が、突然柔道部に入部した時だ。なぜわざわざ、父がやっていた柔道をやろうとしたのか分からなかった。もしかしたら裕也はあのころから、父と同じ道に進もうと決めていたのかもしれない。

過去を思い出しながら、真奈美は裕也の答えを待つ。裕也は顔に苦悩の色を浮かべながら、何度か口を開きかけてはまた閉じている。真奈美は身じろぎもせずに裕也の横顔を見つめ続けた。いくらでも待つつもりだった。十年以上も待ったのだ。いまさら一時間や二時間ぐらいなんでもない。

数分の沈黙のあと、裕也はようやく絞り出すように言葉を発した。

「親父に……勝ちたかったんだ」

「勝ちたかった？」

「ああ……」

「なら、なんで医学部に行ったわけ？　なんで父さんと同じ外科医になったの？」

裕也の言い分がまったく理解できなかった。父に勝ちたいなら、父の敷いたレールから外れるべきだった。自分がそうしたように。

「……親父と同じ土俵に上がって、そこで俺の方が優れているって証明したかったんだよ。だから外科医になった。親父の医局に入ったんだ。そこで親父より手術の腕を上げれば、親父に……あの男に勝ったことになると思っていたんだ」

虚を衝《つ》かれ、言葉を失った。父と同じ土俵で戦う、そんなことは考えたこともなかった。父に逆らい、距離を置くこと、それこそ父に勝つ唯一《ゆいいつ》無二の手段だと思っていた。

「もちろん真奈美みたいに、医学部とは関係ない大学に行くことも考えてたよ。中学生のころまではそうしようとしていた。けどな、高校生になったときに気づいたんだよ」

「気づいたって、なにに？」

「それだけじゃ、俺は満足できないって。俺は親父を叩《たた》きのめしたかったんだ。同じ医者として親父よりはるかに実力をつけて、親父を見下してやりたかったんだ」

裕也は肩を落とした。

「けどな、医者になって知ったんだよ。俺はなにも分かってなかったってな」

「どういうこと？」

「俺は医療を勝負の世界だと思っていた。スポーツみたいにな。テレビなんかじゃよく『神の手』とか言って有名な外科医を取り上げて、医者の手術の腕によって患者の生死が決まるみたいに放送してるだろ。けど現実はそんなものじゃなかった」

「どう違うわけ？」

「医療は執刀医だけでやるもんじゃない、チームでやるものなんだよ。助手、麻酔科医、器械出しと外回りのナース。術後の管理だって手術と同じくらい重要だ。どんなに手術が上手くいっても、術後管理が甘いと治療成績は悪くなる。医療っていうのは競い合うんじゃなくて、協力する世界だったんだよ」

「そういうもんなんだ……」

「だから外科医の評価はオペの腕だけじゃない。内科的な知識とか、病院内の人間関係なんかも重要になってくる。三十年も大学病院にいて、信頼を積み上げていった親父に俺が勝てるわけがないんだよ。どんなに努力してもな。いや、実際は勝ち負け以前の問題だ。俺は病院でずっと『冴木准教授の息子さん』っていう扱いだったんだからな」

苦悩に満ちたつぶやきになんと答えればよいのか、真奈美にはわからなかった。

「なあ、信じられるか？　親父の奴《やつ》、病院じゃあ『愛想が良くて優しい、頼れる先生』で通っていたんだぞ」

裕也は唇の片端を持ち上げた。おそらくは笑おうとしたのだろう。しかし、その表情は泣き顔のように見えた。

「兄さん……」

思わずなぐさめの言葉をかけそうになる。目の前で肩を落とす男の姿はそれほどまでに痛々しいものだった。

「お前が正しかったんだよ。親父のことなんか忘れて地方の大学でも行けばよかったんだよな。それなのに……。結局、最後まで親父に縛られたままじゃねえか」

真奈美は唇をかんだ。裕也は地方の大学に行けばよかったと言った。そうすれば父の呪縛《じゅばく》から逃れられていたはずだと。けれど、地方の大学に行っても私は縛られたままだった。学生時代も、その後も……。父の呪縛が解けた瞬間、それは父が浩一に『娘をよろしくお願いいたします』と頭を下げたその瞬間だった。

自分と違い、まだ父の影に苦しめられている男に、真奈美は同情を含んだ視線を投げかける。裕也はもはやうながさなくても、自分の胸の内を吐き出すようになっていた。

「それでも、手術の腕だけは親父に勝ちたいと思って、必死に努力したんだよ。だけどな、親父の奴、一年ぐらい前からほとんどオペをしなくなりやがった。そのかわり医局の事務仕事を教授の代わりにやるようになってさ。きっと教授になった時の準備を始めていたんだろうな。最初から最後まで……俺は独り相撲だったんだよ。親父は俺のことなんて気にもとめていなかったんだ！」

叫ぶように言うと、裕也はうなだれた。

「兄さんも……大変だったんだね」素直にその言葉が口から滑り出た。

「……たいしたことはないよ」裕也は力ない笑みを浮かべる。「それで、お前はどうしたんだ？　婚約者とケンカでもしたのか」

「……べつに。ただ浩一さんが出張でいなくて、一人でいると時々、浩一さんの母親が来ていやみ言ってくるからさ、家にいたくなかっただけ」

真奈美は硬い声で作り話を吐いていく。我ながら苦しい説明だった。もし義母と顔を合わせたくないだけなら、わざわざ疎遠《そえん》になっている兄の部屋に押しかける必要などない。案の定、裕也の目が一瞬いぶかしげに細められる。しかし、気づいているであろう矛盾を裕也が指摘してくることはなかった。

「……そうか、そんなに姑《しゅうとめ》さんはいやな奴なのか？」

「え、いや、そんなこと……」

真奈美は口ごもる。登喜子の悪口を言うことは、真奈美にとって禁忌だった。周りの人間の大部分は多少なりとも登喜子に繋《つな》がっている。もし登喜子の耳にその悪口が入ったりしたら、あの女は喜び勇んでそのことを利用し、浩一と自分の仲を裂こうとするだろう。その確信にも似た危機感が、これまで真奈美に登喜子についてのグチを言うことをためらわせてきた。

けれど……。真奈美は兄を見る。裕也ならまったく登喜子と繋がってはいない。裕也になら、いくら不満を吐き出そうとも登喜子に伝わることはない。

「そう、いやな奴なのよ。ものすごいいやな奴。ちょっと兄さん。聞いてよ」

真奈美は裕也に向かって身を乗り出す。

「もう最初にあいさつに行った時から私のことあばずれ扱いしてさ。私が浩一さんのこと誘惑したとでも思ってるのよ。なに言ってるのよね。先に近づいてきたのはあんたの息子のほうでしょうが。しかも、なにかと言えば『家柄、家柄』って。単なる地方から出てきた成り上がりのくせに、うちとなにが違うっていうのよ。プライドだけむだに高くてさ。第一……」

胸の奥底にヘドロのように溜《た》まっていた感情を、真奈美は言葉に乗せて、裕也というはけ口に向かって吐き出していく。突然身を乗り出してきた真奈美に、裕也は軽くのけぞりつつも、その言葉をうなずきながら受け止めてくれた。

「なんというか……大変だな、お前も」

数十分間グチを聞き続けた裕也は、疲れ果てた口調で言う。さすがに毒気にあてられたのだろう。対照的に喋りすぎで渇いた口を冷めてしまった紅茶でうるおす真奈美は、爽快《そうかい》な気分だった。

胸の奥底でくすぶっていた感情を吐き出すことができ、体が軽くなった気がする。こんなことに意味がないことは分かっていた。今も子宮の中で成長する我が子を、今後どうすればいいのか？　根本的な問題は解決していない。自分は今も袋小路にはまっている。ただそれでも、胸のつかえが少しでもとれたことが真奈美にはうれしかった。

裕也に対するいら立ちは、胸の中を探しても、もはや見つからなくなっていた。まるで登喜子に対する不満と一緒に吐き出されてしまったかのように。

真奈美はカップに口をつけたまま、自分の首筋をもんでいる裕也を横目で見る。

兄さんは裏切ったわけではなかった。兄さんは自分なりの方法で父さんと戦おうとしていた。そして、その道は私が選んだものよりはるかに険しかったに違いない。その証拠に、裕也は大学に入る以前よりはるかに、父親に対するコンプレックスを強めている。しかも父が死んでしまった今、その劣等感は簡単にはぬぐいきれそうにはない。

「しかし、子離れできない母親っていうのはやっかいだな。ちょっとそこまでいくと狂気を感じるよ」裕也はごきごきと首を鳴らす。

「でしょ。あの人、私が挨拶に行った後、わざわざ探偵まで雇って身辺調査したのよ」

「探偵？　そこまでするか？」

「するのよ、あの人は。なんか今年の春ごろに、職場とか友達とかにさ、『ジャーナリスト』とか名乗っていた怪しい男が、私のこと聞き回ったんだって」

「……ジャーナリスト？」裕也の動きが止まる。

「え？　いや、たんに本人がそう言っていただけで、たぶん本当のジャーナリストなんかじゃないよ。私が他の男と遊んでいたりしないかとか、なにか私に悪い噂《うわさ》がないかなんていう、へんな質問ばっかりしてたみたいだからさ。明らかに私の身辺調査してる探偵かなんかでしょ。あの人が雇ったに決まってる」

「そいつ、どんな男だったか聞いてないか？」裕也は声が低くなる。

「どんな男？　えっと、聞いた話ではたしか目つきが悪くて、目の下に大きなほくろがあるとかなんとか……。兄さんどうかしたの？　そんな怖い顔してさ」

6

十一桁《けた》の番号が表示されたスマートフォンの液晶画面を、裕也は無言で見つめ続ける。

土曜日の正午前、マンション前の駐車場の隅。蒼《あお》く抜けるような夏の空を見上げながら深呼吸を繰り返し、裕也は緊張で加速する心臓の鼓動を抑えようとする。

これからする電話、それは父の死の真相へ繋がる最後の糸、しかも今にも切れそうなほどに細い糸だった。裕也は左手に持った安っぽい名刺に視線を送る。

『フリージャーナリスト　松本達夫』

名刺の表面にはそう記されていた。名前の下には『090』から始まる電話番号だけがプリントされている。この『松本達夫』という人物こそ、裕也と真也を、そしておそらくは真奈美のことも、こそこそと調べていた男だった。

真奈美が突然押しかけてきた日の翌日、裕也は自分のことを調べていた男と話をしたことがあると、海老沢の容態が急変した日に言っていた看護師に、「その男に渡された名刺を見せてくれ」と頼み込んだ。

「え、やっぱり結婚なの？　なんかやばいこと相手方に言われないように交渉したりするわけ？」と、的外れな勘違いをする看護師をごまかし、「いい男を紹介する」という約束までさせられて、裕也はなんとかこの名刺を手に入れることができていた。

この『松本達夫』という男は、なぜかは分からないが自分たち家族のことを調べていた。この男が真也の手術について知り、それがあの抗血栓薬の投与による殺人につながったとしたなら……。真奈美が探偵に調べられていたという話をした瞬間、裕也の頭の中では、そのようなストーリーが組み上がっていった。

もちろん完全な妄想かもしれないことは裕也も分かっていた。冷静に考えればそちらの可能性の方がはるかに高い気もする。真奈美が言うように、婚約者の母親が真奈美とその家族を、探偵を使って調べていただけかもしれない。しかし、今はこの松本という男以外にはなにも手がかりはない。

液晶画面に表示された電話番号。この番号に電話をして、「冴木家についての情報がある」と伝えれば、もしかしたら松本という男にうまく接触できるかもしれない。綿密なシミュレーションをすることはできなかった。相手がなんの目的で自分たちを調べていたかはっきり分からない以上、後はアドリブで対応するしかない。

やるか。乾燥した唇を舐《な》めると、裕也は発信した。すぐにプルルルと軽いコール音が流れ出す。数回のコールの後に回線が繋がり、声が聞こえてくる。

『……だれ？』

裕也は虚をつかれ、思わず顔の横のスマートフォンに視線を送る。そこから聞こえてきた声は、裕也が想像したものとは大きくかけ離れていた。それは女性の、おそらくはかなり高齢の女性の声だった。

「あの、これは松本さんの携帯電話じゃ……」

おずおずと裕也はたずねる。名刺にあった番号はまったくのでたらめだったのだろうか？　真相へ繋がる糸があっけなく切れる予感で、裕也の声は震えた。

『松本？　うちはマストモトだよ』露骨にいら立ちを含んだ口調で女は言う。

マストモト？　裕也は眉間《みけん》にしわを寄せながら状況を把握していく。

名刺に記された『松本』というのは、偽名なのか？　本名を知られたくないたぐいの仕事をしていたとしたなら、偽名を使う方が自然だ。そして、とっさの時に反応できるように、本名に似た偽名を使うことは十分に考えられる。

「あ、すいません滑舌が悪くて。マストモトさんですよね、もちろん分かっています。あの、失礼ですけど……達夫さんは……？」

下の名前まで偽名でないことを祈りつつ、裕也は話を合わせていく。

『達夫ならいないよ』女は素っ気なく言う。

どうやら自分たちをさぐっていた男はマストモトタツオという名前らしい。

「あの……それでは今、達大さんはどちらにいらっしゃるんですか？」

『いないって言ってるじゃないか』

女の口調が攻撃性を上げていく。いまいち会話がかみ合っていない。裕也は途方にくれる。様々な状況を想定はしていたが、まさか本人が出ないとは思っていなかった。電話に出た女性は、雰囲気からすると『マスモトタツオ』という男の母親だろうか？

『あのさあ、何度も言ってるじゃないか。達夫のことを私に言われても困るんだよ。あんたらも本当にしつこいねえ。親子だからってそこまで面倒みれないんだよ』

裕也が次の一手を打ちかねて無言でいると、女はため息まじりに言った。

「え？　あの……」

何度も？　しつこい？　いったい何の話だ？　困惑はさらに深度を増していく。

『あの子があんたからいくら借りたか知らないけどさ、私に返せって言われても困るんだよ。親子だからって、返す必要はないって弁護士の先生が言ってたんだよ。でね、そういうことは全部弁護士に任せているから、そっちと話してよ。連絡先教えるからさ』

「ああ、違うんです違うんです」

女がどんな勘違いをしているかに気づき、裕也は慌《あわ》てて声を上げる。

『……違うって？』

「借金の催促に電話したわけじゃありません」

『借金のことじゃない？　じゃあ、あんた誰？　達夫になんの用があるわけ？』

どうやらマスモトという男は、いたるところから借金をして姿を消しているようだ。

裕也はなんとか会話を続けようと知恵を絞る。

「あの……私、達夫さんの学生時代の友人でして。この前、達夫さんにお仕事をお願いしていたんです。それで、その件でちょっと用事がありまして」

『用事ってなんなのさ？』

攻撃性はいくらか弱まったものの、女の声から猜疑《さいぎ》の色が消えることはなかった。裕也はさらに脳細胞に鞭《むち》を入れ、アイデアを絞り出す。

「仕事の……仕事の代金の支払いがまだでしたので、連絡差し上げたんです」

『……達夫に金を渡すつもりだったってこと？』

「ええ」

『で、あんたいくら払うはずだったわけ？』女の声にかすかに熱がこもる。

「……五万円です」

裕也は頭の中で計算をして、女の興味をひくのに十分な金額をはじき出す。

『五万、ね。……けどね、達夫はいないんだよ』

「あの、ご迷惑じゃなければ、お母様にお渡ししてもよろしいでしょうか。手元に金があるうちに払っておきたいので」

『私でいいのかい？』女の声から隠しきれない期待が滲《にじ》み出してきた。それに反比例するように、声から疑いの色が消えていく。

「ええ、もちろんです。できれば早くお渡ししたいんですが、いかがでしょうか？　もし住所を教えていただければ、今日中におうかがいして」

『ああ、じゃあそうしてもらおうかな、住所はね、板橋区……』

さっきまでの警戒が嘘のように、女は滑らかに住所を喋り始める。女があまりにあっさり自分を信じたことに驚きつつ、裕也は慌ててサマージャケットのポケットの中から、用意しておいたペンとメモを取り出す。自分が虚言で住所を聞き出していることにかすかに罪悪感を感じつつ、裕也は住所をメモ用紙に書きこんでいった。

『ちゃんとメモしたかい？　今日中にくるんだよね？』女は早口でまくし立てる。

「はい、後ほどうかがいます。よろしくお願いいたします」

『ああ、待ってるからね。じゃあ後でね』

その言葉を残してぶつりと回線は切られた。

裕也はスマートフォンを顔から離すと、住所の書かれたメモを見ながら大きな息を吐く。真相へと繋がる細い糸は、かろうじてまだ切れずにいるようだった。

マンションのエントランスへ向かう。今は真奈美に聞かれないように電話をするため、部屋から出てきただけだった。これからマスモトという男の家に向かうのに、部屋に戻って少し準備をしなければ。

エントランスに入る直前、裕也は自分の部屋があるマンションの八階を見上げた。

三日前の夜に突然たずねてきた真奈美は、今も部屋に居候《いそうろう》していた。裕也は昨日まで日中は仕事だったし、真奈美もほとんどあてがった部屋にこもりっきりなので、最初の晩以来あまり話せていない。

最初の晩こそグチを吐き出し、少しは調子よさそうにしていた真奈美だったが、翌日以降、何度かリビングで顔を合わせた時は、かなり体調が悪そうだった。心配して声をかけると、「つわりがひどくて……」と弱々しく答えていたが、その全身からかもし出されているどこか哀《かな》しげな雰囲気は、体調の悪さだけからくるものとは思えなかった。

たんに婚約者の母親と顔を合わせたくないという理由だけで真奈美が押しかけてきたわけではないことは、最初の夜に気づいていた。もしそれだけなら、わざわざ嫌悪していた自分のところへ来る必要などない。泊めてくれる友人ぐらいいるだろうし、そうじゃなくてもホテルにでも泊まればいいのだ。

きっとなにか理由があるのだろう。裕也はこの三日間何度も、声をかけて悩みをきくべきかと考えたが、そのたびに一歩が踏み出せずにいた。多少は和解できたとはいえ、十年以上も避けられ続けてきた妹にどう接すればよいのかわからなかった。そもそも、本当に真奈美が自分のことを赦《ゆる》してくれたのか、裕也には自信がなかった。

「……情けねえ兄貴だよな」

裕也はこめかみをこりこりと掻くと、エレベーターのボタンを押した。

部屋に戻った裕也は、自室で「マスモト」の住所をパソコンで調べ、周囲の地図をプリントアウトする。地図を手に取ると、小さなサイクリングバッグを肩にかけ部屋から出た。

リビングから玄関へと向かおうとした時、背後で扉が開いた。

「ああ、兄さん。どっかでかけるの」

振り返ると、青い顔をした真奈美が、使っている部屋から出てくるところだった。

「ああ、まあちょっとな。……調子はどうだ？」

裕也はぎこちなくたずねる。体調が悪いことは一目で見て取れるが、それ以外にとっさに話題が浮かばなかった。

「……最悪。せっかくさっき無理してご飯食べたのに、また吐きそう」

真奈美はため息を吐きながら、みぞおちあたりを押さえる。目の下にはアイシャドーのように濃いくまが目立つ。もしかしたら眠れていないのかもしれない。

「そうか……無理するなよ」

「そうは言ってもね。赤ちゃんのために栄養も必要だしね」

ソファーに腰掛けると、真奈美は両手を下腹部にあてながらため息を吐く。

「まあ……そうだよな」

独身の裕也はこんな時、妊婦にどんな言葉をかけるべきなのか分からなかった。ただ、真奈美のうつろな表情がどうにも気になった。つわりで体調が悪いというだけで、これほどまでに生気がなくなるだろうか？

婚約者がそばにおらず、母も入院している今、真奈美の相談に乗れるのは自分しかいない。やはりなにが真奈美を苦しめているのか、兄として話だけでも聞くべきではないのか？　裕也はためらいがちに口を開く。

「真奈美、あのな……」

「ん？」

「あ……昼飯はどうする？　なんか買ってこようか？」

口から滑り出したのは、毒にも薬にもならない質問だった。

「大丈夫。昨日、食材だけは近くのスーパーで少し買ってきているから。消化にいいものを適当に作るよ。それより兄さん、用事があるんでしょ」

真奈美は明らかに無理をしているのが分かる、力ない笑みを浮かべた。

「ああ。夕方までには帰ってくるつもりだから。真奈美は体を休めてろよ」

無力感をかみしめながら裕也は玄関に向かう。廊下へと続く扉に手をかけたところで、背中から真奈美のどこかためらいがちな声が追いかけてきた。

「ねえ、兄さん……」

振り返ると、うつむいた真奈美が上目づかいに裕也に視線を送っていた。

「ん？　どうした？」

「このあたりにさ、……小さい産婦人科の病院とかってない？」

「産婦人科？　かかりつけの病院があるだろ」

「もちろんそうなんだけど、ここからだと少し遠いしさ。一応なんかあった時のために、近くに病院があるかどうか知りたかっただけ」

「大丈夫か？　体調が悪かったり……」

「緊急の時のために知っておきたいだけだって。そんな心配しないでよ」

真奈美は片手をぱたぱたと顔の横で振る。

「そうか……。えっとな、たしか隣駅から歩いて五分ぐらいのところに、うちの大学出身の先生が小さな産婦人科病院をやっていたはずだけど……」

「そこって評判いい？……母体保護法指定医の資格とかちゃんともっているかな？」

「俺は科が違うから直接面識はないけど、良い先生らしいぞ。開業しているんだから指定医ぐらい持ってるだろ。本当に体調悪くないのか？　良かったら車で送っていくぞ」

「だから違うって。念のためって言ってるじゃない。ほら、どっかいくんでしょ」

力ない笑みを浮かべたまま、真奈美はおどけて裕也を追い払うようなしぐさをした。

「あ、ああ……」

後ろ髪を引かれつつも、裕也は玄関へと向かう。背後で閉じる扉の音が、裕也にはなぜか不吉に聞こえた。

ここか……。額の汗をハンカチで拭《ぬぐ》いながら、地図を片手に持った裕也は目の前の家を見上げた。都営三田線の新板橋駅から徒歩でたっぷり二十分は歩いた住宅地に、その家はひっそりと息をひそめていた。古く小さな家だった。建て売り住宅らしき同じ造りの二つの家に挟まれ、その家は肩身が狭そうに見えた。

文字のかすんだ表札を見る。なんとか『増本』という文字を読みとることができた。この築四十年は経っていそうな家が、自分たち家族を探っていた男の家に間違いない。

裕也は扉の脇《わき》にある黄ばんだインターホンを押す。しかし何度押してもその小さな機械が音を発することはなかった。仕方なく裕也は拳《こぶし》を固め直接扉を叩く。それでもなかなか返事はない。裕也は首を捻《ひね》りながらノックを続けた。

「うるさいな、聞こえてるよ！」

一分ほどノックを続けたところで、中からしわがれた女の声が聞こえてきた。扉がきしみをあげながら開いていき、中から七十前後に見える女性が顔半分だけのぞかせる。裕也を見る刃《やいば》のように細められた目は、警戒を色濃く湛《たた》えていた。全身に叩きつけられる敵意に裕也は一瞬ひるむ。

「あの、さっき電話した者ですが……。金を渡しに……」

「ああ、あんたが……」

とたんに女は表情を緩めると、扉を大きく開いた。その瞬間、温泉地で嗅《か》ぐ硫黄の匂《にお》いのような腐敗臭が、裕也の鼻腔《びこう》に侵入してきた。裕也は反射的に手で鼻を覆《おお》う。明らかに匂いは家の中から漂ってきていた。

「あがっていくかい？　お茶ぐらい出すよ」

「……それではお言葉に甘えて」

裕也は一瞬の躊躇《ちゅうちょ》のあと頷《うなず》く。どうにかしてこの女性から、増本達夫という男がどこにいるのか、どうすれば連絡が取れるのか情報を得なければならないのだ。

女は無言で『ついてこい』というように顎《あご》をしゃくると、裕也に背中を向けて家の中に戻っていく。女の後を追って家にあがると、腐敗臭は味を感じるのではないかと思うほどに強くなった。玄関のすぐそばには二階へと上がる急な階段があり、そのわきに奥へと狭い廊下が続いていた。

すぐに鼻の曲がりそうな悪臭の原因は分かった。廊下のいたる所にゴミ袋が転がっている。そのうちいくつかは口がしっかり閉められておらず、その中味が廊下にあふれ出していた。黄緑色の正体不明の液体がこぼれ出している袋すらある。

女は右手で廊下の手すりを摑《つか》むと、床に視線を向けることもせず無造作に進んでいく。

裕也は女が左足を引きずっていることに気がついた。よく見ると左手も少し不自由なようだ。脳梗塞《のうこうそく》でも起こしたことがあるのだろう、明らかに片麻痺《へんまひ》を起こしていた。

スリッパなど用意されているわけもなかった。裕也はゴミを踏まないように床に視線を落としながら女の後を追う。一歩進むたびに、廊下が抗議をするかのようにぎしぎしと軋《きし》みをあげた。エアコンのない廊下には、蒸し風呂《ぶろ》のような湿気と熱が籠《こ》もっていて、裕也は吐き気さえ感じた。

廊下の奥、女に続いて入った和室は、廊下よりはるかに大量のゴミであふれかえっていた。古いエアコンがガタガタと危なっかしい音をたてながら動いているおかげで、暑さは廊下に比べて幾分ましだが、悪臭はさらに濃度を増している。裕也は嗅覚《きゅうかく》が早く麻痺することを願いながら、鼻ではなく口で呼吸するようにつとめる。畳の上に四つん這《ば》いになった女はゴミの山を手で払い、裕也と自分の座るスペースをつくっていく。カビが生えているのか、青っぽく変色した畳に裕也はおそるおそる尻《しり》を下ろしていった。

「あ、これ、達夫さんに渡すはずだったものです」

裕也はサマージャケットのポケットから用意していた封筒を取りだし、女に差し出した。

「ああ、ああ、悪いねぇ」

女は卒業証書でも受け取るかのように、深々と頭を下げながら封筒を受け取ると、すぐに開けて中身を確認していく。その顔にくしゃっとしわが寄った。

「どうもどうも。ところであんた、達夫とはどういう知り合いなんだい？」

「えっとですね……大学が一緒で……」

そこまで言ったところで、増本が大学を出ているとは限らないことに気付き、裕也は口をつぐむ。しかし裕也の不安に反して、今にも鼻歌でも歌い出しそうなほど上機嫌な女が、裕也の言葉を疑うことはなかった。

「ああ、なんだ、それじゃああんたもあれなのか。あんな仕事しているわけ？　わざわざ栃木の学校まで行って？　まったく、男のくせにあんな仕事やるなんてさ……」

「はあ……」

裕也は曖昧《あいまい》にうなずく。女のセリフにはあまりにも『あれ』が多く、増本がどんな学校を卒業し、どんな仕事に就いたのか見当もつかなかった。

「しかも、せっかく高い金払って学校行かせてやったっていうのに、すぐに辞めてさ。なに考えているんだよ……」

女はぶつぶつと息子に対する文句をつぶやく。

「あの……、その仕事を辞めてから、達夫さんは、えっと……探偵みたいなことをやり始めたんですか？」裕也は女にかまをかける。

「そうだよ。急に『俺は探偵の才能がある』なんてわけ分かんないこと言い出してさ。

知り合いの興信所の奴にそそのかされたらしいけど、まったく。ふざけんじゃないよ」

何度も舌打ちをくり返す女を前に、裕也は内心で快哉《かいさい》を叫んだ。やはり増本達夫は探偵業をしていた。誰かが増本に自分たちのことを調べさせていたのだ。

「あの、達夫さんが勤めている興信所とかって、どこにあるか分かりますか」

「あ、興信所？ そんなもんとっくにつぶれているよ」

増本が属している興信所を調べればなにかつかめるかもしれないと算段をたてていた裕也は、頰がひきつる。

「そうなんですか、てっきり今も探偵をやっていると思っていまして」

「ああ、最近も一応『俺は探偵だ』って言っていたよ。なんか、昔の知り合いとかにそういう仕事も時々紹介してもらっていたみたいだけどね。まあ、ちょこちょこ稼いでいたみたいだよ。探偵としての腕は良いんだっていつも言っていたね。というかさ、あんたも達夫になにか調べてもらったんだろ？」

「ええ、そうなんですが、てっきりまだ興信所に勤めていると思っていまして」

「ああ、その方が信頼されるとか言ってたね」女は興味なさげに茶をすする。

女の話を聞いて、『増本達夫』がどのような男であったのか、大まかにイメージができてきた。あと目の前の女に聞くべきことは一つだけだった。

「あの……それで、達夫さんは今、どちらにいらっしゃいますか？ 最近会っていないので、久しぶりに顔を見せたいんですけど。居場所に心当たりはありませんか？」

裕也は本題を切り出す。その瞬間、それまで上機嫌だった女の顔から、潮が引くように表情が消えていった。

「そうか、……最近会っていないんだったね。なら知らないよねえ。仕方ないか……」

うつむいた女はぶつぶつと口の中で言葉を転がす。

「あの、どういうことですか？」

「あんた、……達夫に会っていくかい？」

「会えるんですか？」

さっき『ここにはいない』と言っていたではないか。本当は家にいたのに隠そうとしていたのか？　それならなぜ会わせる気になった？　裕也の頭の中を疑問が駆け巡る。

「ついておいでよ」

裕也が会うとも会わないとも言わないうちに、女はゆっくりと立ち上がると、腰を曲げて和室から出ていく。裕也は慌てて後を追った。

「こっちだよ」

廊下を玄関近くまで戻ると、女は狭く急な勾配《こうばい》の階段を上り始めた。裕也も後に続く。二階に上がると、そこにある狭い空間で女が裕也を待っていた。女のうしろには木製の扉が見える。

「達夫はね……ここにいるよ」女はノックもせず、無造作にノブに手をかけた。

裕也は困惑する。思わずついてきてしまったが、いま増本達夫に会うべきなのか、会っていいのか判断がついていなかった。

自分たち家族を探っていた男。その男に会ってどうする？　誰の依頼でそんなことをしたのかたずねる？　そんなことをしても正直に答えるわけもない。第一自分は身分を偽ってこの家に入りこんでいるのだ。下手をすれば警察沙汰《ざた》になりかねない。

迷う裕也を尻目に、女は扉を開いた。扉の隙間《すきま》から、籠もった熱気が吹き出してくる。

顔面に熱気を感じながら、裕也は覚悟を決めた。もともと増本に会うためにここに来たのだ。望むところではないか。たとえ相手が騒ごうが、絶対に依頼主を聞き出してやる。裕也は口元に力をこめると、部屋の中へと足を踏み入れた。

階下のように悪臭が鼻をつくことはなかった。しかし、室内は床が見えないほどに物が散乱していた。まるで部屋の中で暴風でも吹き荒れたように。

裕也は室内を見回す。よく見ると、部屋の様相は階下とは大きく異なっていた。床に散らばっている物はゴミではなく、雑誌や洋服、書類、そして日用品ばかりで、『散らかっている』というよりも、『荒らされた』という印象を受ける。

裕也はこの部屋にいるという男の姿を探す。しかし隠れるような場所もない六畳ほどの部屋に、人の姿を見つけることはできなかった。視線が部屋の隅に置かれた物体の上で止まり、縫いつけられた。

「あ……」

口から呆《ほう》けた声が漏れ出す。その物体がここにあることの意味が、すぐには脳に浸透していかなかった。

「達夫はずっとここにいるよ。……三ヶ月前からね」

部屋の隅に置かれている仏壇を眺めながら、女は悲しげに小さな声でつぶやいた。

おもちゃのような小さい仏壇を、裕也は呆然《ぼうぜん》と眺め続ける。視界からは遠近感が消えうせ、まるで仏壇が飛びかかってくるかのようだった。

冴木真也、海老沢教授、そして増本達夫。三人、いや、光零医大の馬淵という客員教授を合わせれば、これで四人もの人間が命を落としている。

いったいなにが……？　サウナのような熱気の中だというのに、全身に震えが走る。

女は入り口近くの床に落ちていたリモコンを拾うと、エアコンの電源を入れた。がたがたと不穏な音をたてながら、壁の高い位置に取りつけられたエアコンは冷えた空気を吐き出しはじめる。頬に涼風を感じてようやく、裕也は金縛りから解放され、よろよろと二、三歩部屋の中に進んだ。

女が足を引きずりながら裕也を追い越し、仏壇の前まで行くと、目を細め遺影を眺めた。白黒の写真のなかでは、小太りの男が分厚い唇をゆがめていた。看護師に聞いていたとおり、右目の下の小豆大のほくろが目立っている。

「頼りないバカ息子だったけどね、結構良いところもあったんだよ。あたしがこんなんだろ。だからあたしが病院に通うときは、車だして連れて行ってくれたりさ」

女の背中が震える。

「あの……、達夫さんはなにか持病でもあったんですか？」

「達夫が？　まさか。風邪だってほとんどひいたことなかったよ」

「じゃあなんで……。事故かなにかですか？」

「心臓だってよ、不整脈とか言っていたね」

「不整脈？　……あの、達夫さんはどこかの病院に入院していたんですか？」

「入院？　入院なんかしていないよ。死んだ日だって、昼間まではぴんぴんしていたんだよ。それなのにさ……」

「解剖は？　警察はなんて？」

「解剖？　警察？　何聞いてたんだい。あの子は心臓の病気で死んだんだってば」

「いや……。そうですね、すいません」

一瞬口をつきそうになった反論を、裕也は嚙《か》み砕いた。

死因のはっきりしている病死以外は、全《すべ》て『異状死』として警察へ通報する義務があるはずだ。死んだ日の昼まで増本が元気だったとしたら、たとえ病死と思われても警察に通報されていなくてはおかしい。次に調べるべき場所は決まった。

「あの、達夫さんが亡《な》くなったのって、どこの病院なんですか？」

裕也は位牌《いはい》を眺め続ける女にたずねる。

「病院？　なんでそんなこと知りたいんだよ？」

「いえ、ちょっと気になって……」

「まあ、いいけどね。なんていったかな。えっとさ……高島平《たかしまだいら》駅からちょっと歩いたところにある小汚い病院だよ。あ、あば、あわ……そうだ、阿波野《あわの》病院だ、阿波野病院」

「阿波野病院……」

裕也は口の中でその名前を転がした。どこかで聞き覚えがある気がする。しかし記憶を探っても、どこで耳にしたのか思い出せなかった。

女は仏壇に手を伸ばし、位牌についた埃《ほこり》を払う。部屋の中に進もうとした裕也は足の小指を床に落ちていた大きな辞書にぶつけ、小さく苦悶《くもん》の声を上げる。

「気をつけなよ。こんなところでケガされたらあたしも困るんだからさ」

振り返った女があきれ顔で言う。

「すいません。……達夫さんの部屋はいつもこんなに散らかっていたんですか？」

「まさか。あの子はきれい好きだったんだよ」

「きれい好き？」

裕也は疑わしげにつぶやくと、床が見えぬほどものが散乱した部屋を見渡す。

「これはさ、あの子が死んだ日に空き巣に入られたんだよ。あたしが病院に呼び出されて行っている間にさ。まったく、踏んだり蹴《け》ったりだよ」

「空き巣？　なにか盗まれたんですか？」

「さあねえ。達夫の部屋しか荒らされていないし、あたしはこんな足だから、達夫の部屋にほとんど入らなかったからねえ」

増本達夫が死んだ日に、この家に空き巣が入った。とても偶然とは思えない。この部屋に侵入した者はいったいなにを探していたのだろう？　そして、本当に増本達夫は病死だったのだろうか？

「警察に被害届とかは？」

「ああ？　わざわざそんな面倒なことしてないよ。どうせうちに高価なもんなんておいてなかったんだしさ」女はかぶりを振る。

「あの、すいませんけど、ちょっとこの部屋で探し物してもいいですか？」

「探し物？　達夫の部屋であんたがなにを探すっていうんだよ」

「いえ、達夫さんにお願いしていた調査の資料をまだもらっていないんですよ。本当なら今月中に渡してもらえるはずだったんです。今日お払いした調査費と引き替えに」

裕也はどうにかこの部屋を探す許可をもらおうと、話をでっち上げていく。

「なんだよ。その資料とかがないと金は払えないって言うわけ？　今さら返せなんて言われてもさ……」女は自分の身を守るかのように、両手を体の前に持ってきた。

「いや、そんなことは言いません。ただ……その資料のできによってはもう少し費用を上乗せする約束でしたので」

「上乗せ？　もっとくれるってことかい？」

「はい」露骨に目が輝いた女に、裕也は快活に言う。

「それであんた、あの子になにを調べてもらっていたんだよ？　そんな金出すほど大切なことなの？」

「いえ、ちょっとですね……知人がノンフィクションの本を書いていまして。それに関わる重要な調査なんですよ」

「ふーん」裕也がその場で思いついた適当な説明を、女は疑わしげに聞く。「それじゃあさ、もしその本が発売されたらさ、あの子のことが本に載ったりするのかい？」

「もしかしたらそういうこともあるかもしれません」

裕也が言うと、女は小さくうなずいて入り口へと歩き出す。

「探したいなら、べつに探してくれたっていいよ。あたしは下に戻っているからさ。あんまりこの部屋にいたくないんだ。ああ、よかったら線香でも上げていってくれよ」

女が部屋から出て行く。女の背中が扉の向こう側に消えていくのを確認すると、裕也は素早く室内に視線を這わせた。

混沌《こんとん》とした部屋は、どこから手をつけてよいか分からなかった。とりあえず本棚を見るが、棚に収められていたであろう本は大部分が床の上へと移動していた。しかたないので、ひざまずいて散乱している本を整理しようとしたところで、裕也の手が止まる。

『看護師のための病態整理』『成年看護学』『神経疾患看護の実際』。

看護師用の参考書が、マンガやバイク雑誌などに混ざって落ちていた。それらはどれもが手垢《てあか》にまみれていて、使い込まれていることが見てとれる。

増本は看護師だった？　裕也はさっき増本の母親が言っていたことの意味がようやく分かる。『男のくせにあんな仕事』。最近では男性の看護師も増えてきて、特に違和感のない存在になっているが、増本の母親ぐらいの年齢の者にとっては『看護師は女の仕事』というイメージがあるのだろう。

しかし自分たち家族のことを調べていた男が、元医療従事者だったとしたら、それは偶然なのだろうか？　裕也は思考を巡らしながら、本を棚に戻していった。

部屋の整理をはじめてから数十分後、見違えるようになった室内で裕也は重いため息を吐《っ》いた。床に散らばっていた物はすべて、もとあったであろう場所に戻した。もともとそれほど広くないうえ、家具も多くない部屋だ。探すべき箇所は限られている。机の引き出し、本のすき間、クローゼットの中、それらを丹念に調べたが裕也が欲しているもの、増本の調査資料は見つからなかった。

この部屋を調べはじめて十分ほどしたところで、裕也は気づいていた。この部屋には、あるべき物が一つ足りないと。パソコンだ。腐っても探偵を生業《なりわい》にしている者がパソコンを持っていないとは思えない。きっと増本が死んだ日、この部屋に侵入した者はパソコンを奪っていったのだろう。そしてその中に、調査の情報が収められていた。

背後から扉が開く音が聞こえ、肩を落としていた裕也は慌てて振り返る。部屋の入り口で増本達夫の母親が両手を背に回して立っていた。

「けっこう片付けてくれたねえ。それで、なんか見つかった？」

「いえ……」

「あんたさ、達夫が調べていたことを知りたいわけだよね」

「はあ……」疲労感に全身を冒されている裕也は力なく答える。

「ほれ」女は裕也の目の前に薄い手帳を差し出した。

「あの、これは？」

手帳を受け取った裕也は、手首を回しあらゆる角度からそれを眺める。薄い文庫本ぐらいの大きさの安っぽい手帳だった。茶色い表紙は手触りで合皮製であることが分かる。扱いが雑だったのか、表紙の端に折り目がつき、軽くめくれあがっていた。おそらく書店で千円も出せば買える品だろう。バンド代わりなのか、輪ゴムが十本ほど巻かれていて、それで三色ボールペンが固定されていた。

「あの子の手帳だよ。あの日、忘れていったんだ。いつも上着のポケットに入れていたんだけど、あの日は六月初めだってのにやけに寒い日でね、ジャケット羽織って外に出ようとしたんだけど、あんまり寒いからポケットにその手帳入れたまま玄関に放って、コートを着ていったんだよ。まったく、そそっかしい子だったよ」

女はシミの目立つ顔に、悲しげな笑みを浮かべる。

「これ、お借りしても良いんですか？」

「ああ、いいんだよ。あんたにやるよ。あの子が調べたことが本になったりしたら、あたしも嬉《うれ》しいしさ。それにさ、あの子、死ぬ前になんかへんなことに関わっていたっぽいから、なんかその手帳を持ってるの不安だったんだよ」

「へんなこと？」

「あの子さ、死ぬちょっと前に急に金回り良くなってね、あたしにも少し小遣いくれたりしたんだよ。なんか割の良い仕事が入ったらしくてね。借金ももうすぐ返せるみたいなこと言ってたんだ。けどさ、そんな大金がはいる仕事なんてどうせろくでもないことに決まってるだろ」

「割の良い仕事？　どんな仕事なんですか、それは？」

怪しい匂いを感じ、裕也は身を乗り出す。

「知らないよ、そんなこと。どうせ金持ちの浮気調査かなにかじゃないの？　あたしはあの子の仕事のことなんて興味ないから」

「そうですよね……すいません」

増本が自分たちのことを嗅ぎまわっていたのが四月から五月にかけて。その報酬で金回りが良くなったのだろうか？　――

「それじゃあ遠慮なくお預かりします」

裕也は最後に訊《たず》ねておくべきことを考える。

「あの、ところで達夫さんって、純正医大で働いたりしたことはなかったですか？」

「純正？　それってあの東京タワーの近くにある病院だよね？　ないよ、ない。あの子は興信所で働き出すまで、ずっと栃木にいたんだから」

「……そうですか」

栃木には純正の分院はない。増本が純正に勤めていたということはなさそうだ。

「ああ、それとさ……」女は仏壇に近づくと、飾られていた増本の写真を手にとり裕也に渡してきた。「これも持って行きなよ」

「でも、これは……」

「あの子、その、なんだ、本に載るかもしれないんだろ。その時に、顔写真が必要になるかもしれないじゃないか。そんな時はその写真を使ってくれよ」

でまかせを信じて息子のことを想《おも》っている女を見て、罪悪感が裕也を責め立てる。

「……分かりました」

裕也は写真を受け取る。写真の中から増本達夫が恨めしげな視線を投げかけてきた。

コップに満たされた冷水を喉《のど》の奥に流しこむ。冷えた水が食道から胃へと落ちていき、火照《ほて》った体を内部から冷やしていく。顔に吹きかけられるエアコンの冷たい風を感じながら一息つくと、裕也はポケットから増本の母親に渡された手帳を取り出した。

増本の家をあとにして、炎天下を歩き汗だくになった裕也は、新板橋駅の駅前にあるこの喫茶店に入っていた。

体の中に溜《た》まっていた熱が消えていくのを感じながら、裕也は手帳の輪ゴムを外していく。この中に少しでも、父の死の真相につながる手がかりがあることを祈りつつ。

輪ゴムが外れた瞬間、中からバラバラと二十枚ほどの写真がテーブルと床の上に舞い落ちた。裕也は慌てて床に落ちた写真に向かって手を伸ばす。その手がぴたりと宙空で動きを止めた。心臓が胸郭の中で大きく跳ねる。

写真には白衣姿の裕也が写っていた。

「なんだよ……これ？」

写真をおぼつかない手つきで拾い集めると、次の写真を見る。二枚目も裕也の写真だった。マンションの駐輪場でロードレーサーを停めようとしている姿が写っている。明らかな隠し撮り写真だ。せわしなく写真をめくっていく。四枚目で被写体は裕也以外の人物に代わった。裕也のよく知る人物に。

「……真奈美？」

そこには買い物袋を片手に歩く真奈美の姿が写っていた。裕也は写真をめくり続ける。そこから数枚は真奈美の写真だった。婚約者らしき男と歩く真奈美。産婦人科病院から出てくる真奈美。やはり増本は自分と父だけでなく、真奈美のことも調べていた。

さらに写真をめくっていた指が止まった。白衣を着込んだ体格の良い壮年男性の写真があらわれて。

「親父《おやじ》……」久しぶりに見る父の姿。裕也の喉からかすれた声が漏れる。

自宅から出る真也、タクシーに乗る真也、純正医大以外の病院に入ろうとしている真也、学会で発表している真也。裕也や真奈美に比べて、明らかに真也の写真は枚数が多かった。

「お待たせいたしました」

急に声をかけられ体を震わせると、裕也は反射的に写真を隠そうとする。

「あ、失礼しました」トレーを手にしたウェイトレスが首をすくめた。

「ああ、いえ……置いといてください」

ウェイトレスは素早く、テーブルの上にサンドイッチの載った皿とコーヒーカップを置いていく。いかがわしい写真でも見ているのと思われたのかもしれないな。早足で去っていくウェイトレスの後ろ姿を苦笑しながら見送ると、裕也は再び写真をめくっていく。

さらに何枚か真也の写真が続いた後、被写体が真也以外の中年の男になった。年齢は四十前後だろうか、細身の体を高価そうなスーツに包んでいる。真っ直《ま》ぐ《す》正面を見るその目つきには自信があふれて見えた。

この男は誰だ？　増本が探っていたのは自分たち家族だけではなかったのか？

裕也は写真を目の前に持ってきて凝視する。写真の男に見覚えがある気がした。裕也は脳の底にある記憶を探っていく。

喉から「あっ」と声が漏れる。その男はほんの三日前、横浜で開催された講演会で見た男だった。

川奈淳。帝都大医学部腹部外科教室の准《じゅん》教授にして、純正医大第一外科の教授候補だった男。

なぜ増本が川奈の写真を？　眉間にしわを刻みながら、裕也は残りの写真をめくっていく。残り数枚の写真すべてに川奈が写っていた。裕也はそのうち三枚で、川奈の隣に同じ女が写っていることに気づく。

影が薄い女。それがその女に対する裕也の第一印象だった。年齢は三十半ばといったところだろうか。化粧気のない顔、猫背気味な華奢《きゃしゃ》な体、そして川奈の二、三歩うしろを歩く姿。どれもが肉食獣から身を隠す小動物のように、おどおどとして見えた。

川奈の妻だろうか？ 何枚も写真に二人で写っているところをみると、夫婦と考えるのが普通だろう。マンションから並んで出てきている姿もある。しかし、裕也にはどうにも二人が夫婦には見えなかった。川奈と女、二人が内包する熱量の差が写真からでも伝わってくる。

裕也は写真をテーブルにおいてコーヒーカップを手にとると、ブルーマウンテンを一口ふくんだ。コクのある苦みと爽《さわ》やかな酸味が口に広がり、芳醇《ほうじゅん》な香りが鼻腔を満たしていく。予想外の事態で混乱気味だった精神が落ち着きをとり戻してきた。真也と川奈の共通点、それは明らかだ。純正医大第一外科教授選の候補者であったこと。

ふと一つの可能性に思い当たり、裕也はせわしなくテーブルの上に置かれていた手帳をめくっていく。表紙の裏にあったポケット状の部分に、三枚の写真がはさまっていた。取り出したその写真には、脂《あぶら》ぎった中年男が写し出されていた。三枚とも男の隣には化粧の濃い若い女が、腕を絡《から》め寄り添っている。いかにも水商売ふうの女。しかも、二人の背後に写っている派手派手しい建物は、明らかにブティックホテルだ。それはどう見ても、中年男の不倫現場を撮影したものだった。

真也、川奈ときて、もう一人の中年男。裕也は男の正体を確信する。馬淵公平。光零医大の客員教授にして、もう一人の教授選候補者だった男。

増本が探っていたのは自分たちだけではなかった。純正医大第一外科の教授候補全員の身辺調査をしていたようだ。裕也は頭の中で状況を整理していく。

いったい誰が増本に調査を依頼したのだろう？

真奈美の婚約者の母親が依頼主だという可能性はほぼなくなった。裕也は教授選候補者たちの身辺調査を必要とする人物を想像する。最初に頭に浮かんだのは海老沢教授の顔だった。海老沢なら自分の後任の身辺調査をしてもおかしくない。しかし、怪しい探偵崩れの男に依頼するというのは、どうにもしっくりこなかった。

裕也は写真からこれ以上推理することをあきらめ、手帳のページをめくっていく。シンプルな手帳だった。前半は一ページに一週間の予定表になっており、後半は罫線《けいせん》だけ引かれたフリーメモ用紙になっている。予定表を眺めていた裕也の顔がゆがむ。

「……マジかよ」

手帳に書かれていた文字は前衛芸術の様相を呈していた。カルテで悪筆には慣れているとはいえ、ここまで乱れているとなかなか解読できそうにない。

不幸中の幸いというか、手帳に書き込まれている予定はそれほど多くはなかった。裕也は額に深いしわをきざみながら、悶絶するようにのたうつ曲線を必死に解読していく。多く目につくのが、赤字で書かれている金融会社名と数字だった。借金まみれだったという増本の状況から考えて、借金の返済期限と思って間違いないだろう。裕也は黒字で記されている借金関係以外の記載の解読をすすめていく。最初に気になったのは四月上旬の記載だった。

『4／7（土）　馬渕　100万!!』

解読可能な範囲では、ここではじめて教授選候補者の名前が出てきていた。裕也は鼻の頭を掻《か》く。この『100万』というのは百万円の意味だろうか？　それらの文字は一際《ひときわ》筆圧が強く書かれていて、増本の興奮が伝わってくる。

裕也は黒字で書かれた部分だけをピックアップしていく。

『1／12（木）　羽田（妻）30万』
『4／7（土）　馬渕　100万!!』
『4／26（木）　A病院　OK』

『5／8（火）　群馬』

『5／19（土）　馬淵　150万!!』

『5／28（月）　川奈　冴木　連絡済』

『6／4（月）　冴木200万!!』

『6／5（火）　川奈200万!!』


六月五日の記載を最後に、それ以降は予定表にはなにも書かれていなかった。母親の話では増本は三ヶ月ほど前に命を落としている。そこから考えると、増本が黒字で記していた内容は予定というよりは、起こったことの記録として書かれているようだ。

裕也は何度も手帳を見返す。一月十二日の『羽田（妻）』という記載だけ、他の記載と日付けが離れすぎている。これは今回の事件とは関係ない可能性が高いだろう。『妻』と書いてあるところを見ると、浮気の調査でもしていたのだろうか。

四月から六月にかけて、それまではほとんど借金返済についての記載しかなかった予定表に、調査のメモらしき文字が書き込まれていた。そしてそれらの大部分に『冴木』『川奈』『馬淵』、三人の教授選候補者の名前が記載されている。四月から増本が純正の教授選について調査を始めたのは間違いなかった。

四月二十六日の『A病院』や五月八日の『群馬』というのは、純正の教授選候補者たちとなにか関係があるのだろうか？　裕也は再びコーヒーを口に含む。

三人の教授候補、その全員と金銭のやり取りがあったことをうかがわせる記載がある。増本は教授選の候補者たちを探っていた。増本は急に金回りが良くなり、そして割の良い仕事が入って、借金ももうすぐ返済できると母親に言っていた。増本は教授選の候補者たちからおそらく大金を受け取っていた。それらから考えられることは……。

恐喝。増本は純正教授選の候補者たちを脅し、金を取っていた？　手帳を眺めれば眺めるほど、その想像は確信に近いものへと変化していく。

しかしまだ大きな疑問が残っていた。なぜ増本は純正の教授候補達を調べはじめたのか？　そして、候補者たちはどんな弱みを握られていたのか？

「馬淵はこれだよな……」

つぶやきながら、裕也は中年男と水商売ふうの女の写っている写真を手にとりぴらぴらと振る。分かりやすい不倫写真、こんなものをばらまかれたりすれば、馬淵はもともと苦戦していた教授選で勝ち目がなくなる。

手帳から推察すると、馬淵は二百五十万円を増本に払っているが、それも純正の教授選こそが人生最後の大チャンスだった馬淵にしてみれば、惜しくはなかっただろう。分からないのは父と川奈だ。純正医大と帝都大の准教授、どんな弱みを握られ二人は大金を脅し取られたのだろう？　少なくとも写真からは、その内容を推察することはできなかった。

手帳をさらにめくっていく。前半の予定表の部分には七月以降なんの記載もなかったが、後半のメモ用紙の部分に何ヶ所か書き込みがある。

裕也は手帳をめくる指を止める。大きく『川奈淳』と示されていた。そのページを読もうとした裕也の片頬が引きつる。そこに記されていた文字は、予定表に書かれていたものよりさらに崩れていた。おそらくは軽いメモ書きのつもりだったのだろう。もともとが悪筆のうえ、走り書きされており、その大部分は判読不可能だった。

いったん解読を先送りにし、次のページをめくる。崩れた『冴木真也』の文字が目に飛び込んできた。指に力が入る。ここに父と川奈、二人が金を払った理由が記載されているかもしれない。裕也はボールペンを手にとると、考古学者にでもなった気分で、二枚のページに目を凝らす。なんとか形を保っている文字をピックアップしつつ、想像力を限界まで働かせながら解読をこころみていく。

十数分後、裕也はボールペンをテーブルの上に放り投げた。三色のボールペンはころころと転がると、サンドイッチの載った皿にぶつかって止まる。力ないため息が裕也の口から漏れる。全身に粘着質な疲労感がまとわり付いていた。

必死に幼児の落書きのような曲線と格闘したが、解読できたのはごく一部のみだった。解読不能部分はもはや漢字なのか、かななのか、はたまたアルファベットなのかさえはっきりせず、どれだけ時間をかけようとも、そこに内包された意味をすくい上げることはできそうにもなかった。

裕也は解読できた部分だけを書き写した自分のメモ帳を眺める。

『川奈淳　帝都准教授　アカネ　妻　ｍｉｓｓキシ』

『冴木真也　純正准教授　１／２ダンス　Ｈｕｎｔ……』

「ダンス？　なんだよそれ？　Ｈｕｎｔって狩りのことか？　わけわかんねえよ」

裕也は苛立《いらだ》ちながらつぶやく。『Ｈｕｎｔ』という文字も、うしろに曲線が続いているので、もしかしたら他の単語なのかもしれないが、読み取れるのはそこまでだった。川奈の方の記載はどことなく女性関係のトラブルを匂わせる単語が並んでいたが、これだけでは川奈がなにをしたのか詳細は分からない。

目の奥に鈍痛がわだかまっている。裕也は両目を瞼《まぶた》の上から揉《も》みながら、ぬるくなったコーヒーを飲む。解読によりなにか重要なことが見つかるかもしれないと期待していただけに、脱力感も大きかった。

片手にサンドイッチを持ちながら、裕也はだらだらと手帳をめくっていく。ほとんどが白紙だったが、一番最後、裏表紙を開けるとすぐ見えるページに数行なにかが記されていた。裕也は相変わらずの、断末魔の叫びを上げて苦しんでいるかのようにねじ曲がった文字を目を細めて読む。

『3663653７　1392251022　子捨』

「こ……すて？　子供を捨てる？」

意味不明の数字の羅列、そしてそれに続く不吉な文字。裕也は顔をしかめる。『子捨』という記載の後ろに数文字、漢字らしき文字が書かれているが、それはあまりにも歪《ゆが》んでいて、とても解読できそうになかった。

裕也は視線を下ろしていく。ページの下部分に、今度はひらがならしき五文字が大きく走り書きされていた。これもミミズがのたくったような文字だが、ひらがなだけになんとか解読はできそうだ。

裕也は目を細めると、一文字一文字、口に出して読み上げていく。

「き……つ……ね……つ……」

四文字目まで声に出したところで、裕也はそこになにが書かれているかに気づいた。

顔から血の気が引いていくのを感じる。

古臭く、それでいてどこかおぞましい言葉。連続殺人事件に巻き込まれたという光零医大客員教授、馬淵の殺人現場で叫ばれたという言葉。

『きつねつき』

裕也にはその五文字が、ページから浮かび上がってくるかのように感じた。

7

最寄りの高島平駅から徒歩で二十分はかかるさびれた住宅街の中、古びた三階建ての建物の前で、裕也は足を止めて視線を上げる。光量の少ない街灯の明かりに照らされ、その建物はどこか廃墟《はいきょ》じみて見えた。

阿波野病院。この病院こそが、数ヶ月前に増本達夫、純正会医科大学第一外科教授選の候補者を嗅《か》ぎまわっていた男が命を落とした場所だった。病床五十床程度の療養型病院。年季のはいったその外壁には、所々にひび割れまで見える。

時刻は午後七時過ぎ、正面玄関はすでに閉まっている。裕也は自分の背丈ほどのフェンスに囲まれた敷地を裏へと回っていく。狭い路地を通って病院の裏側にまわると小さな扉があり、そのわきに『従業員専用』と書かれた表札が掛けられていた。

視界の隅で光がまたたく。フェンスの奥、二車線の道路を挟んだ先に、申しわけ程度にブランコが置かれた小さな公園があり、そこの街灯がチカチカと点滅していた。その光景は、ただでさえ廃墟じみて見える周辺の雰囲気をさらに寂しいものにしていた。道路と公園をへだてる垣根は背が高く、公園内に大きな死角を作っている。子供の遊び場としてはお世辞にも適しているとは言えない。

目の前の車道を大型トラックが猛スピードで走り抜けていった。ほこりっぽい排気ガスの匂《にお》いに軽くむせながら、裕也は扉のわきにあるコードキーに、前もって知らされていた暗証番号を打ち込んでいく。四桁《けた》の暗証番号を入れると、がちゃりとロックが外れる音が聞こえた。裕也は扉を開いて院内へと進む。明かりの消えた一階の外来を抜け階段を上がっていくと、蛍光灯が煌々《こうこう》と灯《とも》ったナースステーションが見えてきた。

「すいません」

「はいはーい」

ステーションをのぞきこむと、肉付きの良い体を白衣で包んだ中年女性が、明るい声を返してきた。

「今日、ヘルプでこちらに当直することになった冴木です。よろしくお願いします」

「ああ、代わりの先生ですね。聞いてます聞いてます。よろしくお願いしますね」

看護師は人のよさそうな顔に笑みを浮かべる。

「階段を上がると三階に当直室がありますんで、そこでお休みになってください。診察が必要な患者さんがいましたら内線電話でご連絡します。今は患者さんみんな安定していますから、たぶんなにもないと思いますよ。ゆっくり休んでいて下さいね」

「どうも」裕也も笑顔を浮かべて会釈《えしゃく》すると階段を上がっていく。

三階に上がってすぐの場所にあったドアを開け、八畳ほどの広さの当直室に入る。安っぽいシングルベッドの上にバッグを放ると、裕也はかるく頬を両手で張って気合いを入れた。想像以上に容易にこの病院に入り込むことはできた。あとはここでどんな情報を手に入れられるかだ。

増本の家を訪れた日、阿波野病院を調べるべきだと思った裕也は夜になって、親友である諏訪野に連絡をとり、「阿波野病院ってきいたことないか？」とたずねた。

阿波野病院の名にかすかに聞き覚えがあったので、病院随一の情報通なら何か知っているかもしれない程度の期待だったが、諏訪野はすぐに「ああ、あの病院がどうかした？」と返してきた。

純正医大は港区にある純正会医科大学附属病院本院以外に東京に二つ、千葉に一つ分院を所有している。諏訪野いわく阿波野病院は、分院の一つである純正会医科大学附属赤羽病院の内科から、若い医師の当直派遣を受けている病院だということだった。

医師の少ない病院では、勤務医だけでは毎日の当直を回すことができず、付き合いのある医大の医局に頼み込んで当直医を派遣してもらうことが多い。阿波野病院もそのような、当直医の派遣をうけている多くの病院の一つだった。聞き覚えがあるはずだ。裕也も卒後四年目から半年間、医局の指示で赤羽病院の外科に出向していたのだから。

「当直代はいらないから、今度阿波野病院の当直に当たっている奴《やつ》と交代できないか？」

諏訪野の説明を聞いた裕也はそう頼み込んだ。

「はぁ？　ただで当直代わりにやるってこと？　なんでそんなことするわけ？」

「あの……。狙《ねら》っているナースがあの病院で働いているんだよ」

一瞬言葉を詰まらせた裕也だったが、すぐに適当にでまかせを吐いた。すると、電話から諏訪野の心から嬉しそうな声が聞こえてきた。

「そうか！　とうとう裕也にも春が来たのか！　最近、全然浮いた話がないから心配してたんだよ。任せておけって。すぐに手配してやるからな」

その言葉どおり、諏訪野は翌日には当直担当の医局員と話をつけ、増本の家を訪れてからわずか三日後の今日には、こうして阿波野病院にもぐり込むことができていた。

「さて……行くか」

当直室でのんびりしていても意味がない。調査に乗り出すとしよう。裕也はロッカーの中からとりだしたLサイズの白衣を羽織ると、当直室をあとにした。

「あれ、先生、どうかしたんですか？」

階段から下りてきた裕也を見て、看護記録を書いていた看護師が顔をあげる。

「いえ、ちょっとカルテだけでも見て、患者さんを把握しておこうかなと思って」

「あら、そんなことしなくても大丈夫ですよ。先生まじめですねぇ」

「まあ、時間が余っているので」

「そうですかぁ。どうぞどうぞ」中年の看護師は愛想よくカルテラックを指差した。

「どうも」

近づいたラックから適当に一冊カルテを取り出すと、裕也はパラパラとページをめくっていく。しかし裕也の視線はカルテの紙面ではなく、十畳ほどのスペースしかないナースステーションの隅々に注がれていた。

一心不乱に記録を書き続ける看護師を尻目《しりめ》に、裕也は目的のものを探す。裕也の視線が一ヶ所で停止した。ステーションの奥に置かれた薬棚。上部はガラス製の引き戸になっていて、中に薬品や機材が収められているが、下半分は金属製の横開きの扉になっている。わずかにひらいたその扉の内側に、ファイルが並べられているのが見えた。

きっとあそこだ。裕也はラックにカルテをしまうと、ステーションの中心におかれたテーブルに近づき、記録を書いている看護師に声をかける。

「看護師さんは、夜は一人だけなんですか？」

「え？　ああ、いえいえ、あと二時間ぐらいはもう一人準夜勤のナースがいて、今は一階で明日使う点滴の用意をしています。夜間はこの階の専任は私だけですね」

看護師は愛想良く答える。

「そうですか……」

ならばこの看護師さえいなくなれば、ナースステーションは無人になる。裕也はどうやって目の前の看護師をステーションから追い出そうか思考を巡らす。

「よし、おしまいっと」

看護師は勢いよく看護記録を閉じると、それをテーブルに置いたまま席を立ち、なにも言わずにステーションの外へと消えていった。裕也はきょとんとしながら、ステーションから出て行く看護師の背中を見送る。

チャンス……なのか？　裕也は足音を殺しながらステーションの奥へと進んでいく。薬棚の前まで来た裕也は、そっと手を下の段の扉へと伸ばした。

背後から「先生」と声をかけられ、裕也は体を硬直させる。振り返ると、湯気の立ち上るカップを両手に持った看護師が、ステーションの入り口に笑顔で立っていた。

「ちょっと休憩にするんですけど、ご一緒にいかがですか？」

「あ、ああ……。いただきます」

裕也は慌《あわ》ててステーションの中心へと戻り、椅子《いす》に腰掛けた。心臓が早鐘のように鳴り続ける。看護師が裕也の前にカップを置いた。こうばしい香りが鼻腔《びこう》をかすめる。

「すいません、インスタントで。お砂糖は？」

「あ、ブラックで大丈夫です」

裕也は一口コーヒーをすする。安っぽい苦みが、動揺をわずかに薄めてくれる。看護師は自分のコーヒーに大量のミルクと砂糖を投入すると、一口うまそうにすすった。

「先生はやっぱり、赤羽病院の内科の先生なんですか？」

「あ、いえ。昔は赤羽病院にいたんですけど、今は本院の外科なんですよ」

「そうなんですか。いつも赤羽の先生が来るのに。なにかあったんですか？」

「いえ、いつもの奴が都合つかなくて、そいつにちょっと頼まれたもんで……」

「なるほど。ところで先生は何年目？」

「もう……七年目になるかな」

「あら、思ったより上なんですね。まだ三年目くらいかと思っていました」

「……どうも」

「せっかく七年目の外科の先生に来てもらっているのにすいませんねえ。うちの病院じゃあ、ほとんど寝当直なんでねえ」

「いえ、その方が楽でいいですよ」

適当に答えながら、裕也はどうやってこの話し好きの看護師をステーションから追い出すかを考える。彼女がいる限り動きが取れない。

アイデアを絞りながら視線を下げた裕也は、コーヒーカップの下に写真があることに気がつき慌ててカップを持ち上げる。しかしよく見ると、テーブルは薄い透明のプラスチック板で覆《おお》われており、テーブルとプラスチック板の間に写真や書類などを挟んで上から見ることができるようになっていた。

裕也は持ち上げたコーヒーカップに口をつけながら挟まれている写真をなんとなしに眺める。手元の数枚は慰安旅行の写真のようだった。十人ほどの中年女性が、紅葉に燃える山々を背景にピースサインをつくっている姿や、旅館で鍋《なべ》を囲んでいる姿が写し出されていた。ふとその写真になにか違和感を感じた。裕也は眉根《まゆね》をよせて、ぼんやりと見ていた写真の上に焦点を合わせる。俺はこの写真のなにが気になったのだろう？

「あっ！」違和感の正体に気づき、口から声が漏れる。

「うん？　どうかしました？」

「いえ……この人」

裕也はハイキング写真のすみで、しぶしぶといった感じでピースをしている、写真の中では比較的若い女性を指差した。

「ああ、去年の終わりまでうちにいたナースですよ。その子がどうかしましたか？」

「……知り合いに似ていたもので」

「そうですか。梅山《うめやま》っていう子ですよ。知り合いでした？」

「いえ……」

裕也は言葉をにごす。名前など言われてもしかたがなかった。そもそもその女性の名前など知らないのだから。裕也はその女性を別の写真で見たことがあった。

視界をさえぎるかのように顔にかかる長い黒髪。やや飛び出た頰骨。どこか自信なさげに伏せられた目。その写真に写っていたのは、増本の手帳に挟んであった写真の中で、帝都大准教授である川奈の隣に寄り添っていた女性に違いなかった。

川奈のそばにいた女性がこの病院の元看護師？ この病院には増本の死を調べに来た。それなのになぜ、ここで川奈の関係者を見つけるんだ？

「ああ、そう言えばあの子、今はもう梅山じゃないんだっけ。いいなぁ」

看護師は写真を見ながらつぶやく。

「梅山じゃない？」

「その子、去年の末に結婚したんですよ。もうびっくり。いえね、言っちゃあ悪いけど、茜《あかね》ちゃん……ああその子、茜ちゃんっていう名前なんですけど、茜ちゃんって正直あまり愛嬌《あいきょう》がある方でもないし、性格も暗くていつもネガティブなこと言ってるし、職場でもちょっと浮いてたんですよ。それに鈍くさくて、よく周りに迷惑かけてたし。噂《うわさ》じゃあ、何回もお見合いしているけど、全部断られたらしいんです」

この手のゴシップネタが好きなのか、看護師は流れるような口調でまくし立てる。裕也は言葉の合間に相槌《あいづち》をうちながら、増本の手帳に書かれていた文字を思い出す。

『川奈淳　帝都准教授　アカネ　妻　ｍｉｓｓキシ』

「しかも聞いて下さいよ、先生。結婚相手がすごいの。うちの院長の知り合いで、毎週金曜にうちに外来と当直しに来る、一回り年上のバツイチのドクターなんですけど、大学の准教授なんですよ。しかもなんと、あの帝都大。まだ若いから絶対どこかの大学の教授になりますよ。完全な玉の輿《こし》ですよね。まさか茜ちゃんがあの先生おとすなんて、誰も予想もしなかったなぁ」

帝都大の准教授。もはやその看護師の結婚相手は明らかだった。しかし訊ねずにはいられなかった。

「その先生って……」

「え、茜ちゃんの結婚相手ですか？　帝都大の川奈先生っていう外科医ですよ。先生ご存じですか？」

「ええ……名前だけは」

内心の動揺をさとられないよう、裕也はできるだけ抑揚のない口調で言う。

大学病院は一般病院に比べ医師の給料をかなり低く抑えているが、その代わりに週に一日ほど市中の病院で勤務することができる『研究日』を平日にとらせていることが多い。大学病院に勤めている医師たちは、その『研究日』に他の病院で勤務することで給料を稼いでいるのだ。

帝都大の准教授が外来を診ているとなれば病院としての箔《はく》もつく。おそらくこの阿波野病院も、それなりの給料を川奈に払っているのだろう。

増本が死んだ病院に川奈が勤務していた。そして、川奈はこの病院の看護師と結婚している。いったいどういうことなんだ？

「あの、川奈先生ってもともと独り身だったんですか？　もしかして、その茜さんと結婚するために離婚したとか……」

「いえ、十年以上前に離婚されて、それからずっと独身だったはずですけど……」

「それじゃあ、えっと、この病院に『岸』っていう名前の看護師さんはいませんか？」

「いえ、そんなナースはいませんけど、……なんの話ですか？」看護師は首をひねる。

「いえ、気にしないでください」裕也は作り笑いを浮かべてごまかす。

『アカネ』、『妻』、『ｍｉｓｓキシ』。増本の手帳にあった川奈のページには、なにやら女性関係のトラブルを匂わせる単語が並んでいた。もしかしたら、この病院の看護師と不倫でもしていたのかと思ったが、どうやらそういうことではないらしい。

ただ、『アカネ』と『妻』という記載については、この病院の元看護師のことについて指している可能性が高い。ならば『ｍｉｓｓキシ』とは？　どこかに『岸』という名の女性がいるのだろうか？

「さてっと……」コーヒーを飲み干した看護師が席を立つ気配を見せた。

「あ、すいません」

裕也はあわてて看護師に声をかける。ついさっきまでどうにか追い払おうとしていた看護師だが、今はゴシップ好きな彼女から、できるだけ情報を得たかった。裕也はせわしなくズボンの尻ポケットから一枚の写真をとりだすと、看護師に差し出す。

「この男に見覚えはありませんか？」

それは四日前に増本の母親から受け取った、増本達夫の写真だった。

「誰ですか、これ？」看護師はまじまじと写真を見つめる。

「いえ、俺が前に手術したことある患者なんですけど、この病院に来たことがあるはずなんですよ」裕也は適当なことをいってお茶をにごす。

もちろん、増本が死んだ夜にこの看護師が勤務をしていた可能性は低いだろう。それでも、たずねておく価値はある。

「うーん、うちに若い患者さんはほとんど来ませんからねえ。外来の患者さんですかね？　私、外来は担当してないんで、そうだとするとちょっと分からないですねえ」

「そうですよね。すいませんでした」

裕也は写真をしまおうとする。それほど期待していたわけではないので、失望は小さかった。しかし裕也が写真を引っ込める前に、看護師が手を伸ばし写真をつまんだ。

「いえ、先生。ちょっと待って下さい。なんか見覚えあるんですよね、この人」

鼻のつけ根に深いしわをきざみ、喉の奥から唸《うな》るような声を出しながら、看護師は考えこむ。思わず裕也が「たしかこの病院で亡《な》くなったはずなんですけど」と助け船を出そうとした瞬間、看護師は胸の前で柏手《かしわで》をうつように両手を合わせた。パンっという小気味よい音がひびく。

「ああ、思い出した！　この人、厚労省の役人ですよね。そうでしょ？」

「は？　厚労省？」予想外の単語に、裕也はおうむ返しにきき返す。

「そうそう、間違いない。このなんか眠そうな目に、泣きぼくろ。私が夜勤の日で、大変だったから覚えているんです」

「いえ……多分、その人じゃないと思うんですけど……」

一人で納得しているナースに、裕也はおそるおそる声をかける。

「あら。違いました？　けっこう前に、なんか抜き打ちの監査とかで夜中にやって来た役人さんだったと思ったんだけど。もう書類全部ひっくり返して、一晩中居座って大変だったの。院長呼ぼうとしたら、『抜き打ち調査だから許可できない』とか怒鳴ったりしてさ。今思い出しても腹が立つ。あ、ごめんなさいね。私の勘違いだったみたい」

厚労省の役人が抜き打ちで夜中に監査にやってくる？　そんな話は聞いたことがない。

裕也は腕を組む。この看護師は、その『厚労省の役人』と名乗った男が増本にそっくりだったと言っている。裕也は手に持った増本の写真に視線を落とす。まるでパンチを受けたボクサーのような腫《は》れぼったい目、極端に丸い鼻、なにより右目の下にある小豆大の泣きぼくろ。こんな特徴的な男を見間違えることがあるだろうか？

瞬間、脳裏に複雑にのたくった文字が点滅した。裕也は目を見開く。

増本の手帳の予定表。四月二十六日の欄にあった『A病院』の文字。もしかしたらあれは『阿波野病院』を意味していたのではないか？　看護師の言うとおり。増本は死ぬ一ヶ月以上前に、厚労省の役人を名乗ってこの病院を訪れ、何かを探っていた？

頭の中で生じたもやもやとした想像の輪郭が、次第に鮮明になっていく。

だとしたら、増本はこの病院で何を探っていたのだろう？　裕也はちらりと壁に取り付けられている当直表に目を向ける。毎週金曜日の欄に『川奈Dr.』の文字があった。

決まっている。川奈についてだ。

増本は純正医大第一外科の教授選候補たちを執拗《しつよう》に探っていた。きっと増本は川奈を探るためこの病院に押しかけ、そしてその一ヶ月後にこの病院で命を落としたのだ。

「あの、先生。どうかしました。なにか私、いけないこと言っちゃった？」

口を固く結んで考え込む裕也に、看護師は不安げに声を掛ける。

「あ、いえ。なんでもないんです。ちょっと考えごとを……。大学で担当している患者のことを思い出してしまって」

「はあ、そうですか……」

その時、安っぽい電子音が『エリーゼのために』のメロディを奏《かな》でだした。

看護師が「はいはい」と立ち上がり、壁に取り付けられている受話器を取り上げた。ナースコールで呼ばれたらしい。

「はい、加藤さんどうしました？　はいはい、おトイレですね。いま行きますから待っててくださいね。先生、呼ばれちゃったんでちょっと行ってきます。ゆっくりしていて下さい。飲み終わったらコップはそのままで良いですから」

看護師は重そうな体を揺すってナースステーションから出ていく。

千載一遇のチャンスだった。看護師の後を追うようにステーションの出口近くまで行き、暗い廊下の奥に看護師が消えていくのを見送ると、裕也は小走りでファイルの収められた棚へと駆け寄った。

ここに『あれ』があるはずだ。裕也はせわしなく棚を開き、中にあるファイルを見渡す。それはすぐに見つかった。背表紙に『死亡診断書』と書かれたファイル。

裕也はそのファイルを取り出すと、身をひるがえしてステーションの出口へと向かおうとする。しかし一歩足を進めた裕也は動きを止めると、再び振り返って棚の中をあさりだした。

この病院を訪れた増本は、何時間も資料を調べていたという。もしかしたら増本はこの病院で、川奈についてのなにか重要な情報を見つけたかもしれない。看護師の戻ってくる足音がしないか怯《おび》えながら、裕也はファイルを見繕っていく。

めぼしいファイルを腕いっぱいに抱きかかえた裕也は、足で棚の扉を閉めると、ファイルを落とさないように注意しながら慎重に、しかし急いで当直室へと戻っていった。

当直室に入り、ベッドの上に十冊を超えるファイルを投げ出す。大きく安堵《あんど》の息を吐くと、裕也は無造作に投げ出されたファイルの中から、もっとも確認したかった一冊を摑《つか》み、ぱらぱらとめくっていった。

『死亡診断書』。患者が死亡したとき、それを証明するための書類。一枚は遺族に渡し、複写したもう一枚を病院が保管する。

療養型でしかも病床数の少ないこの病院では、死亡する患者は月に数人程度だろう。すぐに見つかるはずだ。

予想通り、一分もしないうちに目的の書類は見つかった。

氏名の欄に『増本達夫』と記載された書類。裕也はその一枚をファイルからとりだすと目を皿にして文字を追っていく。

『死亡したとき』の欄には『平成24年　6月9日　午前2時24分』と記され、『直接死因』の欄には『致死性不整脈』と記されていた。

裕也は唇をゆがめる。たしかに既往症のない若年者の急死の原因として致死性不整脈は多い。しかし逆を言えば、若年者の原因の分からない死因が、とりあえず『致死性不整脈』とされることも少なくなかった。

裕也はゆっくりと視線を書類の下方へと移動させていく。書類の一番下の欄にそれはあった。なかば予想していたとはいえ、内臓が凍りついて行くような心地になる。ファイルを持つ手ががたがたと震えだす。

診断を下した医師の氏名を記す欄。そこにはやや崩した達筆で『川奈淳』のサインが記されていた。

幕間《まくあい》

「なんで……」

狭い台所の隅でうずくまり、尻《しり》の下から這《は》い上がってくる床の冷たさに耐えながら、少年は蚊の鳴くような声でつぶやく。しかし、かび臭い空気に溶けていったその問いに答えてくれる者など、もうこの村にはいなかった。

数ヶ月前から誰もが少年を避けていた。隣人も教師も、かつての友人たちさえ。

『鬼っ子』『穢《けが》れた血』……『狐憑《きつねつ》き』。

毎日浴びせかけられ続けた罵声《ばせい》が頭蓋《ずがい》内でこだまする。少年は頭を抱えた。家の中だというのに息が白く凍りつく。外は吹雪《ふぶ》き、台所は凍るように寒かった。しかし灯油は使えない。残り少ない灯油は、居間を温めるために使わなくてはならないのだ。

「うあぁあぁあー」

甲高く、それでいて濁った奇声が鼓膜を揺らす。この数ヶ月で耳慣れてしまった声、そしてこの数ヶ月、少年の心をむしばみ続けた声。それはまるで、獣の唸《うな》りのようだった。少年はゆるゆると顔を上げる。月光が障子に細い人影を映し出していた。

「があ……うああ……」

人影は枯れ枝のように細い四肢を複雑に動かす。手足一本一本が独立した軟体動物であるかのように。少年は胸がむかつき、みぞおちを押さえた。緩慢な動きで立ち上がり、少年は障子を開く。鼻腔《びこう》に糞尿《ふんにょう》の匂《にお》いが侵入し、吐き気がさらに強くなった。

「いい加減にしてくれよ！」

少年は目の前で不気味な踊りを舞う中年の女に向かって叫ぶ。女は首だけ振り返り虚《うつ》ろな目を向けてくるが、その全身の蠕動《ぜんどう》が止まることはなかった。

「飯なら食べただろ。もう金がないんだよ。あれで我慢してくれよ……母さん！」

少年は嘔吐《おうと》するように、女に、変わり果てた母に向かって叫ぶ。しかし、女はただただ意味を内包しない奇声を発し続けた。少年は血が滲《にじ》むほどに唇を噛《か》む。

なんでこんなことに……。少年は再び、この数ヶ月くり返し続けた問いを反芻《はんすう》する。

美しく優しい母だった。授業参観で友人達が羨《うらや》ましそうに母を見るのを、子供心に誇らしく思っていた。しかし、幸せだった世界は、数ヶ月前から徐々に腐っていった。

「狐に憑かれた！　たたられた！」

村で唯一《ゆいいつ》の診療所の医者にもさじを投げられ、藁《わら》にもすがる気持ちでたずねた神社の神主は、母を見るなり大声を上げ二人を追い払った。そして母が狐に憑かれたという噂《うわさ》は、狭い村で伝染病のように広まっていき、すぐに誰もが知るようになった。

「呪《のろ》いだ！　先祖の罪が稲荷《いなり》神様のお怒りにふれたんだ！」

自分たちを追い払う時、神主はつばを飛ばしながらそう叫んだ。

なにもかも捨てて逃げ出したかった。三ヶ月前に父親がそうしたように。しかし、生まれてからの八年間、一度たりともこの村から出たことのない少年に、逃げ場所などこにもなかった。

じょぼじょぼという水音が響き、少年は顔を上げる。服がはだけた母の股間《こかん》から太股《ふともも》、そして布団《ふとん》へと、液体が流れ落ちていた。

「ああ、なにやってるんだよ。ちゃんと便所ぐらい行ってくれよ」

少年は雑巾《ぞうきん》を手に取り母に近づく。そのとき唐突に、母の手が振り下ろされた。手の甲が勢いよく少年の顔に叩《たた》きつけられる。しゃがもうとしていた少年はバランスを崩し、尿で濡《ぬ》れる布団にしりもちをついた。鋭い痛みが走った頬に手を当てる。手のひらが赤黒い血で濡れた。母のだらしなく伸びた爪《つめ》が、頬をえぐったらしい。

少年は呆然《ぼうぜん》と手にこびり付いた血液を眺め続ける。母がみずからの意思で殴ってきたのか、それとも母の体に取り憑いた『なにか』がそうさせたのか分からなかった。

ゆるゆると顔を上げた少年の視線が、母の視線と絡《から》む。母の乾燥してひび割れた唇が、ぴくぴくと痙攣《けいれん》しながら歪《ゆが》んでいく。その顔はまるで嘲笑《ちようしよう》しているかのようだった。

もう母はいないのだ。目の前の女は『なにか』に憑かれ、もう母ではないものへと変わってしまった。少年の全身から、潮が引くように感情が、心が抜けていく。

女は複雑に蠕動する腕を少年に向けて伸ばした。

「触るな！」

少年は立ち上がると母の、母だったものの肩を押した。それほど力をこめたつもりはなかった。しかし、筋が浮きでるほどにやせ細った女は勢いよくその場に倒れた。

少年は台所に走り障子を勢いよく閉めた。骨まで寒さが染《し》み入るような台所の隅に座り込むと、少年は目を閉じ、頭を抱える。

すべてを、この腐り果ててしまった世界のすべてを忘れてしまいたかった。

玄関の扉が軋《きし》む音が、壁のすき間から吹き込む凍《い》てついた風にかき消されていった。

第三章　錯乱のメス

1

「仕事は忙しくない？　ああ、梨《なし》でも食べていきなさい」

優子は見舞い品のフルーツの盛られたバスケットの中から洋梨を取り出し、果物ナイフで皮を剝《む》き始めた。

「いいって。昼飯は食べたから。それにすぐに仕事に戻らないといけないし」

ベッドのそばの椅子《いす》に白衣姿で座る裕也は、軽く手を振る。

「梨ぐらいならまださくっと食べられるでしょ、男の子なんだから」

「もう『男の子』って年齢《とし》じゃないけどね」

「親にとって子供はいつまでも子供なの。そんな無精ひげが生えるようになってもね」

「昨日は当直だったんだよ、仕方ないだろ」

「それは男のいいわけ。当直明けだって女医はみんな化粧しているでしょ。心がけの問題よ。患者さんの前に出る時はひげぐらい剃《そ》らないと」

簡単に言い負かされ、裕也は唇を曲げる。癌《がん》に冒されるまで、三十年近くも二人の子供の母親と内科医の二足のわらじを履いてきた母に医師としての心構えを説かれては、素直に従うしかなかった。裕也は目を細めて、器用に梨を剝いていく母を眺める。

阿波野病院で当直を行った三日後、裕也は勤務の間を縫って母の病室に見舞いに訪れていた。まだ医局が混乱状態で手術が少ないので、こうして昼間でも時間を作ることができる。

「けど裕也が来てくれて助かった。こんなにお見舞いもらったけど、食欲ないのよ。冷蔵庫もほかのお見舞いでいっぱいだから、このままじゃ腐らせちゃう」

「食欲……ないのか」

優子の主治医から、先日のエコー検査で少量の腹水が確認されたことを聞かされていた。病状からみて、おそらくは軽度の癌性腹膜炎を起こしていることも。優子の腹腔《ふくくう》内で増殖している癌細胞が、消化管の動きを阻害し、食欲を奪っているのだろう。

「どうかした？」優子は柔らかい笑みを浮かべた。

「いや、なんでもないよ」

裕也は力なくほほ笑むと、視線を母からそらして、数冊の小説とノートパソコンが置かれたデスクを見る。広い病室に、梨を剝くシャリシャリという音だけが響く。

「そう言えば、真奈美が部屋に泊まっているんだって？　真奈美から聞いたわよ」

重量を増した空気を振り払うかのように、優子は明るい口調で言った。

「ああ、なんか婚約者が出張に行って、姑《しゅうとめ》が時々来るから家に居づらいとかで」

「あちらのご家族、少し変わっているから」優子の顔に苦笑が浮かぶ。

「あいつの婚約者って、たしか弁護士だよな。弁護士に出張とかあるのかね」

「さあ、私も弁護士さんの仕事はよく分からない。それで真奈美とは仲直りできたの？」

優子は梨を剝く手を止め、上目遣いに裕也をうかがう。

「仲直りもなにも、真奈美が俺を避けてただけだよ」

「そうかしらねぇ」含みのある優子のセリフに裕也は眉根《まゆね》をよせる。

「なにか言いたいことあるわけ？」

「たしかに真奈美はあなたに怒っていたけど、避けていたのはあなたの方じゃないの？」

反論しようと口を開きかけるが、舌が言葉を紡《つむ》ぐことはなかった。

「あなたがどんな思いで医学部に進んだかは分かってるのよ、私はね。けど、そのことをちゃんと真奈美に説明するべきじゃなかったかしら。それとも、あなた自身がなんで自分が医学部に進んだのか、自分の気持ちをはっきり分かっていなかったのかな」

裕也は無言をつらぬく。そこまで自分の内面を的確に指摘されては、なにも言うことなどできなかった。

「お父さんはたしかに、ちょっとあなたたちに厳しすぎたかもね」

「あれが『ちょっと』?」

「かなり……かな。けれど私もお父さんも医者だったでしょ、子供たちに自分たちと同じ職業について欲しかったの」

「だからって、あんな……」

父との記憶を頭の中で反芻《はんすう》して、裕也は顔をしかめる。

「どういう態度をとっていいか分からなかったのよ。不器用な人だったから……」

優子は再び梨を剝く手を止めると、視線を虚空《こくう》に漂わせる。おそらくそこに真也との思い出を見ているのだろう。裕也は喉元《のどもと》まで出かかっていた父への恨み言を飲み下す。

自分たち兄妹《きょうだい》にとって、冴木真也という男は決して良い父ではなかった。しかし、母にとってはかけがえのない夫だったのだろう。

優子の唇がかすかに動く。裕也の胸に鋭い痛みが走る。優子の唇はたしかに、『もうすぐまた会える……』と空気を震わすことのない言葉を紡いでいた。

数秒、虚空を眺め続けた優子は我に返ったように笑顔を浮かべた。再び果物ナイフを器用に動かすと、剝いた梨を皿の上に並べていく。

「はい、どうぞ」

「……ありがと」

裕也は皿を受け取ると、添えられていたプラスチック製のフォークで梨を突き刺し、口へと運ぶ。みずみずしい音とともに口の中に爽《さわ》やかな甘みが広がった。裕也は皿の上に切り分けられた梨を次々と食べていく。咀嚼《そしゃく》している間は父の話をしないですむ。父について肯定的なことを口にすることはできなかったが、母の前で父の悪口を言うこともできない。どうにもストレスが溜《た》まる。

優子は梨を頰張る裕也を微笑《ほほえ》みながら眺めていた。皿の上の梨がほとんど腹の中におさまったころ、タイミングを見はからったかのように優子は口を開く。

「あなたが純正に受かった時ね、お父さんすごく喜んだのよ」

「……親父《おやじ》が？」

口の中に残っていた梨を飲み込んだ裕也は、思わず聞き返す。純正に合格したことを告げた時、父は普段の仏頂面《ぶっちょうづら》で「そうか」とつぶやいただけで、笑顔も見せなかった。

「あなたにはなにも言わなかったみたいだけど、私にはあなたのことべタ褒めだったのよ。あいつは良くやった、本当に頑張ったって」

顔中の筋肉が引きつる。そんなことあり得るわけがない。あの父がそんなことを口に出したと想像するだけで、体中にじんま疹《しん》が出そうだった。

「すぐには信じられないわよね。けれどね、どうやって接すればいいのか分からなかっただけで、お父さんはあなたたちのことを嫌っていたわけじゃないのよ」

裕也は無言で唇を噛《か》む。いかに母にそう言われようが、父の評価をそう簡単に変えることはできなかった。自分たちが近づくと逃げるように遠ざかっていった父。父の自分たちを見るあの冷たい目を思い出すと、今でも胸の中に漆黒の感情が湧《わ》きあがる。

「それなら……嫌っていないなら、なんで俺たちを避けたんだよ。なんで自分の子供にあんな態度しか取れなかったんだよ」

口調が強く、刺々《とげとげ》しくなってしまった。裕也はとっさに口を押さえる。しかし、優子は笑顔を保ったままだった。

「本当にね。なんであの人、あなたたちには素直になれなかったのかしらね。私もずっと不思議だったの。もしかしたらあの人、一人っ子だったから、小さい子供とどう接して良いかよく分からなかったのかも。だから成長した今のあなたたちとなら、もしかしたら打ち解けることができたのかもね」

裕也は母の言葉を聞き流した。たとえ今、父が生きていたとしても、和解できるとはとうてい思えなかった。優子の手が憮然《ぶぜん》とした表情をさらす裕也の頭を撫《な》でる。

「真奈美は言わなかった？　お父さんと仲直りって言うのかな、そんな感じになったってこと」

「ああ……聞いたよ」

真奈美とはリビングで顔を合わせた時、ぎこちないながらも喋《しゃべ》るぐらいは打ち解けてきている。しかし、十年以上没交渉だった兄妹に共通の話題は少なかった。結局、二人《あ》の話す内容は家族のことが多くなってしまう。しかし、かつてのように父親のことを悪し様《ざま》に言う裕也に、真奈美は同調しなくなっていた。不審に思い理由をたずねると、真奈美は躊躇《ためら》いがちに、婚約者を家に連れて行った時の真也の行動を説明してくれた。

「本当なら真奈美だけじゃなく、あなたにもお父さんと仲良くなって欲しかった……」

仲良くなって欲しかった、しかし、その前に真也は命を落としてしまった。当てつけられたような気分になり、裕也は顔をしかめる。親父とうまくいっていなかったのは、俺のせいじゃない。裕也は皿をかたわらのテーブルの上に置くと、立ち上がる。

「もう……行くよ」

「そう、それじゃあお仕事頑張ってね。ああ、真奈美にもよろしく言っておいて」

「真奈美に？　あいつも見舞いに来てるだろ」

平日は仕事、休日は事件の調査をしているせいで、日中はほとんど自宅にはいない。昼間の真奈美の行動はまったく把握していなかった。てっきり以前のように、頻繁に見舞いに来ているものだと思っていた。

「最近はつわりがまたひどくなったみたいで、なかなか来られてないの。いまは大切な時期で無理はさせられないから。あなたの家にいるってことも電話で聞いたの」

「つわりか……」

リビングで会う真奈美の顔が、いつもさえないのは気になってはいた。裕也は真奈美の表情を思い出す。男の裕也にはつわりのつらさは分からないが、どうもそれだけではない気がしていた。裕也は頭をがりがりと掻《か》く。真奈美のこと、父の事件のこと、そして母のこと、考えなくてはいけないことが多すぎる。

「どうかしたの？」

「いや、別になんでもないよ」

出口へと向かった裕也は、ドアの前で足を止めて振り返る。母に聞いておきたいことがあったのを忘れていた。

「そう言えば母さん。親父って趣味で……ダンスとかしてなかった？」

「ダンス？」優子は不思議そうにまばたきを繰り返す。「ダンスって、社交ダンスとかそういうもののこと？」

「たぶん……」

自信なさげに裕也は言う。増本の手帳に悪筆で記されていた『1／2ダンス』の文字。あれがなにを示すのかまだなにも分かっていない。もしかしたら、自分の知らないところで父に社交ダンスのような趣味があったのだろうか？

「あの人にそんな趣味あると思う？」

小さく吹き出す優子に、裕也は言葉に詰まった。父にどんな趣味があったかなど知らないが、確かに、あのごつい体で社交ダンスにいそしむ父の姿など想像できない。

「どうしたの？　急にへんなことを言い出して？」

「いや、べつに……。それじゃあ、親父がハント……ハンティングをしていたなんてこともないよね」

裕也の質問に、優子は軽く目をみはる。

「……そんな特殊な趣味ないよな」

裕也は苦笑を浮かべた。よく考えたら、家で猟銃を見たことも、猟犬を飼っていたこともない。きっと増本の手帳に記されていた『Ｈｕｎｔ』の文字は、親父がハンティングをしていたとか、そういうことではないのだろう。

裕也が「変なこと聞いてごめん」と口にしようとした瞬間、優子が口を開いた。

「あなた……知らなかったの？　お父さんが昔、趣味でハンティングをしていたこと」

「え？」裕也は意表を突かれて口を半開きにする。「狩り……していたの？」

「ええ、週末によく田舎に行って、野鳥とかを撃ったりしてたわよ」

「え、でも、家で銃とか見たことないし、犬だって……」予想外の答えに裕也は戸惑う。

「私が家の中に銃があるのは嫌だって言ったから、専門の保管所に預けてあったの。犬は一緒に狩りに行く仲間が連れてきたから問題なかったみたい。うちではさすがに私も忙しくて、犬を飼う余裕はなかったしね」

「そうなんだ……。全然知らなかった。医局でもそんな噂《うわさ》きいたことなかったから」

「かなり昔の話だからね。もう……二十年くらい前かな」

「二十年前？　なんで二十年前にやめたの？」

「さあ、詳しくは知らないけれど、お父さん、急に『もうハンティングはやらない』って言い出して。持っていた銃も、銃を所持するための免許も全部処分しちゃったの」

優子は昔を思い出しているのか、視線を斜め上に向けながら言う。

親父は狩猟をやっていた。増本の手帳に書かれていた『Ｈｕｎｔ』の文字、あれはハンティングのことだったのだ。

二十年前、急にハンティングをやめたという父、その時なにがあったのだろうか？

ハンティング……事故……誤射……？

「けれど、なんで急にお父さんの趣味のことなんて聞いてきたの？」

思考を深めていた裕也は、母の声で我に返る。

「いや、なんでもないよ。変なこと聞いてごめん。また明日来るから」

裕也はごまかすと、出口に向かった。その背中に優子が声をかけてくる。

「裕也。真奈美を……よろしくね」

振り返った裕也は唇を噛んで、力強くうなずいた。優子のセリフの最初の部分に『私がいなくなったら』という言葉が隠されていることに気づきながら。

2

数十の椅子が引かれる音が広い会議室に響く。捜査員たちが出口に向かって殺到する。

しかし部屋の中で一人だけ、椅子に座ったまま、まるで置物のように動かない男がいた。

板橋署内の会議室。数十秒前まで『東京北部連続通り魔殺人事件』の捜査会議が行われていた室内で、桜井は組んだ両腕を少々出てきた腹の上に乗せ、無表情で正面を見つめていた。

「あの……桜井さん？」

もうほとんどの捜査員達が会議室から消えているというのに、未《いま》だに動かない桜井に、真喜志がおずおずと言葉をかける。桜井は視線だけ動かして真喜志を見ると、皮肉っぽい苦笑を浮かべた。

「黙殺ってところかねぇ」

桜井は話しかけているとも、独り言ともつかない声でつぶやく。

黙殺、その通りだな。真喜志は会議室の前方にある席を見る。数分前までそこに座っていた捜査の指揮官たちは、桜井の報告を文字通り黙殺した。

純正医大の第一外科で准《じゅん》教授、教授に続けざまに起こった不審な出来事、それらが今回の連続殺人事件と何らかの関係があるかもしれない。桜井は数十分前、会議の中でそう発言した。その報告を、会議を仕切っていた幹部たちは聞き流した。

幹部たちの反応はしごくもっともなものだと真喜志は思っていた。今捜査している事件は連続殺人事件なのだ。しかも、被害者同士には接点も共通点もほとんど見られないうえ、素手、または現場周辺に落ちていたものを凶器として使用し、相手を力まかせに撲殺するという極めて乱暴な手口から、通り魔事件に違いないと考えられている。そんな事件と、大学病院内で起こった事件との間に関連性があるなどと疑う方がおかしい。そもそも純正医大の件は、今のところ事件なのかどうかも定かではないのだ。

連続殺人の四番目の被害者が純正医大の教授候補であったことは完全なる偶然で、純正医大のもう一人の教授候補が手術で命を落としたことは、連続殺人とは関係ない。それが捜査本部の見解であり、真喜志にもその判断が間違っているとは思えなかった。たしかに被害者の周囲の情報を集めていくのは捜査の基本だ。そこから犯人が浮かび上がってくることは多い。

連続殺人の被害者の一人、光零医大の客員教授であった馬淵の評判は決して良いものではなかった。たびたび患者とトラブルを起こしているし、光零医大の医師たちからも悪評が多く聞かれた。曰《いわ》く名誉欲の塊、曰く暴力教授。

普通は同情心から殺人の被害者については、捜査員が欲するような、悪い情報はなかなか出てこない。死者に鞭打《むちう》つ言動は誰でも躊躇《ちゅうちょ》するものだ。それを考慮すると、馬淵はよほど癖のある人物だったのだろう。恨みを持つ者も多かっただろうから、普通の事件ならそこから犯人につながる情報を探していくのは定石だった。

しかし……。真喜志はもの思いにふけっている桜井の横顔をちらりと見る。今回は『普通』の事件ではない。連続通り魔という異常な事件だ。馬淵の周囲を探ることが犯人逮捕につながるとはとても思えなかった。

捜査の指揮官たちから桜井に、純正医大の件を調べることをやめるように言って欲しかった。この数週間、真喜志は桜井とともに純正医大の事件にかかりっきりで、どうにも捜査の本流から外れてしまっているような気がする。いくつかの現場の周囲では、事件前後に挙動不審な大男の目撃情報があり、捜査本部ではその男が事件に関係しているとみて行方を追っている。真喜志もできることなら、その男の追跡をしたかった。しかし希望に反して、捜査の指揮官たちは報告を黙殺しつつも、桜井に捜査方針を変えるようには命じなかった。

くたびれたサラリーマンのような桜井の横顔を眺めたまま、真喜志は音にならないため息を漏らす。桜井がたびたび今回のような常識外れな着眼で捜査をすることがあることを、桜井とペアを組んだ当初、数人の捜査員から教えられた。聞くところによると、その捜査が事件解決につながることも多々あるそうなのだ。そういうこともあって、指揮官たちも桜井の行動を黙認、いや、見て見ぬふりをしているらしい。

「あの……桜井さん」

こんな変人じみた刑事と組まされた不運を恨みながら、真喜志はいまだに動こうとしない桜井に声をかける。授業中に居眠りを指摘された学生のように、桜井は目をしばたかせながら顔を上げた。

このおっさん、寝てたわけじゃないだろうな。真喜志は多少の皮肉を込めて桜井に質問をぶつける。

「純正の件で話を聞いた奴《やつ》らの中で、桜井さんが怪しいと思う奴はいたんですか」

「……川奈だな。あいつが怪しかった」

それまで眠そうに濁っていた桜井の目に、一瞬鋭い光が宿る。

「川奈って、帝都大の？」

「ああ、そうだよ」

「なんで川奈が怪しいって思うんですか？」

「真喜志君、刑事になって何年目？」

「え、刑事になってから？　なんで今そんな……。えっと、二年と少しです」

「そっか、それじゃあまだかな」

「まだって、何がですか？」

どことなく見くびられた気がして気分が悪かった。

「ちなみに僕は所轄《しょかつ》時代も合わせると、もう二十年以上刑事をやっているんだ」

「はあ……」

「それくらいやっているとね、養われてくるもんなんだよ。『勘』がね」

「『勘』……ですか」

「そう、嘘《うそ》をついている、なにかやましいことを隠している、そんな奴らが無意識に分かってくるんだよ」

「……川奈が嘘をついているって言うんですか？」

「そうだねぇ、川奈は少なくとも、僕たちが来たとき怯《おび》えていたねぇ」

「怯えていた？」

真喜志は二週間ほど前に話を聞いた川奈を思い出す。少なくとも真喜志の記憶のなかでは、川奈は自信に満ちあふれて、怯えた様子など少しもなかった。どちらかと言えば、死んだ冴木准教授の息子という外科医の方が、はるかに挙動不審だった気がする。

「冴木の若先生が怪しくみえたのは、単に動揺していたからだよ。まあ、手術については少し隠し事していたみたいだけどね」

頭の中で考えていたことを見事に読まれ、真喜志は言葉に詰まる。

「あの若先生と違って、川奈先生が隠していることはかなり大きな秘密だと思うよ。もしかしたら連続殺人事件が大きく動くような」

桜井の顔に不敵な笑みが広がっていく。いつの間にか桜井の話に聞き入っていた真喜志ははっと我に返った。その話術に引き込まれてしまったが、桜井の主張には根拠などなにもない。あくまで『勘』という、不確かなものをもとにした砂上の楼閣にすぎない。

「けれど……」

先輩刑事の言葉に反論してしまいそうになり、真喜志は慌《あわ》てて口をつぐもうとする。いかに目の前の桜井が気さくであっても、完全なる縦社会、体育会系の警察組織の中で、二十歳近くも年長の警視庁捜査一課刑事に、自分のような所轄の新米が反論することなど許されるものではない。しかし真喜志は舌の動きを止めることはできなかった。

「けれど、桜井さん……。川奈にはアリバイがありますよ」

馬淵が撲殺された日、川奈は高島平にある小さな病院で当直勤務をしていた。そのことは、その病院でともに夜勤をしていた看護師にも確認している。また、そのほかの殺人が行われた時間の多くにも、川奈にはアリバイがあった。

「そうだね」

あまりにもあっさりと肯定され、真喜志は混乱する。

「あの、桜井さんはなにか……アリバイトリックみたいなものを考えていたりします？」

おずおずと訊《たず》ねた真喜志を目を丸くして見ると、桜井は突然、体を折りたたんで笑い声を上げ始めた。あまりにも露骨な嘲笑《ちょうしょう》に、真喜志は憮然とした表情で立ちつくす。

「ごめんごめん。馬鹿《ばか》にするつもりじゃないんだよ。……アリバイトリックねえ」

ひとしきり笑いの発作が治まると、桜井は涙が浮かぶ目をこする。

「さすがにそれは、二時間テレビドラマの中だけの話じゃないのかな。現実にそんな面倒で不確かなことやる奴はいないよ。僕以外にそんなこと言ったら馬鹿にされるよ」

十分に馬鹿にしていたじゃないか。真喜志の唇がへの字に曲がった。

「それじゃあ、……馬淵を殺したのは川奈じゃないってことになりますよ」

桜井は不思議そうに真喜志を見てくる。

「もちろんそうだよ。川奈は馬淵を殺したりしていない。そもそも、天下の帝都大の准教授が、純正医大の教授選なんかで殺人をしたりなんかしないさ」

「じゃあやっぱり川奈は事件とは無関係じゃないですか」真喜志は拍子抜けする。

「川奈は馬淵を殺したりはしていない。けれど、あの男はなにかを隠しているよ。まあ、現場で目撃されている男の方はたくさんの捜査員が調べてるでしょ。一組くらいこんな変化球的なアプローチをしても悪くないんじゃないかな」

真喜志は「はあ……」と、ため息とも返事ともつかない声を漏らす。なんとなく上手《うま》く丸め込まれた気がする。

「まあ、のんびりじっくりやっていこうよ。本家のコロンボみたいにね」

似ていると思っていたら意識していたのか。まだ夏だというのに「冷房が効きすぎている所が多いから」と言って、常に持ち歩いているコートを桜井が羽織るのを見ながら、真喜志は呆《あき》れはてる。

「僕たちはあんまり期待されていないみたいだから、気楽にいこう」

桜井は「どっこいしょ」と立ち上がると、真喜志の背中をバンバンと叩《たた》いた。

3

手にしていた紙をわきに放ると、裕也は腰かけていたベッドに倒れ込む。目の奥が重かった。目を閉じ、瞼《まぶた》の上から眼球を揉《も》む。

九月八日の土曜日。今日から九月十七日の敬老の日までの十日間、裕也はやや遅い夏期休暇を取っていた。例年なら夏期休暇も五日程度しか取れないのだが、教授不在で医局が機能不全に陥っている今年は、夏期休暇五日に合わせ、前後の週末も休めることになり、医師になってから最長の休みを取ることができていた。しかし本来なら解放感に浸れるはずの連休初日にもかかわらず、気は晴れなかった。

　横になったまま、ベッドの上に散乱している大量の紙に視線を送る。百枚を超える阿波野病院で手に入れた資料。

　四日前、阿波野病院の当直室に大量のファイルを持ち込んだ裕也は、その中身を持参していたデジタルカメラで片っ端から撮影し、その後、再びナースステーションが無人になったすきに持ち出したファイルを元の棚に戻していた。そして当直翌日、純正での通常勤務を終えて帰宅すると、資料の映像すべてをプリントアウトしていった。

『死亡診断書』『職員名簿』『薬品請求伝票』『看護師勤務表』。

　それらの資料を空いている時間を使い、丹念に読み続けている。

　役人を名乗り阿波野病院に乗り込んだ増本は、数時間これらの資料をあさっていた。そしてその後、増本はおそらく川奈を脅迫し、反撃にあって命を落とした。

　この資料の中になにか、川奈にとって致命的なスキャンダルが隠されているはずだ。しかし、この三日間ですでに十時間以上資料とにらめっこを続けているが、いまだに手がかりのかけらさえもつかめていなかった。

　解像度の良いデジカメで撮影したので資料は十分に読めるが、それでも細かい文字を追うのは目に負担がかかる。眼精疲労で頭痛さえ感じ始めていた。

本当にこの中に川奈を脅迫できるようなネタがあるのだろうか？　自信が少しずつ揺らぎ始めていた。もしかしたら増本は、阿波野病院以外で探し当てた情報で川奈を脅していたのかもしれない。

「こんなこと、本当に意味あるのかよ」

天井に向かって放たれた言葉が、重力に引かれ落ちてくる。

増本が純正医大第一外科教授選の候補者たちを脅迫していたことは間違いないだろう。そしてその増本の死に川奈が関わっている、いや、もっとはっきり言えば、川奈が増本の命を奪った可能性が高い。そのことが分かっただけでも大きな成果だった。しかし、それ以外のことは依然として闇《やみ》の中だ。

誰が真也に抗血栓薬を投与したのか？　馬淵は本当に連続殺人犯に殴り殺されたのか？　海老沢の死は偶然だったのか？　真也と川奈はいったいどんなネタで増本に脅されていたのか？

「そして、川奈は親父の事件に関係しているのか……だな」

それが一番知りたいことだった。川奈が増本以外の事件に関係しているのか確かめるためにも、まずは川奈がどんな弱みを握られていたのかを知りたい。

真也が脅されていたネタに、二十年前まで趣味にしていたというハンティングが関係していた可能性が高いことは、この前の母から聞いた話で分かっている。しかし、完全に門外漢のハンティング、しかも二十年も昔の話を調べるよりは、自分の専門とする医療の領域である川奈の件について調べた方が早いと裕也は踏んでいた。川奈はおそらくは増本を殺害している。純正会医科大学第一外科の周辺で起きているこのわけの分からない事件の中心に川奈がいることは間違いない。

裕也はジーンズのポケットから小さな手帳を取り出す。生前、増本が使っていた安っぽい手帳。それを開き目的のページを眺める。

『川奈淳　帝都准教授　アカネ　妻　ｍｉｓｓキシ』

この記載はどんな意味をもっているのだろう？

『アカネ』と『妻』は、『阿波野病院に勤めていた茜という女性と結婚した』という意味である可能性が高い。しかし、それのどこが川奈を脅迫する材料になるか分からなかった。それに『ｍｉｓｓキシ』という記載。やはりこれは『岸』という女性を意味しているのだろうか？

裕也は資料の山に視線を向ける。阿波野病院で死亡した患者の中に、一人だけ『岸本』という名前の患者がいたことを見つけたが、残念ながらその人物は『ｍｉｓｓ』の敬称がつけられるような独身女性ではなく、八十代の男性だった。その他には、阿波野病院の職員にも患者にも、『キシ』がつく名前の人物は見つかっていない。

調査は完全に行き詰まっていた。裕也は大きく息を吐く。

資料に一通り目を通したころから、資料をしらみ潰《つぶ》しに調べるよりも効率よく情報を集める方法を思いついてはいた。ただその手段を取った時のリスクを考え、これまで実行に移せずにいた。

手帳をベッドの上に放り投げると、裕也は決意を固める。このまま漫然と資料を眺め続けていても、進展があるとはとても思えない。多少のリスクをとってでも少しでも真相に近づくべきだ。

裕也は立ち上がると、机に近づき、その上に並べられている紙から一枚を抜きだした。職員名簿の画像をプリントアウトしたもの。紙の二ヶ所に赤線が引かれている。昨夜、裕也が引いておいたものだった。

裕也は赤線の引かれている部分を指でなぞる。『梅山茜』そして『前橋晶子《まえばしあきこ》』の連絡先が書かれている部分を。

梅山茜。現在は川奈茜。川奈淳の妻であり、阿波野病院の元看護師。増本の手帳にも、川奈のページに彼女の名が書かれていた。

阿波野病院の看護師によると、この茜という女と川奈が結婚するということは簡単には信じられないような出来事だったという。裕也はこの川奈茜という女こそ、川奈のスキャンダルに深く関係していると考えていた。しかし、裕也には川奈茜に接触する前に話を聞きたい人物がいた。それが前橋晶子、彼女は増本が死んだ日に、川奈とともに阿波野病院で夜勤をしていた看護師だった。

まずは前橋晶子と連絡を取り、増本が死んだ日、なにがあったのかを知るべきだ。

裕也は手にとった紙を四つ折りにすると、ジーンズのポケットに押しこんだ。

残暑の厳しい九月の真昼、公衆電話ボックスの中は蒸し風呂《ぶろ》のようだった。裕也はガラス製の扉を開き換気をする。

川奈茜と前橋晶子と連絡を取ることを決めた裕也は部屋を出て、マンションから徒歩で数分の距離にあるこの電話ボックスまで来ていた。携帯電話の普及により、急速に絶滅に向かっている公衆電話だが、オフィス街である人形町には所々に存在している。

一分ほどの換気を終えると、裕也はボックスの中に入り緑色の受話器を取り上げる。さっきよりはいくらかましになったとはいえ、ボックスの中は蒸し暑い。すぐさま背中から汗が噴き出し、着ているTシャツをじっとりと濡《ぬ》らしていった。できることなら扉を開いておきたいが、通行人に会話を聞かれるリスクを考えるとそれも出来なかった。

番号非通知にすれば、スマートフォンで連絡を取っても問題ないのかもしれないが、念には念を入れ、公衆電話を使うことにした。海老沢、増本、馬淵、そして父。今回の一連の事件では四人もの人間が命を落としているのだ。どんなに警戒しても警戒しすぎということはない。裕也は百円硬貨を数枚電話に入れると、ポケットからとりだした紙を見つつ、前橋晶子の自宅番号をプッシュしていく。

『はい、前橋です』

数回の呼び出し音が響いた後、回線がつながり、女性の声が快活に言った。

「失礼ですが、前橋晶子さんはご在宅でしょうか？」

『あ、私ですけどどなたでしょうか？』

「私、増本と申します」

『増本……さん？』電話の声がかすかに低くなる。

「はい。増本達夫の兄です」

前橋晶子からどうやって情報を聞き出すか考えた時、最初に浮かんだ方法が、この増本の親戚《しんせき》を名乗る方法だった。

『増本達夫さん？　あの、すいません。ちょっと心当たりがないんですけど……。どなたかとお間違えじゃないですか？』

電話から聞こえてくる声に含まれる警戒の濃度が上昇していく。

「いえ、そんなことはありません。弟は数ヶ月前にそちらの病院で、前橋さんが勤務されている時に亡《な》くなったとうかがっております」

『あの……ちょっと覚えがないんですけど』

「三十代の男で、そちらの病院に深夜に運ばれて、その日のうちに死にました。大きな泣きぼくろがある男です」

『……ああ、あの。……けれど、あの人のお兄様がどうしてうちの電話番号を……？』

前橋晶子はようやく増本がだれだか気づいたらしい。

「阿波野病院でうかがいました」

『病院がここの連絡先を教えたんですか？』

声が甲高くなる。それはそうだろう。外部からの問い合わせに職員の個人情報を漏らすなんてことはまずあり得ない。

「申し訳ありません。私がどうしても前橋さんにお礼を申し上げたいと無理を言ったものですから」

『お礼？』

「はい。母から阿波野病院の皆様には本当によくしていただいたと聞いています。弟が亡くなったのは残念ですが、皆様には心から感謝しております」

『あ、いえ、どういたしまして』

「本来ならば、直接お礼を申し上げに参るべきなのでしょうが、あいにく遠方に住んでおりますもので。こうして、電話だけでもお礼をと思ってご連絡さしあげました」

『はあ、それはどうもご丁寧に……』

戸惑いがちに言う前橋の口調からは、じわじわと警戒の濃度が薄くなってきた。

「あの、どちらの救急隊が弟を搬送したかなどは、ご存じではないでしょうか？　できれば救急隊の方々にもお礼を申し上げたいもので」

『あ、弟さんは救急車で運ばれたんじゃないんですよ』

「救急車じゃないんですか？」

わざとらしく意外そうにつぶやきながら、裕也は自分の予想が正しかったことを確認する。療養病棟しかない阿波野病院が救急を受け入れているわけがない。

『ええ、直接運び込まれて……』

「直接というと？」

『えっとですね。当直の先生がタバコを吸いに外に出た時に、外に倒れている弟さんを見つけて、院内に運び込んだんです』

「その時、弟はもう死んでいたのでしょうか？」

『はい、残念ですけど、もう心肺停止……亡くなっていました』

「蘇生《そせい》などは行ったんですか？」

『……いえ、先生がもう手遅れだっておっしゃったので』

「そうですか。それでは当然、警察への通報はしたんでしょうね？」

『警察ですか？　いえ、病死ですので特には……』

「なぜ病死だと？」

裕也はそれまでの慇懃《いんぎん》な口調から一転して、刃物の鋭さを含んだ言葉を飛ばす。

『え？』

「そちらの病院に入院していたわけでもない若い男が、外で倒れて死んでいたんですよ？　なぜ病死だと断定できたんですか？　解剖したわけじゃないでしょう？」

『それは……』

「そのような場合は通報するのが義務のはずです。なんで通報しなかったんですか？」

口調を強め、裕也は糾弾していく。前橋は答えなかった。

「申し訳ありません。興奮してしまい」裕也は再び穏やかな口調で言う。これ以上追い込んでは通話を切られてしまうかもしれない。「前橋さんが決めたわけではないですよね。医師がそれでいいと言ったんですよね」

『……ええ、そうです。先生がそれでいいとおっしゃったもので』

「その先生というのはどなたですか？」

『いや、それは……』

「帝都大の川奈准教授。そうですね？」

口ごもった前橋に、裕也は穏やかな口調で確認をする。

『なんでそれを?』

「どうもありがとうございました」

裕也は受話器を置く。これ以上の会話は必要無かった。使われなかった百円玉が取り出し口にガチャガチャと音をたてながら落下した。

裕也は電話ボックスの扉を開き、再び換気をする。数分の会話だったが、必要な情報を確認することができた。やはり増本は川奈によって阿波野病院に運び込まれ、病死として強引に処理されていた。

川奈はおびき出した増本を殺害し、その遺体を病院に運び込んで病死として処理した。そのことは、もはや疑いようがなかった。

裕也はポケットからハンカチを取り出して、額ににじむ汗を拭《ふ》く。背中から噴き出した汗で濡れたTシャツが素肌に貼《は》り付き、不快だった。できることなら、すぐにでも家に帰って冷たいシャワーでも浴びたい。しかし、まだやることがあった。

裕也は手にしている紙に視線を落とす。赤いラインが引かれた『梅山茜』の文字。前橋晶子の話はあくまで自分の予想を裏付けただけだ。新しい情報を得るためには、この川奈の妻にコンタクトを取らなければならない。しかしそれは、増本が消えて油断しているであろう川奈を警戒させることになりかねない。

裕也は再び受話器を取り、取り出し口にたまっていた百円玉を投入口に入れると、プッシュボタンの上に指を移動させせる。裕也の指はボタンに触れたまま、動きを止めた。川奈茜に連絡を取れば後には引けなくなる。胸の中で強い葛藤《かっとう》が生じていた。

額から伝っていった汗の滴《しずく》が、あご先からこぼれ落ちる。裕也は歯を食いしばると、硬直していた指を動かし、ボタンを押していった。

すでに後になど引けないところまで来ているのだ。今はただ突き進むしかない。

名簿に記されていた梅山茜の携帯電話番号をプッシュし終えると、裕也は受話器に耳をつけたままつばを飲む。数回の呼び出し音のあと、回線はつながった。

『はい……』電話から聞こえてきたのは、張りのない女の声だった。

「川奈茜さんですか？」裕也は低くおさえた声で言う。

『はい、そうですけど。あの、どなたでしょうか？』

「私、増本達夫の友人の者です」

まず衝撃を与え主導権を握ろうと、裕也は最初から増本の名前を出した。

『増本？』

茜の声に困惑が混じる。当てが外れ、唇が歪む。増本は茜には接触していなかったのだろうか？　川奈は妻には黙って金を払っていたのだろうか？

「増本ですよ。あなた達から二百万円をもらった男です」

茜が増本の名前を知らないだけだという可能性に賭《か》け、裕也は言葉を続ける。その瞬間、電話越しに『ひっ』という悲鳴が聞こえてきた。裕也はほくそ笑む。やはり茜は増本と接触していた。増本は川奈夫婦を恐喝していたのだ。

「思い出していただけたようですね」

『なんの用なの？ もうお金なら十分に払ったでしょ！ もう二度と連絡してこないって約束だったでしょ！』

「それは増本とあなた方の約束でしょ。俺はそんな約束知りません」

裕也は話を合わせ、増本の相棒を装《よそお》い続ける。

『あなた、あの男とどんな関係なの？ お金なら全部あの男に払ったの！ お金が欲しいならあの男に連絡してよ！』

茜の怒声に裕也はかるく首を捻《ひね》った。

「知らないんですか？」

『知らないって、なにを？』

「増本は、あなた方を恐喝していた男は死にましたよ」

『しん……だ？』

茜はまるで未知の単語を聞いたかのように、たどたどしくつぶやく。

「ええ、そうです。あなた方から金をもらってすぐ、あの男は死んだんですよ」

受話器に向かって話しながら、裕也は眉根《まゆね》を寄せる。今の反応からすると、本当に茜は増本の死を知らなかったようだ。増本の殺害は川奈が単独で行ったのだろうか？

状況を脳内で整理しながら、裕也はどうやって茜から情報を引き出していくかを考える。一瞬、増本が死んだのが、茜が以前働いていた阿波野病院であることを告げ、さらに追い込もうかと思う。しかし、裕也は喉まで出かかったその言葉を飲み下した。

川奈が増本を殺している可能性が高いということは、とっておきの切り札だ。まだその札を切るようなタイミングではない。

「増本が死んだからといって安心したりしないでください。事件のことは増本から、こと細かく教えてもらっているんですよ。しかしあなた、ひどいことをしましたねえ」

裕也は忍び笑いを漏らす。増本の手帳から察するに、川奈のスキャンダルには茜が関わっているはずだ。上手くいけば、このままかまをかけられるかもしれない。

『な、なんのことを言っているのよ！』

茜の震える声が動揺を伝えてくる。あと一押しすればきっとなにかぼろを出す。

裕也は茜を追い込むべき言葉を探す。脳裏に一つの単語が浮かび上がった。増本の手帳に書かれていた正体不明の単語。

「……キシ」

ささやくように裕也はその言葉を口にする。その瞬間、笛でも吹いたような音が受話器から聞こえてきた。声にならない悲鳴。

『知らない。あの人のことは、あれは私のせいじゃないの！　だって……だって私は言われたとおりにしただけだもん！　あんなことになるなんて、思ってなかったの！』

かかった！　裕也は受話器を持っていない左手で拳《こぶし》を握りこむ。茜はたしかに「あの人」と言った。やはり『キシ』という人物が川奈の弱みに大きく関わっているのだ。

「それじゃあ、誰のせいだって言うんですか？」裕也はさらに追い込みをかけていく。

『それは……』

「川奈先生、ですよね。本当は川奈先生が悪いんですよね」

受話器からはなにも声が聞こえなくなる。沈黙が如実《にょじつ》に肯定を語っていた。

勢いこんだ裕也が質問を重ねようとした瞬間、唐突に回線は遮断された。受話器からはツーツーという乾いた電子音だけが聞こえてくる。

裕也は受話器をフックに戻した。少し追い込み過ぎたようだ。しかし、十分に成果を得ることができた。阿波野病院で川奈淳と茜は、なにか世間には知られてはならないようなことをした。指示したのは川奈、そして実行したのは茜。そしておそらく『キシ』という女性がそれに関わっている。

そこまで分かれば、あれほど阿波野病院の看護師が不思議がっていた、川奈と茜が結婚した理由も想像がついた。茜の口からスキャンダルが漏れることを恐れた川奈が、茜を妻にすることで、その口を封じたのだろう。結婚すれば一蓮托生《いちれんたくしょう》、夫にとって不利益になることを簡単には口にできなくなる。いや逆に、川奈の弱みを握った茜が結婚を強要したということも考えられる。

裕也は電話ボックスから出る。密閉されたボックスの中に比べれば、太陽の下も過ごしやすく感じた。

ハンカチで首筋を拭きながら、裕也は頭のアクセルを踏み続ける。いくら口止めのためとはいえ、愛してもいない女性と結婚する。そこに込められた執念に寒気すら感じた。

いったい、川奈と茜はなにをしたというのだろう？

しかし、必死に隠していたその秘密も、数ヶ月前に増本に知られた。そして夫婦は増本に恐喝される。最初は金を払ったが、借金で首が回らなくなっていた増本はさらに金を要求でもしたのだろう。このままでは一生つきまとわれると思った川奈は、自分が当直した夜に増本を阿波野病院まで呼び出して殺害し、虚偽の死亡診断書を書くことで病死に捏造《ねつぞう》した。電話をしたことで、事件の大まかな流れが浮かび上がってきた。裕也は満足げに笑みを浮かべる。

マンションにもどろうと歩きはじめた時、裕也のジーンズのポケットから軽妙なジャズが流れ出した。トランペットの音を響かせるスマートフォンを取りだし、液晶画面を見る。そこには『非通知』の文字が点滅していた。

裕也は首をひねる。非通知の着信など普段はほとんどない。誰が掛けてきているのか見当がつかなかった。不吉な予感を感じながらも、応答する。

『……冴木裕也ダナ？』

男とも女ともつかない、妙に甲高い耳ざわりな声がスマートフォンから聞こえてくる。あまりにも異質な声に、裕也は反射的に耳からスマートフォンを遠ざける。似た声を聞いたことがあった。現実ではなく、テレビ画面の中から。

ボイスチェンジャー。裕也は相手が機械で声を変えていることに気づく。

『冴木裕也ダナ？』声は同じ質問を繰り返す。

「……誰だ？」

『ヤメロ』

「え？」

『オ前ガヤッテイルコトヲヤメロ。サモナイト……後悔スルコトニナル』

体温が感じられない声に脅され、炎天下だというのに全身に悪寒《おかん》が走る。

「やっていることって……なんのことだよ？」

電話の相手が何について言っているのかは明らかだった。この調査だ。しかしできるだけ会話を引き延ばして、相手の正体の手がかりを掴《つか》みたかった。相手は沈黙する。裕也は次の言葉を、神経を張りつめながら待った。

『家族モ悲シムコトニナルゾ』

ぼそりと、まるで独り言のように電話の相手は言った。思考が一瞬凍りつき、そしてすぐに脳髄が沸騰《ふっとう》する。

「ふざけるな！　家族は関係ないだ……」

我を忘れて怒声を張り上げる途中で、唐突に電話は切られた。沈黙するスマートフォンを裕也は睨《にら》みつける。行き場のない怒りが体内を走り回る。アスファルトにスマートフォンをたたきつけてしまいたいという衝動を、裕也はなんとか抑え込んだ。

今のは誰なんだ？　自分が教授選候補者たちの周りで起きた事件を調べていることを知る者など、ほとんどいないはずだ。それにどうやって電話番号まで？

川奈なのか？　阿波野病院で増本のことを探っていたことが川奈の耳に入り、警告してきたのか？　その可能性も否定はできない。しかしどうにもしっくりこなかった。なにか自分の知らないところで大きな力が働いている気がする。得体の知れない恐怖が全身を冒していく。

いったい俺はなにを調べているんだ？　次々と命を落としていった第一外科教授選の関係者たち、いったいその裏になにが隠されているというんだ？

裕也はスマートフォンをポケットにおさめると、マンションに向かってふらふらと歩き出す。なぜか硬いアスファルトがマシュマロのように柔らかく感じられた。

4

やっぱり実家は落ち着く。母の登喜子が淹《い》れてくれた紅茶をすすりながら、岡崎浩一はリビングの高い天井を見渡す。小学生の頃から二十年以上住んだ広いこの家。浩一にとって『自分の家』とはここに他ならなかった。

浩一が勤める『岡崎法律事務所』は休日でも依頼人に対応できるように、交代で平日休みを取るようにしている。今日は浩一の休みに当たっていた。

二ヶ月前、この家を出て婚約者である真奈美と新居に移り住んだ当初は、どうしてもこの家の感覚が抜けきらず、2LDKのマンションの部屋がひどく狭く感じられた。しかし、二週間ほど前から真奈美が末期癌《がん》の母の体調が悪いという理由で家を空け、毎晩誰もいない部屋へと帰るようになってから、なぜかマンションの部屋がとてつもなく広く感じられるようになっていた。だからこそ今日、母の登喜子から「お昼ご飯を食べに来ない？」と誘われたとき、素直に嬉《うれ》しかった。

浩一はごきごきと首を鳴らす。体の深いところに疲労が溜《た》まっている。たぶん、一人だけの部屋で過ごすことに慣れていないからだろう。一人で漠然とテレビを見ながら夕食をとっている時など、ふと強い不安感に襲われることがある。

　いくら母親の病状が悪いとはいえ、身重の体で何日も病院につきっきりなのはあまり良くないのではないか。浩一はできることなら、真奈美に一日おきくらいにはマンションに戻ってきて欲しいのだが、理由が理由だけにそのことを言い出せずにいた。第一、それ以前に真奈美となかなか連絡が取れない。病院にいるのだからしょうがないのだろうが、スマートフォンの電源が入っていないことが多かった。

「紅茶はどうだった？」

「あ、美味《おい》しかったよ」

　もの思いにふけっていた浩一は、両手でトレーを持った母親の声で我に返る。登喜子は微笑《ほほえ》みながら、浩一の前にカレーライスの盛られた皿が載ったトレーを置いた。芳《ほう》醇《じゅん》で刺激的なスパイスの香りが食欲をそそる。

「いただきます」

　スプーンを手にとり、浩一はカレーを口に運ぶ。口にスパイスの刺激と、ほのかな甘みが広がる。具の肉を奥歯が柔らかく嚙《か》み潰すと、中から濃厚な肉汁がこぼれだした。幼少時代から数え切れないくらい食べた母のカレーの味に、思わず顔がほころぶ。

「どう？　美味しい？」浩一の顔を登喜子がのぞき込んできた。

「うん。久しぶりに食べたよ、こんな美味《うま》いカレー」

「浩ちゃんが帰ってくるから、今日はすごく良いお肉使ってるのよ。真奈美さんはなかなか食べさせてくれないでしょ、こういうものは」

「まあ……ね」

浩一はあいまいにうなずく。長く一人暮らしをしていた真奈美は料理はうまいのだが、洋食よりは和食を作ることが多かった。それに、学生時代に実家からの仕送りをあまり受けないで生活をしていたせいか、かなりの倹約家だ。値の張る食材を使うことはあまりない。その結果、さっぱりとした健康に良さそうな食事が食卓にのぼることが多く、浩一の舌にはやや脂気《あぶらけ》が足りなかった。

「でも、真奈美は家計のこととかいろいろ考えているから……」

「お金を稼いでいるのは浩ちゃんなのよ。頑張っているあなたの食費を削ってどうするの。おいしい料理で仕事の労をねぎらってあげるのが良い妻ってものでしょう」

吐き捨てる登喜子に、浩一は首をすくめるように「うん……」とうなずいた。

「ああ、ごめんね、お食事中なのに真奈美さんのことなんて話して。ゆっくり食べてね」

『真奈美さんのことなんて』という言葉に胸の奥がもやもやとするが、浩一は反論するかわりに口にカレーを詰め込んでいった。

数分でカレーを平らげた浩一はふくれた腹に手を置きながら、再び母が淹れてくれた紅茶を飲む。食器をかたづけていた登喜子が台所からもどってくると、ダイニングテーブルを挟んで浩一の正面に座った。

「ねえ浩ちゃん、ちょっとお話があるんだけど、いい？」

熱い紅茶に息を吹きかけていた浩一は、普段より重量のある母の口調に不吉なものを感じ、顔を上げた。

「話？」

「お母さんね、本当はこんなことあなたに言いたくないのよ。あなたが傷つくから。けれどあなたのために言わなくちゃいけないの。お母さんを嫌いにならないでね」

「な、なに。そんな脅さないでよ」浩一は身構える。

登喜子は息子を真《ま》っ直《す》ぐに見つめると、身を乗り出してテーブル越しに右手を伸ばし、浩一の頬に触れる。

「浩ちゃん。真奈美さんと結婚するのはやめなさい」

「なっ？」

絶句する浩一を尻目《しりめ》に、登喜子は言葉を続ける。

「あの子はあなたにふさわしいような子じゃないの」

「なに言ってるんだよ。母さんだって認めてくれたじゃないか。真奈美のことを」

「浩ちゃんが納得しているならしょうがないと思っていたの。けれど、やっぱりだめよ。

あんな子と結婚しちゃあ。まだ若い浩ちゃんには分からないかもしれないけど、あの子はきっと、うちの財産目当てで近づいてきた腹黒い女なの」

「真奈美はそんな女じゃない！」

浩一は怒りを声にのせて登喜子にぶつけた。登喜子の表情がちり紙のようにくしゃりとゆがんだ。

「そんな大きな声を出さないで。胸が痛くなっちゃう」

「あ……ご、ごめん」反射的に浩一は謝罪してしまう。

「しかたないのよ。浩ちゃんはまだ世間の怖さを知らないから、外面《そとづら》だけ良い女に騙《だま》されやすいの。大丈夫、私がちゃんと守ってあげるから。ああいう性悪女から」

登喜子は息子の頭を愛《いと》おしそうに撫《な》でる。

「さっきからなに言ってるんだよ。真奈美は性悪なんかじゃないって。母さんはまだ真奈美のことよく分かってないから……」

つばを飛ばしながら声を荒らげる浩一の唇を、登喜子は人差し指でそっと触れた。それだけで浩一はもはや反論の言葉を口にできなくなる。

「ねえ、浩ちゃん。真奈美さんのお腹《なか》の子……本当に浩ちゃんの子なの？」

想像だにしなかった一言に、心臓が大きくはねる。

「な、なに言って……」

「あなたみたいな頭の良い子が、避妊に失敗するなんてことがある？　ちゃんとセックスの時、コンドームはつけていたんでしょう？」

母親からのあまりにもあけすけな質問に、浩一はなんと答えてよいか分からず口ごもる。たしかに避妊はしていたつもりだった。しかし、付き合いが長くなり、真奈美となら一生を共にしても良いと思いだした頃から、少々おろそかにする時があった。そして、そのタイミングで真奈美は妊娠したのだ。

「そんな簡単に妊娠なんてしないものなのよ。私とお父さんの時は、結婚してから五年近く妊娠しなかったんだから。五年たってようやくあなたを授かったの」

「けれど……一回で子供ができる時だって……」

「もちろんあり得ないことじゃないけど、可能性はそんなに高くないでしょ。浩ちゃん、あなたは自覚ないかもしれないけどね、世間の女の子はあなたみたいな優秀で、将来性もあって、ハンサムな青年と結婚したくてしょうがないのよ」

浩一は無言のまま、軽く唇を噛む。登喜子の言っていることは半分だけ当たっていた。たしかに法科大学院を出て司法試験に合格してから、学生時代よりは女性が近づいてくるようになった。しかし、浩一はそれで自分のルックスが良いなどと勘違いしたことはない。あの女性たちはあくまで自分の将来性、これから稼ぐであろう収入に魅力を感じていたに違いない。

真奈美はあんな女たちとは違う。浩一はかすかに胸に芽生えた疑惑を必死に打ち消そうとする。

交際を申し込んだのは浩一の方からだった。事務所で脇目《わきめ》もふらず必死に働く真奈美の姿に、いつしか惹《ひ》かれていったのだ。

最初のころは「今は仕事と勉強で忙しいからつきあえない」と真奈美が言うのを、繰り返しアプローチをかけてようやく恋人となることができたのだ。それに、できるなら早く結婚したいと思っていたのは自分の方だ。それだけ自分は真奈美に惹かれていた。妊娠したことがはっきりしたとき、真奈美は自分以上に動揺していた。真奈美が結婚するために妊娠したなんてことがあるわけがない。

「浩ちゃんの言いたいことは分かってる。けれどね、女は浩ちゃんが思っているよりずっと抜け目なくて、卑怯《ひきょう》な生き物なのよ」

登喜子が強い口調で言う。それだけで、浩一の自信は強風にさらされた小枝のように、激しく揺さぶられた。

「真奈美は違う。真奈美は本当に……僕を愛してくれているんだ！」

自分に言い聞かすように、浩一は声を張り上げる。

「それならなんであの子は、浩ちゃんを放っておいてどこかを遊び歩いているの？」

「遊び歩いているわけじゃない！　しょうがないじゃないか、お母さんが調子を崩しているんだから、一緒にいてあげないと」

「一晩中？」

「え？」

「面会時間にずっとついているのは分かるけど、夜はどうなの？　あの子は夜も戻ってこないんでしょ？　どこで遊び歩いているんだか」

「なに言ってるんだよ！　遊び歩いてなんかいないって言ってるだろ！　真奈美はちゃんとお母さんの病院に……」

「浩ちゃん！」

それほど大きな声ではなかった。しかし、母の一喝の前に浩一の舌はこわばり、言葉を継げなくなる。

「浩ちゃんはあまりお見舞いとか行ったことがないから、知らないかもしれないけど。病院に何日も泊まるなんてできるわけないの。本当に家族が亡くなるっていう時でもない限り、病室に泊まるなんてだめなの。しかも、十日以上なんてできるわけない。あの女はあなたに嘘をついているの」

「でも、でも……」

浩一はあえぐように呼吸をしながら、なんとか反論しようとする。しかし思考が絡《から》まった頭で、まともな反論など見つかるわけもなかった。

荒い息を吐く浩一に、登喜子はあわれむような視線を向ける。

「混乱するのもしょうがないわよね。けれどね、お母さんの言うことが正しいの。つらいでしょうけど。ねえ……これを見て」

登喜子はスカートのポケットから数枚の写真をとりだし、テーブルの上に置く。浩一は視線をゆるゆると下げた。視界に写真が入ってくる。浩一の口から空気が抜けるような音がもれた。その写真の意味することを脳細胞が拒絶する。

写真に写っていたのは真奈美だった。隠し撮りされたのか、ピントが微妙にずれているが、それは間違いなく婚約者の姿だった。そして、どこか後ろめたそうな表情でうつむく真奈美のそばには、寄り添うように若い男が立っていた。年齢は三十前後だろうか。彫りの深い、どちらかといえば整った顔をした男。隣にいる真奈美と比較すると、それほど長身というわけではなさそうだが、肩幅が広く、一見しただけでなにかスポーツをしているのが分かる。しかし、浩一がもっとも気になったのは、写真からでも感じ取ることができる、真奈美と男の間にただようただならぬ雰囲気だった。

浩一は震える手を伸ばして、次の一枚を見る。銃弾を撃ちこまれたかのような衝撃が胸に走った。激しい吐き気を感じ、浩一は思わず口を押さえる。

そこには、連れだってマンションの部屋の中に入っていく真奈美と男の姿が写し出されていた。男の手はどこかためらいがちにだが、真奈美の背中に添えられている。

もはやこれ以上は我慢ができなかった。浩一は両手で乱暴に写真を払いのけると、頭をかかえてテーブルに突っ伏す。

「ごめんなさいね。あの女がどうしても信じられなくて、興信所に頼んだの。そうしたら……案の定だった。人形町にあるマンションの男の部屋に入り浸っていたの」

頭上から登喜子の声が聞こえてくる。

きっと違う。きっとこれは自分と交際する前の写真だ。必死にそう思い込もうとする。しかしすでに気づいてしまっていた。写真の中で真奈美が着ていたのが、一ヶ月ほど前、自分と一緒に買いにいったマタニティーウェアーとしても使えるワンピースだということに。この写真は、一ヶ月以内に撮られたのだ。この写真の中の真奈美は、すでに自分の子を腹に宿しているのだ。

自分の子？　浩一は頭に浮かんでしまった恐ろしい想像に身を震わせる。本当に真奈美の腹にいるのは僕の子なのだろうか？　小さな疑念のかけらは、一瞬で細胞分裂を繰り返し、胸郭を満たしていく。

「あの女が妊娠しているのは、あなたの子供じゃないのよ。きっとこの男の子よ」

登喜子が浩一の肩に手を置き、耳元で囁《ささや》いた。認めたくない現実をぶつけられ、浩一は激しいめまいに襲われる。

「あなたとの結婚っていう玉の輿《こし》に乗るために、違う男の子供を妊娠して、あなたの子供だって言い張ったのよ。なんて卑怯な女なの」

打ちのめされた浩一には、もはや反論をする気力は残っていなかった。

「どうすれば……」

「なにも心配しなくていいのよ。全部お母さんがなんとかしてあげるから、浩ちゃんは安心して全部私に任せておけばいいの」

登喜子は包み込むように、息子を優しく抱きしめた。

5

窓の外を眺めながら、裕也はストローでフリードリンクのウーロン茶をすする。さすがに疲れてきた。首筋を揉《も》みながら腕時計に視線を落とすと、針は午後四時半を指していた。昼前にこのファミリーレストランに入ったので、すでに五時間近く居座っていることになる。店員に追い出されないように、一時間ごとに軽いデザートなどを注文していたため、少々胃がもたれていた。

ずっと座っていたので、体がだるい。できることなら外に出てストレッチでもしたいのだが、そういうわけにもいかなかった。しかたがないので裕也は座ったままで伸びをする。背骨がコキコキと鳴るのが心地よかった。

「あれ、冴木先生じゃありませんか？」

突然声を掛けられ、裕也は背骨を反らしたまま身を固くする。おそるおそる横に視線を向けると、すぐそばに見覚えのある二人連れの男が立っていた。鳥の巣のような頭をした男が営業スマイルを浮かべ顔をのぞき込んでくる。その腕にはまだ残暑が厳しいというのに、茶色いコートが掛けられていた。裕也の眉間《みけん》にしわが寄る。

「お忘れですか？　桜井ですよ、病院でお話をうかがった」

「覚えていますよ、刑事さん」

あんたみたいな個性的な男、そう簡単に忘れられるか。

「まさかこんな所で先生にお会いできるとは。今日はお休みですか？」

「ええ、今週は夏休みなんですよ」

裕也は桜井から視線を外し、再びウーロン茶をすすり始める。よりによって、こんな所でこの刑事に会うとは。

「そうですか。それにしても、せっかくの夏休みなのになんでこんな所でお茶をしているんですか？　旅行でも行ってきたらいいのに」

露骨に迷惑げな態度を表しているにもかかわらず、桜井が去る気配はなかった。もっと疲れるだけじゃないですか。休みはどこにも行かず、ゆっくり体を休めるんです」

「ただでさえ毎日の仕事で疲れているのに、わざわざ旅行なんて面倒ですよ。

「なるほど、お医者さんも大変なんですねえ。それで、良かったら質問に答えて下さいよ。なんでこんな所にいるんですか」

上手《うま》く話を逸《そ》らしたつもりだったが、すぐに本道に戻された。裕也は桜井に聞こえないように小さく舌打ちをする。

「気分転換にドライブしていて、腹が減ったからふらっと寄っただけですよ。べつに理由なんてありません」

「なるほど、ドライブ中ふらっと寄ったファミリーレストランに偶然私たちがいた。これは奇遇でしたね」

「ええ、そうですね」

「ちなみに、先生の席からよく見える、道路を挟んだ奥のマンション。実はあそこに川奈先生のご自宅があったりするんですよ。実は私たち、そこにちょっとお話をうかがいに行った帰りでしてね。これも奇遇だと思いませんか？」

桜井は笑みを顔に貼り付かせたまま裕也の目をのぞき込んでくる。裕也は表情がゆがみそうになるのを必死に耐える。目の前のマンションに川奈が住んでいることは知っていた。そのために、何時間もここで粘っているのだから。監視していた対象が女だったため、この二人がマンションから出てきたところを見逃していたらしい。

裕也は自分の迂闊《うかつ》さを呪《のろ》う。もし桜井たちに気づいていたら、見つからないようにこのファミレスを後にしていただろうに。

なんと答えるべきなのか一瞬躊躇《ちゅうちょ》した後、裕也はしらを切りとおすことにする。

「そうなんですか。川奈先生が。それは知りませんでした。おかしな偶然ですね」

桜井の笑みを作る唇の角度が深くなった。

「あれ、冴木先生、川奈先生をご存じなんですか？　教授選には興味がないっておっしゃってたので、てっきりご存じないかと」

頬の筋肉が引きつった。あっさりとかまをかけられた自分に腹が立つ。

「いえ、この前刑事さんの話を聞いて少し興味が湧《わ》きましてね。少しだけ調べてみたんですよ」

「つまり、ここにいるのはあくまで偶然で、ドライブの休憩に寄っただけだと？」

「ええ、さっきからそう言っているじゃないですか」

苦しい弁明だと分かっていても、もはや押し通すしかなかった。桜井は意味ありげに裕也を見下ろすと、おもむろにテーブルの上に置かれていた伝票を摑み取る。

「かなりデザートを頼んでいますね。えっと……五つも。ドライブの休憩にしてはちょっと量が多くないですか？　まるで何時間もここにいたみたいだ」

「……甘党なんですよ」

「それはそれは、糖尿病に気をつけて下さいね。医者の不養生にならないように」

桜井が返してくる伝票を、裕也は唇をゆがめながら受け取る。

「それでは私たちはそろそろ行きますけど、僭越《せんえつ》ながら最後に先生にちょっとした格言を教えて差し上げたいと思います」

「……餅《もち》は餅屋ですか？」

「いえ『好奇心は猫をも殺す』ですよ。それでは失礼します。良い夏休みを」

にやりと笑うと、桜井は真喜志を引き連れてレジへと向かっていく。貧相に曲がったその背中を眺めながら、裕也の胸は敗北感で満たされていった。役者の違いを見せつけられた気分だった。

裕也はコップの中の氷を口の中に放りこむと、ばりばりと噛み砕いた。

……そろそろ帰るかな。両肘《りょうひじ》をテーブルについた裕也は、口にくわえたストローの先からため息を吹き出す。一時間ほど前に桜井と遭遇してから、どうにもテンションが落ちてしまった。

桜井の言ったように、素人《しろうと》の自分が捜査の真似事《まねごと》をするのは無謀なのだろうか？　やはり警察に任せていた方が良いのだろうか？

裕也は軽く頭を振って迷いを振り落とす。警察が調べているのはあくまで連続通り魔事件の犯人だ。親父を殺した犯人を捜しているわけではない。それに俺は親父に抗血栓薬が盛られていたという警察も摑んでいない情報を持っている。

　両手で自分の頬を張って気合いを入れる裕也の視界に、マンションから出てくる女の姿が映った。裕也は勢いよく立ち上がる。地味な色のワンピースを着て、背中を丸めて歩く女、それは間違いなく写真で何度も見た川奈の妻、茜だった。茜は駐車場らしきマンションの地下部分へと歩いていく。

　二日前、川奈茜と電話で話した時に裕也は確信した。攻めるべきは茜だと。電話で少しつついただけであれだけ狼狽《ろうばい》し、貴重な情報をさらけ出してくれたのだ。直接接触すれば、きっと川奈の秘密についてもっと重要な情報が得られるにちがいない。伝票を摑むと、裕也は慌《あわ》てて席を立った。

　裕也は急いで会計を済ましファミリーレストランを出ると、ガードレールを飛び越え横断歩道のない車道を駆け抜ける。離れた位置から向かって来ていたセダンがクラクションを鳴らしてきた。

　茜を追ってマンションの地下へと駆け込んだ裕也は、ポケットから人相を隠すための大きなサングラスをとりだし、顔にかけると、周囲を見回して茜の姿を探す。蛍光灯の光が駐車場を照らしていたが、夏の日差しに慣れ、その上でサングラスまでかけている目には駐車場はかなり暗く感じた。

いた！　駐車場の奥に、白いプリウスに乗り込もうとしている茜の姿が見えた。裕也は辺りに誰もいないことを確認すると、茜に向けて小走りで近づいて行く。

天井の低い空間に響いた足音に気づいたのか、茜が振り返る。自分に向かって駆けてきたサングラス姿の男を見て、その顔に恐怖が浮かんだ。

「川奈茜さんですね？」茜に近づいた裕也は慇懃に頭を下げる。

「だ、誰？」

「先日お電話を差し上げました増本の友人です」

茜の顔に浮かんだ恐怖がさらに濃度を増した。

「なんなの？ もう私たちに用はないでしょ。お金は払ったんだから！」

「あなたが金を払ったのは増本にでしょう。私は何もいただいていません」

裕也は意識的に悪意に満ちた笑みを浮かべる。

「そんなのおかしいでしょ！ お金さえ払えば、なんのトラブルも起こらないってあの男は言っていたのに。うちにもそんなに余裕はないの。大学病院の給料なんてそんなに高くないんだから」

「増本が何を言っていたかなんて私は存じ上げません。この前電話でお知らせしたように、あの男は三ヶ月ほど前に死んでしまいましたから……阿波野病院でね」

茜は細い目を見開いた。

「あれ、ご存じありませんでしたか？ 増本が死んだ場所は阿波野病院なんですよ。ちなみに、その時に阿波野病院に当直していたのは川奈先生、つまりご主人です」

裕也はサングラスの奥から、動揺で言葉を失っている茜の顔をのぞき込む。色の濃いグラス越しでも、その顔色が青ざめているのが見てとれた。切り札を切ることで上手く動揺を誘うことができた。ここまで混乱させれば、貴重な情報を聞き出すことが出来るに違いない。

さらに追い込みをかけようと裕也が口を開いた時、重厚なエンジン音が駐車場に響いた。振り返って背後を見ると、ジャガーが駐車場に滑り込んでくるところだった。ジャガーは真っ直ぐに裕也と茜に近づいてくると、通り過ぎることなく停車した。サングラスの奥で眉根《まゆね》を寄せる裕也の目の前で、ジャガーのフロントドアが開いた。裕也の顔が引きつる。車から降りてきたのは、川奈だった。

よりによってこのタイミングで。裕也の口腔《こうくう》内で舌打ちが弾《はじ》ける。

「どうした？　なんだこの男は？」川奈は妻と裕也を不審げに眺めた。

「川奈先生！」

茜は素早く川奈に近づき、その背後に身を隠す。自分の夫を『川奈先生』と呼んでいるところに、この二人の夫婦関係のいびつさが垣間見《かいまみ》えた。

「この人、あの男の知り合いだって言って、急に。あの脅してきた男の……」

「あの男の知り合い？」

しどろもどろの茜の説明で状況を理解したらしく、裕也を見る川奈の視線が刃物のような鋭さをもつ。

一瞬の躊躇の後、裕也は地面を蹴《け》って走り出した。少なくとも今、川奈に正体を知られるわけにはいかない。自分の秘密を守るために、おそらく川奈は殺人を犯している。そんな男に正体を知られることはあまりにも危険だ。

「待て！」

わきを走り抜けようとした裕也に向かって、川奈の手が伸びる。その手が裕也の顔を叩《たた》いた。顔から外れたサングラスがコンクリートの床にバウンドするのを、裕也は呆然《ぼうぜん》と眺める。顔を上げた裕也の視線が、川奈の視線と絡んだ。

「君は……純正の……」

川奈がつぶやいた瞬間、裕也は再び走った。駐車場を抜け出し、車道を渡り、ファミリーレストランの駐車場に停めてあったZ3の車内へ滑り込む。

炎天下に停められていた車の中は、サウナのように暑かったが、背中を流れ落ちる汗は氷のように冷たく感じた。

「ばれた……」

口から漏れた震えるつぶやきが、熱された空気に溶けていった。

6

スマートフォンの電源を入れる。数時間ぶりに命を吹き込まれた小さな電子機器は、今の自分の状態をたしかめようと、せわしなく無線での情報のやり取りを始める。

真奈美は唇を固く結んで液晶画面を見る。浩一との新居を飛び出してから約二週間、真奈美は日に二、三回、この憂鬱《ゆううつ》で全身が震えるほど緊張をともなう儀式を行っていた。

視線を壁の時計に向ける。午後六時を少し過ぎていた。まだこんな時間か。目的もなく、慣れない部屋でつわりに耐え続ける毎日は、やけに時間が経《た》つのが遅く感じる。

スマートフォンがサーバーに溜まっていた電子メールを吸い込んでいく。画面を凝視していた真奈美の表情が曇った。普段は二、三通程度しか受信しないメールが、今日は十通以上届いている。

不吉な予感を感じつつ、真奈美は受信フォルダを開く。表情の硬度がさらに増した。十三通のメールのうち十二通が婚約者からのものだった。部屋を出てから毎日、浩一はメールを送って来てくれていた。しかし、その数は決して多くはなく、真奈美の体調を心配するものや、優子の病状をたずねるもの、そして自分の仕事のことなどをまとめて一通のメールで送ってくることが多かった。十二通ものメール。明らかに異常だ。

真奈美は震える手で一番上に表示されている、ほんの数分前に送信されたメールを開く。件名にはただ『Re:』とだけ記されていた。

『すぐに連絡してくれ』

たった九文字のメールが真奈美の心臓を冷やしていく。

普段の浩一は、メールではやや饒舌《じようぜつ》な方だった。いつもスクロールしなくては読めないような長いメールを送ってくる。その浩一からのわずか九文字だけのメール。そこには千の言葉に匹敵する重みが感じられた。

あわてて発信履歴から浩一の電話番号を選んで画面に表示させる。しかし、脳との間の神経配線が切断されたかのように、指がピクリとも動かなくなった。

真奈美は下唇を噛む。鋭い犬歯が血色の悪い唇を刺し、鋭い痛みを走らせる。その痛みで一瞬配線が繋《つな》がった。親指がアイコンをタップする。真奈美は唇を噛んだまま、電話を耳に当てた。

最初のコールが鳴り終える前に回線は繋がった。しかし、声は聞こえてこない。

真奈美は顔からスマートフォンを離し、液晶画面を見る。画面では通話時間がカウントされていた。たしかに回線は繋がっているはずだ。

「あの……浩一さん。聞こえてる?」

真奈美はスマートフォンを耳元にもどすと、おずおずと言う。

「ああ……」

聞こえるか聞こえないかの小さな声が返ってくる。普段の浩一とは明らかに違う、暗く重量感のある口調。真奈美の胸の中で不安がはち切れそうなほどに成長していく。

「あの、あんまり連絡できなくてごめん。本当はもっと電話とかしたほうがいいのは分かっているんだけど、携帯の電源入れていい場所なかなかないし、こっちの方もいろいろバタバタしていて……」

真奈美は必死に言い訳を重ねていく。

「こっち？」ぼそりとつぶやくような、温度のない言葉が電話から聞こえる。

「え？」

「こっちって、どっちだよ？　今、どこにいるんだよ？」

「どこって……」

真奈美は言葉につまる。今は、母につきっきりになるために家を出ていることになっている。兄の部屋に居候《いそうろう》しているなどと言えるわけがない。そもそも浩一には、この前まで絶縁状態だった兄の存在を伝えてさえいない。嘘をつくことに罪悪感を持ちながらも、真奈美は口を開いた。

「今は……病院の近くのビジネスホテルに……」

「嘘だ！」

鼓膜に痛みを感じるほどの怒声が電話から響く。真奈美は反射的に電話を耳から遠ざけた。それにもかかわらず、浩一の怒声はまだはっきりと聞こえて来る。

「知ってるんだよ、病院に行ってないことは！　人形町のマンションにいるんだろ！」

「なんで……」思考が凍りつく。舌がこわばってうまく動かなかった。

「なんだよ……認めるのかよ……」

浩一の声は一転して小さく、そして苦々しげなものへと変わった。

真奈美は処理速度のひどく遅くなった脳細胞で、必死に状況を整理しようとする。ここに身を寄せていることはほとんど誰にも教えていない。知っているのは兄と母ぐらいだ。浩一と面識がない裕也から伝わるはずはない。もしかしたら、母がなにかの拍子に浩一に言ってしまったのだろうか？　ありえない話ではない。しかしそれだけでは、温厚な浩一がここまで激怒している理由が分からなかった。

交際を始めてから、いや、はじめて出会ってからこのかた、浩一が声を荒らげているところなど見たことがなかった。混乱して次に言うべき言葉を見つけられない。

「男のところに……いるんだろ？」喉の奥から絞り出すような声で浩一が言う。

男？　一瞬眉をひそめた真奈美は、すぐにその言葉の意味を理解する。同時に、浩一がなぜこれほどまでに動揺しているかも。

「違う！　私は兄さんのところに……」

「兄さん？　なに言ってるんだよ！　兄弟がいるなんて聞いたことない！」

「それは……ちょっと事情があっただけで。本当に私は兄さんのところに……」

「そんなこと信じられるか！　なんで嘘をついて、いままで一度も聞いたことのない兄弟の所なんかに泊まっているんだ！　なんでわざわざ僕たちの家を出て！」

真奈美の必死の弁明を遮るように、浩一が怒声を上げ続ける。

「それは……」

兄とはこれまで絶縁状態だった。しかし兄以外に頼れる者がいなくて、しかたなく身を寄せるうちに和解していった。そんなことを、自分の家庭環境をほとんど話していない浩一にうまく説明できるとは思えなかった。

口ごもっているうちに、電話の奥で大きく息を吸う音が聞こえた。浩一がなにか重要なことを言おうとしている気配を感じ、真奈美は聴覚に神経を集中させる。

「本当に……僕の子なのか」

「え？」

「お腹の中の子は、本当に僕の子供なのかよ」

浩一の怒りと恐怖で満たされた声が、真奈美の鼓膜を揺らす。

その言葉の意味を理解した瞬間、混乱で沸騰した脳の、そして心の温度が一気に冷えた。魂が消え去ったかのような虚無感が血管を巡り全身を支配する。真奈美の顔から表情が消えていった。頭が冷えたせいか、思考がクリアになっていく。

自分が病院ではなく裕也の部屋に身を寄せていることを、なぜ浩一が知っているのか。冷静に考えれば答えは一つしかなかった。真奈美は感情のこもらない声でつぶやく。

「お義母《かあ》さんね……」

「……え？」浩一の口調から、これまでの勢いが消えた。

「お義母さんから聞いたんでしょ？　私が他の男のところにいるって」

真奈美は確信していた。自分が不貞をはたらいていると、登喜子が浩一に吹き込んだことを。あの女は婚約破棄と堕胎を迫られた私が、部屋を飛び出すことを予想していたのだ。そして、探偵でも使って私を尾行させたに違いない。なにか弱みを見つけられるかもしれないと思って。三十年以上、民事専門の弁護士をやっていた登喜子なら、こういう時に使える知り合いも多いのだろう。

細く長く息を吐くと、真奈美はこれまで目をそらし続けてきた現実と向き合う。登喜子は、愛する人の母親は、決して浩一と自分の結婚を許すことはないのだ。

「私を……信じてくれないのね？」真奈美は淡々と言う。

「信じるって……最初に嘘をついたのは真奈美じゃ……」

浩一の声からは完全に怒りの色は消え、強い狼狽で飽和していた。

「私を信じてはくれないのね？」

真奈美は同じ質問を繰り返す。さっきよりもはっきりとした口調で。

「だって、母さんが……、それに写真も」

「……私より、お義母さんを信用するのね」しどろもどろになった浩一に真奈美は静かに言う。「さようなら。これまでありがとう」

真奈美は浩一がなにか言っているのを無視すると、電話を耳元からはなし、スマートフォンの電源ごと通話を切断する。

洟《はな》をかんだティッシュペーパーでも投げ捨てるようにスマートフォンを放り捨てた真奈美は、瞼《まぶた》を落とすと大きく息を吐いた。胸の奥に溜まっていた澱《おり》が洗い流されていく。

体を曲げながら、胸腔の空気をすべて吐き出した真奈美は、目をあけ天井を仰ぐ。

真奈美は戸惑っていた。婚約者にあらぬ疑いをかけられ、しかもその誤解を解くことができなかった。本来ならこの上なく落ち込むはずの状況だ。しかし、空っぽになった胸に満ちてくるのは、不思議なことに解放感だった。

新居を出てから約二週間、いや、はじめて浩一の実家へあいさつに行ってからの数ヶ月間、体にまとわりつき、自分を縛っていたくびきが消えたような気がした。

いつの間にか、つわりの嘔気《おうき》も消え去っている。

真奈美は両手を下腹部に当て、手のひらに伝わるほのかな温かみを味わう。

「あなたのお父さんはね。もうお父さんにはなってくれないみたい。だから……ごめんね。しかたないの」

真奈美は視線を落としながらささやくと、ゆっくりと立ち上がった。

「さて、それじゃあ行こうかな」

これからの人生のためにやらなくてはならないことがある。いつまでもこの部屋でうじうじとしているわけにはいかない。真奈美は視線を真っ直ぐ前に向ける。

今、すべきことをしよう。

7

短く切りそろえた爪《つめ》ががりがりと頭を掻《か》きむしる。Z3の狭い車内、エアコンの冷気を顔面に直接浴びながら、裕也は頭皮に爪を立て続けた。

どうすればいい？　これからとるべき行動を考えようとするのだが、茹《ゆ》で上がった脳細胞では思考をまとめきれない。

ファミリーレストランの駐車場を出た裕也は、行き先も決めずにZ3を走らせた。三十分ほどして混乱が落ち着いたところで、車を路肩に駐車して頭を抱えはじめた。

血走った目。裕也の素顔を見た瞬間の、川奈の殺気のこもったあの目を思い出す。

あの時、川奈はたしかに「純正の……」と口走った。講演会で川奈に接触した時、自分は自己紹介をしている。純正の医局員であること、そして教授選候補者、冴木真也の息子であることを川奈に伝えてしまっている。

あの男は間違いなく俺の正体に気づいた。裕也の胸を焦燥が焼く。

川奈はおそらく増本を殺している。自分を脅していた増本の命を奪っている。自分の保身のためなら殺人さえいとわない男に正体を知られてしまった。そしてあの男は、俺に秘密を知られていると思っている。

このあと川奈がどのような行動にでるのか、想像がつかなかった。

裕也は胸に手を当て、気持ちを落ち着かせようとする。

大丈夫だ。たとえ川奈が殺人者だとしても、そう簡単に手を出せるはずがない。相手は地位も名誉もある男だ。すぐに無茶はしないだろう。

胸に当てた手のひらの下の心臓が、ゆっくりと鼓動をしずめていく。

そうだ、そんなに焦《あせ》ることはない。川奈は俺がどこに住んでいるかさえ知らないのだ。すぐに襲ってきたりは……。心臓が大きく跳ねる。裕也の頭の中で二週間前の講演会、はじめて川奈と顔を合わせた時の光景がよみがえった。自分が川奈に向かって慇懃《いんぎん》に名刺を差し出す光景が。あの名刺には、自宅の住所も載っている。

なんてことをしてしまったんだ。人殺しかもしれない男に、自分の住所をみずから教えるなんて。頭を抱えていた裕也はがばっと顔を上げる。

真奈美！　おそらく今、部屋には真奈美が一人でいる。つわりで苦しんでいる真奈美は、必要な時以外はほとんど外出することはない。もし川奈が名刺に記されていた住所に向かえば、真奈美と鉢合わせになる。

数日前にかかってきた電話のボイスチェンジャーを通した声がよみがえった。

『家族モ悲シムコトニナルゾ』

裕也はギアを入れ、アクセルを踏み込みつつハンドルを切る。重低音のエンジン音を響かせながら、Ｚ３は街灯に照らされた車道に飛び出していった。

駐車場に飛び込んだＺ３は、タイヤから悲鳴のような音を響かせながら減速する。駐車場の一番奥のスペースに頭から突っ込んで停車すると、裕也は車外へと飛び出た。

エントランスに向かって走ろうとした裕也の視界のはしに人影が映った。マンションの陰、駐車場の隅から三人の若い男が裕也を見ていた。そのあまりにも非友好的な視線に足が止まる。

オフィス街には似合わない男たちだった。一人は髪をくすんだ金色に染めていた。その隣にいるやや小太りの男の頭はきれいに剃《そ》り上げられており、その右手には金属バットが握られている。二人のうしろには残暑が厳しいというのに、革ジャンを羽織った細身の男が、こちらをうかがっていた。三人が近づいてくる。

「なあなあなあ、あんた冴木さんだろ」

髪を金色に染めた男が、腰穿《こしば》きしたジーンズのポケットに右手をつっこみながら、裕也の正面に立った。三人に囲まれる、額にしわが寄る。なんで俺の名前を？

「なあ、質問してるだろ。ちゃんと答えろよなぁ。あんた冴木さんなんだろ？」

鼻にかかった聞き取りにくい声で金髪は言う。

「人違いだよ」

裕也はわきをすり抜けようとする。その肩を金髪が無造作につかんできた。

「なにふかしこいてんだよ、おら。これ、どう見てもてめえじゃねえか」

金髪はポケットから右手を出す。その手に握られたしわの寄った紙、そこには毎日鏡の中で見る顔が粗くプリントしてあった。

俺の写真？　目を凝らした瞬間、側頭部に衝撃が走った。裕也の視界はまばゆい光に満たされた後、一気に暗転する。

「おいおい、頭はやめとけよ。金属バットはやばいだろ」

はるか高い位置から、どこか楽しげな声が降ってくる。裕也は自分が殴り倒され、一瞬気を失ったことに気がついた。

黒く染まっていた視界が、次第に光を取り戻していく。三人の男に見下ろされていた。男たちのまなざしは、昆虫をなぶり殺す幼児のような残虐性《ざんぎゃくせい》を含んでいた。

裕也は立ち上がろうとする。しかし、頭頂部から爪先まで、動かすことができる部分が見つからなかった。

「おお、こっち見てるぜ。良かった良かった。あんたに死なれちゃ困るんだよ」

金髪が陽気な声を上げるのを尻目《しりめ》に、裕也は視線だけ動かし、マンションのエントランスを見る。時間は午後九時過ぎ。この時間に帰宅するサラリーマンは多い。すぐに誰かがここで起きていることを目撃して、警察に通報してくれるはずだ。

「なあ、裏いこうぜ。こんなところ見られて、サツにでも通報されたら厄介だろ」

スキンヘッドが片手に持った金属バットをぶらぶらと振りながらあたりを見渡す。

「ああ、そうすっか」

金髪があごをしゃくると、スキンヘッドと革ジャンの男が、裕也の腕をつかんで引きずり始めた。裕也は木偶《でく》人形のように、四肢を脱力させたままマンションの裏手へと引きずられていく。アスファルトでこすれ、臀《でん》部《ぶ》が痛んだ。

マンションの裏まで来ると、金髪の男はマンションの側面にある扉を開いた。悪臭が漂ってくる。扉のそばには『ゴミ収集所』と記されたプレートがかけられていた。

表情が引きつる。ここに連れ込まれては助けは期待できなくなる。なんとか抵抗しようとするが、いまだに四肢に力が入らなかった。裕也はそのまま室内へと連れ込まれていく。男たちは上半身を壁にもたせかけて裕也を座らせた。

「これでゆっくりお喋《しゃべ》りできるな。冴木裕也さん」

金髪の男が、額がつきそうなぐらい顔を近づけてくる。

「……お前ら、誰なんだ？」裕也は感覚が戻ってきた舌をなんとか動かす。

「誰だっていいだろ。おい、こんな奴《やつ》、さっさとボコにしちまおうぜ」

いらだたしげにスキンヘッドが金髪の男に向かって言った。

「そんな依頼じゃなかっただろ。しっかりしろよ、おい」金髪はかぶりを振る。

「……依頼？」裕也はつぶやく。男たちの会話の意味が分からなかった。

「ああ、そうだよ。お前さ、これ以上嗅《か》ぎまわるのをやめろよ」

ようやく状況を理解する。この男たちは俺の調査をやめさせるために、暴力で俺をあきらめさせるために雇われたのだ。雇われた？　誰に？　決まっている……。

「川奈か？」

「あ、なんか言ったか？」

「お前らを雇ったのは川奈かって聞いているんだ」

裕也は食いしばった歯の隙間《すきま》から言葉を絞り出した。

「依頼主は教えられませんなぁ。守秘義務ってもんがありますんで。それで、もちろんお前は全部忘れて、これ以上調べまわるのやめるって誓うよな」

金髪の男はへらへら笑いながら言った。

「おい、黙りこんでちゃわかんねえよ」スキンヘッドの男が怒声を上げる。

「……ふざけんな」裕也は口の中にたまった血液を床に吐き捨てた。

「ああ？」

「ふざけんじゃねえ。忘れろだ？　……忘れられるわけないだろうが」

「おい、お前いいかげんに……」

金髪が舌打ちまじりに声をあげた瞬間、金髪を押しのけて前にでたスキンヘッドが裕也の腹を無造作に蹴りあげた。内臓をえぐられ、裕也は腹を押さえうずくまる。

「口で言ってもわからねえよ、こういう奴は。だったらさ……」スキンヘッドの顔が醜悪な笑みを形作っていく。「体に教えてやるしかないだろ」

金髪と革ジャンの男は一瞬顔を見合わせると、スキンヘッドと同じようなサディスティックな笑みを浮かべた。三人は同時に、裕也の体に蹴りの雨を降らし始める。

裕也は体を丸くして、ただ暴力の嵐《あらし》が過ぎ去るのを待つしかなかった。

「やめやめ、さすがにやりすぎだ」

数分間の暴行のあと、息を弾ませながら、金髪が制止の声をあげる。ようやく、裕也の体に浴びせかけられていた蹴りの雨が止《や》んだ。

「ねえ、暴力はふるうなって言われてたんでしょ。良かったの、これ？」

自らも暴行に加わっていたというのに、革ジャンはまるで他人事《ひとごと》のように言う。

「しかたねえだろ、こいつが物わかり悪いからだよ。びくびくしてんじゃねえよ」

スキンヘッドがつま先で裕也の体を押し、仰向《あおむ》けにした。全身の痛みに耐えながら、裕也は天井の蛍光灯の光を眺める。蹴りの大部分は背中や足、頭をかばっていた腕に集中していたため、脳震盪《のうしんとう》からはだいぶ回復してきている。しかし、全身の痛みで体を動かす気にはなれなかった。

「まあこれで分かったろ。もうバカなことしようとするんじゃねえぞ。さもねえと、住所も分かってるんだ、二度とゆっくり眠れなくなるぜ」

金髪は決めゼリフでも言ったかのように、得意げな顔で裕也を見下ろす。

なんでこんな目にあっているんだ？　裕也は自問する。

親父がなぜ死んだか、知りたかった。ただそれだけだった。そうすれば、親父のことを忘れて前に進めると思った。

前に進むため、本当にそうか？　ただ、俺は親父の代わりに憎しみをぶつける対象を探していただけじゃないのか？

もうやめにしよう。次にこの男たちに襲われたら命の保証さえない。すべて忘れて普段の暮らしに戻ろう。そうだ、そうしよう。

金髪は腰を曲げ、仰向けに倒れている裕也の髪をつかんだ。

「最後にもう一度だけ言うぞ。二度と今調べていることに首を突っ込むな。そうすりゃあ……妹だって痛い目にあうことはねえよ」

裕也は目を見開いた。頭にかかっていた霞《かすみ》が一瞬にして消え去る。

「真奈美になにをした！」

金髪は不思議そうに二、三度まばたきをすると、いやらしい笑みを浮かべる。

「なにしたと思う？　お前も男ならわかるだろ」

その言葉の意味が脳に浸透した瞬間、視界が紅《あか》く染まった。獣にも似た唸《うな》り声が無意識にのどの奥からせり上がる。激情に支配された脳の代わりに、高校大学と十年近く柔道にうちこんできた体が勝手に動いた。裕也は自分の髪を摑む金髪の男の右手を両手で摑むと腹に力を込め、逆上がりでもするかのように両足を金髪に向かって持ち上げていく。裕也の右足が金髪の胸元にかかり、続いて左踵《かかと》が鎌《かま》のように金髪の首を刈る。完璧《かんぺき》な下からの腕ひしぎ十字固めの体勢だった。

金髪が「え？」と声を上げると同時に、裕也は体を思いきり仰《の》け反らせた。テコの原理で、裕也の股間《こかん》に固定された肘《ひじ》に、決して曲がらない方向に強い力が加わる。天井の低い空間に、卵を潰《つぶ》したような音が響く。肘の関節が外れ、腱《けん》が引き千切れる感触が手に伝わる。一瞬の間をおいて、絶叫が響き渡った。

技を解いて立ち上がった裕也と入れ替わるように倒れ込んだ金髪は、肘をかかえながら床の上をのたうちまわる。立ち上がった裕也を見て、スキンヘッドがあわてて壁に立てかけていた金属バットを手に取った。

「てめえ、よくもやりやがったな！」バットを上段に構えながらスキンヘッドが叫ぶが、その声には明らかに恐怖が溶けこんでいた。

動揺しているスキンヘッドを前にして、逆に裕也は落ち着いてくる。粋《いき》がってはいるがよくよく見るとこの男たち、どこにでもいる不良崩れのガキにすぎない。獲物がおとなしい時は威勢がよくても、ひとたび反撃にさらされればこのざまだ。

「来るならさっさと来いよ」

裕也は鼻をならす。露骨な挑発にスキンヘッドの表情筋が引きつった。

「殺してやる。絶対に殺してやる」

バットを持つスキンヘッドの手が、ぶるぶると震え出す。

……来る。裕也はひざをかるく曲げ、身構えた。

「うおあああー！」

雄叫《おたけ》びを上げながらスキンヘッドが飛びかかってきた。その瞬間、裕也も同時に前に出る。一瞬にして間合いが潰れる。もはやバットを叩き込むスペースは残されていなかった。スキンヘッドは顔を引きつらせると、むりやりバットを振り下ろそうとした。

裕也は懐《ふところ》に飛び込むと、左の前腕でスキンヘッドの両手を受ける。振り下ろされていたバットが止まった。次の瞬間、裕也は右腕で下から包み込むようにスキンヘッドの両腕を抱えつつ、踏み込んだ右足を軸に百八十度体を回転させた。一本背負いと袖《そで》釣り込み腰の中間のような形で、重心を崩されたスキンヘッドの体が裕也の腰に乗る。

「いやあっ!」

気合いの息吹《いぶき》を吐くと同時に、裕也は膝のバネを利用し、腰にのった体を思いきり跳ね上げた。スキンヘッドは空中で一回転をすると、背中から固い床に叩きつけられる。強制的に肺から押し出された空気が、悲鳴と混ざって辺りに響く。スキンヘッドの手から離れた金属バットが、キンキンと耳ざわりな音をたてながら床を跳ねた。

両腕を制し受け身を取れない状態でコンクリートの床に叩きつけたのだ、肋骨《ろっこつ》の一本や二本は折れているだろう。

「あああー!」

背後から奇声が上がる。ふり向くと、革ジャンの男がぎこちなく拳《こぶし》を振りあげながら走り込んできていた。裕也はふらふらと殴りかかってきた腕をさばくと、男の背後につく。男はパニックを起こし四肢をばたつかせるが、長年屈強な男たちと摑み合ってきた裕也には、そんな抵抗など気にもならなかった。

裕也は男の肩越しに右手を伸ばし、男の着ている革ジャンの襟をつかむと、左手を男の左脇の下から差し入れる。左手の甲が男の後頭部に触れた瞬間、裕也は勢いよく左手を返し、同時に襟をつかんだ右手に力をこめた。

襟が一瞬で男の首筋に巻きつき、締め上げる。片羽絞《かたはじ》め。父がOBとして柔道部に稽《けい》古《こ》に来ていた時によく使っていた技だった。思わず父の得意技を使ってしまったことに軽く不快感をおぼえながら、裕也は力いっぱい絞め続けた。

脳への血流を遮断された男の四肢は、数秒でだらりと垂れ下がる。完全に失神した男を放すと、裕也は肘を押さえながらうずくまっている金髪に視線を向けた。二、三分のうちに三人を無力化したが、かけらほどの満足感もなかった。ただ胸の奥底で黒い感情がくすぶっていた。

裕也はゆっくりと金髪に近づく。金髪は「ひっ」と悲鳴を上げ逃げようとするが、右腕が完全に脱臼《だっきゅう》しているため、うまく立ち上がることもできない。

なんとか膝立《ひざだ》ちになった金髪のかたわらに来ると、裕也はその足を素早く払った。いとも簡単に、金髪はその場でもんどりうつ。

「やめろ！　やめてくれよ！」

仰向けに倒れた金髪は、嗚咽《おえつ》まじりに叫びながら、恐怖をたたえた瞳《ひとみ》で裕也を見上げた。裕也は片足を軽く浮かすと、金髪の右腕をつま先で軽く蹴った。悲鳴を上げた金髪は、肘をかかえて丸まる。

「真奈美になにをした？」裕也は右足を浮かし、低く抑えた声でたずねる。

「知らない！　誰だよそれ？　真奈美なんて女、知らねえよ」

裕也は浮かした右足を後ろに引いた。金髪の顔の皮膚が恐怖で醜くゆがむ。

「俺の妹だ。お前らは俺の妹になにをしたんだ！」

「なにもしてねえよ！　あんたの妹なんて会ったことも見たこともねえ！」

「さっきお前から言ったんだろうが、真奈美になにかしたって」

「そう言うように言われたんだよ！」

金髪が叫ぶ。裕也は蹴りを放ちかけていた足をゆっくりと下ろした。

「言われた？　誰にだ？」

「……知らねえ」

裕也は再び足を浮かす。

「本当に知らねえんだ！　俺は電話で指示されただけなんだよ！」

「電話で？」

「そうだよ、電話であんたのことを襲うように言われたんだ」

「……さっき見せた俺の写真は？」裕也は足をおろす。

「あんた医者なんだろ？　病院のホームページにあんたの顔写真が載っているって教えてもらったんだ」

たしかに純正医大第一外科のホームページには、全医局員の顔写真が載っている。

「なんでお前らは、知りもしない奴に命令されて俺を襲ったりするんだよ？」

「命令じゃない、……依頼されたんだ」

「分かるように言えよ」

裕也がにらみつけると、金髪はびくりと震える。痛みへの恐怖のためか、もはや足蹴《あしげ》にするふりをしなくても、金髪は質問に答えるようになっていた。

「俺たち……裏の何でも屋やっているんだよ」

「は？　なんだそれ？」あまりにも陳腐な響きに、裕也は眉をひそめる。

「ホームページつくって、金次第で何でもやりますって募集かけてるんだよ」

「……それは、犯罪行為でもってことか？」

「そうはっきり書いているわけじゃねえけど、まあ、そういうことだよ」

「お前ら、本気でそんなことしてるのか？」

裕也はまじまじと金髪の顔を見る。開いた口が塞《ふさ》がらなかった。インターネットという誰の目に触れるか分からないもので、犯罪行為の依頼を受けようとするとは。

「しかたねえだろ、金がねえんだから。けっこう割のいい仕事の依頼もあるんだよ。ATMから金を引き出したり、自分の名義で登録した電話を渡すだけで数万円とかよ」

痛みのためか額に脂汗《あぶらあせ》を浮かべながらも、金髪の男は得意げに笑う。

「それじゃあお前らは、本当に誰が俺を襲うように依頼したか知らないんだな？」

「さっきから言ってるじゃねえか。知らねえよ。急に電話があってあんたを脅すように言われたんだよ。『今調べていることから手を引け。さもないと妹が痛い目にあうぞ』って脅しをかけろってさ。それでさ、前金で十万円も振り込んでくれたんだ。やるしかないだろ。あんたをあきらめさせれば、追加でもう十万円くれるって約束だったんだ」

あまりにも幼稚な男たちの行動に、裕也は頭痛を感じ片手で頭を押さえる。

「その依頼した奴はどんな声だった？　中年の男の声だったか？」

裕也はほぼ確信していた。その依頼主が川奈であることを。

「わかんねえ……」金髪は首をすくめる。

「あ？」

「本当にわかんねえんだよ。男か女かもわかんねえ。そいつ声変えてたんだよ。なんかロボットが喋っているみたいな変な声で……」

ボイスチェンジャー。数日前に自分にかかってきた電話を思い出し、確信が揺らぐ。

数日前、川奈は俺が事件のことを調べているとは知らなかったはず。ならばこの男たちを操っていたのは川奈以外の誰かなのか？　それとも川奈はずっと前から俺の行動に気づいていたのだろうか？　裕也の頭の中で疑問がうずを巻いた。

「なあ、わかっただろ。俺たちはなにも知らないんだよ。だから……もういいだろ」

肘を押さえたまま、金髪は媚《こ》びるような視線を向けてくる。裕也は小さく息を吐いた。

おそらくこの男は、自分で言うように利用されただけなのだろう。

「本当に真奈美……妹にはなにもしていないんだろうな」

金髪はせわしなく首を前後に振る。

「……よし」

裕也はしゃがむと、金髪に向かって手を伸ばした。金髪の顔が恐怖にゆがむ。裕也は這《は》って逃げようとする金髪のジーンズのポケットに手を伸ばし、財布を抜き取った。

「え、あ、おい。やめてくれよ。あんた医者なんだから金持ちなんだろ。俺みたいな貧乏人から金とらなくて……」

足元にすがりつく金髪を『黙れ!』と一喝すると、財布から一枚のカードを抜き取る。

「坂口勝也《さかぐちかつや》君か。良い名前じゃないか。住所は……足立区か」

免許証を抜き取った財布を、裕也は金髪に向かって放り捨てる。金髪は左手で財布を拾いながら、今にも泣き出しそうな表情をさらした。

「これでお前の名前も住所も全部分かった。二度と俺の前に顔を見せるなよ。さもないと……二度とゆっくり眠れなくなるぞ」

数分前に金髪に言われた言葉をそのまま返す。金髪は力なくうなだれた。

裕也は「おい」と言って振り返る。革ジャンの男が体を震わせた。男が意識を取りもどしていることは分かっていた。絞め落としても数十秒もすれば失神から回復する。

「仲間連れてすぐに消えろ。妹の無事を確認してから十分後に戻ってくる。その時にまだここにいたら、また絞め落とすぞ」

芝居がかったセリフで男たちを脅しつけると、裕也は出口へと向かった。


「真奈美！」

玄関の扉を開け、大声で叫ぶ。室内は明かりが灯《とも》っておらず薄暗かった。

自分を襲った男たちが真奈美に会ってもいないことをほぼ確信していたが、それでも早く妹の無事を確認したかった。裕也は明かりをつけることもせず、暗い廊下をリビングへと向かう。リビングに真奈美の姿はなかった。かすかに不吉な予感を感じながら、裕也は真奈美の使っている部屋をノックする。中から返事はない。

「開けるぞ」

裕也はドアを開く。この部屋にも明かりはついていなかった。妊娠中でしかも体調のすぐれない真奈美がこんな時間に家にいないなど、どう考えても異常だった。

「あのガキ！」

あんな男たちの言葉を信じた自分が馬鹿《ばか》だった。真奈美はあの男たちに拉致《らち》されたにちがいない。裕也は男たちを追おうと玄関へと走る。その時、部屋にインターホンの音が響いた。廊下で裕也は足を止める。

真奈美が帰ってきた？　一瞬そう思ったが、すぐにそんなはずはないと思い直す。真奈美には合い鍵《かぎ》を渡してある。わざわざインターホンを鳴らすはずがない。

裕也はドアの前まで来ると、ドアスコープから外を見る。若い男がいた。メガネをかけ、シャツの上に質の良さそうなジャケットを羽織っている。あの男たちの仲間か？裕也はスコープ越しに男を注意深く観察する。男のこざっぱりとした身なりからは、さっきのチンピラたちとは違う人種に見えた。裕也はゆっくりと扉を開いていく。

「……誰だ？」

そう言った瞬間、唐突に男は顔を紅潮させ、胸ぐらをつかんできた。戦闘態勢を整えていた裕也の体は瞬時に反応する。右手で叩《たた》きつけるようにジャケットの奥襟をつかみ、左手で袖口をつかんで引き手を取ると同時に、体をひるがえしつつ右足を後方に跳ね上げる。現役時代の得意技、内股《うちまた》が男の体を宙に舞い上げた。

腰から床に叩きつけられ、男は苦痛のうめき声をもらす。裕也はつかんだままの奥襟を引きつけ、倒れている男を立ち上がらせると、壁に押しつけた。

「真奈美をどこにやった？」「真奈美を返せ！」

裕也とメガネをかけた男は同時に叫んだ。裕也は眉をひそめる。

「どこにいるんだ？　真奈美！　真奈美！」

メガネの男は部屋の奥に向かって、必死に真奈美の名を呼ぶ。

「ふざけるな！　真奈美をどこに連れて行ったんだ！」

「真奈美を連れて行ったのはあなただろ！　あなたなんかに真奈美は渡さない！　彼女を愛しているんだ！　絶対に誰にも渡さない」

茹で上がったタコのように顔を真っ赤にしながら、男は叫び続ける。

愛している？　裕也はようやく話が嚙《か》み合っていないことに気づく。

「お前……さっきの男たちの仲間じゃないのか？」

「なに言ってるんだ？　それより真奈美と話をさせてくれ。彼女はどこにいるんだ？」

「……真奈美はここにいない」

「じゃあどこだ？　頼むから真奈美と話をさせてくれ」

「ちょっと待て。落ち着けって」裕也は必死に男をなだめる。「お前、誰なんだ？」

「僕は岡崎浩一、真奈美の婚約者だ！」

「は？　婚約者？」

「あなたが真奈美とどういう関係なのかは知らない。けれど、きっと僕の方が真奈美を愛している。真奈美を幸せにしてやれるはずだ。僕は本気なんだ。だからあなたが遊びで真奈美と付き合っているなら、お願いだから別れてくれ」

「だから待てって。あんた、なんか勘違いをしてる」

目の前の男がなぜこれほどまでに興奮しているかを理解し、裕也は愕然《がくぜん》とする。

「ごまかさなくたっていい。さっきそのことを知って、思わず真奈美を責めたけど、そのあと冷静に考えて分かったんだ。やっぱり僕は彼女を愛しているって。他の男と、浮気をしたとしても」

男は目を充血させながら叫び続ける。

「もし……もし真奈美が妊娠しているのがあなたの子供だってかまわない！　それでも僕には彼女しかいないんだ！」一息で叫ぶと、岡崎は荒い息をつく。

「話を聞けって！　俺は真奈美の兄だ！」

裕也は岡崎の両肩をつかむ。岡崎は不思議そうに数回まばたきをくり返した。

「……お兄さん？」

「そうだ。俺は真奈美の実の兄だよ」

「そんなの……嘘《うそ》だ。だって真奈美に兄弟がいるなんて話、これまで一度も……」

「いろいろ事情があって、この前まで絶縁状態だったんだ。ほら、名字が同じだろ」

裕也は尻ポケットから財布を出すと、その中から免許証を抜き出し、岡崎の前に掲げる。岡崎は目を丸くして、免許証の『冴木裕也』の文字を凝視した。

数秒間、電源が落ちたかのように固まっていた岡崎は、突然つむじが見えそうなほど深く頭を下げてくる。

「申しわけございませんでした、お義兄《にい》様。とんでもない勘違いをしていました。私、真奈美さんと婚約しております岡崎浩一と申します」

「ああ、頭あげてくれよ。別に気にしてないから」

裕也は頭をかきながら言う。ある程度落ち着きをとりもどした今、裕也は真奈美が連れ去られた可能性は低いことに気づいていた。まず部屋は荒らされていないし、扉に鍵がかけられていた。それになにより、真奈美が転がり込んできた時に持って来ていたスーツケースが見あたらない。真奈美は自分の意思で部屋を出た可能性が高い。それならとりあえず心配はないだろう。

部屋を出た原因は……婚約者にあらぬ疑いをかけられ、感情的になったからか？

まだ恐縮して体を縮こめている岡崎に、裕也は湿度の高い視線を浴びせる。

「で、なんで俺が真奈美の浮気相手だなんて思ったんだよ？」

「それは……母に……」

岡崎は首をすくめる。それだけで裕也は事情を察した。婚約者の母親については、真奈美から嫌になるほどグチを聞かされていた。話半分で聞いていたのだが、真奈美が不貞をはたらいているなどと息子に吹き込むところをみると、あながち大げさでもなかったようだ。岡崎がこの場所を知っていたことから考えると、おそらくその母親は真奈美を尾行でもしたのだろう。

「それで……真奈美さんは中にいますか？　あの……謝らないと」

「それが、いないんだよ。俺も探してるんだけど、どこへ行ったのやら」

裕也は壁のスイッチに手を伸ばし、明かりをつける。それまで薄暗かった玄関が明るく照らされる。裕也は靴箱の上に置かれたメモに気がついた。

お世話になりました。ありがとう　真奈美

これで真奈美が連れ去られた可能性はなくなった。本来なら安堵《あんど》していいはずだ。それにもかかわらず、なぜか胸の中で不吉な予感が膨らんでいく。

裕也の脳裏に、十日ほど前に兄妹《きょうだい》で交わした会話がフラッシュバックする。

『このあたりにさ、……小さい産婦人科の病院とかってない？』

全身の産毛《うぶげ》が逆立つ。真奈美はあの時、産科病院に母体保護法指定医がいるか訊《き》いていた。母体保護法指定医、つまり人工妊娠中絶手術が可能な医師がいるかどうか……。

「……まさか」

岡崎を押しのけると、靴をつっかけ裕也は外廊下に出た。エレベーターホールまで走るとボタンを何度も押す。

「あの……お義兄さん？」

岡崎が追いついて来た。エレベーターの扉が開く。

「お前も来い！」裕也は岡崎の肩を摑《つか》むと、エレベーターの中に押しこんだ。

「急にどうしたんですか？　あの、真奈美さんは……？」

裕也はおどおどとしている岡崎を無言で睨《にら》みつける。エレベーターが一階につくと、裕也は岡崎に「ついてこい！」と言って駐車場のZ3まで走った。

「乗れ！」裕也は岡崎に助手席に乗るように指示する。

「え……どこへ？」

「いいからさっさと乗れよ！　時間がないんだ！　説明は車の中でする」

裕也に一喝され、岡崎は身を小さくしながら助手席に乗り込む。運転席へ滑り込んだ裕也は、エンジンキーを差し込む。直列六気筒のエンジンが唸りを上げた。シートベルトをつけることもせず、裕也はギアを入れるとアクセルを踏み込んだ。

漆黒のZ3はタイヤを軋《きし》ませながら、暗い車道に飛び出していった。

「あの……どういうことなんです？　説明して下さい。真奈美さんがどこにいるか分かったんですか？　携帯に電話しても、電源を切っているみたいで……」

ハンドルを握りながら、裕也は横目で岡崎を睨む。岡崎はすぐに目を伏せた。なんて覇気のない男だ。こんな男だからいいように母親に操られるんだ。裕也は舌を鳴らす。

「……お前はここに来る前、真奈美と話したんだな？」

「はい、夕方に……。てっきり真奈美さんが僕を捨てたんだと思って」

「真奈美は言っただろ？　俺が兄貴だって。なんで信じなかったんだ？」

「それは……母が」

「ふざけるな！」

狭い車内の空気を裕也の怒声が震わせる。

「お前は真奈美と結婚するんだろ！　それがなんだ。ガキみたいに母が、母がって」

岡崎は不満げに表情を歪《ゆが》めるが、なにも言い返してはこなかった。煮え切らないその態度がさらに神経を逆なでする。

「お前まさか、真奈美に、妊娠している子が自分の子かって聞いたのか？」

裕也は声の重量を上げる。岡崎は露骨に狼狽《ろうばい》して目を伏せた。

「……やっぱり聞いたのか」

気を抜くと助手席に座る男を殴りつけてしまいそうだった。

「それは……真奈美さんが、お母さんの調子が悪くて病院に泊まっているなんて嘘をつくから……。それで、信用できなくなって」

「なんで真奈美がそんな嘘までついて、俺の部屋に転がり込んだと思ってるんだ？」

「え……それは」岡崎は視線を泳がせる。

「察しがわるい野郎だな、まったく！　ちょっと考えたら分かるだろうが。お前のお袋になにか言われたんだよ」

裕也は苛立《いらだ》ち任せにハンドルを切る。ほとんど減速することなくZ3は交差点を右折した。強い遠心力で、助手席に座った岡崎は大きく体を振られる。

「お前がいない時に、お前のお袋が真奈美を追い出したんだよ。だからお前にも、お前と共通の友人にも頼れなくなった。行くとこがなくなった真奈美は、しかたなく俺のところに来たんだ」

「そんな！　うちの母はそんなこと……」

「しないって言うのか？」

「……いえ」

「今、どこに向かっていると思う？」

「どこって？　真奈美さんがいる所じゃ……？」

「産科病院だ」

「……産科？」岡崎は首を傾げるが、次の瞬間、眼球が飛び出しそうなほどに目を剝《む》いた。「まさか！」

「そうだよ。真奈美はうちに転がり込んですぐ、中絶手術ができる産婦人科が近くにないか聞いてきたんだ。どうせお前のお袋が、堕《お》ろすように言ったんだろ。あいつはそこに行ったかもしれないんだよ」

「そんな……なんでそんな……」

「『なんで』だ？　お前ら親子のせいに決まっているだろうが！　お前の母親は溺愛《できあい》する息子を奪われたくないから真奈美をおとしめた。そしてお前は妊娠中の子が自分の子供じゃないと真奈美を責めた。真奈美が子供の将来に絶望してもおかしくないだろ！」

岡崎は頭を抱えて震えだす。車内に鉛のような重い空気が充満する。

「……もし真奈美が中絶なんてしていたら、ただじゃ済まさない。お前も、お前の母親も。覚悟しておけよ」

裕也はフロントグラスの外を見ながら、押し殺した声でつぶやいた。

「すいません！」夜間救急受付で、裕也と岡崎は身を乗り出して叫んだ。

「は、はい」受付にいた中年の女性が仰け反る。

『野中産婦人科病院』。この病院こそ、裕也が真奈美に教えた病院だった。病院の前の車道にＺ３を停めた二人は、先を争うように受付へと走っていた。

「ここに、私の妹が受診していないでしょうか？　冴木真奈美という名前です。多分中絶手術を希望していると思うんです」裕也は乱れた息を整えながら言う。

「あの……すいません、妊婦さんの個人情報をお教えするわけには……」

「お願いします。私の子供なんです。私の勘違いでこんなことになって、どうかやめさせて下さい。どうか真奈美に会わせて下さい」

困惑する女性の言葉をさえぎり、岡崎はつむじが見えそうなほど頭を下げた。

「いや、ですから個人情報はお伝えできないので……」

女性は助けを求めるかのようにきょろきょろと辺りを見回す。

「私は冴木裕也と申します。純正医大の医師で、こちらの院長先生の後輩に当たります。ですから病院が個人情報を漏らせないことはわかっています。ただ、妊娠中絶には子供の父親の同意も必要なはずです。ここにその父親がいるし、私も家族です。他人じゃありません。ですから冴木真奈美が入院しているなら、どうか会わせてください」

裕也も岡崎に倣《なら》うように頭を下げる。

「あの……少々お待ち下さい。院長を呼びますから。本日当直をしておりますので」

もはや自分では二人を説得できないことを悟ったのか、女性は手元にあった内線電話の受話器をとりあげ、口元を手で隠しながらなにやら話し始める。数十秒、受話器に向かって話したあと、女性は「間もなく院長がまいります。そこで座ってお待ち下さい」と廊下に置かれているベンチをすすめた。

裕也と岡崎は顔を見合わせると、渋々と一人分のスペースを空けて無言でベンチに腰かけた。床に視線を落としながら、裕也はせわしなく貧乏揺すりをする。

粘度の高い時間が流れていく。わずか数分が何時間にも感じられた。

忍耐の限界を感じはじめたころ、ようやく廊下の奥から白衣を着た初老の男性が現れた。裕也と岡崎が跳ねるように立ち上がる。

「どうもどうも、お待たせしました。当院の院長をしております野中と申します」

「あの、真奈美は……私の妻は？」岡崎が院長に詰めよる。

「ああ、落ち着いて下さい。えっと純正の後輩が来ているとか……」

「私です。第一外科の医局員で冴木と申します」裕也は早口で自己紹介をする。

「第一外科ね……たしか最近教授が亡《な》くなったところだね。いやあ、あんなことになるなんて、外科も大変だねえ」

「あの、先生すいません。それで私の妹は……」

「ああ、お話は聞きましたよ。えっと妹さんが中絶のためにここに来たかもしれないということでしたね」

「はい」

「調べてきましたところ、こちらには受診しておりませんよ」

あっさりと院長は言った。裕也の口から「はあ」という間の抜けた音が漏れる。もしそれが本当なら朗報だが、真奈美が自分たちに会いたくないと言っているのかもしれない。ふと見ると、隣に立つ岡崎もなにか言いたげな表情でたたずんでいた。

「納得していないって顔ですね」二人の顔を見ながら院長は微笑《ほほえ》む。

「いえ……そういうわけでは」

「先生、とりあえず安心して下さい」院長はできの悪い生徒に授業するかのような口調で言う。「緊急性のない中絶手術を飛び込みで行うことなどありません」

「あっ……」裕也は顔が火照《ほて》っていくのを感じた。言われてみれば当然のことだ。

「そういうものなんですか？」岡崎が不安げに口を挟む。

「ええ、母体に危険がおよんでいるわけでなければ、まず検査をして、ちゃんと準備を整えてからします」

こわばっていた岡崎の顔から力が抜けていく。裕也も風船の空気が抜けるように、全身の緊張が解けていくのを感じていた。

「男性には実感できないかもしれませんけどね、多くの妊婦さんにとって子供は自分の一部なんですよ。なにがあったにしろ、そう簡単に中絶しようとは思わないですよ」

自分たちが生まれる前から出産にかかわってきた人物の言葉に、裕也と岡崎はただ頷《うなず》くことしかできなかった。

「妊娠に関係なく、ショックを受けた女性の行動はそんなには変わりませんよ。どこかその女性が行きそうなところに心当たりはありませんか？」

裕也の頭に二十年以上も前の光景が蘇《よみがえ》ってきた。思わず「あっ」と声が漏れる。

「なにか気づいたみたいですね。お二人の大切な女性が見つかるといいですね」

院長が微笑む。きざなセリフがやけに似合っていた。

「ありがとうございます。どうもお騒がせいたしました」

先輩医師に向かって深々と頭を下げると、裕也は早足で病院の出口へ向かう。後ろから岡崎があわてて追いかけてきた。


「本当にそこに真奈美さんがいるんですか？」

「多分な」

助手席からの質問に裕也は適当に答えた。視界の隅で岡崎が不満げに唇をへの字にするのが見えたが、気にせず運転を続ける。

野中産婦人科病院を出てから約三十分、Ｚ３は住宅街の二車線の車道を走っていた。大田区新蒲田《しんかまた》の住宅街、裕也の実家のすぐ近くだった。

「それで、どうするつもりなんだ？」

裕也の言葉に、岡崎が「はい？」と首をかしげる。

「この後の話だよ。真奈美が見つかったとして、お前はどうするつもりなんだよ？」

詰問《きつもん》に、岡崎は居心地わるそうに助手席で尻の位置を直した。

「謝ります。許してもらえるまで謝り続けます」

「……それだけか？」

「え？　それだけって」

「謝って、真奈美が許せばそれで終わりか？　根本的な問題が残ってるだろ」

「根本的な問題？」

「俺の口から言わせるなよな。お前の母親だよ」

岡崎は一瞬口を開くが、そこから反論の言葉は漏れなかった。

「真奈美からある程度のことは聞いているんだよ。真奈美が許したって、それですべてうまくいくわけじゃないだろ。お前の母親は絶対に真奈美とお前を結婚させたくない。そしてお前は母親の言いなりだ。真奈美が許す許さない以前の問題だろ」

岡崎は拗《す》ねた子供のように、うつむいたまま黙りこむ。

「お前さぁ、本当に真奈美と結婚するつもりあるのかよ」

「はい！」

それまで黙っていた岡崎が即座に答える。しかし、裕也にはその返答がシャボン玉のように軽く感じられた。

「口だけだな……」

「そんなことありません！」

「じゃあ、具体的にどうするんだって」

「具体的に……」岡崎は口ごもる。

「そうだよ。お前の母親は何が何でも真奈美とお前を別れさせようとしている。家柄が合わないからだってよ」

「そんなこと……」

「お前の母親が真奈美に言ったんだよ！　直接な」

岡崎の反論を、裕也の怒声がかき消す。岡崎は俯《うつむ》いて黙り込んだ。

「はっ、なにが家柄だよ、えらそうに。何様のつもりなんだよ。しょせん小さな法律事務所持ってるだけの成金じゃねえか。しかもバカ息子が他人の家の娘を妊娠させといてよ、なに上手《うわて》にでてやがるんだ」

話しているうちに苛立ちが強くなり、裕也は言葉を弾丸にして岡崎にぶつけていく。

「お前は両親の法律事務所で働いているんだろ？　将来は両親の事務所をついで安泰ってわけだ。そういえば、真奈美との新居も、両親からプレゼントされたんだって？」

「はい……そうです」膝の上で岡崎の握った両拳がぶるぶると震える。

裕也は横目で岡崎を見ながら、アクセルを踏み込む。正面からぶつかってくる重力に、体が背もたれに押し付けられる。

「そんなお前が、本当に母親に逆らえるのか？」

岡崎は膝の上で握りしめた拳を見つめたまま、微動だにしなかった。

「知ってるだろ。うちはこの前、親父《おやじ》が死んだんだ。そして、お袋も末期癌《がん》で長くはない。もうすぐ家族は俺と真奈美だけになるんだ」

裕也はフロントグラスの奥に伸びている暗い車道を見たまま、言葉を続ける。

「俺は両親に代わって真奈美を守らないといけないんだよ。だから、お前が適当な気持ちで真奈美と結婚するつもりだったなら、はっきりとそう言って身を引け。安心しろ、そうなってもお前にはなんの負担もかけるつもりはない。その時は、真奈美と真奈美の子は俺が支えていく」

裕也はそこで言葉を切ると、横目で鋭い視線を投げつけた。

「ただ、その時は二度と真奈美の前には顔を見せるな」

岡崎が震える気配を感じながら、裕也は車を走らせ続ける。目的地まで、おそらく真奈美がいる場所まではあと数分でつく。それまでに答えを出せないのなら、岡崎を真奈美に会わせるつもりはなかった。

「真奈美さんは……」

震える声で話しはじめた岡崎の言葉を、裕也は正面を見つめたまま聞く。

「僕が守ります！」

「守る？　なにから守るんだ？」

「なにからでも。うちの……母からも」

「お前にそれができるのか？」

「できます。やります」

「母親に逆らうってことは、今いる職場をやめることになるかもしれないんだぞ。住んでいる家も追い出されるかもしれない。そんなことが本当にできると思っているのか？　真奈美のためにすべてを捨てられるのか？」

今度はすぐに答えが返ってくることはなかった。裕也は回答を促すことはしなかった。反射的に出した答えなどに興味はない。

一分、二分、三分……。目的地は近づいてきている。

息が詰まりそうな重苦しい沈黙を、ようやく岡崎が破った。

「……できます」

裕也はアクセルを踏んでいた足を緩め、ブレーキの上に移動させた。減速したZ３は路肩に停車する。目的地だ。エンジンを切った裕也は体をひねり、助手席の岡崎にまっすぐ視線を向ける。

「親と縁を切っても真奈美を守る。そう言っているんだな？」

「はい、そうです」

裕也の視線を、岡崎は受け止める。二人は数秒間、車内で視線をぶつけ合った。

「……ならいい」

先に視線を外した裕也はドアを開いて車外へと出る。夏の湿った夜風が頬をなでた。

「今言ったことを忘れるなよ。男同士の約束だ。絶対に真奈美を幸せにするんだぞ」

釘《くぎ》をさす裕也に、遅れて車外へと出た岡崎は神妙な面持ちでうなずいた。

裕也は視線をガードレールの奥に向ける。歩道の先に高い土手が連なっていた。裕也はガードレールに手をかけ飛び越える。

「ちょっとここで待ってろ」

「どうしてですか？」

「急にお前が出て行ったら、真奈美が混乱するだろ。いいからここで十分待っていろ。十分経《た》ったら土手を越えて来てくれ。すぐに見つかる場所にいるから」

「……はい」

岡崎が渋々とうなずくのを確認すると、裕也は土手に設けられた階段を駆け上がった。視界が大きく開ける。湿気を多く含んだ夜風が、土手の上ではひときわ強く吹いていた。

裕也は乱れる髪を押さえながら辺りを見回す。土手の先には数十メートル河川敷が広がり、その奥には多摩川がとうとうと流れていた。

もうしわけ程度にしか街灯の立っていない河川敷には、闇《やみ》がわだかまっている。裕也は暗順応してきた目を凝らし、注意深く周囲を見渡した。

いた！　河川敷に点在する野球場の一つ。百メートルほど先にあるその球場の三塁側ベンチに人影が見えた。

裕也は土手を下り、球場へと向かっていく。球場に近づくにつれ、闇に覆《おお》われた川から聞こえてくるごうごうという流れの音が、心地よく鼓膜を刺激してきた。

フェンスに設けられたドアを開けて、裕也は一塁側から球場の中に入る。この距離からははっきりと、ベンチに腰掛けて空を見上げる真奈美の姿を見てとることができた。

裕也はグラウンドを横切りベンチへと近づいていく。気配に気づいたのか、空を見上げていた真奈美が裕也を見た。

「兄さんじゃない。なにしてるの、こんな所で？」

真奈美は驚いた様子も見せず、ごく自然に、まるで裕也がここに来ることを予測していたかのように微笑んだ。

「お前を探しに来たに決まってるだろ」

「そっか、簡単にみつかっちゃったね」

「昔から、嫌なことがあったらここに来てただろ」裕也は真奈美の隣に腰かけた。

「そういえば、いつも兄さんが迎えにきてくれたっけ」真奈美は再び空を見上げる。

子供時代に真奈美は、おもに父との間で、嫌なことがあると、実家から徒歩で二十分ほどの距離にあるこの河川敷に来ていた。そしてそのたびに、母に頼まれた裕也が迎えに行っていた。

「ああ、五回は迎えに来たっけな。それで、お前こそこんな所でなにしていたんだ？」

「空を見ていたの」

真奈美は持ち上げた視線を動かすことがなかった。つられて裕也も空を見上げた。街の明かりが届かず、街灯もまばらなここから見る夜空は、東京のものとは思えないほど星が明るく瞬《またた》いていた。

「子供のころからね、ここで星を見てると嫌なことを忘れられるの」

「……そうか」

「そう、嫌なことを忘れて、また一からやり直そうと思える」

「一からやり直す？」

「私ね、ずっと迷っていたことがあったの。ずっと迷って、悩んで、答えを出せないでいた。けれど今日、ちょっとしたことがあってね、ようやく踏ん切りがついた」

真奈美は両手をいとおしそうに下腹部に当てた。

「私、この子を一人で育てていく」

「一人で……か、婚約者はどうするんだ？」

「浩一さんはすごく優しい人だよ。けれど彼は母親に逆らうことはできない。だから浩一さんは私とは結婚できないの。万が一結婚できたとしても、私はこの子を自分だけの都合で堕ろせって言ったあの人と、あの女と家族には絶対になれない」

真奈美の口調が、そして表情が、岡崎の母親の話になった瞬間、険しくなる。しかしすぐに、真奈美は顔の筋肉を緩めた。

「だから、私はあの家とはもう二度とかかわらない」

「いいのか？」

「うん。いろいろ考えて出した結論だから」

「お前は……本当にそれで納得しているのか？」

「浩一さんと一緒にいたかったけど……。けれど浩一さんはあの人から離れられないの。あの母親から。だから……しょうがない」

自分に言い聞かせるように、真奈美は言葉を切りながら言う。

「お前は、その男のことを……愛していなかったのか？」

真奈美は体を震わすと、裕也を睨みつけた。

「愛していたわよ！　愛していたに決まってるでしょ！　だから一緒に生きていこうと思った。けれど無理なの。あの家は私を絶対に受け入れない。あの母親は本当は家柄なんてどうでもいいの。息子を自分から奪おうとする女が憎いだけ。だからどんないい家のお嬢様が来たって、あの母親は絶対、息子を渡そうとはしない」

真奈美は一息に言うと、肩で大きく息をする。

「それじゃあ、婚約者が実家と縁を切ってお前をとるって言ったらどうする？」

「なんなの、その質問？　そんなことあるわけない！」真奈美の声が甲高くなった。

「本当にそうか？　お前がそう思い込んでいるだけじゃないのか」

「適当なこと言わないでよ！　兄さんは浩一さんに会ったこともないでしょ！」

「いや、会ったよ」裕也はこめかみを人差し指で掻く。

「え？」

「だから会ったんだよ。ついさっきな。俺を浮気相手だと思って部屋にのりこんできやがった。いきなり胸ぐらをつかんできたから、おもわず投げ飛ばしちまったよ」

「うそ。浩一さん大丈夫だったの？　怪我《けが》したりしてない？」

身を乗り出し、真奈美は両手で裕也の襟を摑んだ。

「大丈夫だよ。なんだよ、最初に襲われたのは俺だぞ。少しは俺の心配もしろよ」

「だって……」真奈美はゆっくりと襟を放す。

「とりあえず誤解は解いておいたぞ。あの男、死にそうな顔で後悔していたぞ」

「……そう」

「その後、あの男と話をした。あいつは絶対にお前を守るって俺に誓った」

「……そんなこと言われたって」

「あいつが信じられないか？」

裕也の問いに、真奈美は無言でうつむくだけだった。

「なあ、真奈美」裕也は真奈美の頭にぽんっと手のひらを乗せる。「会ってみてわかったけどな、お前の婚約者は本当にだめな男だ」

「なっ……」真奈美は切れ長の目のはしを引きつらせる。

「典型的なボンボンのマザコンで、お前の言うとおり母親に頭が上がらない。体ももやしみたいにひょろひょろで、投げた瞬間、あまりにも軽いんで俺の方がびびっちまったよ。覇気もないし、まったく情けない男だな」

真奈美の両目がさらに吊《つ》り上がっていく。その迫力に、裕也は自分で焚《た》きつけておきながら少し身を引いてしまった。

「けどな、あんな情けない奴《やつ》だけど、俺には男らしく宣言しやがったぞ」

「宣言?」今にも噛みつきそうな目でにらみながら、真奈美はつぶやく。

「そうだ、両親と縁を切ったとしても、お前を守るってよ」

三角形になっていた真奈美の目が大きく見開かれた。半開きになった薄い唇のすき間から「うそ……」という声が小さく漏れだした。

「どうする、あいつを信じてみるか?」

「そんなの……わからない……」

「わからないって、あいつと直接話してみないとわからないってことか?」

真奈美はためらいがちにうなずく。

「そっか。なら今話せよ」

裕也はあごをしゃくってグラウンドの一塁側をさした。つられるようにそちらを見た真奈美の喉《のど》から小さな悲鳴が聞こえた。グラウンドの隅から華奢《きゃしゃ》なシルエットが、二人の座る三塁側ベンチに向けて小走りに近づいてきていた。

「真奈美！」

ピッチャーマウンドのプレートに足を取られて転びかけながら、ベンチに近づいてきた岡崎は、息も絶え絶えに叫ぶ。

「浩一……さん？」真奈美は何度もまばたきをくり返した。

「本当にごめん！」

真奈美の正面に立った岡崎は、土下座をしそうなほどの勢いで頭を下げる。

「なんで、浩一さんが……？」

「俺が連れてきたに決まってるだろ」

裕也がつぶやくが、その言葉は真奈美の耳に届いているとは思えなかった。

「君を信じないといけなかった。それなのに僕は……。許してくれ」

岡崎はつむじを向けたまま、ひたすらに謝罪の言葉を述べ続ける。こわばっていた真奈美の表情が複雑に蠕動《ぜんどう》しはじめる。

「なんでよ。なんでいまさら迎えに来るわけ。やっと……やっと決心できたのに。この子を一人だけで育てていこうって決められたのに。なんでいまさら……」

「一人でなんて言わないで、どうか僕と……お願いだから僕と二人で生きていこう」

岡崎は真奈美の手をとる。しかし、真奈美はその手を振り払った。

「ダメ！　私はこの子を絶対に産む。絶対に産むの。私はもう感じるの、この子が生きていることを。まだ産んでいないけど、私はもうこの子の母親なの」

「わかってるよ。当然じゃないか。二人で子供を育てていこう」

「なに勝手なこと言ってるのよ。あなたの母親は、私に堕ろすように言ったのよ。この子を……殺して、あなたと別れるようにって。あなたのところに戻ったりしたら、そんなことしたら、この子があの人になにをされるかわからない」

「わかってる。わかってるよ。大丈夫だよ」岡崎は両手を真奈美の肩に置いた。

「なにが大丈夫なのよ？　いったいあの人をどうやって説得できるって言うわけ。あの人は、あの女は絶対に私たちの結婚なんてゆるさない」

「母さんと縁を切るよ」

岡崎は強い決意を溶かし込んだ口調で言った。

「え？　なに？」真奈美は目を剝く。

「だから母さんと縁を切るって言ったんだ」

「そんなの……無理に決まっているでしょ」

「無理なんかじゃない。そうしないと君と一緒にいられないんだ。なら僕はそうする。

君のお兄さんと約束したんだ」

「だって、そんなことしたら仕事だって……それに今の部屋も」

「うん、たぶんそうなるだろうね。けど頑張れば仕事はなんとかなるって。これから頑張って就職活動をする。それに二人……いや家族三人なら、そんなに広くない部屋でもなんとか暮らしていけるよ」

「そんな……でも……」真奈美は首を左右にふるふると振った。

「もちろん親の援助なしだし、貯金はいくらかあるけど十分じゃないから、最初は苦労すると思う。あんまり贅沢《ぜいたく》はできないだろうけど、それでも家族がいたら僕は頑張れるとおもうんだ。だから、だから真奈美。僕と一緒に頑張ってくれないかな?」

岡崎は真奈美に対して握手を求めるように右手を差し出した。真奈美は差し出された手を凝視したまま固まる。

少し離れて裕也は二人を眺めていた。真奈美が差し出された手を取らないなら、今後、真奈美と子供を自分がサポートしていくつもりだった。しかし、できることなら……。少々頼りないが、きっと岡崎はいい父親になる。ほんの数時間話しただけだが、裕也はそう感じていた。優しい父親。自分が持てなかったそれを、真奈美の子供には与えてやりたかった。

真奈美の両手がゆっくり上がりそして、おそるおそる岡崎の右手に近づいた。真奈美が顔を上げ岡崎の目を見る。岡崎はその視線を受け止めた。

真奈美は包み込むように両手で岡崎の手を握ると、その手に額をつけ肩を震わせ始める。岡崎は空いた左手で真奈美の肩を抱くと、目に涙を浮かべた。二人は抱き合いながら声を上げて泣き始める。

男の方まで泣いてどうするんだよ。二人を見ながら裕也は唇の片端を吊り上げた。どうやら上手《うま》い具合におさまったらしい。

さて、ここにいても野暮になるだけか。二人に背を向ける寸前、裕也は岡崎に意味ありげな一瞥《いちべつ》をくれた。それに気づいた岡崎は裕也に向かって力強くうなずく。

まったく、数時間でずいぶん偉そうになったもんだな。

裕也は二人から離れていく。その背中を真奈美の声が追いかけてきた。

「兄さん!」

振り返ると、真奈美が少しあごを引き、上目遣いに裕也を見ていた。

「あの……本当にいろいろ、ありがとう。……兄さんがいてくれて本当によかった」

真奈美の言葉にすぐには裕也は反応できなかった。「いや……べつに」と言葉にならない言葉を口の中で転がす。

十年以上、妹との間にわだかまっていた霧が一瞬にして晴れたような気がした。十二年ぶりに、真奈美と本当の意味で兄妹に戻れた気がした。

「ああ、まあ、なんというか……結婚式には呼んでくれ」

照れ隠しでぶっきらぼうに言うと、裕也は片手を上げ、再び二人に背を向けた。これまで感じたことのないほど爽快《そうかい》な気分を味わいながら。


「つかれた……」

エレベーターの扉が開き、裕也は外廊下に出る。体中の血液が水銀に置き換わってしまったかのように体が重かった。川奈の妻と会い、川奈に見つかり、チンピラに襲われ、最後には真奈美を探しだし婚約者と和解させた。慌《あわ》ただしすぎる一日だった。アドレナリンが切れたのか、暴行をうけた全身が痛んだ。特に、金属バットで殴打された後頭部はずきずきと重い痛みが残る。一度CTを撮った方がいいかもしれない。

ふらふらと廊下を歩き、自室の前までたどり着く。ここに帰るのは危険なのかもしれなかった。川奈が今後どのような行動に出るのか不明だったし、誰がチンピラを雇って自分を襲わせたかもはっきりしていない。ただどこに避難するにしても、まずは部屋から必要な物を持ち出さなければならない。

裕也は鍵《かぎ》を鍵穴に差し込んで回そうとする。がちりと音がして、鍵がひっかかった。

ああ。そういえば鍵もかけないで飛び出したっけ。

キーケースをポケットに戻した裕也は扉を開ける。

「あ？」室内をのぞきこんだ裕也は反射的に扉を閉じると、表札を確認する。部屋を間違えた？　一瞬そう思った。しかし表札にははっきりと『冴木』の文字が刻まれている。間違いなく自分の部屋だ。

裕也は再び扉を開き、中をのぞき込む。出る時に消し忘れた電灯の明かりに照らされた部屋は、数時間前とまったく様相を異にしていた。靴箱に入っていた靴は玄関に散らばり、廊下のクローゼットは開かれ、中の衣服をすべて吐き出している。廊下から見えるリビングの床には家具が散乱している。

「マジかよ……」

裕也は警戒しながら部屋の中に入る。明らかに何者かが部屋を荒らした。犯人はまだ室内にいるかもしれない。足音を殺しながら、部屋の状況を確認していく。

リビング、ダイニング、浴室、トイレ、廊下。すべての場所が偏執的なまでに荒らされていたが、特にひどいのは裕也の寝室だった。本棚に入っていた本はことごとく床に散乱していて、デスクの引き出しはすべて開け放たれ、中身をぶちまけている。

裕也は部屋中を調べ、人影が見あたらないことを確認していく。自分が飛び出してかられまでの間に、誰かがこの部屋に侵入し、この惨状を作り出した。なんのために？決まっている、探すためだ。これまでに俺が調べてきた資料を。寝室に置いておいたノートパソコンと、事件の資料の山がなくなっていることに裕也は気づいていた。

裕也は唇を噛む。犯人として一番考えられるのは、やはり川奈だろう。名刺に記された住所にやってきて、俺が鍵もかけずに飛び出して行ったのを見て、とっさに部屋に侵入した。しかし、チンピラをけしかけたのも、あのボイスチェンジャーで警告してきたのも川奈だったのだろうか？　どうにもしっくり来ない。川奈以外にも俺を狙《ねら》っている奴がいるのか？　頭蓋《ずがい》が疑問で満たされていく。

増本がなぜ教授選の候補者たちを調べ始めたのか。連続通り魔事件と教授選に何か関係があるのか。だれが、どうやって父に大量の抗血栓薬を盛ったのか。海老沢教授は殺されたのか。そしてボイスチェンジャーを使う謎《なぞ》の人物。わからないことだらけだ。

「なにがどうなってるんだよ……」

荒らされた部屋の中心で裕也は頭を抱えることしかできなかった。

8

ソファーに腰かけた真奈美は、緊張した面持ちで壁にかかった時計を見る。針は午後一時少し前を指していた。隣では浩一が同じように時計に視線を送っている。真奈美の人差し指がせわしなくテーブルの表面を叩《たた》く。

「落ち着きなよ、大丈夫だって」

浩一が背中を優しく撫《な》でてくるが、その動作はどこかぎこちなかった。

昨夜、多摩川の河川敷から新居であるこの部屋へと帰った二人は、一晩泥のように眠った。そして今から一時間ほど前、浩一は母親の登喜子に連絡し、この部屋に来るように伝えていた。

もうすぐ登喜子と対決しなければならない。そのことを考えると、真奈美は今すぐにでもこの部屋から逃げ出したくなる。

果たして浩一は登喜子にはっきりと自分の意志を伝えられるのだろうか？　自分と浩一は本当に結婚できるのだろうか？　不安だけが胸の奥でくすぶり続ける。

ピンポーンという軽い音がリビングに響いた。体が硬直する。

「……母さんだ。行ってくる」

自らの胸を撫でて息を吐くと、浩一は玄関へと続く廊下へと向かった。真奈美はからからに乾いた唇をなめる。息をするのも忘れるほどの緊張が体を満たしていた。

唐突に甲高い奇声と、廊下をどすどすと歩く足音が聞こえてきた。

「出て行きなさい！」

廊下から姿をあらわした登喜子は、悲鳴のような金切り声を真奈美にぶつけてきた。

血走ったその目は憎悪《ぞうお》で爛々《らんらん》と輝いている。

あまりにも常軌を逸した登喜子の行動に、真奈美はあっけにとられる。

「なんであなたがまだ浩一の家にいるの！　汚《けが》らわしい！」

登喜子は真奈美に近づくと、その腕に爪《つめ》をたてた。鋭い痛みに真奈美の表情が歪む。

「母さん！　やめてよ」

浩一が慌てて、登喜子の腕をつかんで真奈美から引き離す。

「あなたは黙っていなさい！　この女はあなたを騙《だま》していたのよ！」

「ちがうって、頼むからちょっと話を聞いてよ」

「話なんて聞く必要ないでしょ。いいからすぐ出て行きなさい。さもないと……」

浩一に押さえられながらも、登喜子はつかみかかろうと両手を伸ばす。その迫力に真奈美は身を引いた。

「黙れ！」

浩一の怒声が部屋の空気を震わせた。登喜子が動きを止める。

「浩……ちゃん？」

登喜子は一瞬凍りつくと、突然両手で顔を覆いながらその場に座り込み、肩を震わせ始めた。

「ああ、ああ……悪かったよ、大きな声出して。謝るからさ。ほら、座ってよ」

浩一は床に座り込む登喜子を支えて立たせると、ダイニングの椅子に座らせる。その光景を見ながら、真奈美の不安はさらに膨らんでいった。

今の芝居じみた登喜子の行動で、浩一は簡単に動揺してしまった。登喜子の思うつぼだ。登喜子は浩一の扱い方を完璧《かんぺき》に把握している。

浩一と真奈美も椅子に腰掛け、ダイニングテーブルを挟んで二人は登喜子と向かい合う。登喜子はいまだにうつむいて肩を震わせていた。

「ねえ、母さん。全部、誤解なんだよ。真奈美は浮気なんかしてなかった」

「なに言ってるの浩ちゃん。あなたもあの写真見たでしょ。この女は他の男の家に転がりこんでいたのよ」

登喜子は目を三角にしてビシリと向かいに座る真奈美を指差す。その目は血走ってこそいたが、まったく潤《うる》んではいなかった。やはり嘘《うそ》泣きだったか。真奈美はあまりにも卑怯《ひきょう》な登喜子の態度に、胸の奥が冷えていくのを感じた。

「あれは真奈美のお兄さんなんだよ」

「お兄さん？　あなたそんなこと信じたの？　だからあなたはまだ私が見守っていないといけないのよ。そんなの、この女のでまかせに決まってるでしょ」

「僕が直接お兄さんに会ったんだ。運転免許証も見せてもらった。真奈美のお父さんと同じで、純正医大の外科医をしているんだ」

浩一の言葉を聞いて、登喜子はつまらなそうに唇をとがらす。

「真奈美は浮気なんかしていなかったんだよ。だから僕は真奈美と結婚を……」

「ダメよ！」登喜子の金切り声が浩一の声をかき消す。

「こんな女と結婚するなんてダメ！　ダメに決まっているじゃない」

「なんでだよ。ダメな理由なんてないだろ」

「私にはわかるの。この女があなたにふさわしくないって。だって家柄も……」

茶番だ。侃々諤々《かんかんがくがく》の親子の議論を真奈美は冷めた目で見つめる。絶対に登喜子は私を認めない。いろいろ理由をつけているが、結局この女はただ息子を独占していたいだけなのだ。だからどんなに理詰めで説明しても、絶対に納得などしない。そしてそれは浩一も心の底で分かっているはずだ。

馬鹿馬鹿《ばかばか》しい。もうやめにしよう。こんなの胎教にもよくない。

「……なにが家柄よ」

真奈美がつぶやくと、登喜子が殺気すら孕《はら》んだ視線を放ってくる。

「なにか言ったの？　言いたいことがあるならはっきり言いなさいよ！」

真奈美は両手を下腹部に当て、手の下にある命を感じながら細く長く息を吐く。以前ならこんな時、おびえて震えていただろう。しかしいまは、恐ろしく感じていた登喜子が、息子を奪われまいと必死になっているだけの哀れな女にしか見えなかった。

真奈美は登喜子に向かい苦笑を浮かべる。登喜子と同じレベルで言い合いなどする気はなかった。登喜子の顔がみるみる紅潮していく。

「なにを笑っているわけ？　馬鹿にして。さっさとここから出て行って！」

摑みかからんばかりに、登喜子は身を乗り出してくる。

「出て行きますよ。あなたみたいな人と話していたら子供のために良くないから」

「はっ、まだ産むつもりなの？　言っておくけど、産んだとしてもその子はうちの家には関係ないですからね。後で金をせびろうたってそうはいかないわよ。そんなことを考えていたんなら、堕《お》ろした方が……」

「うるさい！」

真奈美は怒鳴り声を上げた。予想外の反撃を受け、登喜子の顔に怯《おび》えが走る。

「あなたは二度と私の子について口にしないで」

「な、なによ、これだから家柄の悪い子は。こんなだから親が週刊誌に載ったりするのよ。いったい誰に向かって口きいてると思って……。第一あなたが……」

真奈美は両手でテーブルを叩く。登喜子は全身を硬直させ口をつぐんだ。

「家族のことを悪く言うな！　この自意識過剰の成金女」

「な……成金女……」登喜子は酸欠の金魚のように口をぱくぱくと動かすと、真奈美を震える指先で差す。「出て行け！　さっさと出て行け！」

「言われなくても出て行くって言ってるでしょ」

真奈美は立ち上がると、それまでおろおろと状況を見守っていた浩一に声をかける。

「浩一さん、行くよ」

唐突に名前を呼ばれた浩一は、一瞬目をみはったあと、唇を固く結んだ。

「なに言ってるの、あんたは？　頭がおかしいんじゃないの？」

悪態をつく登喜子の目の前で、浩一がゆっくりと席を立った。

「……母さん」

「浩ちゃん、どうしたの？　良いのよ、そんな女見送らなくても」

「僕、行くよ」

「な、なに言っているの？」登喜子は口を半開きにする。

「……僕はこの家を出て、真奈美と結婚して、一緒に僕たちの子供を育てる」

「浩ちゃん、そんなことする必要ないのよ。あの女は自分一人で勝手に産むって言ってるんだから、浩ちゃんが責任感じる必要なんてないの」

「責任なんかじゃない！　僕は真奈美を愛しているんだ」

「そんな……そんな一瞬の感情で人生を間違えちゃだめよ。ちゃんと浩ちゃんにふさわしい女の子を私が見つけてきてあげるから」

「一生を一緒に過ごす人は自分で決める！　母さんに指図なんかされない」

浩一の怒声を聞いた登喜子は、胸を押さえ表情を歪《ゆが》めながらわざとらしく息を乱す。

しかしさっきのように、浩一が登喜子に駆けよるようなことはなかった。

「子供を、僕と真奈美の子を……堕ろせなんて言った母さんを、僕は許せない」

ようやく自分の失言に気づいたのか、登喜子は鼻の付け根にしわを寄せる。

「浩一、分かってるの？　その女と出て行ったらもううちの子じゃないわよ。そうしたら、あなたはどうやって生きていくつもり？　仕事もなくなるし、住む家だってなくなる。あなた、それでどうやって生きていくつもりなわけ？」

必死に叫ぶ母親を、浩一は悲しげに見下ろす。

「ね、困るでしょ、私の言うとおりにしていればあなたは幸せになれるのよ」

浩一は首を左右に振ると、はっきりとした口調で言う。

「僕は母さんのおもちゃじゃない」

「浩、ちゃん……」

登喜子は座ったまま、細かく震える手を息子に向かって伸ばす。しかし浩一はそれを振り払うように身を翻《ひるがえ》すと、真奈美へと向き直った。

「真奈美、行こう」

浩一が手を伸ばす。真奈美はその手を取った。これまでにないほど強く浩一は真奈美の手を握ってくる。真奈美の心の奥底にかすかに残っていた不安が消え去っていった。

9

冷房の効きが悪い狭い部屋の中、ベッドに腰掛けた裕也は、額に汗を浮かべながら手に持った紙に視線を落としていた。阿波野病院で手に入れた資料。

昨夜、部屋が荒らされ、寝室にあった資料やノートパソコンは奪われた。しかし、資料の画像を収めてあったデジタルカメラ、そして増本の手帳はZ3の車内に置いてあったため、失わずに済んでいた。

荒らされた部屋にいるのは危険だと考え、昨夜マンションを後にした。近くのネットカフェでデジカメに残されていた資料の画像をプリントアウトすると、御徒町《おかちまち》にあるこの古ぼけたビジネスホテルにチェックインし、徹夜で資料の文字を追い続けていた。

睡眠不足のまま細かい文字を追っていたため、目の奥に鈍痛が凝り固まっている。裕也は目の間を揉《も》むと、手にしていた資料をベッドの上に放る。昨夜から十時間以上資料を眺めているが、やはり何一つ進展はなかった。

このまま資料とにらめっこを続けてもむだなのではないか？　なにか他のアプローチの仕方があるのではないか？　裕也はベッドに倒れ込むと瞼《まぶた》を落とす。もっと根本的なところから順を追って事件を考えるべきなのかもしれない。

増本は間違いなく、純正医大の教授選候補者たちをさぐっていた。そしてその調査で得た情報をもとに、候補者たちを脅した。光零医大の馬淵が脅されたネタは、おそらく写真に撮られていた不倫だろう。そして父は二十年ほど前、急にハンティングをやめたという時期になにか事故でも起こして……。

そこまで思考を走らせたところで、裕也は自分の額を軽く叩く。いや、まず考えるべきは一番最初。なぜ増本は教授選候補者たちを調べ始めたかだ。

増本は看護師をやめたあと、探偵のようなことをしていた。その増本に誰が教授選候補者たちの調査を依頼した？　そんなことをして誰が利を得るのだろうか？　一介の助手にすぎない裕也には、教授選にからむ複雑な権力構造は把握できていなかった。

増本の母親の話では、増本が純正医大に勤めたことはなかった。たしか看護大学も勤務した病院も栃木にあったと言っていた。患者として増本が純正医大病院を訪れた可能性も考えた。たしかに北区に純正会医科大学附属赤羽病院があるが、増本の実家からはやや離れている。もちろん重病なら少し遠くても大学病院などに紹介されて受診することもあるが、あのあたりなら赤羽病院よりもっと近くに……。

裕也は目を見開き、上半身を起こす。

板橋にある大学病院、そして栃木……。裕也はポケットの中からスマートフォンを取り出し、せわしなく検索をはじめた。

「やっぱり……」

数分後、液晶画面を見つめながら裕也はつぶやく。そこには白く巨大な建物の画像の下に、『光零医科大学附属高島平病院』の文字が浮かんでいた。

光零医大附属高島平病院。五年ほど前に、光零医大が高島平に建てた分院だった。裕也は人差し指を動かし続け画面をスクロールしていくと、『各科案内』の『消化器・肝《かん》胆膵《たんすい》外科』の文字をクリックする。診療科の紹介ページが開く。そのページの『医局員』の一番上に『馬淵公平教授』とあった。

馬淵公平。真也、川奈とともに純正医大第一外科の教授候補だった男。

数年前に光零医大の主任教授選に敗れた馬淵は、栃木にある光零医大の本院から高島平の分院に客員教授として飛ばされていた。そして、高島平病院は増本の実家に近い。

ようやく見つけた増本と純正医大との接点。増本が卒業後に勤めた病院は光零医大附属病院本院だったのではないか？　そこで増本は馬淵のスキャンダルを知った。そして数年ぶりに実家の近くの分院で馬淵と顔を合わせ、馬淵が純正の教授選に出ることを知って、過去のスキャンダルをネタに脅迫を……。

そこまで考えたところで、裕也は頭を左右に振る。

いや、それじゃあおかしい。それだと、増本が真也や川奈のことまで調べる説明がつかない。そうすると……。

裕也の頭の中で、一つのストーリーが形を作っていく。もしかしたら、根本的に間違っていたのかもしれない。裕也は手に持ったスマートフォンの発信履歴の中から一つの番号を選び、タップする。数回のコールの後、電話は繋《つな》がった。

「……誰？」警戒心と猜疑《さいぎ》心《しん》に満ちた女の声が聞こえて来た。

「あの、この前うかがった達夫さんの友人の者なんですけど」

裕也ははやる気持ちを抑えながら、電話の相手、増本達夫の母親に言う。

「ああ、あんたか。まったく、あんたぐらいだよ、この電話にかけてくる奴で達夫の友達って奴は。他は借金の取り立てばっかり。弁護士に言われて、まだ契約切らないでいるけどさ。本当に嫌になる。で、渡した資料で役に立つものがあったのかい？」

女の声が急に愛想のいいものに変化する。金への期待を匂《にお》わせながら。

「あ、いえ、そのことでちょっと聞きたいことがありまして。お母様は毎月病院に通っていらっしゃるってことでしたよね？」

「病院？　ああ、そうだよ。それがどうかした？」

「通っているのはどこの病院ですか？」

「ああ？　あたしが通っている病院？　なんでそんなこと……。えっとね、そりゃ、あれだよ、なんだっけ、あれ。高島平にあるでっかい大学病院で、これ、これい……」

「光零医大高島平病院」裕也はがまんできず口を挟む。

「ああそれそれ。なんだよ、知ってるんじゃないか」

「失礼ですけど、なんの病気だったんですか？　手術とかをしたんじゃ……」

「……なんでそんなことまで言わないといけないんだよ？」

「あの……達夫さんに調べてもらっていたのは医療に関することでして、そこに実体験としてお母様の病気の話も少し入っているんです」

裕也は思いつくままにでまかせを並べ立てる。

「それ言えば、金になるかもしれないのかい？」

「ええ、まだ記事にできるか分かりませんけど、その可能性は高くなります」

「……癌《がん》だよ、肝臓癌」増本の母親は投げやりに言う。

「癌で手術したんですね。それで……執刀医の先生はおぼえていますか？」

「執刀医？　なんだったかな……偉そうなおっさんだよ。達夫が栃木にいたころからの知り合いらしいんだけど……ま、ま……」

「馬淵教授！」興奮を抑えきれず、裕也は叫ぶ。

「ああ、それそれ、その馬淵って先生だよ」

やはり増本は馬淵と知り合いだった。あと確かめるべきことは……。

「馬淵は知っていましたか？　達夫さんが探偵みたいなことをやっていることを」

「うん？　ああ、知っていたと思うよ。あのバカ息子、よく自慢げにそのこと話してたからね。それがどうかしたの？」

「いえ、お時間とっていただきありがとうございました」

礼を言って電話を切ると、裕也は天井を仰ぐ。増本は馬淵と以前からの知り合いだった。そして、馬淵は増本が探偵をしていたことを知っていた。通話を終えたスマートフォンの画面に、再びさっき見た光零医大高島平病院のホームページを出すと、『馬淵公平教授』の文字をクリックする。不機嫌そうに分厚い唇を曲げる、頭が禿《は》げあがった男の写真があらわれる。その顔は、増本の手帳に挟まっていた写真の、水商売ふうの女とホテルから出てきていた男とは似ても似つかなかった。

あの写真は馬淵の不倫写真などではなかった。増本の手帳には一月に『1／12（木）羽田（妻）30万』との、純正教授選の候補者たちとは関係なさそうな記載がある。きっとあの写真は、一月に不倫の調査でもした時に撮ったものだったのだろう。

馬淵こそが増本と純正医大の教授選を結びつける鍵だった。目の前にかかっていた霧が晴れていく。

馬淵は脅されていたのではない。増本のメモの中で書かれていた『馬淵　１００万』の文字、それは脅し取った金ではなく、調査の報酬、真也と川奈のスキャンダルを調べる対価として支払われたものだったに違いない。

光零医大の教授選に敗れ、分院へ飛ばされていた馬淵にとって、母校である純正医大の教授選は正真正銘、人生最後のチャンスだったはずだ。教授の座を確実につかみ取るため、馬淵は増本を使ってライバルたちを蹴落《けお》とそうとした。

馬淵の狙い通り、増本は真也と川奈の弱みをつかんだ。馬淵はそれを使ってライバル候補を蹴散らしにかかり、金に困っていた増本は、馬淵から報酬を受け取るだけでは飽きたらず、直接川奈と真也に金を要求した。きっとそれこそが、その後に続いていく殺人事件の引き金になった。

増本はその後、秘密を守ろうとした川奈に殺されたのだろう。川奈がそこまでして守りたかった秘密、それはいったいなんだったのだろう？ 次に考えなくてはならないのはそのことだった。川奈こそがこの一連の事件の中心にいるに違いないのだから。

増本の遺体はすでに火葬されてしまっている。川奈を告発するような武器はなにもない。裕也は眉間《みけん》にしわを刻む。

川奈の秘密を調べ上げ、警察に告発する。そうしない限り、自分の身の安全は確保されないし、事件の全貌《ぜんぼう》を暴《あば》くこともできない。

裕也は目を閉じる。増本は阿波野病院に厚労省職員を名乗って押しかけている。おそらくはそこで増本は川奈の弱みをつかんだ。病院の資料から見つけられる弱み。

増本の手帳に記された『ｍｉｓｓキシ』の文字。阿波野病院の資料を読みあさったが、その中に『岸』というめぼしい人物はいまだ見あたらない。

「……ミス」その単語を口にして、裕也はあごを撫でる。

『ｍｉｓｓキシ』という文字が『アカネ』『妻』という女性を連想させる単語とともに書かれていたので、『ｍｉｓｓ』を未婚女性の敬称だと思い込んでいた。しかし、ここまで該当する人物が見つからないとなると、そこからして間違っていたのかもしれない。もし『ｍｉｓｓ』が『失敗』を意味しているとしたら、『キシ』とは？

「キシ、キシ、キシ……」

裕也は口の中でその単語を転がす。次の瞬間、頭の中で火花が散った気がした。目を大きく見開いた裕也は、ベッドの上に散らばった資料の山をかきわけていく。

まず最初に看護師の勤務表を手に取った裕也は、梅山茜、今は川奈の妻となっている女の勤務内容に目を通していき、金曜の夜勤、つまりは川奈とともに夜勤を行った日をピックアップしていく。

勤務表によると、去年の初めから茜は阿波野病院で勤務しはじめ、年末に退職している。その間に、茜は五回金曜日の夜勤を行っていた。その五回の日付けをメモすると、裕也は死亡診断書の束を手にとる。川奈と茜がともに夜勤をした五日で、死亡した患者がいないか、裕也はメモと死亡診断書の日付けを丹念に確認していく。

「あった！」裕也は声を上げた。

五日のうちの一日。平成二十三年八月十三日の未明、川奈が夜勤をしている時間帯に患者が命を落としている。患者の名は山田定之《さだゆき》、七十八歳。死因は『誤嚥性《ごえんせい》肺炎』とされており、診断書の一番下の部分に『川奈淳』の署名が記されていた。

裕也は続いて、薬品請求伝票の資料を手にとると、平成二十三年八月十三日を見る。目を凝らし、細かい文字を追っていく。

そこに決定的な記載を見つけ、裕也は拳《こぶし》を握りしめた。この山田定之という男こそ川奈の弱点だ。これで川奈を追いつめることができる。しかし、そのためには確認しなくてはいけないことがあった。

裕也はベッドのかたわらに置いておいたスマートフォンを手にとり、普段からよく掛けている番号にコールをした。昼下がりの今なら、あいつは昼休みを取っている可能性が高い。案の定、回線はすぐにつながる。裕也は相手が声を出す前に口を開く。

「ああ、諏訪野か。いま、ちょっといいか？　いやさ、またあの阿波野病院の当直を代わりに行きたいんだけど。……そうそう、狙ってるナースがいるって病院だよ。え？……ああ、頼む。今度も当直代はいらないからさ」

10

腕時計に視線を落とす。長針と短針が文字盤の頂点で重なりかけていた。二十三時五十五分。あと五分ほどで日付が変わる。裕也は胸に手を当て、視線を前方に向ける。そこには古ぼけた三階建ての建物があった。

阿波野病院。増本達夫が命を落とした病院。

裕也は病院の裏手にある、十五メートル四方ほどの小さな公園から病院を見上げていた。公園の周囲には高い垣根があり、周囲からの視線を遮っている。

湿った夜風が走り抜けた。昨夜はかなり強い雨が降った。昼間も日当たりの悪そうなこの公園は、いまだにところどころ地面がぬかるんで柔らかくなっている。

今日は金曜日、目の前の病院には川奈が当直医として勤務しているはずだ。

裕也は再び、左手首に巻かれた腕時計に視線を落とした。長針が震えるように動き、短針と重なった。午前零時。時間だ。これまでなんとか抑えてきた心臓の鼓動が、痛みを感じるほどに加速しはじめる。

サマージャケットの懐《ふところ》からスマートフォンを取り出すと、裕也は前もって登録していた番号を液晶画面に出し、迷うことなく発信した。

『はい、阿波野病院ですが……』

数回のコールの後、回線がつながり、電話から中年女性の眠そうな声が聞こえてくる。夜勤の看護師だろう。裕也は乾いた唇を舐《な》める。

「夜分恐れ入ります。私、帝都大学腹部外科の鈴木と申しますが、そちらに川奈先生はいらっしゃいますでしょうか？」

『川奈先生ですか。はい。こちらで当直なさっていますけど』

「申し訳ありません。さきほど川奈先生の担当患者さんの容態が急変しまして、指示を仰ごうと思ったのですが。先生の携帯に繋がらないんです。それで、今日はそちらの病院で当直していらっしゃると聞いて、直接お電話をさせていただきました」

『あ、そうなんですか。それじゃあ、川奈先生にお繋ぎすればいいんですか？』

「ええ、お願いします」裕也は唇の端をかすかに上げた。

電話からは安っぽい電子音でビバルディの『春』が流れ出す。

息を細く吐いて気を落ち着けながら、裕也は頭の中でくり返しこれからとるべき行動をシミュレートする。不意に音楽が途切れた。

『鈴木君、川奈だ。今日は君が当直なんだな。急変したのは誰だ？　どんな状況だ？』

川奈が勢いこんでたずねてくる。裕也は無言でほくそ笑んだ。帝都大のように多くの医局員をかかえていれば、一人ぐらい日本でもっとも多い名字を持っている医師がいるはずだと踏んでいたが、予想は当たったらしい。

「すいません、川奈先生。私は鈴木先生ではありません」

『は？　何を言っているんだ。じゃあ君は誰だ？　鈴木君はそこにいるのか？』

「先生を呼び出すために嘘をつきました」裕也はわざと一瞬間をあけ、ためを作る。

「私は純正医大第一外科の冴木裕也です」

　電話の奥から息を呑《の》む音が聞こえる。たたみかけるように裕也は言葉を続けた。

「川奈先生とお話ししたいことがあるんです。私は今、病院の裏手にある小さな公園にいます。場所はわかりますよね。ちょっと出てきてもらえませんか？」

『……いまは当直中だ』

「救急指定もないですし。携帯電話さえ持っていれば、十分や二十分ぐらい抜けても大丈夫ですよ。別に遠くに行くわけじゃない。すぐ裏の公園なんだから、『タバコを吸ってくる』とでも言って抜け出して下さいよ、増本が死んだ日みたいにね」

　裕也は露骨な皮肉で挑発する。

『……なんのことを言っているか分からない。もう切るぞ』

「どうぞご自由に。けど、いいんですか？」

『……なにがだ？』

「せっかく、先生の犯罪の証拠を買い取ってもらおうと思っていたんですが。交渉決裂となると、この足で警察にいくことになります。それとも、どこかの週刊誌にでも情報を売りつけることにしましょうか？　そのほうが少しは金になる」

　声が聞こえなくなる。十数秒の沈黙の後、川奈が息を吸う音が聞こえた。

『……私がなにをしたって言うんだ？　いったい何を持っているんだ？』

かかった！ 裕也はスマートフォンを持っていないほうの手で拳を握りこむ。

「お忘れじゃないでしょう？ あなたが一年ほど前、その病院で起こした事件を。死亡診断書、薬の請求書、看護師の勤務記録、そこから面白い話が見えてきたんですよ」

『そんな書類でなにが分かるって言うんだ？ なにを証明できる？』

「たしかに、それだけではなにもはっきり証明はできないですね。けれど週刊誌なら、面白可笑《おか》しく話を作ってくれるかもしれませんよ。帝都大の教授を目指そうって方は、疑惑が出るだけで困るんじゃないですか？」

『そんなことをしたら、出版社と君を名誉毀損《きそん》で訴える。それだけじゃない、恐喝でもだ。絶対に有罪にして、君の医師免許を剝奪《はくだつ》してやるぞ。いいか、絶対にだ！』

「医師免許剝奪ですか、それはちょっと困りますね。しかたがない。先生をその病院で起きたことで告発するのは諦《あきら》めます」

あっさりと裕也は言った。電話を通して戸惑いの雰囲気が伝わって来る。

『そうか。……わかったならいい。君が騒がなければ、私もわざわざ訴えたりは……』

「けれど先生、うちの件についてはそうもいかないんですよ」

『うち……？』

川奈の声が低くなる。裕也は唾液《だえき》で舌を湿らせた。ここからが勝負だ。

「そう、うちですよ。先日、先生はうちにいらっしゃって、部屋を荒らしていったでしょう？ あの時はすいません、お茶もお出ししなくて。なにしろ留守にしていたもので。けれど先生も、留守宅に無断であがりこむのは感心しませんよ」

電話から声は聞こえてこない。裕也は気にせずしゃべり続ける。

「先生、私が何の細工もなしに、鍵もかけないで部屋から飛び出すと思いますか？ その日にあなたに素顔を見られているんですよ。あなたが私の名刺に書かれていた住所に来ることぐらい予想がついていましたよ。あなたはまんまと誘い込まれたんですよ」

『……なにを言っているんだ。いい加減にしろ。もうこれ以上、話すことは……』

「撮られていますよ、先生」

『……は？』

「ですから、私が部屋を出る時、先生が部屋に侵入するかもと思って、小型カメラを回していたんですよ。うちから色々なものを盗んでいく先生の姿がばっちり映っています。住居侵入と窃盗じゃあたいした罪じゃないかもしれないけれど、帝都大腹部外科教授の夢は、まさに夢幻のごとく消え去ってしまうんじゃないですか？」

内心の緊張を隠しながら、裕也はつとめて軽い調子で言う。もちろん、そんな映像は残っていなかった。それどころか、部屋を荒らしたのが川奈という確証があるわけでもない。これは賭《か》けだった。ただ、分の悪くない賭けだと裕也は踏んでいた。

おそらく川奈は増本が死んだ日、遺体の確認に母親が病院を訪れているすきをついて、増本の部屋を荒らし、自分の犯罪の証拠を持ち去っている。増本の家での成功体験に味をしめ、今回も同じことをした可能性はかなり高いはずだ。

あの時は真奈美を心配し、鍵をかけることも忘れて飛び出してしまった。名刺に記されていた住所を見て追って来た川奈が、その光景を見てとっさに部屋に忍び込んだのだとしたら、鍵が開いたまま長時間家をあけたという不自然さは、罠《わな》だったのかもしれないと疑念を持たせる材料になるはずだ。

川奈はなにも言わない。話の信憑性《しんぴょうせい》を必死にはかっているのだろう。この時点で裕也は確信する。やはり部屋を荒らしたのは川奈だ。あれだけ徹底的に部屋を荒らすとなると時間もかかっただろう。妻の茜に見張りでもさせていたのかもしれない。

裕也は最後の一押しにかかる。

「先生、私は決して先生を告発したいわけじゃないんです。お互いに利がある方法を考えましょう。ですから、どうか公園まで来てください」

『……十分で行く』

憎々しげな言葉をのこして、回線は遮断された。裕也はスマートフォンを握り締めると、小さな歓声をもらす。疑似餌《ぎじえ》に獲物がかかった。

けれどまだ油断はできない。これから獲物を逃さぬよう、慎重に釣り上げなくては。そのための舞台を整える必要があった。裕也は右手のスマートフォンを顔の位置まで持ち上げると、液晶画面に新しい番号を表示させた。

公園の入り口に人影があらわれる。街灯を背に立つその顔ははっきりと見えないが、長身で細身のシルエットには見覚えがあった。

「こんばんは、川奈先生」ブランコの支柱に寄りかかりながら、裕也は言う。

近くに太い国道が走っているため、深夜だというのに辺りには絶えず低いエンジン音が響いている。おそらくは長距離トラックのものだろう。少しぐらい大きな音を出しても、住民が気にすることはなさそうだ。裏道にされているのか、公園前の二車線の道路も、数分ごとに轟音《ごうおん》をたててトラックが通過していた。

川奈はゆっくりと公園内に入ってくる。わざわざ着替えてきたのか、糊《のり》の利《き》いたシャツにジャケットを羽織っている。川奈は公園内に視線を走らせる。

「俺しかいませんよ。そんなに警戒しないで下さいって」

軽い口調で言う裕也をにらみつけると、川奈は大きく舌打ちをした。

「映像はどこにある？」

「ここですよ」

裕也はサマージャケットのポケットからＵＳＢメモリーを取り出す。もちろん、この中に川奈が部屋をあさる映像など入っていない。ただの空のＵＳＢメモリー。

裕也の右手に、川奈の鋭い視線が注がれる。裕也はおもむろに右手を開く。川奈が細めていた目を大きく見開くと同時に、地面に落ちたUSBメモリーを裕也はかかとで踏み砕いた。プラスチックとその中に収められていた電子回路が粉々に砕け散る。

「一体なにを……？」川奈は呆然《ぼうぜん》とつぶやく。

「先生、まさかオリジナルデータを持ってきているとでも思っていたんですか？　そんな馬鹿《ばか》な事はしませんよ。オリジナルは他のところに隠しています」

川奈の奥歯がぎりりと不快な音を立てるのを、裕也は笑顔をたもったまま聞いた。ここが重要だった。ポーカーのようなものだ、こちらの手が役無しであることを気づかせず、ブラフを張り続けてペースに巻き込む。

「いくら……欲しいんだ」

川奈が声を絞り出す。その瞬間、裕也は顔から笑みを消し去ると、川奈をにらみ返した。唐突な裕也の表情の変化に、川奈は一歩あとずさる。

「先生。私は増本みたいな、金が欲しいだけのくずとは違うんですよ」

「金じゃない？　それじゃあ一体……？」

警戒をあらわにする川奈。裕也は再びいやらしい笑みを浮かべた。

「先生、死んだ私の父が、教授選の候補だったことは言いましたね？」

川奈はかすかに顎《あご》を引いてうなずく。

「父が教授になれば、医局での私の立場は安泰でした。けれど父が死んだことで、私は医局での居場所を失った。このまま純正にいても、出世はできないでしょう」

「……なにが言いたいんだ。はっきりと言え」

「それじゃあずばり言いましょう。私をあなたの右腕にしてください」

「あ？」川奈は眉間にしわを寄せる。

「先生は純正の教授選を辞退されましたが、近いうちどこかの大学の教授になるはずです。その時、私をその医局に引き抜いてください。もちろんこの若さで准《じゅん》教授にしろなんて無茶は言いません。最初は講師ぐらいで十分です。ただ、すこし私を贔屓《ひいき》にしてくれればいいんです」

「……君を、私の側近にしろと言っているのか？」

「さすがはご理解が早い。その通りです。きっと先生は将来、帝都大の教授になる。その時に、私を准教授に引き上げてください。帝都大の准教授ともなれば、最終的にはどこかの私立医大の教授ぐらいならなれるはず。私はそれで満足です」

「これから二、三十年、君の面倒を見続けろというのか？」

「そうですよ、先生。よく考えてください。これがお互いにとってベストの選択です。先生は何一つ損しない。それどころか、決して裏切ることのない側近を手に入れられるんです。そして、私を側近にしている限り、先生は安泰です。先生と私は一蓮托生《いちれんたくしょう》になるんですから、私が先生を告発する心配はなくなります。これこそウィンウィンの関係。理想の解決法じゃないですか」

川奈は厳しい表情のまま黙り込む。

「先生、そんな悩むふりしてもだめですよ。どう考えたって、これが一番いい解決法なんだから。それに……」裕也はにやりと唇の両端をつり上げた。「先生は、もうすでに同じことをしているじゃないですか」

川奈の眉間に刻まれていたしわが、さらに深くなる。

「なんのことを言っているんだ？」

「奥さんのことですよ。茜さん、でしたっけ？」

「茜が……どうした？」

「先生はなぜ茜さんと結婚したんですか？」

川奈は裕也を睨《にら》みつけたまま、答えることをしない。

「阿波野病院のナースも驚いていましたよ。地味で、仕事でも決して優秀じゃなかった茜さんが、いきなり先生と結婚してね。とても失礼なことを申し上げますが、先生と茜さんでは、あまりに釣り合いが取れていないんじゃないですか」

「……男と女の話だ。何があるか分からないだろう」

「もちろんそうですが、先生と茜さんの場合に限って言えば、少なくとも恋愛感情で結婚したんじゃないですよね。これからパートナーになるんだから、隠し事はなしでいきましょう。先生は去年、そこの阿波野病院で茜さんとともに医療過誤をおこした。気が弱くて秘密を漏らしてしまいそうな茜さんを自分の妻にすることで、先生はその医療過誤を隠そうとした。夫婦となって一蓮托生となれば、茜さんも必死で秘密を隠そうとするでしょうからね。それとも、もしかしたら茜さんの方が取引を持ち掛けてきたんですか？　黙っててやるから結婚しろと。私にはどちらかは分かりませんけど」

「……なにを言っているんだ」

「先生、まだしらを切るんですか？　みなまで言わせないでくださいよ」

　低い声でぼそぼそとつぶやく川奈に、裕也はこめかみを掻きながら言う。しかし、川奈が口を開く気配はなかった。裕也は苦笑しながら肩をすくめる。

「……キシロカイン」

　裕也がつぶやいた瞬間、川奈の体が大きく震えた。

「去年の八月、あの病院で一人の男が亡《な》くなっていますね。名前は山田定之。七十代の老人で、脳梗塞《のうこうそく》後遺症で寝たきりになり、胃ろうを造設して、経管で栄養管理をしていた患者さんです。死亡診断書に書かれていた死因は誤嚥性肺炎。まあ胃ろう管理の患者さんなら珍しいことじゃありません。そしてその死亡診断書を書いたのが先生です」

「……それがどうした。私は普通に診断書を書いただけだ」

「けれどね、先生、おかしいんですよ。死亡したのは深夜二時。けれど準夜勤の看護師が書いた看護記録には、発熱も酸素飽和度の低下も記載されていません。肺炎をおこしているとは思えません」

諏訪野の手引きで、二日前に再び当直医として阿波野病院に入りこんだ裕也は、以前大学病院で受け持っていた患者なのでぜひと看護師に頼みこみ、カルテ室に保管してあった山田定之のカルテを見せてもらっていた。

「……準夜の看護師が帰ったあとに誤嚥をしたんだ。そして、窒息して亡くなった」

「それなら、死因を誤嚥による窒息にするべきじゃないですか」

「それは……」

川奈は言いよどむ。その態度を見て、自分の想像が正しかったことを確信しつつ、裕也は内心で増本の捜査能力に感嘆していた。増本の手帳の情報がなければ、自分は決して阿波野病院で起こった事件の真相にたどり着けなかったはずだ。増本達夫という男は、社会人としては失格だったかもしれないが、探偵としては一流だったのだろう。

川奈の周囲を調べるうちに茜のうわさを聞いた増本は、川奈がなにか茜に秘密を握られて結婚したのだとふんで、阿波野病院に忍び込んだ。そして、わずかな資料から川奈のスキャンダルに気づいた。素晴らしい勘と行動力だと言わざるを得なかった。

「あとですね、よくよく亡くなった患者の看護記録を見ると、ちょっと気になる記載があったんですよ。『たびたび不整脈（心室頻拍）が生じている』って記載されていて、たしかに心室頻拍が起こっている心電図も貼《は》られていました」

裕也は動揺している川奈にさらに追い打ちをかけていく。

「それが……どうしたんだ」

かすれ声で言う川奈からは、もはや帝都大准教授としての威厳は感じられなかった。

裕也はそんな川奈に向かってとどめの一言を投げつける。

「先生はその患者に間違えて、点滴用の10％キシロカインを静注したんじゃないですか」

川奈の表情が炎で炙《あぶ》られた蠟《ろう》のようにぐにゃりとゆがんだ。

キシロカイン。一般名、塩酸リドカイン。抗不整脈薬の一種。心室頻拍など心筋の過剰興奮が原因で起こる不整脈に対し頻繁に使用される薬。かつてこの薬の誤投薬による医療過誤が多発した時期があった。

医療過誤が起きた原因は、この薬のアンプルが二種類あったことだった。一つは静脈内に一気に全量を注射するための2％溶液2・5㎖アンプル。そしてもう一つは、点滴液の中に混ぜて希釈し、長時間を掛けて使うための10％溶液10㎖アンプル。その有効成分量の差は、実に二十倍に達する。

問題は二つとも同じ『キシロカインのアンプル』であったことだった。その結果、取り違えにより、点滴用の高濃度溶液をワンショットで静脈注射する医療事故が多発した。高濃度キシロカインを希釈することなく注射された患者は、心臓の電気的活動が過剰に抑制され、最悪の場合には心停止をおこすことさえある。

事故の多発を受け、10％キシロカイン溶液のアンプルは発売中止となり、今は間違えることのないよう、点滴バッグ型のものが発売されている。

川奈と茜は去年の八月十三日未明、その誤投薬をして患者を死なせてしまったのだろう。増本の手帳に書かれていた『ｍｉｓｓキシ』という言葉、それは『キシロカインの投薬ミス』という意味。裕也は薬品請求伝票を調べることで、そのことを確信していた。

山田定之という患者が死んだ日、茜は薬品請求伝票に『10％キシロカイン溶液10mℓアンプル1A』と記載をしていた。もはやその製品が販売されていないにもかかわらず。未明にそのアンプルを誤って使用してしまい、それをごまかすために新しいものを補充しようとしたのだ。

裕也は挙動不審になっている川奈にかすかに同情する。もし茜が余計なことをしなければ、増本に事件を知られることもなかったはずだ。

「茜さんは先生のミスを目撃した。先生は茜さんの口からそのことがもれることを恐れて、口止め料として結婚をちらつかせた。茜さんはその条件に飛びついた」

裕也はさらに川奈を追い詰めていく。

「ちがう！　ミスをしたのは私じゃない。茜だ！　私はキシロカインを打てと言っただけだ。それを……茜が救急カートの奥にあった点滴用を取り出して、勝手に……。ちゃんとアンプルに静注しないように大きく書いてあったのに。第一、あ、あの病院の管理が悪いんだ。点滴用キシロカインのアンプルはとっくに発売中止で、廃棄していないといけないのに、救急カートに入れたままにしていて……」

言葉を切った川奈は、すがりつくような視線を投げかける。

「君を側近にすれば、純正から引き抜けば、今言ったことは忘れてくれるんだな？」

「もちろんですよ、先生。そんなことしても私にはなんの得もないですからね」

裕也は柔らかい笑みを浮かべる。

「しかし先生。増本、あなたを恐喝していたあの男は、探偵としての才能はあったのかもしれませんけど、交渉ごとは苦手だったみたいですね。二百万円も受け取ったのに、さらに欲をかいて……先生に殺されるはめになった」

「な？　何を言っているんだ。私はあの男を殺してなんかいない」川奈は目を剝《む》く。

「先生、ごまかすのはやめましょうよ。増本は先生を脅迫していた。その男が持病もないのに、先生が当直中の病院に運び込まれて死んだ。しかも増本を運び込んだのも、死亡確認をしたのも先生だ。どう考えても、先生が殺したとしか思えないじゃないですか。

まあたしかに、増本はすでに火葬されていますから、証拠はないですけどね」

「違う！　いや、たしかに私が死亡診断書を捏造《ねつぞう》した。それは認める。けれど私は殺してなんかいない。君は勘違いしているんだ」

「それじゃあ、あなたを脅していた男が偶然、あなたが当直中の病院の外で死んでいたって言うんですか？　いくらなんでもそんなことは信じられませんよ」

「……電話があったんだ」川奈は声をふるわせる。

「電話？」

「そう、あの日、君がさっきしたのと同じように、病院に直接電話がかかってきて私を呼び出した。電話に出たら変な……機械を通したような声が言ったんだ。『外でお前を脅していた男が死んでいる。それを病死として処理しろ。そうしないと、お前が殺したと思われるぞ』って……」

機械を通した声？　ボイスチェンジャー？　なにを言っているんだ。それを使っていたのはお前だろ。それを使って、俺に調査をやめるように脅迫電話をかけたんだろうが。

そう思うが、裕也は口を挟むことはせず、視線で川奈に先をうながした。

「最初はたちの悪いいたずらと思った。けれど私が脅されていることを知っていることが気になって、念のため外に出たんだ。そうしたらあの男が病院の裏手に倒れて……死んでいたんだ。多分、首を絞められて……」

「先生、いくらなんでも、その話は荒唐無稽《こうとうむけい》すぎるとは思いませんか？」

「しかたがないだろう！　それが本当のことなんだから！」

川奈は声を荒らげる。裕也はそれ以上、追及することをやめる。当然、川奈の話を信じたわけではない。本当に追及したいのは増本のことなどではないからだ。

「それじゃあ先生、最後に一つだけ教えてください」裕也は一呼吸おくと、川奈を鋭い視線で射貫《いぬ》く。「なんで私の父を殺したんですか？」

「な……なにを？」川奈は歯茎が剝き出しになるほどに唇をゆがめた。

「先生、もう分かっているんですよ。先生は胆囊《たんのう》摘出術を受ける予定だった父に、大量の抗血栓薬を投与して術中死させた。けれどどうしても分からないんです。なぜ父を殺す必要があったのか？　教授選のため？　いや、違いますよね。その時すでに先生は教授選から降りていた。それに、先生は純正の教授にはそれほど興味がなかった。いったいどんな理由があったんですか？」

「君は大きな勘違いをしている。私は君の父親になんか会ったことはない」

「会ったことなくたって、殺すことは可能です。べつにあなたが直接、抗血栓薬を投与する必要はない。奥さんでももぐりこませたんですか？　それとも純正のスタッフに協力者がいるんですか？」

言え、さっさと言っちまえ。裕也は念じながらサマージャケットのポケットの上に手を置き、その中にある硬い感触をたしかめる。

この一連の事件で、川奈が大きな役割を担《にな》っていることは間違いない。きっと父の殺害にも……。もちろん川奈が通り魔事件の犯人とは思えないので、光零医大の馬淵は、おそらくは偶然通り魔の犠牲になったのだろう。しかし、父の殺害に川奈が関わっていないとは思えなかった。

「なにを言っているんだ？　どうして私が君の父親を殺さないといけないんだ？」

「それが分からないから、さっさと言えって言ってるんだろうが！」

裕也は川奈を怒鳴りつける。川奈の体がびくりと震えた。

「俺は父とはそりが合わなかった。けれど、やはり父親なんです。殺された理由ぐらい教えていただかないと納得できません」

「だから何度も言っているだろ！　私は君の父親のことなんて知らないんだ」

髪をかきむしりながら川奈は叫ぶ。裕也はその姿に冷たい視線を向けた。

「……分かりました」裕也がため息まじりに言う。「それでは、交渉は決裂ですね。先生がやったことは警察に伝えます」

「なっ！」

「それでは失礼します」裕也はうやうやしく川奈に一礼をする。

「なんで？　君を引き抜く代わりに、全部黙っていてくれるんだろ？」

「ええ、そのつもりでしたが、先生は本当のことを告白するつもりがないらしい。残念ですけど、そんな人と信頼関係は築けません。いつ寝首を掻《か》かれるかわかったもんじゃない。増本みたいにね。だから、先生が父を殺したことを認めないなら、私は証拠を持って警察へ行かせてもらいます」

裕也は公園の出入り口の方向に立つ川奈に向けて、一歩足を踏み出す。これが川奈の口から真也の殺害を告白させる最後のチャンスだった。

言え！　言うんだ！　裕也は表情筋を複雑に蠕動《ぜんどう》させる川奈をにらみながら、心の中で繰り返す。川奈はおずおずと口を開いた。

「私は……本当に誰も殺してなんかいないんだ。私を脅していた男も、君の父親も……」

裕也は血がにじむほどに唇を嚙《か》む。もう川奈から自白を引き出すことはできない。ならばあとはプロに任すしかない。プロフェッショナル、つまりは警察に。

「残念です」

裕也は肩をすくめると、さらに一歩川奈に向かって、出口に向かって足を進める。

「待ってくれ。私を告発しても、君にはなんの得もないだろ。よく考えるんだ。そうだ、私が帝都の教授になったら、新設私立医大どころか、君をどこか地方国立大医学部の教授にしよう」

すがりつくような口調の川奈に向かって、裕也は唇の片端を持ち上げる。

「興味ねえよ」

「な、なにを？　国立大医学部の教授だぞ。それ以上なにを望むって言うんだ」

「みんな自分と同じだって思うんじゃねえ。教授なんて面倒なこと頼まれたってごめんだ。あんたたちみたいに、他人を蹴落としてまで教授なんかになりたがっている奴《やつ》らの気が知れねえよ。いいからそこをどいてくれ。さもなきゃ投げ飛ばすぞ」

「嘘《うそ》だ！」川奈は唐突に金切り声を上げた。

「はぁ？」

「嘘なんだろ、私がお前の家に侵入した画像があるなんてこと。そうだ、そうに決まってる。あの時、部屋の隅々まで調べたんだ。カメラなんてなかったはずだ」

「その通りですよ。カメラなんか仕掛けてなかった」裕也は苦笑する。

「な、なら、なんの証拠もない！　なにも証明なんかできない！　ざまあみろ。もしこれで警察に告発なんてしてみろ。名誉毀損でお前を訴えてやる。どんなに金をかけてもいい。最高の弁護士を雇ってお前を……」

「……先生、それはさっき聞きました。けど、証拠はあるんですよ。……今はね」

「え？」

呆然とする川奈の目の前で、裕也は見せつけるかのようにゆっくりと手をポケットに入れ、中からＩＣレコーダーを取り出す。川奈の口から小さな悲鳴が漏れ出した。

「先生が自分から全部話してくださいました。感謝しています。続きは警察で話してください。……俺の親父《おやじ》のことも合わせてね」

川奈の頭が、気でも失ったかのようにがくんと垂れ下がる。そんな川奈を横目に、公園の出口に向かって悠然と歩を進める裕也の胸に、じわじわと満足感が湧《わ》いてきた。たしかにこの場で事件の真相すべてを暴くことはできなかった。しかしそれでも、川奈を逮捕させるのに十分な証拠を得ることはできた。とりあえず及第点だ。

立ちつくす川奈とすれ違う寸前、裕也の耳を低くこもった声がかすめた。

「お前が……悪いんだ」

背筋が凍りついた。本能が体を動かす。裕也は思い切り地面を蹴って後方へと飛ぶ。顔を守るようにかかげた腕に鋭い痛みが走った。

倒れた裕也は受身を取ると、そのまま後方に回転をして立ち上がる。三メートルほど先には、川奈が左右に細かく揺れながら立っていた。その目は焦点が合っていない。しかし、裕也を恐怖させたのはその異常な雰囲気ではなく、川奈の手にあるものだった。

街灯の光を鈍く反射する物体。それは見慣れたものだった。ディスポーザブルの手術用メス。手術の最初に皮膚切開につかう、極限まで切れ味を高めた刃物。

裕也はずきずきと痛む左腕を見る。サマージャケットが切り裂かれ、皮膚に傷口が開いていた。傷は真皮を切り裂き脂肪組織にまで及んでいる。したたる血が街灯に紅《あか》く照らし出された。

裕也の脳裏に、はじめて川奈を見た講演会での、川奈の紹介が蘇《よみがえ》る。

『剣道部主将　東医体優勝』。目の前で殺意を漲《みなぎ》らせて刃物を持つ男が優秀な剣道家であることを思い出し、裕也の全身を緊張が走る。

「俺を殺してどうする？　ここで俺が死んでいたら、あんたが真っ先に疑われるぞ」

「……病院に死体をもっていって、死亡診断書を書けばいい」

「斬《き》り殺されて、血まみれの死体をどうやって病死でごまかそうって言うんだ？　どんなとぼけた看護師だっておかしいって思うだろ！」

裕也は傷口を押さえながら声を張り上げる。

「うるさい。なんとかなる。お前さえ殺せばなんとかなるんだ。お前さえ殺せば……私は帝都の教授に……」

熱に浮かされたような口調の川奈を見て、裕也は震えとともに目の前の男を説得することを諦める。二十年以上の年月を医局という狭い世界にささげてきた男。その二十年の血と汗と涙の結晶を、今自分は奪おうとしているのだ。

『帝都大の教授』という地位への想《おも》いはもはや妄執と化している。すでにこの男に言葉は届かない。いや、もっと前から川奈は理性をむしばまれていただろう。愛してもいない女と結婚し、脅迫者の口を封じ、不法侵入をする。どれ一つ取ってもまともな精神状態の人間がとる行動とは思えない。

　裕也は羽織っていたサマージャケットを、まだ血が滴《したた》る左腕に巻いた。メスの鋭さはこれ以上ないほど知っている。しかしいくら鋭くても、その刃渡りは数センチに過ぎない。急所に当たらない限り致命傷にはならないだろう。腕に巻いたジャケットでうまく搦《から》めとれば、無力化できるはずだ。裕也は息を細く吐き、心臓の鼓動を減速させていく。

　あの小さなメスで狙《ねら》える急所、切り裂ける動脈は限られている。大腿《だいたい》動脈や上腕動脈は服が邪魔でうまく切れないはず、ならば……。裕也は左腕を持ち上げ、首をかばう。

　背中を氷のような汗が滑り落ちた瞬間、川奈が跳んだ。予想通り右袈裟《みぎげさ》斬《ぎ》りで首筋を狙ってくる。しかし、その踏み込みのスピードは裕也の予想をはるかに凌駕《りょうが》していた。

　一瞬で間合いが潰《つぶ》される。裕也は必死に大きく身をそらせ、迫り来る刃《やいば》を躱《かわ》そうとした。額をかすめるように鈍い光の軌跡が通過していく。前髪が数本はらはらと散った。

　間一髪で初撃をよけることはできた。しかし、重心は大きく後方に傾き、バランスを崩している。川奈の虚《うつ》ろな目に妖《あや》しい光が灯る。

　とどめを刺しにくる。底なし沼のように暗い眼球に自分の姿が映るのを見て、裕也は確信する。追撃がきたら……よけられない。

　メスの切っ先を裕也の喉元《のどもと》に向けると、川奈は大きく右足を踏み出した。

必殺の突きが放たれる寸前、倒れこんでいく裕也の左足が、大きく踏み出された川奈の右くるぶしを払った。絶妙のタイミングで出足払いが決まった。突きを放ちかけた体勢のまま、川奈の体が宙に浮いた。

裕也は自らも倒れながらも、奥襟をとる要領で、ジャケットに包まれた左腕を川奈の首に巻きつけ、ぶらさがるように体重をかける。落下速度を加速された川奈は、後頭部から激しく地面にたたきつけられた。頭と地面が衝突する鈍い音が公園内に響く。

そばに倒れた川奈の四肢が、一瞬つっぱった後に力なく垂れ下がるのを見て、裕也は大きく息を吐いた。まったく手加減なしに投げ捨てた。受身も取らせず後頭部から落としたのだ。脳震盪《のうしんとう》で当分は動けないだろう。

のろのろと立ち上がり天を仰いだ裕也は、左腕に熱い痛みをおぼえ、顔をしかめる。アドレナリンが切れてきたためか、傷から拍動するような疼痛《とうつう》を感じた。裕也は公園の出口に向かって歩き出す。その時、視界の隅で光がきらめいた。すねに焼印でも押されたかのような激痛が走る。

のどの奥から無意識に「がぁ?」という声がもれだした。あまりの痛みにその場にもんどりうちながら、裕也は自分のすねに視線を向ける。ジーンズに小さな穴が空き、その周囲から血液が滲《にじ》み出していた。裕也は自分が刺されたことに気づく。

「ふざけるな……」

倒れたまま裕也の足をメスで刺した川奈が地の底から響くような声で唸《うな》る。ホラー映画のゾンビのように、ずりずりと這《は》いよってくる川奈を見て裕也の表情がこわばる。思い切り後頭部から落とした。柔らかい畳の上だって脳震盪をおこすほどの強さでたたきつけたはずだ。なんで動けるんだ？　そう思ったとき、裕也は川奈のすぐそばの地面が、くっきりと頭の形にへこんでいることに気がつく。

「ああ……」後悔の声が口からもれる。昨夜の雨で地面のところどころが柔らかくなっていた。川奈をたたきつけたのも、ちょうどそのような場所だったのだろう。だから、それほどひどい脳震盪をおこさず、すぐに回復できたのだ。

川奈を倒したあとすぐに逃げ出していれば。そうでなくても、メスだけでも奪っておけば……。しかし、今は悠長に後悔している余裕はなかった。川奈がメスを手に、這いよってきている。

動きから見て、完全に脳震盪から回復してはいない。走って逃げれば追いつけはしないはずだ。出口に向かって走ろうと、足に力を込めた瞬間、刺された傷から脳天まで激痛が突き抜けた。裕也はその場に崩れ落ちる。

背後から獣の咆哮《ほうこう》のような声が上がる。倒れたまま振り返った裕也の瞳《ひとみ》に、両逆手でメスを握り飛び掛ってくる川奈の姿が映った。のしかかってくる川奈の手を、裕也は必死に摑む。振り下ろされたメスは、顔面の数センチ前で停止した。

川奈が両手に全体重を掛けてくる。必死に押し返そうとするが、切り裂かれた左腕に焼けつくような痛みが走り、力が入らなかった。メスはゆっくりと、しかし確実に近づいてくる。妖しく輝くメスの切っ先が、裕也の鼻先に触れるほどに迫った。

「やめろ！」

不意に、怒声が響き渡った。メスにかかっていた川奈の体重が一瞬軽くなる。

今だ！　裕也はその隙《すき》を逃すことなく、川奈のみぞおちに刺された左足を置くと、巴《ともえ》投《な》げを放った。ふくらはぎに耐えがたい激痛が走るが、かまうことなく頭越しに川奈を投げ捨てる。川奈は勢いよく背中を地面に叩《たた》きつけられ、苦しげに咳《せ》き込んだ。

痛みに耐える裕也の視界に革靴が入って来る。裕也は歪《ゆが》んだままの顔を上げた。二人の男が険しい表情で見下ろしていた。

「どういうことか説明してもらえますか？　冴木先生」

男の一人が怒りのこもった声でつぶやく。

そんなに怒らないでくれよ。今のあんたは本家のコロンボより格好よく見えるぜ。

警視庁捜査一課刑事の桜井を見て、裕也は媚《こ》びるような笑みを浮かべた。

「誰だお前たちは！」ジャケットを泥まみれにした川奈が身を起こして叫ぶ。

「お忘れですか、川奈先生。以前お話をうかがったでしょう。警視庁捜査一課の桜井ですよ。後ろは板橋署の真喜志です」桜井はいらだたしげに鳥の巣のような頭を掻く。

「け、刑事……」

「それより川奈先生。とりあえず右手に持っているものを捨ててくれませんか」

「え？　あ、ああ！」

桜井に言われ、川奈は不思議そうに自分の右手に視線を向けた。そこに血で濡《ぬ》れたメスを見た川奈は、焼けた鉄でも握っていたかのように、あわててそれを放り投げる。

普段の愛想の良さが嘘のように、桜井は仏頂面《ぶっちょうづら》で裕也と川奈を睥睨《へいげい》した。

「それで冴木先生、どういうことなんです？　こんな深夜にいきなり呼び出して。まったく、私たちは宅配ピザ屋じゃないんですよ」

「すいません」裕也は首をすくめながら弱々しく笑う。

数十分前、川奈を呼び出した直後、裕也は桜井からもらった名刺に記されていた番号に電話をした。そして、深夜の突然の電話をいぶかしがる桜井に「帝都大の川奈を殺人罪で逮捕させますから、すぐに来てください」と伝え、阿波野病院の裏の公園を指定すると、なにか言ってくる桜井を無視して通話を切ったのだった。

裕也はポケットから取り出したＩＣレコーダーを桜井に突き出す。

「その中で川奈先生が自分の犯行を告白しています。まあ、殺人については下手な言い訳していますけどね」

「私は……誰も、殺していないんだ！　私は、なにも、罪は犯していない！」

息も絶え絶えに叫びながら、川奈は裕也に摑みかかろうとする。しかし、その前に真喜志に肩をがっしりと摑まれ、動けなくなる。

「山田っていう患者はどうなんです？」裕也は川奈に冷たい視線を向けた。

「あれは……私のせいじゃない」

「たしかにキシロカインを打ったのは先生じゃない。けれど、あなたはそれを病死として隠そうとした。その責任があるでしょう？」

「どうせ意識のない患者だったんだ。身よりもなくて、生きている意味なんてない……」

「あんたが決めるな！」裕也の怒声が川奈を打ちつける。「俺たちに患者の生きる意味を決める権利なんてないだろ。意識がなくても、身寄りがなくても、患者の人生を評価するのは俺たちの仕事じゃないだろ」

それは医師になってから指導医に、そして母に何度も言われてきたことだった。裕也の剣幕に川奈は口をつぐむ。

「まあ、川奈先生、とりあえずあなたを逮捕します。話はあとでゆっくり聞かせてもらいましょう」桜井が鳥の巣のような頭を搔きながらつぶやいた。

「な、なにを言っているんだ。あいつの言うことは全部でたらめだ。だ、第一なんの証拠もない。それなのにあんなことを言って、私よりあいつを先に名誉毀損で逮捕するべきだ。それに……そうだ！　逮捕状！　逮捕状はあるのか？」

川奈は桜井に向かってつばを飛ばしながらまくし立てる。

「川奈先生、逮捕状なんていらないんですよ」

「え……？」川奈は口を半開きにして桜井を見上げた。

「川奈先生、あなたを冴木先生に対する殺人未遂の現行犯で逮捕します。現行犯ですので逮捕状は必要ありません。真喜志君、川奈先生に権利を教えてさし上げて」

「あ、あ、あ……」

川奈の唇の隙間から、言葉にならない音が漏れ出す。真喜志がふところから手錠を取り出した。

「さて、冴木先生、あなたも無罪放免っていうわけにはいきません。署に同行してもらって、みっちり話を聞かせてもらいますからね。拒否したりしませんよね？」

「そんなことしませんよ。こっちから説明したいぐらいなんだから。けれど、傷をどこかで縫ってもらってからにしてもらえませんか？」

「わかりました。けれど、治療のあとでたっぷりと話を聞かせてもらいますから、覚悟しておいてください」

渋い顔を見せる桜井に、裕也はおどけるように肩をすくめてみせた。張り詰めていた公園内の空気がゆるんでいく。

ようやく終わった。このあと警察はICレコーダーの内容を聞いて川奈を追及していく。川奈がその追及に耐えられるとは思えなかった。きっと川奈の口から、純正医大第一外科教授選に関連した、一連の事件の真相が明らかになるはずだ。なぜ父が殺されなくてはならなかったのかも含めて。

裕也は月が浮かぶ空を見上げると、肺の底にたまった空気を吐き出す。達成感がじわじわと胸の奥から湧き上がってきた。

「あっ⁉」

唐突にあがった声に、裕也と桜井は同時に声の方に振り向く。うなだれていた川奈が、真喜志の手を振り払い、その胸を思い切り押して走り出すところだった。

「待て！」川奈に胸を押され、しりもちをついた真喜志が叫ぶ。

目を血走らせ、奇声を上げながら川奈は公園の出口に向かって走った。もはやその姿に、日本最高学府の准教授の威厳はかけらも残っていなかった。ただこの場から、自らの危機から逃れたいという動物的な欲求のみが、その体を突き動かしているように見えた。川奈は公園から走り出る。次の瞬間、甲高いブレーキ音が空気を切り裂いた。

裕也、桜井、真喜志。三人ともがそろって、凍りついたように立ち尽くす。

川奈の姿はもはや見えなかった。猛スピードで走りこんできた大型トラックに弾《はじ》き飛ばされて。

「真喜志君、救急車！　救急車を呼んで！」

一番早く金縛りから解けた桜井が、叫びながら短い足をちょこちょこと動かして走り出す。その声で我にかえった裕也も、桜井のあとを追った。足の傷から突き刺すような痛みが伝わるが、歯を食いしばり、足を引きずりながら裕也は懸命に走る。

「俺が悪いんじゃない！　あいつが急に飛び出して……」

トラックから降りてきた運転手が声を震わせながら叫ぶのを無視して、公園から出た裕也は川奈の姿を探す。十五メートルほど先に、倒れ伏す川奈と、そのそばにひざまずく桜井の姿があった。裕也の表情が強張《こわば》る。交通事故では三メートル以上はね飛ばされれば、自動的に最重症患者と見なされる。川奈はその数倍も弾き飛ばされている。

もはや感覚がなくなりつつある左足に活を入れ、川奈に走り寄る。桜井が眉《まゆ》を八の字にして見上げてきた。

アスファルトの上に横たわる川奈の姿を見た瞬間、裕也の口から無意識にうめき声がもれた。両足と左手はありえない方向へと曲がっており、右足にいたっては、折れた大腿骨がズボンを突き破ってあらわになっている。大きく咳き込むたびに、その口から大量の血液があふれ出した。

裕也は川奈のそばにひざまずくと、シャツに手をかけ、一気に左右に破る。川奈の右胸は、まるで大型の肉食獣にえぐり取られたかのように大きく陥没していた。血を噴いて当たり前だ。片肺が完全につぶれている。

助からない。もってあと数分。救急で数多くの交通外傷患者の治療に当たってきた裕也の経験がそう告げていた。

川奈の頭部がゆっくりと動き、裕也の方を向く。血で紅く染まった川奈の唇が、痙攣《けいれん》するかのように細かく動いた。

「なんだよ、なにか言いたいのか?」

裕也は今にも事切れそうな川奈に聞こえるように、声を嗄《か》らして叫ぶ。

もはや死から逃れられないこの状態なら、川奈が自らの犯した罪をすべて告白する可能性がある。そうなれば……俺は親父の呪縛《じゅばく》から逃れられるかもしれない。

死に瀕《ひん》した、しかもその責任の一端が自らにもある男を前にして、自分のことしか考えていない自分に嫌悪感《けんおかん》を抱き、裕也は顔をしかめる。しかしそれでも、川奈の言葉に耳を澄まさずにはいられなかった。

紅く濡れる唇の隙間から、あえぐような声が聞こえる。

「私は……誰も、殺してなんか、いない。……私は、殺してない」

川奈の目からかすかに残っていた意思の光が消えた。裕也はあわてて川奈の口元に耳を近づけ、その首筋に右手の指先を沿わせる。呼吸音が鼓膜を震わすことはなかった、頸《けい》動脈の拍動も触知できない。

裕也は川奈の胸の上に両手のひらを重ねると、体重をかけて心臓マッサージを開始する。胸骨が押し込まれるたびに、川奈の口からは少量の血液が噴き出す。左手の傷口がずきずきと痛んだ。

「先生、もう無理なんじゃ……」

かたわらに立つ桜井が声をかけてくるのを無視し、手のひらを川奈の血で真っ赤に染めながら、裕也は必死に心臓マッサージを続けた。

第四章　非情の診断

1

午前の外来を終え医局へと戻った裕也は、デスクの上に置かれたスマートフォンを見て片眉《かたまゆ》を上げる。一件の留守電が入っていた。

売店で買ってきたサンドイッチと牛乳パックを机の上に放ると、裕也は留守電を再生する。聞き覚えのある中年男の声が聞こえてきた。

『あぁー、えっと、冴木先生の携帯電話ですよね。えっとですねぇ、桜井です。あの……警視庁の桜井です。わかりますか？　あの……留守電って、やりにくいなぁ……。とりあえずお時間ある時によかったら電話ください。あー……ではでは』

「ではでは、じゃねえよ」裕也は椅子《いす》に腰かけ、背もたれに体重をかける。

阿波野病院の裏の公園で川奈と直接対峙《たいじ》し、そして最終的に川奈の死という最悪の結果で幕を閉じたあの夜から六日が経《た》っていた。現場に到着した救急車によって川奈は救急搬送されたが、蘇生《そせい》するはずもなく、搬送先の病院で死亡が確認された。

腕と足の傷の治療をしてもらった裕也は、その後、桜井に任意同行を求められ、残っていた休み三日間ほとんどを尋問されて過ごしたのだった。

裕也は桜井に対してほぼすべてのことを話した。真也の血液から抗血栓薬が大量に検出されたことも含めて。桜井は裕也の話を、ところどころで質問をはさみながら、渋い顔で聞き続けた。

友人を名乗って増本の家を訪れたこと、阿波野病院の資料をデジカメで写し取ったこと、そして川奈夫婦を脅したこと、それらのことで逮捕されてもかまわないと思っていた。自分がしたことの責任はとらなければならない。しかし、三日をかけて裕也からすべての話を聞き出した桜井からは、最後まで逮捕の話が出ることはなく、夏休みの終わった九月十八日から、裕也は日常にもどっていた。まるですべてが夢であったかのように錯覚するほど、普段通りの日常に。

裕也はスマートフォンを十数秒眺めると、リダイヤルを行い、数日ぶりに非日常の世界へと足を踏み入れる。桜井はすぐに電話に出た。

「もしもし、冴木ですけど」

『ああ、冴木先生。どうもどうも、調子はいかがですか?』

「そんなこと言うために、わざわざあんな気の抜けた留守電残したわけじゃないんでしょう？　俺に逮捕状でも出ましたか？」

『いえいえ、そんなことありませんよ。もしそうなら、電話なんかしませんよ。直接職場に押しかけて、手錠を掛けさせていただいています』

「それじゃあなんの用なんですか？」

『もう知っているかと思いましたが、念のため私から説明しておこうと思いまして』

「知っている？　なんのことですか？」

まどろっこしい物言いに、裕也は顔をしかめる。十四時からは医局長執刀の胸腔鏡下《きょうくうきょうか》肺生検の第一助手を務めることになっている。それほど時間に余裕はなかった。

准《じゆん》教授、教授を相次いで失い、一時は手術を控えていた第一外科も、時間が事件の衝撃を薄めていくにつれ、しだいに医局としての機能を取り戻しつつあった。手術も通常の八割程度まで増えてきている。手術を待つ患者は大勢いるのだ。いつまでも自粛などしていられない。

諏訪野からのうわさでは、分院の准教授が次期教授に立候補したらしい。この船頭不在の状況を早く解消するために、教授会も立候補者一人でさっさと教授選を行い、その准教授を教授にすえる気なのだろう。

『えっと。先生、ニュースとかは見ていないんですか？』

「今日は朝から今まで外来やっていたんですよ。そんなひまありませんでした」

『そうですか。えっとですね、通り魔が逮捕されました』

思わず聞き流してしまいそうなほどあっさりと桜井は言った。

「え？」

『ですから、私たちが追っていた通り魔が今朝逮捕されたんです。先ほど記者会見も終わって、全国ニュースになっています』

裕也は慌《あわ》ててノートパソコンの電源を入れる。起動を待つのがもどかしい。

「一体誰なんです？　犯人は！」電話に向かって叫ぶ。医局にいた同僚数人が目を丸くして裕也を見るが、そんなことを気にしている余裕などなかった。

『記者会見で発表した以上のことはお伝えできませんが、あなたの知らない男です』

「知らない男？」

『元暴力団員でシャブ……覚醒剤《かくせいざい》に手を出して廃人になった男です。先生ならご存じでしょう？　シャブ中の末期がどうなるか。被害妄想がひどくて、精神病院に入退院をくり返し、薬でなんとか妄想を抑えていたらしいです。ただ、数ヶ月前から勝手に薬を飲むのをやめていたらしくて、あとは……わかりますよね』

「……妄想が暴走」

『ええ。家に誰かが潜んでいて、自分を殺そうとしていると感じたらしく、ホームレスになっていました。そして夜間、目の合った人間を殺し屋だと思い込んで……』

「身を守ろうとして撲殺した……」

裕也は桜井の言葉を引き継ぐ。ようやく立ち上がったパソコンをネットに接続し、ニュースサイトを開くと、桜井の説明とほぼ同じ内容の記事がトップに掲載されていた。

『そういうことです。一応取り調べ中ですが、意味不明のことばかり口走っていて、正直言って責任を問えそうにはないですね。自分が何人殺したかもよく覚えていないみたいです。ということで、容疑者の氏名を教えることもできません。あしからず』

「あの……」電話を切られそうな気配を感じ、裕也は慌てる。

『はい？』

「その男は、川奈とは……というか純正の教授選とはなにか関係が？」

電話からなにも聞こえなくなる。考え込んでいる気配が回線の奥から伝わってきた。

一分以上の沈黙のあと、桜井の声が再び聞こえてくる。

『本当はね、記者会見以上のことを言っちゃいけないんですよ。けれど、あなたは放っておくとまた変なことをしそうだ。だからこれだけは言っておきます。被疑者は純正にも帝都にもまったく関係ありません』

桜井は一言一言確認するように、はっきりと言った。

「それは……間違いないんですか？」

『ええ、かなり前から被疑者は捜査本部で目をつけられていました。経歴もすべて洗われています。けれど、純正の教授選に関わるような人とは、過去に一切関わりを持っていません』

「それじゃあ、光零医大の馬淵っていう客員教授がその容疑者に殺されたのは……」

『完全な偶然でしょうね』

「教授選と通り魔が関係あるかもって、最初に言い出したのはあなたじゃないですか」

『そのことについては、あなたを混乱させて、もうしわけなく思っています。私はあらゆる可能性を探ってみようと思っていただけなんです』

耐えがたい虚脱感に裕也はスマートフォンを落としそうになる。

『ああ、そうそう。川奈先生の件ですが……』桜井はついでといった感じで言う。『あなたへの殺人未遂については、被疑者死亡で書類送検することになると思います。ただ、あなたが主張する他の事件については、立件しないことになるでしょう』

「もうこれ以上、捜査はしないということですか？」

『残念ですが、そういうことです。先生の説明されたことはたしかにすじが通っている。けどいかんせん、去年の阿波野病院での医療事故以外は証拠がなにもない。犯人が誰かという証拠ではなく、そこで犯罪が行われたという証拠が』

裕也は黙り込む。桜井の言うことは正論だった。これ以上ないほどに。

『たしかに先生がおっしゃるように、川奈先生は誰かを殺したのかもしれません。あなたの口を封じようとしたところを見ると、その可能性は高そうに思えます。けれど川奈先生は死にました。……私たちの目の前で』

裕也の固くむすんだ唇に、さらに力がこめられる。

『別に死ねば罪が許されるとは言いません。けれど、これ以上事件を追及してどうなるっていうんです？　あなたの家族は実は殺されたかもしれない。けれど、その犯人はすでに交通事故で死んでいます。こんなことといわれて喜ぶ人がいると思いますか？』

警察がこれ以上の捜査をすることはない。そのことは桜井の言葉の端々から伝わってきた。もし警察を動かすとしたら、今回の件をマスコミにリークして……。裕也はこれから自分がとるべき行動を、頭の中でシミュレートし始める。

『もちろん、先生がマスコミなどを使って騒ぎ立てることは可能かもしれません。けれど、ほとんど証拠もない状態で取り上げてくれるのは、低俗なゴシップ誌が関の山でしょう。先生のお父様の事件を面白可笑《おか》しく騒ぎ立てた雑誌のような』

裕也の思考を読んだかのように、桜井は釘《くぎ》を刺してくる。数週間前にみずから経験した、常軌を逸した取材攻勢が頭をかすめる。

『時間が経って家族の死から立ち直りつつあるご家族たちが、またあんな常識知らずのひどい取材にさらされるんですよ。そんなことをして、誰が喜ぶっていうんです？』

　裕也は言葉を発せずにいた。いかに桜井が正しいとわかっていても、それを素直に認めることはできなかった。このまま、こんな中途半端《はんぱ》なまま事件が終わっては、自分は一生涯、父の呪縛《じゅばく》に縛られ続けてしまう。

『先生……、先生の自己満足に巻き込むんですか？　自分のご家族を』

　裕也の奥歯が軋《きし》む。妊娠中の真奈美、そして余命幾ばくもない病身の優子。二人の、この世でたった二人だけの家族。自分がここで意地を張れば、あの二人が再びマスコミの執拗《しつよう》な攻撃にさらされる。おそらくは前回以上の。

「……わかりました」裕也は喉《のど》の奥からかすれた声を絞り出した。

『ご理解いただけましたか。いや、良かった良かった』

　桜井の人をくった口調が、敗北感にまみれた裕也の心を蝕《むしば》んでいく。

『おや、いつの間にか長話になってしまいましたね。お忙しいところすいませんでした。それでは先生、失礼します。おそらくもう二度とお目にかかることはないでしょう』

「ええ……そう願っています。もう二度とコロンボの物まねなんて見たくない」

　裕也は負け惜しみの皮肉を返す。桜井が苦笑した気配が電話越しに伝わってきた。

『それでは先生、お元気で』

　回線が切られる。スマートフォンを持つ裕也の手がだらりと垂れ下がった。電話をする前まで感じていた空腹も、いつの間にか消えていた。デスクの上のサンドイッチを引き出しの中に放りこむと、裕也はゆるゆると立ち上がった。あと十五分ほどで、助手を務める手術の入室時間だ。そろそろオペルームに向かわねば。

踏み出した足は、枷《かせ》がつけられているかのように重かった。

「あらま、裕也ちゃん、お久しぶり」

背後からかけられた声に、裕也は首を回す。麻酔科准《じゅん》教授の清水雅美が、化粧っ気のない顔に笑みを浮かべていた。清水と顔を合わせるのは、ICUで清水が父の死亡宣告をして以来だった。

「元気してた？」近づいてきた清水はばんばんと裕也の肩を叩《たた》く。

「ええ、それなりに」

父の麻酔を担当していたことで変に気をつかわれないかと心配していた裕也は、拍子抜けするとともに安堵《あんど》する。あの事件は執刀医にも麻酔科医にも責任はなかったのだ。そしてその責任を負うべきだと思われた男は、命を落としてしまった。

「もう家の方は落ち着いた？」

「なんとか」裕也は顔の筋肉を強引に動かし、笑顔をつくる。

「けれど……親父《おやじ》さんは残念だったね」

「……ええ」

なんとか形作っていた笑顔が歪《ゆが》む。やはりその話題になってしまうのか。

「いやさ、まさか私が真ちゃんの死亡宣告するなんてさ、運命って残酷だよ」

清水は悲しげに首を振った。

「真ちゃん？」

「あれ？　裕也ちゃん知らないの？　あたしと真ちゃん……親父さんって同級生だよ。しかも出席番号となりだったから、学生時代ずっと一緒の腐れ縁。聞いてないの？」

「いえ……」聞いているわけがない。父と会話した記憶なんてほとんど無いのだから。

「もう三十年以上になるのか。懐《なつ》かしいねえ」清水は視線を上げ、目を細める。

「……ああ、ごめんごめん、今から入室だよね。でさ、あたしもいつかお墓参りに行きたいんだよね。お墓はどこにあるの？　やっぱり群馬？」

「群馬？」予想外の地名に裕也は首をかしげる。

「あれ、違うの？　てっきり群馬の山奥にお墓があるんだと思っていたけど」

「いや……墓は埼玉の墓地ですけど」

「埼玉？　なんで埼玉なの？　真ちゃんは群馬出身でしょ」

「いや、そんなことは……」

裕也は困惑する。父の出身地は埼玉のはずだ。母からもそう聞いていた。

「あー、けどなんか、真ちゃん実家と上手《うま》くいってなかったっぽいからね。そう言えば、群馬の山奥が出身だって聞いたのも、テストの打ち上げで泥酔《でいすい》したときだっけ」

清水のつぶやいた独り言が、脳をくすぐった。群馬……。増本の手帳の五月八日に記されていた地名。これは偶然なんだろうか……？

「それでさ、親父さんのお墓は結局どこなわけ？」

「あ、えっとですね、新越谷《しんこしがや》駅からバスで……」

「ああ、ああ、墓地の名前さえいってくれればいいよ。カーナビで調べていくからさ」

「いや、すごく小さな墓地なんで、多分名前入れても出てきませんよ」

「それじゃあ、ネット地図で緯度経度を調べてカーナビに打ち込むしかないかな」

「いど……」脳裏で数字が点滅する。

「ん？　どうかした、裕也ちゃん？　ボケッとしちゃって」

「すいません、控室のパソコン借ります！」

裕也は叫ぶように言うと、すぐそばにある『麻酔科医控室』とプレートが掛けられた扉を開ける。

「へ、パソコン？　別にいいけど、患者の入室すぐなんじゃ……」

清水の声を背中に聞きながら、裕也は部屋に飛び込む。ソファーで昼食を取っていた麻酔科医たちが、駆け込んできた裕也を見て目を丸くした。

裕也は部屋の隅に置かれているパソコンの前に立つと、椅子に腰掛けることもせず、せわしなくマウスを動かす。インターネットに接続すると、裕也は地図サイトを開いた。画面の下にある空欄にカーソルを合わせると、裕也はキーボードに手を置き数字を打ち込みはじめた。毎日眺め続け、もはや脳に刻み込まれてしまった数字を。

『３６６３６５３７　１３９２５１０２２』

裕也は一息にその数字を打ち込むと、最初の数字の『３６』と二番目の数字の『１３９』のうしろにピリオドを挿入し、『Ｅｎｔｅｒ』ボタンを押す。

すぐに画面が切り替わり、地図が表示された。

「これだ！」

画面に表示されている地名を見て裕也は声を上げる。麻酔科医たちがいぶかしげに自分を見ているが、そんなことを気にする余裕はなかった。そこには『子捨沢』という地名が示されていた。

あの数字の羅列、そして『子捨』という文字は暗号などではなく地名だった。裕也は地図を縮小していき、画面に表示されている場所がどの辺りなのかを調べていく。予想通りそれは群馬県の東側、山々が連なる山間地帯だった。

増本は手帳に記してあったように、五月八日にこの場所に行ったのだ。

最近のカーナビは緯度と経度を打ち込めば、その地点に案内してくれる機能がついているものがある。増本の手帳の最後のページに記されていた数字、あれはこの場所に行くために、カーナビに打ち込む緯度経度をメモしていたものだったのだ。

裕也はディスプレイを注視したまま唇に力を込める。この地図に示された場所こそ、増本がおとずれた場所、そしておそらくは父の故郷。

きっとここで、増本は親父の弱みを握った。

裕也は再びマウスに手を置き、地図を航空写真に切り替えると、今度は画像を拡大していく。最小の縮尺まで拡大すると、画面の中心に広がる山々の緑の中に、ぽつんと取り残されたかのように茶色い部分があった。目を凝らすと、そこには畑や民家らしき屋根が見える。裕也は画面に小さく浮かび上がっているその村の名に視線を注ぐ。

『枯狩村《こがり》』

その村のどこか不吉な文字が、浮き上がってくるかのように裕也は感じた。

ドアをせわしなくノックし、中から返事が聞こえる前に乱暴に開ける。

「裕也?」

背もたれをわずかに上げたベッドに横たわっていた優子は、病室に飛び込んできた息子を見て目を丸くする。ベッドのわきには、駆血帯と点滴針を手にした若い医師が立っていた。

「あ、冴木先生」

優子の手に駆血帯を巻こうとしていた医師は、裕也を見て会釈《えしゃく》する。見覚えのある顔だった。たしか真也の手術の時に、第二助手として入っていた研修医だ。そういえば海老沢が急変した時も、この研修医が最初に駆けつけて蘇生に当たっていた。

「えっと、君は……」

「菅野《すがの》です。今月は婦人科で研修しています」

「ああ、そうなんだ。えっと、点滴ラインだよな。俺がとっておくよ」

「え……いいんですか？　すいません、それじゃあよろしくお願いします」

研修医は申し訳なさそうに点滴セットを裕也に渡すと、一礼して部屋から出る。

「どうかしたの、裕也？　そんなに慌てて。ダメじゃないそんな格好しちゃ。めんどうでもちゃんと着替えなさい」

裕也は自分の体を見下ろす。手術が終わった後、少しでも早くここに来ようと、手術着の上に白衣を羽織っていた。

「あ、ああ。次から気をつけるよ。それより母さんにちょっと聞きたいことがあって」

「はい」優子が入院着のそでから出た腕を伸ばしてくる。

「え？」

「点滴ラインよ。さっき漏れちゃったの。あなたがやってくれるんでしょ。痛くないようにお願いね」

「あ、うん」

裕也は慌てて優子の腕に駆血帯を巻く。抗癌剤《こうがんざい》の副作用で血管が脆《もろ》くなっているのだろう、枯れ木のように細くなっている優子の腕には、青黒い内出血の痕《あと》がいくつもあった。胸が締め付けられる。裕也は唇を嚙《か》むと、22Gの点滴針を母の静脈に突き刺した。

「あら、上手じゃない」

「あたりまえだろ。一年目の研修医じゃないんだから」

ほめられたことにかすかな気恥ずかしさを感じながら、裕也は点滴ラインを繋《つな》ぎ、外筒を透明テープで上から固定する。

「……点滴が必要なんだ」

「少し食欲が落ちていて、水分摂取が減っているからね」

優子に背中を向けて点滴の滴下速度を確認しながら、裕也は奥歯を嚙みしめる。やせ細った体、落ちていく食欲、それは癌の末期に生じる悪液質《あくえきしつ》という症状だった。体中に広がった癌細胞が栄養を奪い取り、さらに炎症を引き起こすことによって、全身に強い倦怠感《けんたいかん》が生じている。この悪液質が生じた患者に残された時間は決して長くはない。

「それで裕也、なにか用だったの？」

裕也は使用した器具を片付けながら振り返る。

「えっと……母さん。親父の出身地ってどこだっけ？」

「お父さんの出身地？　なに言ってるの、越谷でしょ」

「越谷って埼玉のだよね」

「他に越谷ってあるの？」

「いや……多分ないかな」

額にしわをよせ、裕也は思考を巡らせる。やはり母も父の出身地を埼玉だと思っている。しかし、おそらく父の本当の出身地は群馬県の山奥にある小さな村なのだろう。なぜ父は、妻にまで自分の出身地を隠していたのか？

増本の手帳は、真也も川奈と同様になにか弱みを握られ脅されていたことをうかがわせた。しかし父が何をネタに脅されていたのか、これまで分からなかった。

真也が妻にも伝えていなかった故郷。そこで増本はなにかを摑《つか》んだにちがいない。考えれば考えるほど、その想像は確信に近いものへと変化していく。

群馬県の山奥にある村。そんな場所でならきっと、ハンティングもできるはずだ。ハンティングを趣味にしていたが二十年前、急にやめたという父。二十年前、父はその村でハンティングをし、そしてそこで他人に知られてはならないようなことをしてしまったのではないだろうか？　想像が加速していく。

「ねえ、真奈美から連絡あった？」

優子の声で、考え込んでいた裕也は我に返る。

「連絡？」

「そう、一時間くらい前に電話があったの。多分あなたの方にも着信あったはずよ」

「今の今までオペ入っていたんだ。あとで確認しておくよ。それで、なんだって？」

「一ヶ月後の予定だった結婚式、急に式場が使えなくなったんだって。あちらの家がキャンセルしたらしくて」

裕也は絶句する。キャンセルの理由は明らかだった。浩一の母親との話し合いの顚末《てんまつ》は、真奈美から聞かされている。

あれだけ優子が楽しみにしていた真奈美の結婚式。今の優子の生きる最大の目標は、真奈美のウェディングドレス姿を見ることのはずだ。それなのに……。

「そんな顔しないの。せっかくハンサムに産んであげたんだから」

優子が手を伸ばし、ゆがんだ裕也の顔に触れる。

「なにがあったかはこの前、真奈美から詳しく聞いてる。ごめんね、苦労かけて。本当なら親が出ていかないといけない状況だったのに……」

「いや、そんな……」なんと答えてよいのか分からず、裕也は口ごもる。

「でもね、真奈美の連絡にはね、続きがあるの」

優子は少女のようないたずらっぽい表情を浮かべた。

「かわりに、ちょっと急だけど、再来週の日曜に小さな結婚式場で、家族と仲の良い友達だけ招いて結婚式を開くって」

　頬骨が目立つ優子の顔に、蕾《つぼみ》が花開くように笑みが広がっていった。その言葉の意味を理解するにつれ、裕也の顔もほころんでくる。

「ああ……そうなんだ」

「ええ、急だから小さい式場しかとれなかったんで、二十人ぐらいしか呼べないみたいなんだけど、二人ともそれでいいって。これからあちらの実家の支援なしで、二人だけで頑張っていくんだから、質素な式にしたいって言ってた」

「そうか……、その方がいいのかもな」

　あの二人はようやく岡崎の実家の、呪縛のようなしがらみから解き放たれた。そんな若い二人には、等身大の質素な式こそふさわしいのだろう。

「結婚式、楽しみね」

　目を細める優子に、裕也はうなずく。真奈美の結婚式まで約二週間。できることならそれまでに、自分の気持ちに整理をつけておきたかった。心から妹の門出を祝うために。

　そのためには、やらなくてはならないことがある。優子と笑顔で話しながら、裕也は静かに決意を固めた。

2

がたがたと車体が揺れる。Z3の固めの足回りが、舗装の十分でない山道の凹凸を直接運転席へと伝える。裕也は痛みを感じ始めた尻《しり》をもぞもぞとずらしながら、カーナビの画面へと視線を向けた。

「あと少しか……」

液晶画面の右隅に映し出されている到着予定時刻までは、あと五分ほどになっている。しかし、目的地が近づいてきているはずなのに、道は荒れたままだった。すでに一時間近く、獣道のような車道を通っている。道に覆《おお》いかぶさるように鬱蒼《うっそう》とした木々の枝が張りだし、陽光をさえぎっているため、まわりは薄暗かった。

裕也はアクセルを踏み込んだ。尻に伝わってくる振動がさらに強くなる。Z3は重厚なエンジン音を響かせながら、山道を駆けていく。そのとき、視界の隅に違和感をおぼえ、勢いよくブレーキを踏み込んだ。車を急停車させた裕也は、サイドウィンドウの外に目を凝らす。

視線の先、鬱蒼と生い茂る木々の奥に小さな家が、いや、かつて家であったであろうものがあった。木造平屋建ての家だったのだろう、しかし火事にでもあったのか、その建築物は骨組みしか残っておらず、その骨組みも黒く焦《こ》げて炭化していた。

体に震えが走る。たんに焼けた住宅の跡というだけなら、別に異常でもなんでもない。しかし、瞳《ひとみ》に映る光景は寒気を感じずにはいられないほどに異様なものだった。

焼け焦げたその建築物の残骸《ざんがい》のまわりには、何重にも紐《ひも》が張り巡らしてあり、それらには無数の御札がぶら下がっていた。そう、それは『御札』だった。神社などでよく売られているような御札。それが数え切れないほど紐にくくりつけられ、その家の跡をとり囲んでいた。まるでそこになにかを封印でもしているかのように。

それらの多くはかなりの年月が経っているのか、破れたり茶色に変色していたりするが、一部はまだ新しく見えるものもあった。

「なんだよ、これ……」口からもれたつぶやきが、狭い車内にこだまする。

裕也は少々躊躇《ちゅうちょ》しながらも、ブレーキからアクセルへと足を移動させる。もしかしたら外に出て調べた方がいいのかもしれない。しかし、早くこの場所から離れた方がよいと本能が告げていた。Z3は再び山道を駆けはじめる。

気味の悪い家の焼け跡のあった場所から三分ほどゆっくり車を走らせたところで、それまで左右に広がっていた林が切れ、唐突に視界が広がった。裕也はスピードを緩め、フロントグラスの奥に広がる光景を眺める。

眼下の山々に囲まれたせまい谷間《たにあい》の平地に、ぽつぽつと民家らしき建物が見える。建物と建物の間は大きく開いており、その空間には畑が広がっていた。

一見したところその村は、『集落』と呼ぶのがふさわしく思えた。裕也は目を凝らし、村の全体を観察し続ける。民家は数十軒程度、そこから察するに、住民は多く見積もっても百人を超えるか超えないかといったところだろう。あそここそ目的地である『枯狩村』に違いない。

Z3は村に向かって、ようやく舗装がしっかりしてきた道を下っていった。裕也は徐行しながら左右を見渡す。視界の大部分が畑で占められている。あたりに人影は見えなかった。カーナビの液晶画面に記されている時間を見ると、すでに午後五時近かった。思ったよりも着くのが遅くなってしまった。九月のまだ気長な太陽も、そろそろ西に傾きつつある。もう住民たちは畑仕事を終え、家にいる時間なのかもしれない。

車を進めていくと、前方に鍬《くわ》を肩に担《かつ》ぎ、腰を曲げて路肩を歩く老齢の男の姿が見えた。老人のそばまで車を進め、裕也は窓を開ける。

「すいません」

「ああ？　あんだ？」

老人は唸《うな》るように言う。あまりに非友好的な口調に、裕也は思わずひるんでしまう。

「あの……、すいません。このあたりに村役場みたいな所ってありませんか？」

「役場だぁ。んなもん、この村にゃねえよ」聞き取りにくい口調で老人は言う。

「あの、役場ですよ？　ないんですか？」

「役場はとなりの村にいかねえとねえんだよ」

「……そうなんですか」

とりあえず役場に行って、本当に父がかつてこの村にいたのかどうかを調べようと思っていたのだが、出鼻をくじかれた。

「おめえさぁ、どっから来たんだよ？」老人は車体に手をついて車内をのぞき込んでくる。

「あ、東京です」

「東京？　東京のもんがこんなところに何の用だよ？」

「えっとですね、ちょっと調べたいことがありまして。このあたりで昔、冴木っていう家があって、そこに冴木真也っていう男がいたかと思うんですけど、もしかしてご存じだったり……」

これだけ狭い村だ、父が本当にこの村の出身だとすれば父のことを知っているかもと思い、裕也は質問を口にしたが、その声は尻すぼみに小さくなっていく。見る見る強張《こわば》る老人の表情を見て。

「おめえ……いま、『冴木真也』って言ったか？」

「え、ええ」

「なんで冴木の家のことを調べてるんだよ？　ああ？」

「いえ、ちょっと人に頼まれまして……」

老人の剣幕に自分がその冴木真也の息子だとは言えず、思わずごまかしてしまう。老人は値踏みするように、じろじろと裕也の顔を見る。

「……神社に行け」

「え？」

「神社だよ。冴木の家のこと聞きたきゃ、神社の神主さまに聞けって言ってるんだ。この辺の奴《やつ》らにその話すんじゃねえよ」

老人はもう関わりたくないとばかりに、早足で立ち去ろうとする。

「あ、ちょっと待って下さい。その神社ってどこにあるんですか」

「うるせえな。この道真《ま》っ直《す》ぐ行ったら駐在所があるから、そこで聞けばいいだろ」

老人は逃げるように車の入れないあぜ道へと下りていった。その背中を見送る裕也の胸に、もやもやとした感情が湧《わ》きあがる。やはり父はこの村の出身だったようだ。しかし、なぜあの老人は父の名にあんな反応を示したのだろう？

裕也は気を取り直すと、言われたとおりに駐在所を探して車を進めていく。駐在所はすぐに見つかった。裕也はエンジンをかけたまま車を降り、入り口から中をのぞき込む。

「すいません」

「はいはーい」

外から大声で呼ぶと、ばたばたと足音が聞こえてきて、奥から制服姿の恰幅《かっぷく》のいい中年警官が姿をあらわした。

「あれま、なんのご用でしょ？　えっと、この村のかたじゃないですよね？」

「あの、ちょっと用事がありまして、この村の神社に行きたいんですけど、どうやっていけばいいか教えていただけませんか？」

「ああ、神社ですね。はいはい」

駐在所から出てきた駐在は、低いエンジン音を響かせるZ3を見て目を丸くする。

「いやー、なんかすごい車ですね。なんというか……コウモリみたいだ」

「はあ……」

愛車をコウモリにたとえられ、あまりよい気分はしないが、さっきの老人のように敵意をむき出しにされないことに少々安堵する。

「ところで、どちらからいらしたんですか？」

「えっと、東京からなんですが」

「東京！　いいですね東京。私まだ東京に行ったことないんですよ。いやー東京じゃあこんな車が走っているんですか。私、この村の生まれでして、せっかく警官になって少しは都会に勤務できると思ったんですけど、最終的にまたこの村に戻ることになっちゃって、まあなんだかんだ言って、生まれ育った故郷が一番落ち着くんですけどね」

駐在は興奮ぎみに、ほとんど息継ぎすることもなくしゃべり続ける。

「あの……それで神社へはどうやって」

「ああ、そうでしたね。えっと、このまま進んでいって……」

駐在は身振り手振りをまじえ細かく道を教えてくれた。裕也はその道順を頭にたたき込むと再び車に乗り込む。

「どうもありがとうございました。助かりました」

「いえいえ、もしなにか困ったことがあったらまたいらして下さい」

サイドブレーキを戻しながら、裕也は窓から顔を出す。

「あの、もしかしたら明日ぐらいまでこの村で調べ物するかもしれないんですけど、この辺りで民宿とかないですか？」

「民宿ですか？　いやー、そういうのはちょっとないですねえ。村の外からくる人なんてほとんどいないんですよ。どこか一晩泊めてくれそうな家とか探しましょうか？」

「いえいえ、そこまでしていただかなくても大丈夫です。一晩のことですから、その辺に車停めて眠ります」

「それじゃあ、そこに停めていただいて良いですよ。スペースはありますから」

駐在はすぐそばの、パトカーが停めてある駐車場を指さした。

「いいんですか？　なにからなにまですいません。もしそういうことになったらお言葉に甘えさせてもらいます」

　そこまで言ったところで、裕也はふと思いつく。よく考えれば、わざわざさっきの愛想の悪い老人の指示に従って神社に行かなくても、この駐在に話を聞けば用が足りるのではないか？

「あの、重ね重ねすいませんが、ちょっと聞いてもいいですか？」

「はい？」

「あのですね、この村ではハンティングなんかはされてたりします？」

「ハンティング？　えっと、狩りのことですよね。ええ、村の住人のなかには猟銃もって狩りをする人もいますよ。まあ、捕れるのは野鳥ぐらいのものですけどね」

　やはりこの村ではハンティングが行われていた。裕也は勢い込んで質問を続ける。

「それじゃあ、多分二十年ぐらい前なんですけど、この村でハンティング中の事故とかありませんでしたか、例えば誤射で人が死んだとか、森に入った人が帰ってこなかったりとか」

「事故ですか……。いやーちょっと知らないですねえ。こんな小さな村だから、そんな事故とかあったら、二十年前のことでも耳に入ってくると思うんですけど」

　駐在は腕を組みながら、首をかたむける。

「……そうですか」

そう簡単には真相には近づけないらしい。仕方がない、とりあえず老人の言葉に従って神社に行ってみるとするか。

「お力になれなくてすいません。けれど、なんでそんなことを？」

「いえ、大したことじゃないんです。どうもお世話になりました」

申し訳なさそうに言ってくる駐在に礼を言って頭を下げると、裕也は車を発進させた。


駐在に言われたとおりに進んでいくと、ものの数分で目的地の神社へと着いた。裕也は車を停め車外へと出る。年季のはいった鳥居の奥に、石段が延々と続いていた。


あれを登るのかよ。辟易《へきえき》しつつ振り返る。太陽が稜線《りょうせん》に触れ始めていた。早くしなければ。ため息を吐《つ》きながら、裕也は鳥居をくぐり、石段に足をかけた。

「なんでこんな高いところにあるんだよ」

数分かけて石段を登り終え、息を乱しながら悪態をつく。想像以上に石段は急で長かった。夕方になり気温はそれほど高くないが、湿度は高い。額に汗がにじむ。

息を整えつつ境内を進んでいく。まだ太陽は沈んでいないというのに、青々と葉が茂った広葉樹が多く植えられている境内は薄暗く感じた。手水舎《ちょうずや》を横目に見ながら参道を歩く。奥へ進んでいくと、参道の両脇《りょうわき》に石像が立っていた。裕也は石像に近づき、自分の頭よりも高い位置に置かれたそれらを眺める。そこに立っていたのは狐《きつね》の石像だった。長年風雨に晒《さら》されてきたのか、染《し》みが目立つ。狐の石像があるということは、ここは稲荷《いなり》神を祀《まつ》った神社なのだろう。しかし、その石像からは神の使いというにはあまりにも禍々《まがまが》しい雰囲気がかもし出されていた。裕也の全身に冷たい震えが走る。

『狐憑《つ》き』

一連の事件の中で出てきた不吉な単語が脳裏をかすめた。

「誰だ？」

突然背後からかけられた声に、裕也は体を硬直させる。おそるおそる振り返ると、太いイチョウの幹の陰から、狩衣《かりぎぬ》姿の老人が湿った視線を投げつけてきていた。

枯れ木。それが男に対する最初の印象だった。狩衣からのぞく四肢や首筋は病的なほどに細く、筋張っている。血色の悪い顔は頬骨が目立ち、眼窩《がんか》は落ちくぼんでいた。

「あの、この神社の神主さんでしょうか？」

「誰だ？」老人は表情を動かすことなく、同じ質問をくり返す。

「私、東京から来た者です。神主さんのお話をうかがいたくてお邪魔したんですが」

「私に話を？」神主は近づいてくると、裕也を睨《ね》め上げる。「何の話が聞きたい？」

「えっとですね……この村に昔住んでいた、冴木真也さんのお話をと……」

おずおずと裕也が『冴木真也』の名を口にした瞬間、もともとしわの多かった神主の顔に倍のしわが寄る。

「冴木……」しわがれた声がさらにひび割れた。「この前来た男の知り合いか?」

この前来た男? すぐに神主が誰のことを言っているのか気づく。

「それって、目つきが悪くて、大きな泣きぼくろのある男じゃないですか?」

増本だ。あの男もこの神社を訪れていた。裕也は興奮ぎみに身を乗り出す。

「帰れ」

「はい?」

「話すことなんかない。さっさと帰れ」

「いや、ちょっと待って下さいよ。増本……何ヶ月か前に来たあの男には話をしたんですよね。それと同じことだけで良いんです。少しだけお話を聞かして下さい」

「あの男があんまりしつこいんで話をしてやったがな、胸くそが悪くなった。もう二度と冴木のことなんぞ思い出したくない」

「お願いします。大切なことなんです」

「うるさい! この村に関係ない奴はさっさと失《う》せろ」

神主は虫でも追い払うように手を振る。

「関係あります!」裕也は声を張り上げた。

「関係がある?」神主の目が不審そうに細められる。

「はい、私は冴木裕也といいます。冴木真也の……息子です」

細くなっていた神主の目が大きく見開かれた。落ちくぼんだ眼窩と相まって眼球が飛び出したかのように見える。突然、神主はしゃがんで足元の砂を摑むと、不格好なフォームで投げつけてきた。

「消えろ！　今すぐ消えろ！　ここから出て行け、穢《けが》らわしい！」

ヒステリックに叫びながら、神主は何度も砂を投げつけてくる。

「ちょ、ちょっと待って。落ち着いて下さい」

「出てけぇ！　この神社から、村から！　すぐに出て行けぇ！」

歯肉を剝《む》き出しにしながら、神主は叫び続ける。その鬼気迫る様子に腰が引ける。鎮静剤でも打たない限り、この錯乱状態に陥っている老人を落ち着かせられそうにない。

「分かりました、出て行きます。今日は出て行きますから」

裕也は後ずさっていくが、それでも神主は砂を投げ続けた。裕也は小走りで参道を戻っていく。背中から神主の聞くにたえない罵声《ばせい》が追いかけてきた。

「なんなんだよ、まったく」

石段を駆け下りた裕也は、体についた砂を払い落としつつ、神社を仰ぎ見る。なぜ冴木真也の息子というだけで、あの老神主はあそこまで激高したのだろう？　いったい父はこの村で何をしたというんだ？

体についた砂の大部分を落とし終えると、裕也はＺ３に乗り込んだ。太陽はいつの間にか山々の向こう側へと飲み込まれていて、辺りは急速に闇《やみ》に浸食されつつあった。

今日の聞き込みはもう無理かな。エンジンをかけながら裕也はこの後の行動を考える。あの神主が貴重な情報源であることは間違いないが、さっきの様子ではどう頑張ったところで話を聞けるとは思えない。とりあえず、今日は駐在所のとなりで車中泊をして、明日村の住人たちに話を聞くことにしようか。裕也は駐在所にむかって車を発進させる。念のためにと、この村に来る途中で食料を買い込んでおいて良かった。トイレなどは駐在所で借りればいいし、一日ぐらいならなんとか過ごせるだろう。

駐在所まで来ると、裕也は駐車場にＺ３を滑り込ませる。エンジンを切った裕也は、運転席をリクライニングさせて低い天井を眺めた。

もう秋の足音が聞こえて来る季節。エアコンをつけなくてもそれほど問題なく過ごせるだろう。ツーシータースポーツカーであるＺ３の席は、あまり深くはリクライニングできず少々寝苦しそうだが、それも一晩ぐらいならがまんできる。

裕也は助手席に置かれているコンビニのレジ袋の中から、サンドイッチと緑茶のペットボトルをとりだし、軽い夕食を始める。それほど空腹は感じていなかった。父の重大な秘密に近づいているという興奮が、食欲を抑え込んでいた。すぐに腹がふくれる。

空になったペットボトルを助手席に放ると、背もたれに体重をかける。

時間はまだ午後八時前後だろうが、満腹感と数時間の運転による疲労のせいか、瞼《まぶた》の重量が増してきていた。裕也は睡魔に逆らうことをせずに目を閉じた。

瞼の裏に父の顔が浮かぶ。なぜかその顔は悲しげにほほ笑んでいるように見えた。親父の笑顔なんて見たことないはずなのに……。

裕也の意識は水に沈むようにゆっくりと落下していった。

まぶしい……。身をよじりながら瞼を上げた瞬間、視界が真っ白に染まった。裕也は顔の前に手をかざし、目を細める。サイドウィンドウの奥から放たれた光が、顔に浴びせられていた。光源は一つだけではなく、ぱっと見ただけでも数個はありそうだ。

鼓膜に不快な音が叩きつけられる。それが怒声であることに、裕也はすぐには気づかなかった。何人もの怒鳴り声が折り重なって、窓のすき間から入りこんでいる。状況が把握できず、裕也は重い頭を振る。これが夢なのか現実なのかさえ分からなかった。

唐突にゴンという衝突音が狭い車内に響く。やや光に慣れてきた目を向けると、助手席側のサイドウィンドウにクモの巣のようなひび割れが走っていた。

襲われている？　危機感が意識を鮮明にする。裕也は視線を外に向ける。十人前後の男が車をとり囲んでいた。男たちが手に持つ懐中電灯が車内を照らしている。男たちの中には農具らしきものを手に持っている者もいた。

男の一人が手に持った鍬を振りかぶった。裕也は反射的に両手で頭部をかばう。

加速した鍬の先端がZ3の天井に振り下ろされる。鈍い音とともに天井が大きくへこんだ。次々と衝突音が続く。何人もが同時に攻撃を加えてきている。

唖然《あぜん》としていると、二撃目をくらった助手席のサイドウィンドウが粉々に砕け散った。割れた窓から腕が差し入れられ、鍵《かぎ》を開ける。

助手席側のドアがひらき、体格の良い中年の男が上半身を車内に入れてきた。

「……おりろ」男の殺気のこもった視線が裕也を射貫く。

裕也は数秒躊躇したあと、ドアを開けて車外へと出た。一瞬、このまま車を発進させることも考えたが、エンジンキーは抜いてある。発進させる前に車外に引きずり出されるのがおちだ。

裕也の前に男たちが集まった。その多くは中年の男だった。農作業で鍛えられているのか、肩から腕にかけて筋肉が盛り上がっている。

一人の男が集団の後方から出てきた。裕也の顔が引きつる。ほかの男たちとは対照的に小柄で細いシルエット、暗い中でもわかる乾燥して今にもひび割れそうな肌。そこにはほんの数時間前、裕也に砂を投げつけた神主が立っていた。

「なんでまだここにいる？」

神主の声には、小さな体から発せられたとは思えないほどの質量が込められていた。

「どこにいようが俺の勝手だろ」状況に圧倒されながらも、裕也は虚勢をはる。

「お前がこの村にいたら、稲荷神さまがお怒りになるんだ。今すぐこの村から出て行け」

神主は一歩近づく、その迫力に思わず後ずさってしまう。背中が車体に触れた。

「稲荷神？　正気かよ。あんたらもそんな馬鹿《ばか》なこと信じているのかよ」

裕也は神主の後ろに控える男たちに語りかける。しかし、男たちは無言で裕也をにらみつけるだけだった。背筋が冷たくなっていく。

本気だ。目の前にいる男たちは、全員が神主の言葉を信じている。この男たちに自分の常識は通用しない。

「お前がこの村にいれば、この村に災厄が起こる。稲荷神さまが狐を遣わす。だから、さっさと消えるんだ。さもないと……」

神主はさらに一歩迫ってくる。さもないとどうなるのか、後ろの男たちの農具を握る手に力がこもるのを見れば、その先は想像がついた。

ここで「すぐに出て行く」と言えば、男たちは納得するだろうか？　男たちの目に宿る狂気を目《ま》の当たりにしている裕也には、その確信がもてなかった。

裕也は男たちに気づかれないよう、ジーンズのポケットに手を入れ、中にあるキーに触れる。車に飛び乗ってエンジンをかけ、男たちをはねてでもここを脱出する。相手は大けがをするかもしれないが、そうでもしないと無事に逃げられそうにはない。

裕也は腰を落とし、車に飛び乗るタイミングをはかる。裕也の覚悟を見て取ったのか、神主の後ろの男たちも農具をかまえながらじわりと近づいてきた。

「何してるんですか！」

裕也が足に力を込める寸前、周囲に声が響いた。男たちが振り返る。その背後に、制服をひっかけた駐在の姿があった。

駐在は男たちを掻《か》き分けるようにして近づき、かばうように裕也の前に立った。

「いったい何の騒ぎなんですか？」駐在は不満げな表情の神主に向けて言う。

「お前には関係ない」神主は目を剝いて駐在を睨《にら》みつけた。

「関係ないわけないでしょう。私はこの村の駐在なんですよ」

「その男を追い出し、村を守るのが私の仕事だ」

神主はまったくひるむことなく言い放つ。駐在は両手でがりがりと頭を搔いた。

「相手が誰にしろ、大勢でリンチしたりすれば、私は犯人を逮捕しないといけません。そんなことしたくないんですよ。みんなが逮捕されたら、家族だって困るでしょう」

男たちが軽くどよめく。こいつら、そんなことも覚悟せずに俺を襲っていたのかよ。

裕也にはこの村の一般常識から大きく乖離《かいり》した感覚がそら恐ろしかった。

「とりあえず、ここは私に任せて下さい。お願いします。この男を追い出せば良いんですよね。今夜中になんとかしますから。絶対に」

神主は相変わらず不機嫌そうに駐在を睨み続ける。『この男』呼ばわりされた裕也は、一歩引いた位置で成り行きを見守った。

「……夜が明けるまでだぞ」

「ありがとうございます、神主さま」

大きな息を吐きながら胸をなで下ろすと、駐在は裕也の手首を摑んだ。

「ほら、早くいきますよ……冴木さん」

名乗っていないにもかかわらず、駐在は裕也を名字で呼んだ。


「どうぞ。妻はもう休んでいるもので、これくらいしか出せませんが」

駐在がどこかよそよそしく差し出した湯飲みを受け取り、裕也は一口茶を含む。緑茶の強い渋みが口の中に広がった。駐在所の奥にある四畳半ほどの和室に通された裕也は、ちゃぶ台を挟んで駐在と向かい合っていた。

駐在は「ちょっと失礼」と和室から出て行くと、一分ほどして戻ってくる。外の様子でも見に行ってきたのだろう。

「さっきの男たちはもう帰りましたか？」

「……いいえ、外にまだ残っています」

「見張り、ってわけですか」

皮肉を込めた裕也の言葉を駐在は否定しなかった。茶をすする音が狭い和室に響く。

「あの……このお茶を飲んだら帰っていただくわけにはいきませんか？　東京に」

「それは、黙っておとなしく消えろっていう意味ですか？」

「……そうとっていただいてかまいません」

「お断りします」

「けれど……帰らなければあなたが危険な目にあうかもしれないんですよ」

「それは俺を脅しているんですか？　警官が一般市民を？」

「いえ、そんな。ただ事実を言っているだけで」駐在は慌《あわ》てて両手を振る。

「それならあなたが、とりあえず外にいる奴らを逮捕してください。そうすれば俺が危険な目にあうこともない」

「無茶言わないでくださいよ」

「なにが無茶なんですか？　人数が足りないんなら応援でも呼んだら良いでしょ。あいつらは俺を襲ったんだから当然だ」

「けど、あなたは怪我《けが》してないじゃないですか」

「未遂でも十分犯罪でしょうが。それに車はぐちゃぐちゃだ。器物損壊は十分罪になりますよ」

正論を吐き続ける裕也を前にして、駐在は視線を泳がせる。

「もしあなたが奴らを逮捕しないなら、俺は明日この村を出た足で、そのまま県警に被害届を出しに行きます。もちろんあなたの対応も伝えますよ。この村の伝統だか、言い伝えだか知りませんけどね、そんなもの関係ない。全員告発します」

裕也は湯飲みを叩《たた》きつけるように置く。茶のしずくが跳ねて、ちゃぶ台の上にこぼれた。

「そもそもあいつらは、なんで俺のことを襲ったんですか？　この村では、よそ者を襲って追い出すなんていう風習があるんですか？」

「そんなことありません。ただ、神主さまが村の連絡網で情報を回していまして……」

「情報？　どんな情報を回したっていうんですか？」

「それは……呪《のろ》われた冴木家の息子が村に這入《はい》り込んでいるから、できるだけ早く追い出せって……」

「呪われた？」あまりに非科学的な言葉に、裕也は表情を曇らす。

「その……べつにみんな本気でそう思っているわけでは……。ただ、この村だと神主さまの影響力が強くて……。みんなこの村でずっと育っていますから。まあ、私も基本的にはそうなんですけど……。ですから冴木家のことはいろいろと……」

裕也は目の前の男がなぜ夕方に会った時に比べて、露骨によそよそしくなっているかがわかった。この男も心のどこかで『稲荷神の呪い』とやらを信じているのだ。駐在という立場がなければ、さっきの男たちと同じ行動をとりかねないのだ。

「……一つ提案があります」

裕也は身を乗り出す。駐在は視線だけ持ち上げて裕也を見た。

「あなたも知っているんですよね。この村で父に、冴木真也に何があったのか。それを詳しく教えてくれたら、この村の奴らが俺にしたことを忘れます。告発もしませんし、二度とこの村に足を踏み入れもしません」

駐在は渋い顔をして黙りこんだ。狭い部屋に沈黙が満ちる。裕也は無言で視線の圧力をかけ続けた。数十秒後、意を決したのか、駐在はつばを飲み込むと口を開いた。

「冴木真也、あなたのお父さんは母親を殺しているんですよ。狐に憑かれた母親を」

衝撃的な内容に言葉を失う裕也を前にして、駐在は話を続ける。

「今から五十年近く昔の、私が生まれる前の話です。ですから私も話で聞いただけです。ただ、この村の者は誰でも子供のころに聞かされるんですよ、『穢れた家』の話を」

「穢れた……」あまりにも差別的な言葉に、裕也はおもわず耳を疑う。

「もともとこの村であなたのお父さんの家系は、『呪われた血筋』として忌《い》み嫌われていました。だから村の隅に追いやられてひっそり生活してきたらしいです。気がつきませんでしたか？　この村に来る道のわきにあった、焼き払われて、神主さまによって封印がほどこされている家の跡に」

裕也は目を見張る。あの大量の御札で囲まれた不気味な場所が、自分の先祖が住んでいた家だと言うのか？

絶句する裕也を尻目に、駐在はぼそぼそと後ろめたそうに話を継いでいく。

「冴木ゆき、あなたの祖母にあたる人は、村の外から結婚相手を見つけてきて、村の隅で夫とともに農業をしていました。そして二人の間に生まれたのが冴木真也、あなたのお父さんです」

真也の名前が出た瞬間、裕也の眉《まゆ》がピクリと動く。

「ただ、時代は高度成長期に突入したころですし、そんな昔からの因習もあまり気にされなくなりつつあったらしいです。だからあなたのお父さんも、子供のころはほかの子と変わらない生活を送っていた。八歳になるまでは……」

「八歳になった時に、何があったって言うんですか」

思わせぶりな態度に苛《いら》つきながら、裕也は先をうながす。

「冴木ゆきが狐に憑かれたんですよ」

「は？　キツネ？」

「ええ、狐、稲荷神さまの遣いです。あなたのお祖母《ばあ》さまは稲荷神に呪われ、その遣いの狐に取り憑かれたんです」

「あなた、本気で言ってるんですか？」

この平成の世の中で、そんな馬鹿げたことを聞かされるとは思ってもみなかった。

「私が言いだしたわけじゃありません。ただ子供の頃にそう教わっただけです」

駐在はばつが悪そうに首をすくめる。

「……それで、狐に憑かれたっていうのはどういうことなんですか？　具体的にはなにが起きたっていうんです？」

「私もあくまで聞いた話なんですが、何かに憑かれたとしか思えない状態になったらしいです。奇声を上げ続け、夜な夜な妖《あや》しい踊りを踊り狂ったとか……」

「踊り……」

裕也の脳裏に、増本の手帳に書かれていた『1／2ダンス』の文字が蘇《よみがえ》る。もし『ダンス』が、駐在の言うその踊りのことだとしたら、『1／2』とは？

「それで、やはり冴木家は呪われているということで、村中の人が冴木ゆきと真也の親子二人に近づかなくなりました」

裕也の顔色をうかがいながら喋《しゃべ》る駐在に、裕也は冷たい視線を送る。

「村八分ってわけですか。親子二人って、父親はどうしたんですか？」

「父親は、ゆきがおかしくなってから数ヶ月後に、二人を置いて家を出たらしいです」

裕也の奥歯が軋《きし》みをあげる。自分の祖父がそんな卑怯《ひきょう》な男だったとは。

「それで親父《おやじ》が……母親を殺したっていうのは……」

裕也は力を込めて拳《こぶし》を握り込み、沸騰《ふっとう》するような感情を押し殺す。

「それは……あなたのお父さんは小さいなりに母親の面倒をみていたらしいんですが、ある吹雪の夜、冴木ゆきが外にさまよい出たんです。その時、母親との生活に疲れ果てていた冴木真也は母親の後を追うことをしないで、そのまま見殺しにした。……それが私が冴木家について聞いた話です」

話し疲れたのか駐在は大きなため息をつく。

「……必死に母親を助けようとする子供を村八分にして、そして母親を助けられなければ『人殺し』扱いですか。はっ、ご立派な大人たちですね」

「いや……それは。なにしろ、昔の話ですから」

「俺が襲われたのは昔の話じゃないですよ」

「いや……、それはそうなんですけど……、住民は怯《おび》えているんですよ。自分たちも狐に憑かれたらどうしようって。だから今も昔も……」

「そのためには、なにをやっても良いとでも？」裕也は舌打ちをする。

「……しかたないじゃないですか」

「はぁ？」

「ここは東京じゃないんです。まだ昔ながらの風習が残っているんですよ。ここでは『呪い』の存在も実際に信じられているんです。それがこの村の常識なんです」

「それを先導しているのが、あの馬鹿神主ってわけですか」

駐在は露骨に顔をしかめた。想像以上にこの村では、あの神主が尊敬を集めているようだ。

「あんたたち、あの神主に、というかこの村の因習に洗脳されているんじゃないですか。何が『呪い』だ、馬鹿馬鹿しい。ここは二十一世紀の日本ですよ。それがなんなんですか、警官のあなたまでそんな下らない話を真に受けて」

「べつに真に受けているわけじゃ……」とぶつぶつつぶやく駐在に、軽蔑《けいべつ》を込めた眼差《まなざ》しを向けながら、裕也は考え込む。今の話を増本は聞き、それをもとに真也を脅迫したのだろうか。しかし、悪意と偏見に満ちた今の話が真也の弱みになるとはとても思えなかった。五十年前、この村では実際に何が起きていたのだろう？　増本はいったい何に気づいたのだろう？　裕也は増本の手帳に書かれていた文字を思い出す。

『1／2ダンス』そして『Hunt』。

『ダンス』というのが狐に憑かれたという祖母が、おかしな踊りを舞っていたということを指すのだとしたら、『1／2』とは？　それに父がかつて趣味にしていて、二十年前に突然やめたというハンティング。あの『Hunt』の記載は、そのハンティングを意味していたのではなかったのか？

1／2……ダンス……Ｈｕｎｔ……。

ハン……ト？

頭蓋《ずがい》の中で火花がはじける。

「ああ！」

裕也は両手をちゃぶ台について勢いよく立ち上がる。衝撃で湯飲みが倒れ、中の茶がこぼれた。

「ど、どうかしましたか？」

駐在が尋ねてくるが、裕也の耳にはその言葉が届かなかった。脳神経が激しく発火する。頭に浮かんだ一つの仮説が、次々と新しい仮説を浮かび上がらせていく。それは雪崩《なだれ》のように裕也の思考を飲み込んでいった。

指先に震えが走る。その震えはすぐに手から腕へ、体幹へ、そして顔面へと広がっていった。奥歯がかちかちと鳴る。

「う、あああ……」

声をあげながら裕也は走り出した。靴を履くことも忘れ、駐在所の外へと駆け出す。外でたむろしていた数人の男たちは、突然声を上げて飛び出してきた裕也に驚き、硬直した。裕也は立ちつくす村人たちの中心にいた神主に駆けよると、その狩衣の襟元を両手で摑《つか》む。老神主の瘦軀《そうく》は簡単に釣り上げられた。まわりの男たちが罵声を上げながら、裕也を神主から引き離そうとするが、裕也は神主を額がつくほどの距離で睨みつけたまま、動くことはなかった。神主はしわの多い顔を恐怖で引きつらせる。

「お前ら、なんてことを……」

神主を釣り上げたまま、裕也は腹の底から怒りを吐き出して行く。

すべてがこの男の、この村の妄想のせいだった。それがすべての元凶だった。裕也は神主の細い首をへし折ってしまいたいという衝動に必死に耐える。

「その手をはなせ！」

振り返ると、駐在が硬い表情で立っていた。その手は右の腰、拳銃《けんじゅう》を収めたホルスター近くに置かれている。

「はなさなきゃ、その拳銃で俺を撃とうってわけですか。さっき俺が襲われた時とは全然対応が違うな。本当にたいした警官だよ」

裕也はゴミでも放るように神主をはなす。尻《しり》もちをついた神主は這うようにして裕也から離れていった。裕也は冷めた目で神主の後ろ姿を見送ると、駐在所のわきに停めてあるZ3に近づいていく。

Z3の前に若い村人が立ちはだかった。身長は裕也より一回りは高く、体は農作業で鍛えられているのが一目で見てとれる。しかし裕也は怯《ひる》むことなく男に近づいて行く。

「……どけ」裕也は男を睨《ね》め上げる。「どかないと脳天から地面に叩きつけるぞ」

裕也の迫力に押されたのか、男は軽くのけぞりながら一歩体を横にずらした。裕也は乱暴に男を押しのけると、無残にへこみ、塗装のはげたZ3のドアを開く。

「出てけ！　この村から出て行け！」

車内に乗り込む裕也に、まだ腰を抜かしたままの神主が罵声を浴びせる。しかし裕也が睨みつけると、神主は村人の後ろに回り込んで姿を隠した。

「言われなくても出て行くさ、こんな腐った村。本当に呪われていたのは俺の親父や祖母じゃねえ。お前らの原始人から進化してねえ頭の中身だよ！」

裕也は吐き捨てると、勢いよくドアを閉めた。

そう、こんな村にもう用などない。すべて分かったのだから。純正会医科大学第一外科教授選候補者たちの周囲で起きた一連の事件。その犯人、そして動機も。

Z3の直列六気筒エンジンに命を吹き込むと、裕也はヘッドライトをつけ、思いきりエンジンを吹かした。Z3の前にいた男たちが慌てて道をあけるのを見ながら、裕也は思いきりアクセルを踏み込む。一気に加速した車体は暗闇の中、風を切り裂いて走り抜けていった。

苦しい……。古ぼけた扉の前に立ちながら、裕也は耐えがたい息苦しさを感じていた。体が酸素不足であえいでいるのではない、許容量をこえる緊張に精神が悲鳴を上げているのだ。できることなら、このまま扉に背を向けて帰ってしまいたい。なにもかも忘れてしまいたい。しかしそれはできなかった。すでに真実を知ってしまったのだから。

3

裕也は歯を食いしばり、木製の扉をノックする。その脇には『法医学教室　沢井武准教授』と書かれた表札がかかっていた。

「どうぞ……」

部屋の中から返事がすぐに聞こえてきた。緊張に満ちた返事が。裕也は小刻みに震える手を伸ばし、扉を開く。

「やあ、冴木君……おはよう」

いつものように、専門誌と書類が山積みになった机の前の椅子《いす》に座っている沢井。しかし、あいさつをしてくるその態度はどこかぎこちなく見えた。

「頼んでいた検査結果……でたんだよな？」

言葉が喉《のど》に引っかかる。沢井は雑誌と書類でできた山の頂上部分から一枚の紙を手に取り、立ち上がると、緩慢な足取りで近づいてくる。視界から遠近感が失われていく。足が震える。激しく鼓動する心臓の音が頭に響いていた。

「あの……これ」

沢井がおずおずと紙を差し出した。その歪《ゆが》みに歪んだ表情は、笑っているようにも泣いているようにも見えた。

紙を受け取ろうとする。しかし右手はぴくりとも動かなかった。

裕也は下唇に犬歯を思いきり突き立てる。鋭い痛みが一瞬だけ脳と腕の神経を繋《つな》げた。ひったくるように沢井の手から紙をもぎ取ると、裕也はそこにプリントされている文字を目で追っていく。

思考が止まる。心臓が、時間が凍りついた気がした。

激しい嘔《おう》気《き》が襲いかかってくる。裕也は口を押さえると、何度もえずいた。全身の汗《かん》腺《せん》から氷のように冷たく、それでいて炎のように熱い汗が噴き出してくる。

足元の床が崩れ落ち、虚《こ》空《くう》へと投げ出されたような気がした。

「冴木君！」

枯れ枝のように細い沢井の腕に体を支えられ、裕也はようやく自分が崩れ落ちそうになったのだと気づいた。

止まっていた時間が動き出す。ゆっくりとゆっくりと……。

沢井が心配そうに裕也の顔をのぞき込んでくる。

「……もう、大丈夫だよ」

裕也は自らの足でしっかりと体重を支えると、肺の底に溜《た》まっていた空気を吐き出す。

覚悟はしていた。あの村に行ってから、ずっとこうなることを。

これで事件のすべてを知ることができた。自分の想像が正しかったことを確認できた。

裕也は曲げていた背を伸ばし、胸を張る。

これでよかったんだ。たとえどんな残酷な真実であっても、このことを知るべきだった。それが単なる強がりだと自覚はしていた。自らに催眠をかけているだけだと分かっていた。しかしたとえ強がりでも、繰り返し自らに言い聞かせれば、刃物のように鋭く、触れれば血が噴き出しそうな現実から自分を守る防具になるかもしれない。

「冴木君、あのさ……なんて言って良いのかわからないけど。えっと……」

「ありがとうな」唇をへの字に曲げ今にも泣き出しそうな沢井に、裕也はほほ笑む。

「ありがとうって……?」

「本当のことを教えてくれてさ。なんか、つらいこと押しつけちまって悪かったな」

目に涙を浮かべながら、うつむいた沢井は首を左右に振る。

「落ち着いたらさ、今度は本当に諏訪野も誘って三人で飲みに行こうぜ。学生時代は一度もお前と飲めなかっただろ」

「うん……」

「本当に助かった。じゃあ……またな」

裕也はつとめて明るい口調で言いながら、沢井の部屋を出る。背後で扉が閉まる音を聞きつつ、裕也は瞼を固く閉じた。

これですべてが分かった。海老沢教授、馬淵公平、増本達夫、そして父……冴木真也。彼らが誰に、どうやって、そしてなぜ殺されなくてはならなかったのか。

あとは犯人と対峙《たいじ》するだけだ。それにふさわしい舞台はすでに整っていた。

さて、そろそろこの馬鹿げた事件に終止符を打つとしよう。

黴《かび》臭い廊下を、裕也は背筋を伸ばして歩いていった。

4

歓声とともに、色とりどりの鮮やかなフラワーシャワーが新郎新婦に降り注ぐ。純白のウェディングドレスのすそが風になびいた。

「真奈美、きれいね」

友人たちに花びらを振り掛けられながら、真奈美が新郎とともに教会の階段を下りてくる姿を、階段の下で車椅子に腰かけた優子がまぶしそうに見上げる。

車椅子の側面には酸素ボンベが取り付けられ、そこから伸びた管が、優子の鼻の下に固定されたナザールカニューレへと酸素を送っている。血流に乗って全身にばらまかれた癌《がん》細胞が肺にコロニーを作り、呼吸機能を悪化させ始めたため、優子は数日前から常に少量の酸素吸入が必要になっていた。

「ああ、そうだね」

優子のうしろで車椅子のグリップをつかむ裕也も目を細める。ウェディングドレスに身を包んだ真奈美の全身からは、幸せがあふれ出して見えた。

真奈美と岡崎の結婚式は、埼玉県郊外の丘の上にある結婚式場で行われていた。参加者は裕也と優子のほかは、新郎新婦の友人が十人ほどの小さな、しかし温かい式だった。

式に岡崎の両親の姿はなかった。新郎新婦が招待をしなかったためか、それとも岡崎の両親が参加することを拒んだのか、裕也にはわからなかった。

どちらにしても俺の心配するようなことじゃないか。花弁の雨を浴びる二人を見ながら裕也は笑みを浮かべる。今日、あの二人は本当の夫婦になったのだ。これからは二人で力を合わせ、困難に立ち向かっていくのだろう。

階段を下りきった真奈美は真っ直《ま》ぐ《す》に、車椅子にすわる優子に向かって近づいてきた。真奈美が足を止める。母娘《おやこ》はしばし見つめ合った。それまで歓声を上げていた参加者たちも口をつぐみ二人を見つめる。

「お母さん……」

そこまで言うと、真奈美は唇を震わせる。それ以上、その唇が言葉をつむぐことはできなかった。

「真奈美」

優子は娘に向かって、母性に満ちた笑みを浮かべ両手を伸ばした。真奈美は幼児のように勢いよく母親の胸に飛び込んだ。無言で抱き合う二人、やがて誰からともなく小さな拍手が起こり、すぐにそれは大きな拍手の渦となって二人を包みこむ。大量の色鮮やかなフラワーシャワーが拍手と共に二人の全身に降りかかった。

三分ほど抱き合った後、二人は名残惜しそうにゆっくりと離れていく。涙でアイラインが滲《にじ》んだ真奈美が母を見つめる。

「お母さん……、本当に……、本当にこれまでありがとう」

拍手が一際《ひときわ》大きくなる。優子はゆっくりとうなずいた。心から幸せそうに。

「それでは、新郎新婦はこれからお色直しになります。三十分後に中庭で立食パーティーを行いますので、皆様それまでしばしお待ちください」

タイミングを見はからったかのように、式場の係員が声を張った。参加者たちがどこか後ろ髪を引かれている様子で、ゆっくりとその場から移動を始める。

「それじゃあお母さん、また後でね」真奈美は照れくさそうにはにかんだ。

「ええ、また後で。きれいにお化粧直してもらってきなさい。今日の主役なんだから」

真奈美はうなずくと、ウェディングドレスのすそをひるがえして岡崎に走り寄り、腕を絡《から》ませた。優子と裕也は、係員に先導されて式場の中へともどる二人の背中を見送る。

「幸せそう」

「……そうだね」裕也は車椅子のグリップを握る。「母さん、パーティーまでは三十分あるらしいし、そのあたり見て回ろうか」

「そうね、そうしましょうか」

ブレーキを外し、裕也は車椅子を押し始める。パーティーが用意されている中庭に向かう参加者たちに背中を向け、裕也は進んだ。

郊外にあるだけあって、式場はなかなかの敷地面積を誇っていた。車椅子を押す裕也は、式場の一角にある小さなフランス式庭園の中へと入っていく。

幾何学的に配置された花壇に色とりどりの花が植えられ、その中心では小振りな噴水が水を噴き上げていた。裕也は噴水のそばで足を止め、車椅子のブレーキを掛ける。

「きれいな庭園ね」優子は車椅子に座ったまま、かたわらの花に手を伸ばす。

「良い式場だよね」

「本当に良い式場、良い結婚式だった……」

優子は紅色の花を見つめたまままつぶやいた。裕也は胸に苦しさを感じる。優子の口調に、態度に、殉教者の満足を感じ取って。

死を目前にして、優子は自らの人生に満足したのだろう。真奈美の、娘の結婚式に参加することは、優子にとって人生の集大成だったのだろう。

裕也は胸に痛みを感じたまま周囲を見渡す。半径二十メートルほどの円形の庭園に、自分達以外の人影はなかった。完璧《かんぺき》なシチュエーションだ。

裕也は車椅子の前に回り込んで、母親を見た。

「母さん。ちょっと聞きたいことがあるんだけど、いいかな?」

「どうしたの、そんなにあらたまって」

優子はかすかに首を傾けながら微笑《ほほえ》んだ。水面ではじけた噴水の水が、薄い霧となり顔をくすぐる。涼気を頬に感じながら、裕也は口を開いた。

「母さんが……犯人なんだろ?」

5

否定はしなかった。

自分を見つめる息子の眼差しを見て、優子は確信した、否定などしてもむだだという ことを。三十年も母親をやってきたのだ。息子のことは誰より、世界中の誰よりも理解している。

裕也は知っている。私があの事件の犯人であることを。でも裕也は事件の裏にある真実をどこまで知っているのだろう？　私が殺人犯であることを裕也に知られても問題はないのだ。『あのこと』さえ、あと数ヶ月あかるみにでなければ。

まだ大丈夫だ。優子は動揺する心を必死に立て直す。

「否定……しないんだ」裕也はさびしげに言う。

「なんのことを言ってるの？」

「いまごろ開き直られてもね……」

「わけの分からないことを言われて戸惑っていたのよ」優子は芝居じみた口調で答える。

「それで、いったい私がなんの犯人だって言うの？」

「海老沢教授、光零医大の馬淵教授、探偵くずれの増本っていう男……」

裕也は言葉を切り、晴れわたった雲一つない青空を見上げた。

「そして冴木真也、親父が死んだ事件だよ」

庭園を風が吹き抜けた。優子はウィッグが乱れないようにおさえる。

「お父さんは手術中の事故で亡《な》くなったのよ。海老沢先生はストレスによる心疾患」

「親父は事故で死んだんじゃない。それに海老沢先生も殺されたんだよ、入院中に薬を投与されてね」

「薬を投与？　なにか証拠があって言っているの？」

「いや、証拠なんかないさ。海老沢教授の血液をとって調べたけど、毒物なんて検出できなかった。治療に使った薬だけだったよ」

「なら、やっぱり海老沢先生は病死だったんでしょ」

「母さん。母さんほどのキャリアはないけど、俺だって医者なんだよ。人間の心臓を止めて、そのうえ調べても分からない薬なんて、医者ならすぐ思いつく。それどころか、有名になりすぎてミステリー小説でも使い古されているぐらいだ」

裕也は優子に意味ありげな一瞥《いちべつ》をくれると、言葉を続けた。

「塩化カリウムをワンショット」

裕也に気づかれないように優子は奥歯を噛《か》みしめる。

「母さんは同じ階に入院していた海老沢教授の病室に忍び込んで、カリウムを静脈注射したんだ」

その通りだった。私はあの日、海老沢に塩化カリウムを静脈注射した。優子は細く長く息を吐く。カリウムは人体に不可欠な物質だ。しかし、塩化カリウムのワンショットによる静脈注射は、絶対禁忌とされている。静脈から心臓に達した高濃度のカリウムは、心筋の刺激伝導系に異常をきたし、心室細動、つまりは心停止を引き起こす。その後、カリウムは速やかに大量の血液の中で希釈されるので、血液などを調べたところで証拠は見つからない。

「海老沢教授が入院したのは、マスコミからの避難の意味もあったけど、本当に疲労が溜まっていたんだろうな。それとも、点滴ぐらいしないと格好つかないとでも思ったのかね。なんにしろ、教授は点滴をしていた。健康な人に心停止するくらい大量のカリウムを注射するのは難しいだろうし、万が一できたとしても注射痕《こん》っていう明らかな証拠も残る。けれど、点滴ラインがあれば簡単だ。点滴ラインの側管からワンショットすればいいんだから。教授が眠っていたなら気づかれないで打てるだろうし。もし起きていても、数秒気をそらせば十分だ」

優子はゆっくりと瞼《まぶた》を落とす。海老沢の命を奪った日のことを思い起こしながら。

あの日、廊下に誰もいないことを確認し、自分の病室を出て海老沢の病室に忍びこんだ。その時、ベッドの上にいた海老沢はいびきをかいて眠っていた。私はなんの障害もなく、入院着のポケットから塩化カリウム溶液入りの50mlシリンジを取りだし、その中身を点滴の側管からワンショットで打ちこんだ。

シリンジの中身を全部打って数秒後、海老沢は一瞬目を大きく見開き、ベッドの上に嘔吐したが、すぐに動かなくなった。心電図モニターもつけていない海老沢の容態の急変に、すぐに看護師たちが気づくことはなかった。私は再び廊下に誰もいないことを確認して、悠々と自分の病室に戻ることができた。

瞼を持ち上げ、優子は裕也と視線を合わせる。

「たしかに出来ることは出来るかもしれないけど、私がなんで海老沢先生を殺すの？　お父さんが手術で死んだ復讐《ふくしゅう》をしたとでも言うわけ？」

「いや、そんなこと言わないよ。そもそも、もっと前から、親父が死ぬずっと前から、母さんは海老沢教授を殺す計画をたてていたんだろ？」

「ずっと前からの計画？　海老沢先生の病室が私の病室と同じフロアだったのは偶然でしょ。前もって計画なんてできるわけないじゃない」

「そんなことないよ。純正の教授、准教授、そしてその家族は、基本的に二十六階の特別個室に格安で入院することになっている。マスコミから避難しようとするなら、万全のセキュリティを誇る二十六階、母さんの病室と同じ階に入院するのは当然だろ」

　図星だった。薄く唇を噛みながら優子は次の言葉を探る。

「……言われてみたらそうかもしれない。けれどそれ以前に、真也さんが手術中の事故で……死ぬなんて、予想できるわけないでしょ」

「親父には大量の抗血栓薬が投与されていた。あれだけ大量に投与されていたら、どんなに止血処置をしても血が止まるわけないよ」

「抗血栓薬？　なにか手術失敗の言い訳みたいに聞こえるんだけど。大きな血管を切っちゃって、その止血が上手《うま》くできなかっただけなんじゃないの？」

「親父の血液を検査してもらったんだよ。毒が盛られていたりしなかったか調べるためにね。毒物は検出されなかったけど、そのかわり大量の抗血栓薬が検出された」

あごに力を込め、表情がゆがみそうになるのを必死に耐えた。まさか裕也がそこまで調べているとは……。

「私が真也さんを殺したって言うの……？　あなたはお父さんのこと嫌っていたかもしれないけど、私はあの人のことを……愛してたのよ。ずっと……」

言葉に詰まってはじめて、優子は自分の頰に涙が伝っていることに気づいた。息苦しさを感じ、車椅子の側面に取り付けられた酸素ボンベの目盛りを上げる。鼻のカニューレから流れ出す酸素の勢いが増すが、息苦しさが和らぐことはなかった。

酸素が足りないのではない、あの人のことを思い出したから胸が苦しくなったのだ。これは私が受け入れるべき苦痛なのだ。優子は歯を食いしばる。

「親父が死なないといけなかった理由は単純。海老沢教授を殺すためだよ。殺人だって気づかれないようにね」

優子は無言で息子を見つめ続ける。

「親父は准教授だった。准教授の手術は基本的に主任教授が執刀する。しかも術式は、海老沢教授お得意のラパコレときた。間違いなく執刀医は海老沢教授になる。そして抗血栓薬を大量に投与された親父を手術すれば、当然術中に大量出血を起こす。腹腔鏡《ふくくうきょう》下手術は視野が大きく取れなくて出血量がわかりにくいからね。異常な出血量に気づいて開腹した時にはもう手遅れだ」

裕也はその時の光景を思い出したのか、唇をへの字にゆがめた。

「その後、事件のことが明るみに出て、世間を騒がせれば、マスコミから逃げるために海老沢教授が二十六階に避難する状況、塩化カリウムによって証拠を残すことなく教授を殺せる状況が作れる」

「私はお父さんが死んだ時、海老沢先生を責めなかった。騒ぎ立ててマスコミに攻撃させるようなことはしなかったでしょ」

「あそこで騒げば、海老沢教授に恨みを持ったと思われただろうからね。そうなれば、教授の容態が急変した時、同じ病棟に入院していた母さんが疑われるかもしれない。だから母さんはほとぼりが冷めたころ、マスコミに連絡したんだろ。純正の教授が医療過誤で准教授を殺したって。マスコミが興味を持つように、教授選にからめて面白可笑《おか》しく脚色でもしたのかな。うちの医局長はマスコミがあまりにも詳しく知っていたんで、内部告発だと思っていたみたいだけど、まさか母さんがリークしていたとはね」

優子は動揺で乱れつつある息を整える。まさかここまで知られているとは思わなかった。息子がどこまで事件の真相に近づいているのか、それをたしかめなくては。

「ねえ、お父さんに大量の抗血栓薬を投与されていたって言うけど、もし本当にそんなことされていたら、術前の検査でわかるはずよ」

「ああ、だから薬が投与されたのは、手術の前日の夜から当日の早朝にかけてなんだろうね」

「あなたは私がその間にお父さんの病室に忍び込んで、抗血栓薬を投与したって言うの？　お父さんが入院していたのは二十六階の特別病室じゃなくて、二十五階の一般外科病棟の個室でしょ。二十六階から下りるためには、ナースステーション前のエレベーターを使わないといけない。そんな時間に末期癌患者の私が見つからずに二十六階から抜け出して、お父さんに抗血栓薬を投与して、また病室まで戻ってきたとでも？」

「いや……無理だろうね」裕也は肩をすくめる。

そう、無理だ。私にそんなことはできない。私はそんなことをしていない。

裕也に気づかれないように安堵《あんど》の息を吐く。きっと裕也はどうやって抗血栓薬が投与されたか分かっていない。だとすれば、『あのこと』は知られていないはず。

「だから母さんは共犯者を使ったんだろ？　いや、どっちかと言うと母さんの方が共犯者で、主犯はあっちだったのかな」

胸の中で心臓が大きく跳ねた。視界がぐらりと揺れる。

「……主犯？　いったい誰のこと……？」声がかすれる。

裕也は空を見上げ、眩《まぶ》しそうに目を細めた。

「親父だよ。親父を殺したのは親父自身……そう、冴木真也は自殺したんだ」

「よくよく考えれば当たり前のことだったんだよな」

言葉を失っている優子のそばで、裕也は空を見上げたまま言う。

「たしかにt－PAみたいな点滴薬は、上手くやれば親父に気づかれないで投与することもできるかもしれない。けれど親父の血液から検出された抗血栓薬の中には、内服薬が何種類もあった。相手が素人《しろうと》ならまだしも、親父は医者だ。手術前に抗血栓薬を渡されたら気づくはずだ」

滔々《とうとう》と話し続ける裕也に、優子は虚《うつ》ろな目を向ける。

「けれど実際には、気づかれずには投与できない薬が投与されていた。その矛盾を解消する答えは一つだけ。親父は自分で、自分の意思で薬を飲んだんだ。手術で失血死するために。……親父がいろいろ理由をつけてわざわざ二十六階じゃなく二十五階に入院したのも、万が一の時、母さんが疑われないようにするためだったんだろうね」

裕也が同意を求めるように視線を送ってくる。しかし、優子は否定をすることも忘れ、脳内に思考を走らせ続けた。どうすれば『あのこと』を息子に知られずに済むか。ひたすらそのことだけを考え続けた。

優子が答えないのを見て、裕也は肩をすくめる。

「事件の始まりは多分こんなところだったんだろうね。教授選の候補の一人だった光零医大の馬淵は、探偵くずれの増本っていう男に、対立候補のスキャンダルを調べるように依頼した。そして増本は首尾よく親父の弱みを見つけ馬淵に報告する。そのうえ金に困っていた増本は、その情報をネタに親父を恐喝した。馬淵は馬淵で親父に教授選からの撤退を強要する。けれど親父はあの性格だ。そう簡単に脅迫に屈したりしなかった。じれた馬淵は、懇意にしていた海老沢教授に親父の秘密を伝えた」

『秘密』という言葉に、体がピクリと震える。

「脅迫され、しかも『秘密』を海老沢教授に密告された親父は激怒して馬淵に会いにいった。馬淵はもともと親父の同僚だ。連絡ぐらいは取れただろうからね。そこでどんなやり取りがあったか知らないけれど、キレた親父は思わず馬淵を殴り殺してしまった。もちろん親父は焦《あせ》ったはずだ。大変なことをしたって。逮捕されることも覚悟しただろうね。けれど事件は偶然、その周辺で起きていたシャブ中が起こしていた連続通り魔殺人事件の手口に似ていて、警察は一連の通り魔事件の一つとして捜査を始めた」

優子はあの日、真也が帰ってきた時の様子を思い出す。真也は生気のない真っ青な顔で震えながら、自分が何をしたか話してくれた。

落ち着いた真也はすぐに自首しようとした。私も最初はそうするべきだと思った。しかしできなかった。もし真也が逮捕されれば、『あのこと』があかるみに出るから。

いつ逮捕されるか怯えながら日々を過ごしているうちに、状況は予想もしなかった方向へ進んだ。事件が通り魔殺人の一つとして捜査され始めたのだ。思わぬ幸運に戸惑っていた私に、真也はあの計画を提案してきた。あの悪魔的な計画を。

「馬淵を殺したことで、親父のたがが外れたんだろうな。自分が疑われていない状況を最大限に利用して計画を立てた。自分と同じように、急に教授選から降りた帝都大の川奈も脅されていたと考えて、彼も巻きこんだ。まず増本を『金を払う』とでも言って人《ひと》気《け》のないところにおびき寄せた親父は、あの男を絞め殺したんだろ。得意の片羽《かたは》絞《じ》めでさ。増本もまさか五十代の医大准教授に襲われるとは思わなくて、油断したんだろうな。そして親父は死体を川奈が当直している阿波野病院の裏庭に捨てて、川奈にそのことを伝えた。川奈がどこで定期的に当直しているか調べるなんて、医局員に顔が利《き》く親父の立場だったらそう難しくない。純正の卒業生で帝都の医局に入っている奴《やつ》も結構いるしね。医者の世界ってせまいよね。そして思惑どおり、川奈はそのままだと自分が疑われると考えて、増本を自然死として処理した。仕上げに親父は海老沢教授に胆嚢《たんのう》の手術を頼んで、その後はさっき言ったとおりさ。まったく、我が親ながら素晴らしい手口だよ。最初に突発的に殺した馬淵以外は、殺人だってことさえ気づかれていない」

さすがに話し疲れたのか、裕也は大きく息を吐く。優子は緊張で震える手を握りしめながら脳細胞に鞭《むち》を入れる。この後、どのような行動をとるべきなのだろうか？　どうすることがベストなのだろうか？

親子の間に重い沈黙がおりる。噴水の水がはじける音だけが二人を包み込む。

数十秒後、その沈黙を先に破ったのは優子だった。

「面白い話ね。……それで、いまの話になにか証拠でもあるの？」

平静を装《よそお》ってはいるものの、心臓は張り裂けそうなほどに鼓動を速めていた。息苦しさが増す。酸素を増やしたい。

裕也はいったいどうやって、事件のこれほどまでの詳細を知ったのだろうか？　もし、裕也がなにか証拠を持っていたら。それに『あのこと』が記されていたら……。

優子は恐怖に震えながら答えを待つ。

「いや、ないよ。親父の血液は検査する時に全部使っちゃったしね」

全身の筋肉が緩む。それならば裕也が『あのこと』を知っている可能性は低い。

「それで母さんは、今の話を俺の妄想だって言うわけかな？」

裕也の口調は挑発するかのようだった。優子は息子に向かって柔らかい笑みを見せる。母としての笑みを。

「いいえ、あなたの言ったとおりよ」

裕也の顔にかすかな戸惑いが浮かんだ。優子は裕也と視線を合わせながら心を決める。

裕也にすべてを告白することを。『あのこと』を除いて。

裕也がこの会話を録音しているかもしれないという危惧《きぐ》はあった。しかし、殺人犯として逮捕されようともかまわなかった。たとえ留置場で最期《さいご》の時間を過ごすとしても、なんの後悔もなかった。裕也と真奈美に『殺人者の子』という汚名を着せるという恐怖はあったが、今はまずは『あのこと』を隠す方が優先される。そう、今は……。

優子は乾いてひび割れた唇を舐《な》める。

「お父さんはね、小さいころにお母さん、つまりあなたのお祖母《ばあ》さんを殺しているの」

喋りはじめると同時に、裕也の反応をうかがう。裕也の体がピクリと震えた。しかし、その顔に明らかな驚きの色は見えない。優子は確信する。息子があの村を、あのおぞましい村を訪れたことを。かつてそこで何があったのか知っていることを。

「お義母《かあ》さんはかなり問題のある人だったらしくて、真也さんを妊娠した時も父親が誰だか分からなかった。小さな村のことだから、『父親がいない子供』っていうことで、真也さんはかなり周囲からうとまれながら育ったの。それにお義母さんは、今で言うネグレクト、子供の世話をほとんどしなかった。村の人からは『穢《けが》れた子』って避けられて、頼りの母親も守ってはくれない。真也さんは生きていくだけで精一杯のつらい子供時代を過ごした。そして真也さんが八歳になった時、お義母さんが病気になったの」

「……病気？」

「ええ、病気、感染症。……トレポネーマ・パリダムよ」優子は重々しくうなずく。

「トレポネーマ・パリダム感染症……。梅毒？」裕也は眉《まゆ》をひそめる。

「そう、お義母さんは子供を産む前も産んだ後も、たくさんの男の人と関係して、どこかで梅毒をもらってきた。けれど、小さな集落の中で孤立していたお義母さんは、治療も受けないまま過ごした。未治療の梅毒が最終的にどうなるか、知ってるでしょ」

「……全身の臓器に腫瘍《しゅよう》ができる。それに神経系が侵されるんだっけかな。……脳とか」

裕也の少々たどたどしい言葉に、優子は満足げにほほ笑む。

「お義母さんは脳を侵されて神経梅毒になったの。最初は軽い認知症の症状だったけど、すぐに悪化して日常生活を送れなくなるほどの錯乱状態になった。毎日のように奇声を上げながら踊るような動きをするお義母さんを見た村の人たちは、村の神社にまつられている稲荷神の祟《たた》りだって言い出して、お義母さんと真也さんを『狐憑《きつねつ》き』ってさらに差別するようになったの。真也さんは誰の助けも借りられずに、毎日毎日暴れ回るお義母さんの世話をした。けれどまだ十歳にもなっていない子供が、ずっと世話なんてできるわけない。貯金だってすぐに底をついた。そんなある日、錯乱したお義母さんは真也さんが目を離したすきに吹雪のなか、家の外に出て行ったの。けれどお義母さんの世話に疲れ果てていた真也さんは、後を追わなかった……」

そこで言葉を切ると、優子は酸素ボンベのつまみをさらに上げる。ずっと話していたせいで少し息苦しかった。あと話さなければいけないことは少ない。乾いた舌を、出の悪いつばでなんとか湿らし、再び話し始める。

「幼かったっていうことで責任を追及されないで済んだ真也さんは、そのあと施設にあずけられて、そこで必死に勉強したの。そして奨学金をもらって純正医大に合格して、私と出会った。結婚する前、あの人は私に自分の過去を全部教えてくれた。けれど私はかまわなかった。その後、あなたが生まれ、真奈美が生まれて……とっても幸せだった。あの人は自分が親に愛されなかったから、子供たちとどう接していいのか戸惑っていたけど、それでも……本当はあなたたちを愛していたの」

真也の話になった瞬間、裕也の眉間《みけん》にしわが寄った。しかし、その表情は今まで父親に対して見せていたような嫌悪感《けんおかん》にあふれたものではなく、どこか悲しげなものだった。

裕也の表情が気になりながらも、優子は話を続ける。

「幸せだった……。自分が末期癌になった時も、それはショックだったけど、それでもあなたたちが、あなたと真奈美がそばにいてくれたから幸せだった。安心して、満足して逝《い》けると思ってたの。……あの男が私たちの前に現れるまで」

胸に重みを感じる。あの男のことを思い出すたびに、狭心症でも起こしたかのように胸部が圧迫感に襲われる。人をにらみつけるような一重の目、いつも半開きの分厚い唇、そしてやけに目立つ右目の下の泣きぼくろ。

二百万円も払ったにもかかわらず、一週間もしないうちに再び恐喝してきた。そのまま放置しておけば、『あのこと』は間違いなくあかるみに出ていた。

「あの男……、増本か。あいつが親父《おやじ》の秘密を知ったわけだね」裕也は片眉を上げる。

「そう、あの男は昔のことを細かく調べ上げて、恐喝してきたの。そして、同じ時期に馬淵っていう光零の教授が、お父さんに教授選からおりるように脅迫してきた」

「増本はどうやって、親父があの村の出身だって知ったわけ?」

「外科学会を名乗ってうちに電話してきたの。真也さんの専門医登録に不備があって、出身地を教えて欲しいって。私が電話をとって……なんにも疑わずに答えた」

優子は唇を噛む。いま考えれば、学会が電話でそんなこと訊《たず》ねてくるなんて明らかにおかしかった。もしあの時、あの村のことを教えなければ……。いまさらどうしようもないことだとは分かっていても、この数ヶ月、後悔せずにはいられなかった。

「あとはあなたがさっき言ったとおりよ……。真也さんは自分を蹴落《けお》とそうとした人たちに復讐して、私はそれに協力した……」

親子の間に再び沈黙が落ちる。

罪の告白を終えた優子の胸に、満足感が湧《わ》きあがってくる。これで息子は自分を、自分たち夫婦を軽蔑《けいべつ》するだろう。それでいい。たしかに自分たちは軽蔑されるべきなのだ。『あのこと』を知られないためとはいえ、何人もの人の命を奪うという、医師としての、人としての最大の禁忌を犯したのだから。

裕也はこのあと警察に告発しようとするかもしれない。どうにか裕也と真奈美が『殺人者の子供』として世間の非難を浴びることは避けなくてはならない。

ただ、それもなんとかなるだろう。真奈美を苦しませないためと説得すれば、きっと裕也は理解してくれる。それにたとえ告発されても、いざとなれば「末期癌による意識混濁でわけが分からなくなった」とでもごまかし続ければいいのだ。この命が尽きるまで……。犯行を裏付ける証拠などなにもないのだから。

「母さん……」

罵詈《ばり》雑言《ぞうごん》を浴びることを覚悟していた優子に、裕也は静かに語りかける。

「それはちょっとおかしいよ」

「……えっ？」

裕也の口からこぼれた言葉は、千の罵声よりも強く鋭く胸をえぐった。消えていた息苦しさがぶり返してくる。

「母さんはまだ……嘘《うそ》をついているだろ？」

「そんなことない！　自分が犯人だって言っているのよ、今さら何を隠すって言うの！」

舌が上滑りする。落ち着いて話そうとしても、感情がうまくコントロールできない。

心臓の鼓動が再び加速する。

「母さんの説明だと、明らかにおかしいところがあるじゃないか」

おかしいところ？　全身に鳥肌が立った。

「だって親父の母親が仮にひどい女で、梅毒になって外で凍死したとして、そんなもの親父を脅迫する材料にはならないだろ」

「だから、真也さんはお義母さんを追いかけないで……」

「そんなの、虐待《ぎゃくたい》されている子供なら当たり前だよ。非難されるべきは、見て見ぬふりをした周囲の大人たちだ」

「たしかに……たしかにそうなんだろうけど、教授選ではそんな理屈は通らないの。あの世界では……ちょっとしたスキャンダルですぐに蹴落とされる……」

優子はしどろもどろになりながら、苦しい言い訳を口にする。

「まあ……そういうものなのかもな。俺は教授選のことなんてなにも知らないからさ。けれどまだ、一番おかしな点が残っているんだよ」裕也はすっと目を細めた。「なんで親父は死なないといけなかったのか」

優子の頬の筋肉が引きつる。

「親父が怒りで思わず馬淵を殺すぐらい教授にこだわっていたら、なんで海老沢教授を殺すために自分の命を捨てないといけないんだよ。死んだら教授もクソもないだろ」

「それは……馬淵を殺したあと真也さんは、いつかは捕まるって覚悟したの。一時的には通り魔のせいにできるかもしれないけど、それもいつまでもはもたないって。だから、あの人は絶望して、最後に自分の人生を滅茶苦茶にした人に復讐しようと……」

「それなら、あとは増本だけを殺せばいいじゃないか。海老沢教授は馬淵から話を聞いただけだろ。海老沢教授に復讐なんてする必要がない」

「海老沢先生は……教授選に馬淵を推薦したのが海老沢先生だったから……」

「いくらなんでも、そんな理由で教授を殺そうとなんてするわけないだろ。それに、そんなことに母さんが協力するわけもない」

反論の余地もない正論。優子は唇を噛んで黙りこむ。

「親父が恨みのために殺人をしたと考えたら、事件は理屈に合わないことだらけだ。けれど、動機が違っていたなら、親父の行動には少なくとも一貫性はでてくる」

ふりそそぐ太陽の光がまぶしいのか、裕也は顔の前に手をかざす。

「親父は、増本が調べ上げた『秘密』を知っている人間全員の口を封じようとした」

車椅子が大きく傾いたような気がして、優子は反射的に手すりをつかむ。しかし、傾いたのは車椅子ではなく自らの視界だった。

「馬淵、増本、そして海老沢教授。その共通点は親父の『秘密』を知っていたっていうことだ。馬淵を殺したのは怒りにまかせてだったとしても、それ以降の親父の行動は、『秘密』を知る人間を消すってことで一貫してる」

蒼《あお》い顔で車椅子にしがみつく優子を心配そうに眺めながらも、裕也は話し続ける。

「次の問題は、親父がそこまでして守りたかった『秘密』がなにかっていうことだ。悪いけど母さんが言うような、母親が梅毒だったたっていう話だとはとても思えない。そんな秘密に命をかける価値なんかあるわけない。そうなんだ、親父は命をかけたんだよ。それが問題だった。親父がなんで死ななきゃならなかったのか。そのことになんで母さんが反対しなかったのか。……その答えは一つだけだ」

「裕也……違うの、違う……」

震える唇からこぼれた弱々しい言葉は、庭園を駆け抜ける風にかき消される。

「親父は『秘密』を守るために死なないといけなかったんだ。親父は自分ごと『秘密』を消したんだ」

裕也の言葉が弾丸となって胸を撃ち抜いた。喉の奥からうめき声がもれる。

「ねえ、ボイスチェンジャーを使って俺に警告してきたり、チンピラたちをけしかけて来たのは母さんだろ？　あの男たち、本当は俺に危害を加えないように依頼主に言われてたみたいだった。あの時はなんでか分からなかったけど、その依頼をしたのが母さんだったら納得だよ。親父が命をかけ、母さんが尋常じゃない手段を使ってまで守りたかった『秘密』。それはなんなのか……」

裕也は一息置くと、唇をなめる。

「気づいたのは親父の故郷で話を聞いた時だったよ。母さんが言ったように、親父と母親はあの村で異常な差別をされていた。稲荷神に呪《のろ》われた『狐憑き』とか呼ばれていた。ただ、親父たちのあの村での呼ばれ方は他にもあったんだよ。……『穢れた家』だ。『穢れた女』でも『穢れた親子』でもない。『家』だ。そうなんだよ。あの村で差別されていたのは親父とかその母親個人じゃない。あの村は親父の家系ごと差別していたんだ」

裕也の表情がくしゃっとゆがんだ。胸の痛みはさらに強くなる。裕也はあの村で、あの醜い偏見に満ちあふれた村でいったいどんな経験をしたのだろう？

「つまり親父の家系は代々『狐に憑かれていた』ってことになる」

「違うの。それはきっと言葉の綾《あや》で……。本当に梅毒が……」

息も絶え絶えに優子は言う。思考がまとまらず、もはや梅毒の話を押し通す以外にすべを見つけられなかった。

「母さん、それはおかしいだろ」

「え？」

「梅毒で麻痺《まひ》とか認知症が出てくるのは第四期、最後の段階だ」

「ええ……」

それがなんだというのだろうか？　万が一のため、ずっと前から考えていた話だ、ストーリーに破綻《はたん》なんてないはず……。

「第四期になるのは、普通は梅毒にかかって未治療のまま十年以上経《た》ってからだ。十年だよ。それだと親父の母親は、親父を妊娠している時、すでに梅毒にかかっていたってことになるだろ」

「ああ……」

裕也が何を言いたいかに気づき、優子は絶望の声をあげる。

「母親が梅毒にかかっていた場合、胎児は経胎盤的にトレポネーマ・パリダムに感染して、多臓器に異常をきたす先天性梅毒になる。親父にそんな異常は見られない。第一、手術前の感染症検査に梅毒は入っているだろ。親父がこれまでに梅毒に感染したっていう検査結果はなかったよ。それに、俺はあの村で聞いているんだよ。親父が両親と幸せに暮らしていたってね。母親が『狐に憑かれる』までは」

もはやどんな釈明も思いつかなかった。優子はただ裕也の言葉に耳を傾ける。

「代々『狐に憑かれる』。つまりは代々、なにか異常なことが起こるってことだ。いまだに馬鹿馬鹿《ばかばか》しい迷信がはびこっているあの古い村では、今でもそれが『呪い』だって差別されていた。けれど科学的に見ればそんなもの、『呪い』なんてふざけたものじゃなく、簡単に説明できる」

優子は次の言葉を待った。死刑判決を待つ被告人のような心もちで。

裕也は優子の目を真っ直《ます》ぐに見ながら、ゆっくりと、本当にゆっくりとその単語をつぶやいた。

「遺伝病。ＤＮＡの二重螺旋《らせん》に組みこまれたエラーだよ」

全身の筋肉から力が抜けていく。目の前が真っ白に色を失っていく。

「違う！　あなたはなにか勘違いしているの。第一……第一、なにか証拠でも……証拠なんかない。あなたの言ったことは全部想像で……遺伝病なんか……」

もはや自分がなにを言っているのかさえよく分からなかった。裕也の言葉を否定しなければ。その想《おも》いだけが優子をつき動かしていた。

「証拠なら……あるよ」

裕也は穏やかに、恐怖を感じるほど穏やかに言うと、ジャケットのポケットから小さく折りたたまれた紙をとりだし、差し出してきた。

優子は反射的に手を伸ばし、紙を受け取る。証拠？　いったいどんな証拠があるというのだ？　ついさっき裕也自身が、『証拠はなにもない』と言っていたではないか。

おそるおそる四つ折りにされた紙を開いていく。その紙の一番上の部分には『冴木裕也』の名前が記されており、そしてその下に数行の活字が印刷されていた。

優子は紙の上の活字を凝視したまま、動きを止めた。数十秒間、その活字の意味を理解できなかった。脳が、精神が理解することを拒絶していた。

庭園に耳を塞《ふさ》ぎたくなるような、絶望で飽和した叫び声が響く。優子はそれが自分の口からほとばしっていることに、しばらく気づかなかった。

目の前の景色が大きく揺れる。バランスを失い、優子は車椅子《くるまいす》から転げ落ちそうになる。頭から地面に倒れていく寸前、優子の体は優しく抱きとめられた。顔を上げた優子の目に、微笑んだ息子の顔が飛び込んできた。その瞳《ひとみ》は底が見えないほどに深く、そして澄んでいた。

優子はようやく悟る。自分が、自分たちが失敗したことを。そして、もっとも恐れていたことが現実となってしまったことを。

「そう……俺はハンチントン病だよ。親父と同じ」

裕也は微笑を浮かべたまま、透明な口調でつぶやいた。

6

力なく開かれた優子の手からこぼれ落ちた紙が、風に舞い上げられる。裕也は素早く手を伸ばし紙をつかむと、くしゃくしゃと丸めてポケットに詰め込んだ。

腕の中で虚《うつ》ろな目で自分を見上げる母親を見下ろしながら、裕也はこの数日間、あらゆる資料を読みあさることで得た知識を、頭の中で反芻《はんすう》する。

ハンチントン病。常染色体優性遺伝病。

第四染色体短腕上のＨＴＴ遺伝子に存在するＣＡＧの繰り返しが延長することにより

ひき起こされ、線条体尾状核《びじょうかく》の神経細胞が変性、脱落することで様々な神経・精神症状が生じる難治性疾患。日本人では二十万人に一人程度の確率で患者が存在する。

典型例では四十歳前後から、意思とは関係なく手足や顔面の筋肉が不規則に動く不随意運動と、認知症、性格の変化、幻覚・妄想、易怒性《いどせい》などの精神症状がみられるようになる。それらの症状は十年から二十年程度の経過でゆっくりと進行し、最終的には寝たきりの状態となる。いまも根治する方法は存在せず、各症状にたいして対症療法をすることしか出来ない。

ある程度まで病状がすすむと、不規則に四肢が動く不随意運動は、まるで舞いを踊っているかのように見え、それゆえかつては『ハンチントン舞踏病』と呼ばれていた。

このハンチントン病でもっとも問題になること、それはハンチントン病の遺伝子変異を持つ者の子供が二分の一の確率でそれを受け継ぎ、将来ハンチントン病を発症することだった。それゆえに、昔からハンチントン病のリスクを持つ人々は様々な遺伝子差別に苦しめられており、それは現代でも完全に解消されてはいない。

優子はなにも言わなかった。それは黙秘しているというよりも、衝撃を受け止められずに、脳の機能が凍りついてしまっているように見えた。裕也は母の耳に自分の言葉が届いていないかもしれないと思いつつもしゃべり続ける。

「親父にハンティングの趣味なんてなかったんだろ。俺が『ハント』って口にした時、母さんは俺がハンチントン病についての手がかりを手に入れたことに気づいて、親父が狩りをしていたなんていうデマを教えたんだよね。あのおかげで、ずっと親父が狩猟中に事故でも起こして、それをネタに脅されていたと思い込んでいたよ。とっさに思いついたわりには、効果的だったね」

苦笑しつつ言いながら裕也は倒れかけていた母の体を、車椅子の上にしっかりと座らせた。まるで魂が抜けたような母に柔らかな視線を注ぎながら、裕也は事件のことについて思考を巡らせる。

海老沢にハンチントン病のことを伝えた馬淵を、父は激怒して問い詰めたのだろう。そこで馬淵があの言葉を吐いたのだ。

『狐憑き』

その悪意と差別に満ちた侮蔑的な言葉が、真也の逆鱗《げきりん》に触れたのだろうか。

「ああ……」

優子が焦点の合わない目を裕也に向ける、その口からこぼれたのは、肯定の言葉というよりもうめきに近い音だった。

「母さん。親父はもう……発症していたの？」

一年ほど前から真也はほとんど手術をしなくなっていた。ハンチントン病による不随意運動で、手術中に手が滑ることを恐れたためだとしたら納得がいく。それに、もし発病していたなら、どこかの神経病専門病院を受診していたはずだ。そこを増本が目撃し、ハンチントン病に気づいたのかもしれない。

「……一年半ぐらい前から少しずつ不随意運動が出てきて、去年の夏、遺伝子検査を受けて診断がついたの。もう五十歳を越えていたから大丈夫だと思っていたのに……。遺伝子変異はないと思っていたのに……」

虚ろな目をさらしたまま、優子はぼそぼそと話し始める。その口調は抑揚がなく、日本語に不慣れな外国人が話しているかのようだった。

ハンチントン病は父親から原因遺伝子を受け継いだ場合、その発症・進行ともに早くなる傾向がある。真也は母親からハンチントンの遺伝子変異を受け継いだので比較的発症が遅かったのだろう。

「親父はなんで今回の教授選に出ようなんて思ったんだよ？　教授になっても病状が悪化したら、仕事はできなくなるだろ」

死ぬ前に一度でも、教授の椅子に座りたいとでも思ったのだろうか？　裕也はいまだにそのことだけがどうしても分からなかった。

「真也さんは……教授になんかなるつもりはなかったの。まわりに推薦されて、断り切れずに候補者になったけど、タイミングを見て降りるつもりだった。私の看病をしたいとか言って」

「それじゃあ、なんで馬淵に脅された時、すぐに辞退しなかったんだよ?」

もし素直に馬淵に従っていれば、馬淵が海老沢に情報を流すこともなく、事件は起こらなかった可能性が高い。裕也の口調が強くなる。

「だめだったの、あの時は降りられなかった……」

「なんで?」

優子は答えなかった。裕也の胸の中で苛立《いらだ》ちが膨らんでいく。

「それに……なんで、俺にだけでもハンチントン病のことを教えてくれなかったんだよ。俺は、俺ならきっと受け止められた。そりゃあショックは受けただろうし、すぐ完全に受け止められたわけじゃないだろうけど。なんにしろ俺は……こんな形で知りたくなかった。母さんか……親父の口から直接聞きたかった」

それが出来ないほど俺は弱いと思われていたのだろうか? 父から信頼されていなかったとしても、せめて母には信頼されていたかった。一人前の大人として、医師として。両親が殺人を犯したのは、自分からハンチントン病のことを隠すためだったのだろうか? そのために両親はあんな恐ろしいことをしたのだろうか? 事件の真相に気づいてから、ずっとその疑問が裕也を苦しめていた。

うつむいていた優子は勢いよく顔を上げる。

「言うつもりだった。あなたにだけは言うつもりだった!」

「けれど、実際には俺はなにも教えてもらってないじゃないか！」

すがりつくように言う母に向かって、裕也は怒りを隠すことなく叫ぶ。

「ちがう、本当にあなたには言うつもりだった。裕也なら、あなたなら受け止められると思ったから。だから、だから……少なくとも私が死ぬ前にあなたには伝えるつもりだったの。けれど、あなたに伝えるタイミングをはかってるうちに……真奈美の結婚が決まって、そしてあの子のお腹《なか》には赤ちゃんがいた！」

目に涙を浮かべながら優子は叫ぶ。予想外の言葉に虚をつかれ、裕也は口をつぐむ。

「あなただって、あちらの家の母親のことは知っているでしょ。もしも、ハンチントン病のことが知られたら、絶対にあの人は結婚を許さなかった。それどころかどんな手を使っても、真奈美のお腹にいる赤ちゃんを堕《お》ろさせようとしたはず」

その通りだろう。異常なほど息子を溺愛《できあい》し、『血筋』にこだわる母親がハンチントン病のことを知ったら、どれほど非人道的な行動に出るか、想像しただけでも恐ろしかった。

無言で考え込む裕也を尻目《しりめ》に、優子は熱にうかされたように話し続ける。

「教授選を降りられなかったのもそのせい。真也さんが、父親が純正の教授候補だって知って、はじめてあの母親は真奈美と浩一さんの結婚を許可した。もし真也さんが教授候補じゃなくなったら、あの母親はそれだけで結婚に反対しはじめたかもしれない。いえ、あの人は絶対に反対した。だから、真也さんは必死に教授になろうとした」

そこまで話したところで、優子は激しく咳《せ》き込みはじめる。裕也は慌《あわ》てて母の背中を撫《な》でる。その手はかすかに震えていた。

「けれど……岡崎の家と真奈美には隠しておいたとしても、俺には教えてくれても良かったじゃないか」

裕也がためらいがちに言うと、優子は息苦しそうに喘《あえ》ぎながら裕也を見上げる。

「それどころじゃ、なくなったの。そのあと、ハンチントン病のこと、脅されはじめて、そして真也さんが馬淵先生を……殺してしまったから」

途切れ途切れの言葉を聞いて、裕也は状況を理解する。伝えるタイミングを計っているうちに事件が起き、ハンチントン病のことを俺に伝えられなくなった。それをすれば、自分たちが殺人を犯したことを知られる危険性が高まるから。

「なんで……なんで親父は馬淵を殺しちまったんだよ」

裕也は唇を噛《か》む。血がにじむほど強く。

馬淵を殺してさえいなければ、いくらでもやりようがあったはずだ。こんな悲劇を起こさずにすんだはずだ。意味のないことだとは分かっていても、裕也はそう思わずにはいられなかった。優子の血色悪く青ざめている唇が震える。

「馬淵は……あの男は、よりによって真也さんのことを『狐憑き』って罵《ののし》ったうえに、もし教授選から降りなければ、浩一さんの家にハンチントン病のことを伝えるって言ったの。真奈美の結婚をめちゃくちゃにするって。だから真也さんは……」

　優子の声が途切れる。

「……激怒して馬淵を殴り殺しちまったのか」

　裕也は優子のセリフを引き継ぎゆっくりとつぶやいた。一連の事件の中で最後までははっきりとは分からなかった部分が明らかになってきていた。

「親父が、親父と母さんがあんなことをしたのは、真奈美を守るためだったのか」

「……真也さんは子供の時、あの村でひどい差別を受けたの。本当にひどい差別を。真也さんはなにも悪いことをしていないのに。そして真也さんには、浩一さんの母親があの村の住民と同種の人間に見えた。自分と違う存在をすべて蔑《さげす》むような人に。だから、絶対に真奈美に同じ経験はさせたくなかったから……」

　俯《うつむ》く母の横顔を見ながら裕也は考える。おそらく、増本も馬淵と同じような脅しをかけてきたのだろう。だからこそ増本の口も封じなければいけなかった。あとは……。

「海老沢教授を殺したのはどうして？」

「馬淵からハンチントン病のことを聞いた海老沢先生は、あなたにも真奈美にも、そして真奈美の結婚相手にもハンチントン病のことを教えるべきだって言ってきたの」

「教授は真奈美の結婚のことを知っていたわけ？」

「……知っていたどころか、結婚式に参加するはずだったの。浩一さんの母親が結婚式に呼んで一言挨拶《あいさつ》してもらうように言って来たから。医大教授に挨拶させて自尊心を満たしたかったんでしょ」

「教授が……結婚式に参加する予定だった？」

裕也は鼻のつけ根にしわを寄せる。海老沢はどんな状況であっても、患者にすべての情報を告知することをポリシーにしていた。そんな海老沢がハンチントン病のことを知ったら、それに関係するすべての人にしっかりと告知するべきだと主張したに違いない。

そういえば、父の手術の時、海老沢は『親父のせいで手が震えたのかな』と言ってきた。自分はそれを、父の手術で緊張して手が震えたと言っていると思っていたが、そうではなかったのだ。海老沢は、お前は父親からハンチントン病遺伝子変異を受け継ぎ、それが発症したのではないかと、暗に匂《にお》わせていたのだ。

あのくせの強い教授を真奈美の結婚式に参加させたらどんな行動に出るか、想像もつかなかった。ハンチントン病のことを知られた時点で、真也にとって海老沢も口を封じておくべき標的になったのだ。

「けれどハンチントン病のことを知ったのに、よく海老沢教授は親父を教授選から降ろさなかったね。それどころか、親父のオペまで引き受けてさ。親父は教授選中に胆囊炎を起こさないように手術したいって言っていたんだろ」

「海老沢先生は馬淵先生が殺され……死んで、次に自分が推薦する候補者を探すまでの時間が欲しかったのよ。そのためにすぐには真也さんを降ろせなかった。真也さんを選挙ぎりぎりで降ろさせて、直前で候補者が全員いなくなった選挙が何ヶ月か延期されることを狙《ねら》っていたの。まさか馬淵を殺したのがお父さんとは夢にも思わずにね」

そんな海老沢の権力への執着を父は利用した。事件の全貌《ぜんぼう》は明らかになった。裕也はゆっくりと息を吐くと、細かく体を震わす母を見下ろす。

「事件の前までは親父は本気で教授になろうとしていたんだよね。当選したら、親父はその後どうするつもりだったんだよ？ ハンチントン病が進行すれば、どうせ教授は辞めないといけないだろ」

適切な治療を受ければ、ハンチントン病の症状はかなり抑えられる。少なくとも、まったく未治療だった祖母のような悲惨な状態にはならないはずだ。しかし、不随意運動が起こる可能性がある限り、真也は二度と手術を行うことはできなかっただろう。外科学講座の教授がまったく手術をしないというわけにはいかない。

「大丈夫だったの。当選してもあの人は教授を長くやるつもりはなかったから」

優子は力なく顔を左右に振る。

「長くやるつもりはない？」

「もともと真也さんは私を看取《みと》ったら……あとを追って死ぬつもりだった。事故だと思われるような方法で……」

「な？」予想外の言葉に裕也は耳を疑う。「死ぬ？　いったい何で？」

優子は答えることはなかった。ただ悲しげな眼差《まなざ》しを息子に向けてくる。

それだけで裕也には十分だった。それだけで父がなにを考えていたかを理解した。

「……岡崎の家にハンチントン病のことを気づかせないためだね」

優子は沈黙で答える。肯定に等しい沈黙で。

症状が進む前に自らの命を絶ち、真奈美が嫁ぎ先から差別を受けることを避けようとした。裕也は納得する。だからこそ、すでに命を捨てる覚悟を決めていたからこそ、父はすぐに自らの命を犠牲にして『秘密』を守る方法を思いつき、それを実践できた。

「計画を説明してくれた時、あの人は言ったの……『真奈美のために一緒に地獄に堕ちよう』って。その言葉で、私も覚悟を決めることができた」

覚悟ができた。何人もの人間の命を奪うという鬼畜の所行を、娘の幸せのために行う覚悟が。裕也は歯を食いしばる。

「……卑怯《ひきょう》だ」食いしばった歯の隙間《すきま》から裕也は声を絞り出す。「親父も母さんも卑怯だ。そうやって、俺たちになにも伝えないまま逝くつもりだったなんて。俺と真奈美が発症したらどうするつもりだったんだよ。ハンチントン病のことを知らなければ早い段階からの治療に入れない。症状が進んで、診断が下ってはじめて俺たちは知ることになるんだぞ。両親がハンチントン病のことを隠していたって」

「違うの、言い訳に聞こえるかもしれないけど、事件の後もあなたには言うつもりだった。少なくともあなたが事件のことを調べ出す前には。私が死ぬ前にあなたにだけはハンチントン病のことを伝えて、そして時期が来たら、真奈美と浩一さんが本当の『家族』になれたら、あなたの口から真奈美に伝えてもらおうって」

「俺の口から……？」

必死に話す優子の言葉を聞いて裕也はいぶかしげに目を細める。

「私はできれば話したくなかった。あなたが苦しむことになると思って。けれどお父さんは……真也さんは『裕也なら大丈夫だ。あいつは強い男だ。もう一人前の医師だ。だからきっと受け止められる』って私を説得したの」

「俺なら……大丈夫？　親父が本当にそんなことを……？」

呆然《ぼうぜん》とつぶやく裕也に向かって、優子ははっきりとうなずく。

「お父さんは、あなたのことを信頼していたのよ。……心の底から」

親父が俺を信頼していた。親父が俺を認めていた……。

俺は親父に認められていた。

三十年間背中に感じていた重みが一瞬にして解け去ったかのように感じた。

裕也は母の口から聞いた父の言葉を噛みしめながら、庭園の中を見回す。なぜかついさっきまでより、咲き乱れる花の色が鮮やかに見えた。

二人しかいない庭園の中に、涼やかな風が駆け抜けていく。ほのかに花の香りを感じながら、裕也はゆっくりと口を開いた。

「母さん……親父はいつ頃から気づいていたの？　母親の症状がハンチントン病によるものだったって。自分もその遺伝子を受け継いでいるかもしれないって。医学生でハンチントン病の授業を受けた時？」

優子は力なく首を左右に振る。

「授業だけじゃ、なかなかイメージできなくて気づかなかったみたい。それにお義母さんの場合は、かなり進行が早くて、普通は十年以上かけて進む症状が半年ぐらいで急激に進んだらしいの。それに、認知症とかの神経症状が典型例より苛烈《かれつ》だった」

「それじゃあ、いつ？」

「……私と結婚して少ししてからよ」

裕也の眉がピクリと動いた。

「当直中、患者さんが暴れて怪我《けが》をしたっていうことで、神経内科の病棟に呼ばれたらしいの。その患者さんが進行したハンチントン病で、その人の症状がお義母さんとそっくりだった……」

その時、父はなにを思ったのだろう？　裕也は沢井からハンチントン遺伝子変異陽性の検査結果を受け取った時の衝撃を思い出し、軽い吐き気を覚える。

「母さんは、そのことを知っていたわけ？　親父がハンチントン病の遺伝子変異を持っているかもしれないってことを」

「ええ、真也さんはすぐに教えてくれた。教えてくれて、頭を下げて私と別れようとさえした。自分も遺伝子変異を受け継いでいるかもしれないからって」

「それでも……母さんは別れなかった」

「当然でしょう。病気になるかもしれないからってなんだって言うの？　それは真也さんの責任じゃない。だれの責任でもないの。たとえ遺伝子変異を持っていたって、真也さんは真也さんなの。私は真也さんを愛していたの！」

弱々しかった優子の声に力がこもる。

「もし真也さんがハンチントン病を発症しても、その時は私が看病するつもりだった。結局……私の方が先に看病されることになっちゃったけどね」

優子は自虐的に笑った。

「……遺伝子検査は？」

遺伝子変異の有無は、検査さえすればはっきり分かる。自分がそうしたように。

優子は裕也の顔に手を伸ばし、頬を撫でる。

「あなたは強い子ね。あのころは今ほど遺伝子検査がメジャーではなかったし、なにより私たちは……怖くてできなかった。はっきり答えを聞くのが怖かったの。忘れて、病気のことを頭から消し去ってしまえば、発症なんてしない気がしていた。それに……」

優子はずっと伏せていた目を上げる。その瞳に裕也の姿が映り込んだ。

「その時、私のお腹の中にはあなたがいた」

裕也は息を飲み、体を震わせる。

「もし遺伝子検査をして陽性だったら、あなたをどうするか迷ってしまったかもしれない。だからそんなことしたくなかった。もし、もしあなたが生まれる前に遺伝子変異を持っていると分かったとしても、あなたには生まれてきて欲しかったから」

優子は両手で顔を覆《おお》うと、嗚咽《おえつ》を漏らしつつ、「ごめんね……ごめんね」とつぶやき続ける。

「なんで謝るんだよ」

裕也は震える母の背中を柔らかく撫でた。優子は涙で濡《ぬ》れた顔を上げる。

親父からハンチントン遺伝子変異を受け継いだ俺は、親父より発症年齢が若くなる可能性が高い。三十歳の俺はいつ発症してもおかしくない。けれど……。

だからなんだというのだ。裕也は胸を張る。

「俺は産んでくれたことに感謝しているよ。平均より人生は短いのかもしれないけど、だからって母さんと……親父を恨んでなんていない」

裕也の言葉を聞いた優子は、嗚咽を漏らしながら咳き込む。

そう、誰も明日生きている保証など持たず毎日を過ごしている。俺だけが特別じゃない。自らを哀れんでもなにもならない。今俺がするべきこと、それはただ一日一日を必死に生きることだけだ。

親父がそうしたように。

「親父は……俺たちのことを嫌っていたんじゃなかったんだね」

優子は顔を覆ったまま、何度もうなずいた。

自分たち兄妹《きょうだい》と目を合わせようとしなかった父。あれは嫌悪感ではなく、罪悪感の表れだった。ハンチントン病の遺伝子変異を受け継がせてしまったのではないか、自分と同じ苦しみを与えてしまうのではないかという。父はその罪悪感にずっとさいなまれていたのだろう。何一つとして父に責任はないというのに。

「親父はなんで、あんなに俺たちを医者にしたがってたの？」

「医者になれば……毎日のように人の生死に立ち会うような職場にいれば、もし、ハンチントン病になる可能性を知ったとしても現実に立ち向かえるだろうって。自分がそうだったみたいに。それに医者だったら、最新の治療法の情報を得ることもできる」

「そっか……」その答えは裕也が想像していたものと同じだった。

裕也は空を見上げる。もう二度と会えなくなった今になって、はじめて父のことが理解できた気がした。もう胸の中を探しても、父に対する怒りのかけらも見つけることはできなかった。できれば一度だけでも父と、冴木真也という男と酒でも飲んで語り合いたかったとさえ思えていた。

「真奈美だけでも……遺伝子変異を受け継いでないと良いな」

裕也はつぶやく。真奈美が受け継いでいる確率は二分の一。真奈美は、そして真奈美の子供は、いつかあのおぞましい村で『呪い』と蔑まれたダンスを踊るだろうか。そうなって欲しくはなかった。

優子は大きく体を震わせると、裕也にすがりつく。

「お願い！　真奈美には言わないで！　今だけは、今だけはお願い！　少なくとも、子供が生まれるまでは……」

「……言わないよ」

裕也は母の手を取った。優子の動きが止まる。恐怖で覆われていた優子の顔に安堵《あんど》の色が広がっていった。

結婚し、出産を控えた真奈美を差別から守り、幸せな家庭を築いてもらう。それが母の最期《さいご》の願いなのだろう。

父が少年時代にあの村で受けた苛烈な差別、それはもはや虐待と言えるほどのものだった。だからこそ、父はどんなことをしても子供たちを差別から守ろうとした。その命をなげうってまで。

裕也はいつも仏頂面《ぶっちょうづら》をさらしていた父を思い出す。

あの村ではハンチントン病による舞踏運動を『狐憑きの舞』と蔑んだ。しかし本当に蔑まれるべきは、助けが必要だった無力な母子《おやこ》を見捨てた村人たちだ。『狐のたたり』という迷信に取り憑かれ、踊らされていた村人たち。醜悪な『狐憑きの舞』を踊っていたのは、彼ら自身だった。

裕也は力の抜けた母の手をゆっくりと放した。

真奈美に、幸せの絶頂にいる真奈美に病気のことを伝えて何になるのだろうか。いつかは真奈美にも自分たちの家系が受け継いだこの病について、伝えるべきなのだろう。しかしすくなくとも、今はその時ではない。

秘密を胸にかかえていく苦悩は、これからは自分が背負っていく。そして、もし真奈美がいわれない差別を受けるようなら、その時は自分が守る。母が、そして父がそうしてきたように。裕也は覚悟を決める。

「それで、これからどうなるの？　私は殺人犯として逮捕されるの？」

優子は憑きものが落ちたかのような表情でたずねてくる。優子にとって、自らが裁かれるかどうかは大きなことではないのだろう。

「……そんなことしないよ」

今さら事件の真相を暴《あば》いて何になるというのだろう。犯人の一人はすでに命を失い、もう一人に残されている時間も少ない。

『そんなことして、誰が喜ぶっていうんです？』

裕也は偽《にせ》コロンボのセリフを脳内で反芻する。そう、誰も喜ばない。けれど……。

「けれど、母さんたちは間違っていた。完全に間違っていた。母さんたちがとったのは最悪の手段だ。あんなこと……あんなこと絶対にするべきじゃなかった。あんな方法を選んだ二人を俺は……軽蔑する」

『軽蔑』という言葉が喉《のど》に引っかかったが、裕也はそれを吐き出した。優子は悲しげに唇を嚙む。

「それじゃあ、どうすれば良かったの？　他にどんな方法があったっていうの？」

「……もっと俺たちを、俺と真奈美を信用して欲しかった」

「全部、病気のことを全部あなたたちに話しておけば良かったっていうの？　私たちがやったことがむだだったって言うわけ？　もしなにもしなければ、真奈美の婚約は破棄されて、病気に怯《おび》えながら一人で子供を育てないといけなかったかもしれないでしょ！　それに、それにもしかしたら、精神的なショックで流産だってしたかもしれない」

「ああ、その可能性もあったのかもね。けれど俺は、あの二人ならきっと大丈夫だったと思うんだよ。真奈美の結婚相手は頼りない奴《やつ》だけど、あいつはどんなことがあっても真奈美を捨てるようなことだけはしなかったってね。それに……」

裕也は母の背中に手を置く。

「真奈美ももう子供じゃない。母さんたちに守られているだけの存在じゃないんだ。あいつは言ってたよ。まだ生まれてはいないけど、もう自分はお腹の子の『母親』なんだってね。きっとハンチントン病のことを知っても、あいつは受け入れられたさ、受け入れて、『母親』としてしっかりとした行動をとれたはずだ。きっと真奈美は子供を守ったはずだよ。……母さんが俺にしてくれたみたいにね」

優子の背中に置いた手から細かい震えが伝わってくる。

自分が言っていることがすべて身勝手な結果論であることは分かっていた。しかしそれでも、裕也は糾弾せずにはいられなかった。両親を赦《ゆる》せなかった。両親が医師として、人としてもっとも恥ずべき行動をとったことが悔しかった。

「俺は母さんがこのまま赦されていいとは思えない。けじめはつけないと、だから……」

裕也は大きく息を吸う。ずっと考えていた。死を目前にした母にとって、そして自分にとって、どんなけじめがもっともふさわしいのか。

「だから、この式が終わったら、俺は二度と母さんに会わない。……母さんが逝《い》くまで。母さんを親だと思うのは、この式の間が最後だ」

裕也はできるだけ感情を排した声で告げる。

優子の口が力なく半開きになる。その口から「ああっ」という悲しげな声が漏れた。

裕也は静かに続けた。

「これまで、ありがとう。……さようなら」

優子の手がふらふらと裕也に向かって伸びる。しかし、裕也は身をひるがえしてその手をよける。虚空《こくう》を摑《つか》んだ手が力なく垂れ下がった。

そのとき、遠くから拍手の音が聞こえてきた。

「ああ、もうパーティーが始まるみたいだね。ちょっと長く話し込み過ぎたかな」

音が聞こえてきた方向を向いた裕也は、うなだれる母に視線を落とす。

「それじゃあ母さん……行こうか」

「えっ？」優子はうつろな目で息子を見上げた。

「パーティーだよ。真奈美の結婚パーティー。家族がいないと始められないだろ」

数秒の沈黙のあと、優子はこわばっていた顔に笑みを浮かべた。どこまでも深い哀《かな》しみを内包した笑みを。

「ええ、そうね。……家族がいないとだめよね」

裕也はうなずくと、車椅子をゆっくりと押しはじめる。本当にゆっくりと、この瞬間瞬間を味わうかのように。

庭園に咲き乱れる花々の香りが、親子を柔らかく包みこんだ。

エピローグ

「兄さんはまだ見つからないんですか？」

悲鳴のような真奈美の叫び声が病室に響く。病室の入り口付近に控えていた医師、看護師たちは気まずそうに顔を見合わせた。

「ポケベルで呼んでいるんですけど……」看護師の一人が上目遣いに真奈美を見る。

「なんでこんな時に……」真奈美はヒステリックに髪を掻《か》き乱した。

「……真奈美」

弱々しい声が真奈美を呼ぶ。壁に取り付けられた酸素バルブから響くごうごうという音に、かき消されてしまいそうなほど弱々しい声。

「お母さん！」真奈美は歯を食いしばりながら優子の手を握る。

優子は蒼白《そうはく》な顔に脂汗《あぶらあせ》を浮かべながら、震える唇を開いた。

「いいの……いいの」

母の苦しげに喘《あえ》ぎながらつむぐ言葉に、真奈美は涙でにじむ目を固く閉じる。

優子の状態が急に悪化したのは、一時間ほど前だった。もともと、肺に転移していた癌《がん》がどんどんと成長してきていて、常に大量の酸素を投与しなければいけない状態だった。主治医が言うには、これまでなんとか保ってきた呼吸機能が限界をむかえ、一気に状態が悪化したらしい。

「すでに酸素を最大量で投与しているんですけど、それでも十分な血中酸素濃度が保てていない。かなり厳しい状態です」主治医は真奈美にそう言った。

この一時間、優子は酸素不足に喘ぎながら、苦痛に顔をゆがめ続けている。青紫色の唇を力なく開き、貪《むさぼ》るように必死に息をする母の姿が、真奈美の胸を締めつけ続けた。

三十分ほど前、「どうにかならないんですか?」と詰めよる真奈美に、主治医はモルヒネの注射をすることを提案してきた。そうすれば優子の苦痛を取り去ることができると。しかし、すぐにでもやってくれと迫る真奈美に、主治医は陰鬱《いんうつ》に言葉を続けた。

「モルヒネを使ったら多分意識がなくなります。今の状態では二度と目が覚めない可能性が高い。それにモルヒネは酸素不足の苦しさをとり去りますが、同時に呼吸を抑制する作用もあります。打ってすぐに呼吸が止まることも十分にあり得るんです」

真奈美は主治医が何を言いたいのかすぐに理解した。母の苦痛をとろうとすれば、もう二度と母と話すことはできないのだと。

数瞬、真奈美は逡巡《しゅんじゅん》した。優子の苦痛をとりたいという希望と、もっと母といたいという欲求が胸の中で混ざり合い、激しい葛藤《かっとう》となって真奈美をさいなんだ。

唇を嚙《か》みながら、真奈美は視線を母に向けた。酸素を求めて喘ぐ母の手は、血管が浮き出るほど強くシーツを握りしめていた。それを見て、真奈美は覚悟を決めた。

「……お願いします。母が苦しくないようにしてください」

「……分かりました」

血を吐くような真奈美の言葉に重々しくうなずくと、主治医はかたわらに置かれたカートの上からシリンジを手にとった。もともと真奈美の了解が取れしだい打つつもりで用意していたのだろう。まだ少しは時間があると思っていた真奈美を動揺が襲った。

ベッドに近づいた主治医は点滴の接続部のキャップを外すと、そこにシリンジを差し込もうとした。あの液体が打たれたら、母とは二度と話せなくなる。母と二度と会えなくなる。真奈美は手を伸ばし、「待って！」と叫ぼうとした。

「……待って」

真奈美が口を開く前に、弱々しい制止の声があがり、シリンジを持つ主治医の腕がつかまれた。ベッドから伸びた優子の手によって。

「冴木先生……。けれど、これ以外に呼吸苦を取る方法は……」

戸惑いの表情を浮かべる主治医に、優子は苦しげにうめきながら、力なく首を左右に振った。

「いい、の。苦しくて……いいん、です」

「お母さん！　もう無理しないで！　お願いだから」

耐えられなくなって、真奈美はベッドに駆けより、母にすがりついた。優子は苦痛で歪《ゆが》んでいた顔に無理矢理笑みを浮かべた。

「もし打つ、なら……裕也……裕也に。裕也なら、いい……」

優子の状態が悪くなってから、裕也にも連絡をしてくれるように真奈美はくり返し頼んでいた。しかし、なぜか裕也は病室に姿をあらわしていなかった。

それからの、苦しみにのたうつ母を前に裕也を待ち続けた数十分は、真奈美にとって人生でもっともつらい時間だった。

ベッドのかたわらにひざまずき、真奈美は激しく上下する優子の背中を撫《な》で続ける。そうすることしかできない自分の無力さを噛みしめながら。

なんで兄さんはまだ来ないの？　裕也に対する怒りが胸の中で燃え上がる。

「怒っちゃ、だめよ。赤ちゃんに、良く、ないから」

真奈美のふくらんだ腹部に、細かく震える優子の手が添えられる。真奈美は歯を食いしばって嗚咽《おえつ》をかみ殺した。できることなら、この子が生まれるまで頑張って欲しかった。優子に孫の顔を見て欲しかった。しかし、一ヶ月前に真奈美の結婚式が終わってから、優子は目に見えて衰弱し始めた。まるで生きる目的を失ったかのように。

「しかたないの、私が、悪かったから。裕也は、悪くない。これは……罰なの」

「罰ってなに？　お母さんがなにをしたって言うの？」

涙でむせ込みながら、真奈美は叫ぶ。優子はその問いに答えることなく、脂汗を額に浮かべながらほほ笑むだけだった。

助けて。お願いだから誰かお母さんを助けて。真奈美が胸の中で叫んだ瞬間、部屋の空気がざわりと震えた。真奈美は振り返る。入り口の扉が開き、その奥に白衣姿の裕也が立っていた。

「ゆう……や」

優子の顔がほころぶ。それまでの無理矢理つくった笑みではなく、心からの笑顔。まるで一瞬だけ、息苦しさが消えたかのような。その表情に、真奈美は口先まで出かかっていた怒声を飲み込んだ。

ゆっくりと病室に入ってきた裕也は、主治医の前に立った。

「先生、あとは俺が診ます。申しわけありませんが、家族だけにしていただけませんか」

「いや、それは……」

主治医はちらりと優子に視線を送った。優子は残された力を振りしぼるかのように力強くうなずく。主治医はこめかみを掻き、あきらめのため息を吐《つ》いた。

「分かりました。廊下で控えていますから、何かあったらいつでも呼んでください」

主治医はモルヒネ入りのシリンジがのったトレーを裕也に手渡すと、しぶしぶと病室を後にする。ほかのスタッフたちもためらいがちに主治医に続いた。病室には三人の家族だけが残される。

裕也が無言のまま、ゆっくりとベッドに近づいてくる。声を掛けようとした真奈美は、兄の顔を見て口をつぐんだ。裕也の顔からはあらゆる感情が消え去っていた。まるで仮面をかぶっているかのように。その迫力に真奈美は思わず立ち上がり、ベッドのわきの場所を譲ってしまう。

ベッドのそばまで来た裕也は、腰を屈《かが》め優子の耳元に口を近づけた。

裕也とは対照的に優子の顔にはさまざまな感情が浮かんでいた。悲哀、期待、恐怖、苦痛、歓喜、それらが混ざり合った混沌《こんとん》とした表情。真奈美は一歩引いた位置で、息を飲んで二人を眺め続ける。

裕也がなにかつぶやいた。その声はあまりにも小さく、真奈美の耳まで届くことはなかった。

強張《こわば》っていた優子の表情が緩む。次の瞬間、その目から止めどなく涙が溢《あふ》れ出した。

「……真奈美」

裕也が振り返り、震える声で真奈美を呼ぶ。その顔からはいつの間にか仮面が剝《は》がれ落ちていた。目は真っ赤に充血し、深い、これ以上なく深い哀《かな》しみがその顔に刻まれていた。

真奈美は裕也の意図を読み、ベッドに駆けよる。兄妹《きょうだい》は両手を重ね、母の手を取った。

「裕也……お願い」

優子は酸素マスクの下から穏やかに、呼吸苦に喘いでいるとは思えないほど穏やかに言った。

裕也は唇をかたく結んだまま、ゆっくりと、そして力強くうなずいた。右手だけを母の手から離し、トレーに置かれたシリンジをつかむと、裕也は点滴の接続部にその先を差し込む。

真奈美が痛みを感じるほどに、重ねた裕也の左手に力が込められる。シリンジの中身が押しこまれていく。透明の液体がチューブを通り優子の血管へと吸い込まれていった。

苦しげだった優子の息づかいが、徐々に穏やかになっていく。

裕也と真奈美の顔が映った優子の瞳《ひとみ》の上に、ゆっくりと瞼《まぶた》が落ちていった。

この作品は平成二十五年七月新潮社より『ブラッドライン』として
刊行された。文庫化に際し改題の上、大幅な改稿を行った。

知念実希人著

天久鷹央の推理カルテ

お前の病気《ナソ》、私が診断してやろう——。河童、人魂、処女受胎。そんな事件に隠された〝病〟とは？ 新感覚メディカル・ミステリー。

知念実希人著

天久鷹央の推理カルテII
—ファントムの病棟—

毒入り飲料殺人。病棟の吸血鬼。舞い降りる天使。事件の〝犯人〟は、あの〝病気〟……？ 新感覚メディカル・ミステリー第2弾。

知念実希人著

天久鷹央の推理カルテIII
—密室のパラノイア—

呪いの動画？ 密室での溺死？ 謎めく事件の裏には意外な〝病〟が！ 天才女医が解決する新感覚メディカル・ミステリー第3弾。

知念実希人著

天久鷹央の推理カルテIV
—悲恋のシンドローム—

この事件は、私には解決できない——。天才女医・天久鷹央が解けない病気《ナソ》とは？ 新感覚メディカル・ミステリー、第4弾。

知念実希人著

スフィアの死天使
—天久鷹央の事件カルテ—

院内の殺人。謎の宗教。宇宙人による「洗脳」。天才女医・天久鷹央が〝病〟に潜む〝謎〟を解明する長編メディカル・ミステリー！

知念実希人著

幻影の手術室
—天久鷹央の事件カルテ—

手術室で起きた密室殺人。麻酔科医はなぜ、死んだのか。天久鷹央は全容解明に乗り出すが……。現役医師による本格医療ミステリ。

螺《ら》旋《せん》の手《しゅ》術《じゅつ》室《しつ》

新潮文庫　ち－7－71

平成二十九年十月一日発行
令和七年三月二十日十二刷

著者　知《ち》念《ねん》実《み》希《き》人《と》

発行者　佐藤隆信

発行所　株式会社　新潮社

郵便番号　一六二―八七一一
東京都新宿区矢来町七一
電話　編集部(〇三)三二六六―五四四〇
　　　読者係(〇三)三二六六―五一一一
https://www.shinchosha.co.jp

価格はカバーに表示してあります。

印刷・株式会社光邦　製本・株式会社大進堂

ISBN978-4-10-121071-1 C0193